Noa C. Walker

Der Tanz unseres Lebens

TINTE & FEDER

Das Buch

Als Florence durch das Eis bricht und in das kalte Wasser des Bergsees sinkt, könnte es der letzte Tag im Leben der Musicaldarstellerin sein. Doch der junge Arzt Martin holt sie zurück ans Ufer und mit ihr ihren Traum, in New York zu tanzen. Es ist der Beginn einer Liebesgeschichte, umgeben von den Schicksalen, Wünschen und Geheimnissen einer Dorfgemeinschaft in den Bergen der französischen Schweiz. Dort leben auch Zoé, das kleine Mädchen, um das sich Florence liebevoll kümmert, und dessen Mutter Claire, deren Hoffnungen auf ein eigenes Hotel scheiterten.

Auch zwischen Martin und Florence liegt ein unausgesprochenes Geheimnis, das in ihre persönliche Vergangenheit zurückreicht. Noch kennt er nicht den wahren Grund für ihren Tanz auf dem Eis, und sie weiß nichts von seinem schweren Schicksal.

Meisterhaft verwebt Noa C. Walker die Leben und Träume ihrer Figuren miteinander – einfühlsam, humorvoll, dramatisch und auf höchstem Niveau.

Die Autorin

Noa C. Walker wurde 1969 geboren und erlernte den Beruf der Bürokauffrau im Groß- und Einzelhandel. Anschließend absolvierte sie die Ausbildung zur examinierten Altenpflegerin. Inzwischen ist sie verheiratet, hat fünf Kinder und widmet sich seit einigen Jahren hauptberuflich ihrer großen Leidenschaft, dem Schreiben. Mit ihrem Roman »Du, ich und die Farben des Lebens« erreichte sie viele begeisterte Leser/innen.

Als Elisabeth Büchle hat sie bereits zahlreiche gut recherchierte, spannende und romantische Romane veröffentlicht, die mehrfach ausgezeichnet wurden, unter anderem mit dem 2. Platz des DeLiA-Literaturpreises.

Noa C. Walker

DER TANZ UNSERES LEBENS

Roman

TINTE & FEDER

Deutsche Erstveröffentlichung bei
Tinte & Feder, Amazon Media EU S.à r.l.
5 Rue Plaetis, L-2338 Luxembourg
November 2017

Umschlaggestaltung: semper smile, München, www.sempersmile.de
Umschlagmotiv: © Ioana Catalina E / Shutterstock; © Maxi_m / Shutterstock; © Kaspri / Shutterstock; © r.kathesi / Shutterstock
Lektorat, Korrektorat und Satz:
Verlag Lutz Garnies, Haar bei München, www.vlg.de
Printed in Germany
By Amazon Distribution GmbH
Amazonstraße 1
04347 Leipzig, Germany

ISBN 978-1-542-04851-4

www.tinte-feder.de

Vorwort

Liebe Leserinnen und Leser,
bitte lassen Sie mich, bevor Sie mit dem Lesen beginnen, ein paar Kleinigkeiten erklären:

Trisomie 21 – Das Down-Syndrom

Menschen mit dem Down-Syndrom (benannt nach Dr. Langdon Down (1828–1896), der 1866 als erster Mediziner ausführlich die klassischen Merkmale des Syndroms beschrieb), haben von der Zeugung an in jeder Zelle 47 anstelle von 46 Chromosomen. Dabei ist das Chromosom 21 nicht nur doppelt, sondern gleich dreifach vorhanden. Eine Ausnahme bildet hier die Mosaik-Trisomie 21.

Die Trisomie 21 tritt weltweit und in allen ethnischen Gruppierungen und Bevölkerungsschichten auf. Damit ist es eines der am häufigsten verbreiteten angeborenen Syndrome, und es ist sehr wahrscheinlich, dass es schon immer Menschen mit diesem Extrachromosom gegeben hat.

Obwohl das zusätzliche Chromosom das Aussehen und die Entwicklung beeinflusst, ebenso wie möglicherweise die Gesundheit (Schwäche der Muskeln und des Bindegewebes, angeborene Herzfehler etc., die mit der heutigen Medizin jedoch meist gut in den Griff zu bekommen sind und die Lebensqualität nicht beeinträchtigen), sind diese Merkmale bei jedem Menschen mit Down-Syndrom sehr verschieden ausgeprägt. So sind auch deren geistige Fähigkeiten enorm unterschiedlich. Sie reichen von einer schweren Behinderung bis zu beinahe durchschnittlicher Intelligenz.

»Meine« Zoé, eine Nebenfigur in *Tanz unseres Lebens*, ist ein fiktives Mädchen mit Down-Syndrom, das Sie mit Charme, Witz, Ehrlichkeit und einem riesengroßen Herzen in diesem Roman entzücken und zum Schmunzeln und Staunen bringen soll. Sie repräsentiert eines der Kinder, die eine ausgeprägte Intelligenz mit auf den Lebensweg bekommen haben. Dennoch möchte ich erwähnen, dass Zoés Fähigkeit, was das Beisteuern von Zitaten betrifft, gelegentlich vielleicht etwas zu hoch gegriffen ist.

Drei Dinge sind uns aus dem Paradies geblieben: die Sterne der Nacht, die Blumen des Tages und die Augen der Kinder.

Dante Alighieri

Teil 1

Florence

Ich frage mich, was Träume sind. Wo ist ihr Ursprung? Wer träufelt sie uns in den Kopf und bettet sie in unser Herz? Wer lässt sie wachsen wie eine starke Eiche, die anscheinend jedem Sturm trotzt, und reifen wie Erdbeeren, schön anzusehen und verlockend süß? Träume nicht dein Leben, sondern lebe deinen Traum, so heißt es doch, danach sehnen wir uns.

Was aber geschieht, wenn sich ein Traum nicht leben lässt, er vielmehr sperrig wird und ungenießbar? Manchmal von einem Tag auf den anderen, ja, von dieser Stunde zur nächsten? Warum reifen Träume zu verlockenden Früchten, verführen uns mit ihrem zuckrigen Geschmack, um, wenn wir es tatsächlich gewagt haben, die Hände nach ihnen auszustrecken, gleich schillernder, fragiler Seifenblasen zu zerplatzen?

Ebenjene Fragen wuchsen in mir wie Efeu, das überall Halt findet, sich an jedem sich ihm bietenden Untergrund festkrallt und alles zu vereinnahmen versteht. Diese Ungewissheiten wucherten zu Zweifeln heran und umschlangen meinen Lebenstraum …

Ich wusste mir keinen Rat mehr, und die Lösungsvorschläge anderer schmeckten mir zu bitter. Womöglich hatten sie recht. Vielleicht lagen sie aber auch völlig falsch. Woher sollte ich das mit mei-

nen jungen sechsundzwanzig Jahren wissen? Wie sollte ich mich für oder gegen meinen Traum entscheiden?

Meine große Liebe, das Tanzen, eröffnete mir dahin gehend keine Antworten, vielmehr war sie zu einem Problem avanciert.

An jenem eiskalten Abend im Januar tanzte ich, weil mein Körper die Bewegung benötigte und meine Seele nach Befreiung lechzte. Sobald ich über die Bühne glitt, wirbelte und sprang, die die schneebedeckte Eisfläche mir bot, war es, als fließe eine tiefe Gelassenheit in mich – weil ich noch immer das tun konnte, was ich liebte. In den vergangenen acht Wochen war mir klar vor Augen gestanden, dass ich in den kommenden Monaten keine Schrittfolgen des klassischen Balletts, keinen Irish Dance oder Flamenco, keinen Latino-Mix, Tango und keine Rumba oder Varianten des Modern Dance mehr darbieten würde. Vor mir lag nur ein Tanz: der Tanz meines Lebens.

1. Kapitel

9. Januar

Überrascht hob Martin den Kopf und widmete seine Aufmerksamkeit nicht länger dem vor seinem Gesicht kondensierenden Atem. Vielmehr kniff er die Augen zusammen, um gegen die fahle Wintersonne, die knapp über den verschneiten Bergwipfeln hing, besser sehen zu können. Nein, er war keiner Täuschung aufgesessen. Eine Silhouette bewegte sich über den silbern schimmernden zugefrorenen See hinweg, der von den erhabenen Bergen wie ein Gemälde eingerahmt wurde.

Martin schob die kalten Hände in die Taschen seiner blauen Daunenjacke. Was zuerst ausgesehen hatte, als tobe ein wütender Derwisch über das Eis, der mit viel Kraft und wilden Sprüngen ein Loch in dieses zu schlagen versuchte, kristallisierte sich bei genauerer Betrachtung als eine Art Tanz heraus.

Streetdance, vermutete er und trat, gefangen von dem sich ihm bietenden Anblick, an die Brüstung der Veranda. Die Sprünge, spektakulär wechselnd zwischen Fußarbeit und eingefrorenen einhändigen Handständen – Ninety Niners, wie er sich zu erinnern glaubte –, schnellen Drehungen und kraftvollen Armbewegungen zeugten von einer so gewaltigen Energie, dass Martin sich fragte, warum nicht längst Blitze über das Eis huschten.

Die Sonne ruhte mittlerweile auf einer Bergspitze, der silberne Glanz des Schnees verwandelte sich in ein sanftes Blau. Als sei der Farbwechsel ein Signal, bewegte sich der Schattenriss auf dem Eis nun wie eine ungelenke Marionette, bei der eine unsichtbare Person die Fäden lenkt. Schließlich sackte die Puppe in sich zusammen, erhob sich aber nur einen Wimpernschlag später wie Phönix aus der Asche. Martin blinzelte verwirrt und hingerissen zugleich.

Die Frau tanzte Flamenco, wechselte daraufhin spielerisch zu Bewegungen wie aus einem Bollywood-Tanzfilm, ging dann zu Schritten, Sprüngen und Armbewegungen über, die an *Dirty Dancing* oder *Flashdance* erinnerten – Filme, die Martins Mutter liebte –, um schließlich in einen feurigen lateinamerikanischen Zauber zu münden.

Pure Magie, anders konnte Martin es nicht nennen, was ihn gefangen hielt. Es war ihm unmöglich, die Augen von dem Schauspiel, das sich ihm bot, abzuwenden. Die Sonne war inzwischen hinter dem Berg verschwunden, als wollte sie – eifersüchtig auf sein Interesse an der leidenschaftlichen Tänzerin – diese nicht länger mit ihrem Licht hervorheben. Der in Eis und Schnee gekleidete Landstrich versank in einem tiefen Dunkelblau. Berge, Hügel und Bäume bildeten eine schwarze Kulisse für die Tänzerin, die nun Pirouetten drehte und grazil, zart und doch mit feurigem Temperament zu einer Musik, die vermutlich nur sie hören konnte, über ihre frostkalte Bühne wirbelte. Martin war kein großer Liebhaber des Balletts, doch jetzt beugte er sich weit über die Brüstung, um ja keine der eleganten, spielerisch dargebotenen Figuren zu versäumen. Die Tänzerin trug ihn mit sich fort in eine andere, bessere und leichtere Welt. Eine, in der die Menschen offenbar schwerelos dahinzugleiten vermochten, eine, in der ihnen Flügel wuchsen. Um vor der Last ihres eigenen begrenzten Lebens zu fliehen?

Nun schien es, als nehme die Frau Anlauf, wobei ihre Bewegungen sowohl kraftvoll und energiegeladen als auch federleicht aussahen – dann setzte sie zum Sprung an und … flog.

Mit zum Spagat gespreizten Beinen und ausgebreiteten Armen erhob sie sich über die graublau schimmernde Eisfläche, schien förmlich von innen zu leuchten und immer höher hinauf zu schweben, als wolle sie die Berge übersteigen und den aufgehenden weißen Wintermond begrüßen. Schließlich sank sie herab und wurde von der Undurchdringlichkeit der Nacht verschluckt.

Martin schnappte nach Luft. Er hatte eine kurze Ewigkeit lang den Atem angehalten, vollkommen hingerissen und verzaubert, entführt in eine Dimension voller Fantasie und Leben, Leichtigkeit und Glück.

Reglos verharrte er, noch immer weit vornübergebeugt, gefangen in der Erinnerung an die Tänzerin und traurig zugleich, weil der berauschende Zauber der Vergangenheit angehörte. Er wartete. Immerhin war das kleine Urlaubsdorf, in dem er einst Zuflucht gesucht hatte, die einzige Ortschaft am See. Es lag verborgen in einer famosen, aber im Winter feindlich anmutenden Bergwelt. Martin rügte sich ob dieser Beschreibung. Schließlich war es der Tänzerin gelungen, die eingefrorene, lebensfeindliche Kulisse zu einem Schauplatz überquellenden Lebens, freier Gedanken, feuriger Gefühle und hinreißender Schönheit zu erwecken. Es lag doch so vieles im Auge des Betrachters …

Wo blieb sie nur? Eine innere Unruhe keimte in ihm auf, die einer schmerzlichen Sehnsucht gleichkam. Sie musste doch irgendwo die gefrorene Wasserfläche verlassen, um in ihr Hotel zurückzukehren. Einige Sekunden lang gab er sich der Überlegung hin, ob ihm vielleicht eine Lichtspiegelung einen Streich gespielt hatte und das wirbelnde, ihn verzaubernde Wesen ein Produkt seiner Fantasie gewesen war, schob dies jedoch als unrealistisch von sich. Sein nachfolgender Verdacht ließ ihn wie elektrisiert auffahren.

Dort, wo der See von einem Fluss gespeist wurde, war die Eisdecke gefährlich dünn, weshalb der Bereich mit einem Seil samt roten Wimpeln abgesperrt war. Martin suchte die Stelle in der Dunkelheit. War die Tänzerin nicht eben in jene Richtung gesprungen? Hatte sie im Dämmerlicht die Absperrung übersehen? War sie womöglich über die Barriere hinweggeschwebt …?

Er durfte nicht länger zögern! Er sprang, eine Hand auf den obersten Balken gestützt, über die Verandabrüstung, seine Schuhe schlitterten über den glatten Fußweg, bevor sie im Tiefschnee versanken und schließlich auf die stumpfe Eisfläche trafen. Sein Puls raste in einem ungezähmten Rhythmus. Jeder Schlag trieb ihn an, schneller zu laufen und der Tänzerin zu Hilfe zu eilen. Wenn es dafür nur nicht bereits zu spät war …

~ ~ ~

Eiskaltes Nass hüllte Florence ein. Ihre Kleidung sog sich ebenso rasch voll, wie die Kälte in ihr Herz eindrang. Das erste Mal vor acht Wochen, um dann vor einigen Tagen einen weiteren Angriff auf sie zu starten. Jetzt drohten nicht nur ihr Herz und ihre Seele, sondern auch ihr Körper zu erfrieren.

Sie hatte weder auf das schwindende Tageslicht noch auf die dünner werdende Eisschicht in der Nähe des Ufers geachtet. Wieder einmal hatte sie unüberlegt gehandelt, und erneut rächte sich das bitter.

Florence tauchte mit dem Kopf voraus auf und schnappte gierig nach Luft. Eiskristalle schienen in ihre Lungen zu rieseln, dennoch war die Atemluft Erleichterung pur. Ihr Puls raste; sie keuchte. Vor Anstrengung, vor Angst, vor Entsetzen. Wie schon in jener Nacht, als ihr Traum zum Albtraum geworden war.

Der zunehmenden Dunkelheit zum Trotz sah sie ihren kondensierten Atem aufsteigen, weiß und zugleich durchscheinend, als wolle ihre Seele bereits ihren Körper verlassen und in Richtung Himmel tanzen.

Florence griff zu. Nicht nach ihrer fliehenden Seele, sondern nach den um sie herum dümpelnden Eisschollen. Doch die tauchten bösartig weg oder splitterten überfordert entzwei. Sie waren wie ihre Hoffnungen und Träume: nicht mehr zu greifen. Das Eis hatte ihrem Gewicht nicht standhalten können, wie auch ihre Wunschvorstellungen dem Leben zu schwer geworden waren.

Florence schwamm, angetrieben von Verzweiflung und einem Funken Wut, zwischen den Bruchstücken hindurch. Hoffnungsvoll fasste sie nach dem gezackten Rand der noch intakten Eisfläche. Sie wollte sich hinaufziehen, aber die Kante brach unter ihr weg. Panisch suchte sie nach Halt, während ihre vollgesogene Kleidung sie in die Tiefe zog. Erneut bäumte sie sich auf, setzte ihre Muskelkraft und Beweglichkeit ein, um sich auf festen, wenngleich trügerischen Grund zu wuchten. Doch das Eis verhielt sich ebenso widerborstig wie ihre Träume. Es zerbrach, wollte ihr nicht gestatten, das Ziel zu erreichen.

Florence sank in das eisige Wasser zurück. Die Kälte sog jede Energie aus ihrem Körper. Entschlossen biss sie die Zähne zusammen, die unaufhörlich aufeinander klapperten. Sie war Tänzerin. Sie war es gewohnt zu kämpfen, sich über die Maßen zu verausgaben und selbst zugefügte Schmerzen auszuhalten. Viel zu oft war sie schon gefallen und wieder aufgestanden, als dass sie jetzt einfach aufgab. Also griff sie erneut nach der Eisschicht, strampelte mit den Beinen, zog sich hinauf, bis sie mit beiden Unterarmen und den Ellenbogen Halt fand. Sie hörte die instabile Materie unter ihrem Gewicht ächzen und stöhnen und schickte ein Stoßgebet zum Himmel. Das Eis knarrte und sirrte eine Melodie, die sie noch nie zuvor gehört hatte. Dann brach abermals der Rand unter ihr ab, und sie versank.

Prustend tauchte sie ein weiteres Mal auf. Die Verzweiflung in ihr wuchs, je aussichtsloser ihre Bemühungen wurden, dem eisigen Tod im Bergsee zu entkommen. Wie stark doch der Wunsch zu leben in ihr verwurzelt war, allen Widrigkeiten zum Trotz! Womöglich sollte ihr das eine Lehre sein!?

Wieder kämpfte sie sich zu der vermeintlich stabilen Eisfläche vor und legte die Hände darauf. Ein kraftloser Akt, nicht mehr als eine zarte Berührung, um nicht ganz losgelöst von dieser Welt zu sein. Florence konnte ihre Finger nicht mehr spüren. Ihr Körper, der zuvor von Millionen Ameisenbissen gequält worden war, fühlte sich nur noch schwer und unsäglich müde an. Ihre Gedanken bewegten sich träge, drohten ebenfalls einzufrieren. Florence richtete ihren Blick auf die erleuchteten Fenster, die den Ursprung der schmalen Lichtspuren auf dem Eis bildeten und somit den Weg zum rettenden Ufer markierten. Heimelig, friedlich und herrlich einladend sahen sie aus, aber sie konnte nicht zu ihnen gelangen. Hieß es nicht, dass man im Himmel von einem sanften, warmen Licht begrüßt und umfangen wurde? Es war ein letzter tröstlicher Gedanke, ehe sie langsam davondriftete.

~~~

Warnend flatterten die in der Nacht unscheinbar grauen Wimpel im Wind. Eine Bö trug zischend den Neuschnee über die Eisfläche, ähnlich grazil wie die Tänzerin zuvor, jedoch nicht feurig, sondern beißend kalt.

Martin stieg über die Absperrung, blieb dort allerdings erst einmal stehen. Wie weit durfte er sich vorwagen, ehe das trügerische Eis auch unter ihm brechen und der See ihn verschlin-
~~~

gen würde? War es nicht ohnehin zu spät, der Frau zu Hilfe zu eilen?

Der Mond kam endlich aus seinem Versteck hinter dem Berggipfel, wo er, so schien es Martin, minutenlang zögernd verweilt hatte. Sein kaltes Licht beschien die frostige Szenerie, wodurch einige Hügel, schneebedeckte Flächen und der See eine graublaue Färbung erhielten, ein hilfreicher Kontrast vor dem Schwarz der Berge. Nun konnte Martin den sterbenden Schwan sehen. Ihre Hände lagen auf der Abbruchkante, das Gesicht war der Ortschaft zugewandt und ruhte auf dem linken Arm. Ob sie noch am Leben war? Seine Zweifel verdichteten sich so schnell wie Schnee auf einem Fensterbrett im Schneesturm. Vorsichtig tastend wagte er sich einen Schritt weiter. Unter seinem Schnürstiefel knarrte es tief und bedrohlich. Das Knarren, das wie ein schlecht geöltes Scharnier klang, breitete sich aus, wurde zu einem unheimlichen, nahezu metallisch klingenden Sirren. Gleich darauf hatte Martin den Eindruck, als kreische die gefrorene Seefläche gepeinigt auf. Oder war es ein Warnruf?

Da hob die Tänzerin langsam den Kopf. Sie lebte! Martin sah bebende, eigentümlich dunkel verfärbte Lippen in einem blassen Gesicht und große Augen, deren Blick sich förmlich in den seinen zu bohren schien. Ihr lautloser Schrei um Hilfe?

Er wagte einen zweiten Schritt. Wieder sandte das Eis jene quälende Abfolge von Geräuschen in die Nacht hinein. Plötzlich glaubte er, der Boden bebe unter seinen Füßen. Mehrere gezackte Linien, ähnlich den Blitzen, die er sich zuvor bei dem energiegeladenen Tanz vorgestellt hatte, schossen aus dem Nichts in seine Richtung. Sie drohten das Eis zu teilen. Schmerzlich vermisste er die Fäden der tanzenden Marionette. Wie gern würde er diese nun in Händen halten, um an ihnen die hilflose Gestalt zu sich zu dirigieren.

Martin wagte sich nicht näher zu ihr hinüber, doch der

Gedanke mit der Marionette erwies sich als hilfreich. Jetzt war er an der Reihe, sich wie bei einer Pantomime zu bewegen; zurück zum Absperrband, auf sicheren Untergrund. Sobald er die Absperrung hinter sich gelassen hatte, kam er nicht umhin, erleichtert aufzuatmen. Er hing am Leben, wenngleich einige Freunde von früher ihn wohl als gescheiterte Existenz bezeichnen würden. Mit vor Kälte klammen Fingern löste er eines der Taue von den Pflöcken, rollte es über Hand und Ellenbogen auf und suchte sich einen festen Stand.

»Ich werfe Ihnen das Seil zu und ziehe Sie daran heraus!«, rief er der fadenlosen Marionette zu, die kraftlos und ohne jede Möglichkeit zur Eigeninitiative im Wasser dümpelte. Mit ihrem nun wieder wachen Blick verfolgte sie jede seiner Bewegungen. Sie reagierte nicht – weder durch ein Zeichen noch durch Worte, aber vermutlich war das eine weise Entscheidung. Bei jeder Regung wuchs die Gefahr, dass sie in den Fluten versinken könnte.

Martin warf das Seil in ihre Richtung und hätte am liebsten laut aufgejubelt, weil es lang genug war, um bis an die Bruchstelle zu reichen. Die Seenymphe griff nach ihrer Rettung, ungewöhnlich schnell für ihren Zustand, beinahe wie ein Hai, der nach seiner Beute schnappt. Trotz der Entfernung sah er jedoch, wie kraftlos ihre Finger das derbe Tau umgriffen. Mit der zweiten Hand suchte sie nach einem der Wimpel und nutzte ihn als Widerstand gegen das Abrutschen. Er lobte sie gedanklich dafür. Ihr Nicken, das im spärlichen Mondlicht kaum zu sehen war, veranlasste ihn, das Seil zu spannen und langsam rückwärts zu gehen. Er ließ sie nicht aus den Augen, spürte der Angst in sich nach, dass sie sich nicht würde halten können, dass er sie verlor, obwohl er sie unbedingt retten wollte. Diese Frau musste tanzen …!

Bewundernswert zäh und verbissen krallte sie sich fest und unterstützte seine Bemühungen mit ihrem, wenn auch schwachen, Beinschlag. Eine Kämpfernatur, kam es ihm in den Sinn. Die Eisfläche hingegen veranstaltete ein grausames Schauspiel, als wolle sie – im negativen, ja eifersüchtigen Sinne – der Tänzerin von zuvor Konkurrenz machen. Sobald der Oberkörper der Frau halbwegs aus dem Wasser befreit war und auf dem Eis auflag, brach es unter ihr entzwei und protestierte klirrend wie zersplitterndes Glas. Das Nass spritzte und brodelte, und sie versank wieder in den schwarzen Fluten.

Martin drängte es danach, schneller zu ziehen, er untersagte es sich jedoch, seinem Wunsch nachzukommen. Schritt um Schritt wich er zurück, hoffte und betete, dass die Marionette den letzten Faden, der sie noch am Leben hielt, nicht fahren ließ. Im milchigen Licht des fast vollen Mondes sah er, wie der Pfosten, an dem das Tau befestigt gewesen war, vom Wasser verschlungen wurde. Martin biss die Zähne zusammen. Er schwitzte und fror zugleich. Sollte sich der See doch die Befestigungen und Absperrseile holen, er würde ihm dafür die Tänzerin entreißen, die ihn so verzaubert hatte. Sie gehörte ihm!

Endlich hielt das Eis der Belastung stand. Martin zog jetzt kräftiger und schleifte die Frau förmlich über den rauen Untergrund, bis sie gut zwanzig Meter von der Schneise entfernt war, die sie wie ein arktischer Eisbrecher gepflügt hatte. Als er schließlich bei ihr war, hatte sie sich bereits auf ihre Hände und Knie geschoben. Seine Bewunderung für ihren eisernen Willen wuchs ins Unermessliche. Er hockte sich vor sie, und als sie wie eine auf Streicheleinheiten wartende Katze den Kopf hob, sah er in das blau unterlaufene Gesicht eines Mädchens, das vermutlich nicht einmal volljährig war.

»Ich trage dich rüber«, sagte er leise in die vollkommene Stille hinein, die sie umgab, nun, da das Eis nicht mehr protestierte, sein Atem sich beruhigt hatte und ihm das Blut nicht länger in den Ohren rauschte.

»Ich bin zu schwer. Ich werde gehen«, erwiderte sie mit

einem ausgeprägten französischen Akzent zwischen aufeinander klappernden Zähnen.

»Das geht schon!«, widersprach Martin und wollte sie hochheben.

Doch sie wand sich aus seinem Griff und wich rückwärts kriechend vor ihm zurück, auf die Bruchstelle zu. Martin hob ergeben beide Hände. Wollte sie sich lieber in den Fluten versenken, anstatt sich von ihm, dem Fremden, berühren zu lassen?

»Okay, du wirst selbst gehen.« Ihre heftige Reaktion irritierte ihn, sodass er ihr vorsichtshalber die Freiheit einräumte, ihre eigene Entscheidung zu treffen. Allerdings bezweifelte er, dass sie sehr weit kommen würde. Die Kälte in ihrem Körper würde sie sicher nicht einfach gewinnen lassen.

Die Tänzerin wollte ihm offenbar das Gegenteil beweisen. Sie erhob sich schwerfällig. Ihre Muskeln und Sehnen gehorchten ihr nicht richtig, was nicht verwunderlich war. Dennoch gelang es ihr aufzustehen, wobei sie eine leicht vornübergebeugte Haltung einnahm. Mühsam, als erlerne sie nach einem schweren Unfall gerade wieder das Gehen, setzte sie einen Schritt vor den nächsten. Dies zu beobachten, nachdem er ihr bei ihren Pirouetten, Sprüngen und wirbelnden Tanzschritten zugeschaut hatte, schnitt Martin schmerzlich ins Herz. Er trat neben sie und war bereit, sie zu stützen oder gar aufzufangen, falls die Kräfte sie jäh verlassen sollten. Nach etwa der Hälfte des Weges hob sie den Kopf und straffte die Schultern. Neue Energie schien in ihren Adern zu pulsieren. Sie bewegte die Arme im Wechsel zu ihren Beinen, ließ die Hüfte übertrieben kreisen, fast so, als müsse sie testen, ob ihre Gelenke noch an Ort und Stelle waren und weiterhin ihren Dienst versehen wollten.

Vor der flach ansteigenden verschneiten Uferböschung blieb sie stehen. Ihr Atem ging jetzt pfeifend und viel zu schnell. Zwar hatte das Zähneklappern aufgehört, doch Martin stellte mit einem prüfenden Blick fest, dass er die in einer dicken

Wollstrumpfhose steckenden Beine unter dem nassen kurzen Rock zittern sehen konnte.

»Mein Angebot gilt noch«, sagte er. Von irgendwoher drang leise Tanzmusik herüber, aus einer anderen Richtung erscholl gedämpftes Gelächter. Die Touristen amüsierten sich an diesem Abend, der für die Tänzerin beinahe der letzte gewesen wäre.

»Huckepack!«, erwiderte sie mit rauer Stimme. »Sie können mich auf dem Rücken tragen.«

»Wenn dir das lieber ist«, willigte er ein und ging vor ihr in die Hocke. Sie schien noch mit sich zu ringen, denn es dauerte eine geraume Zeit, ehe sie sich an seinen Rücken lehnte und von hinten die Arme um seinen Hals legte. Als er aufstand und dabei unter ihre Beine greifen musste, zuckte sie zusammen, als habe sie einen elektrischen Schlag erhalten. Er bildete sich nicht ein, dass das an einer übermäßigen Anziehungskraft zwischen ihnen lag. Jedenfalls nicht von ihrer Seite aus.

Das Mädchen war zwar schlank, jedoch schätzungsweise 1,75 Meter groß, aufgrund ihrer Tanzausbildung entsprechend muskulös und demnach bei Weitem nicht so leicht, wie er sich das vorgestellt hatte. Sie über die mit Schnee bedeckte Wiese zu tragen, verlangte ihm eine ordentliche Energieleistung ab. Aber zumindest war ihm nicht mehr kalt, als sie endlich bei der notdürftig frei geräumten Straße anlangten.

»Wohin?«, keuchte er.

»Das Auto steht dort drüben auf der Parkfläche.«

Martin verdrehte die Augen. Offenbar war ihre Familie nur zu einem Tagesausflug hier heraufgefahren. Ob ihre Eltern in einem der Restaurants beim Nachtisch saßen? Auf jeden Fall musste das Mädchen dringend ins Warme, anschließend würde er ihre Angehörigen suchen und sie zu ihr bringen. Also eilte er den Weg entlang, so schnell es ihm auf dem gefrorenen Untergrund möglich war, ohne einen Sturz zu riskieren, an ein paar Häusern vorbei, die am Hang lagen und aus denen ein heimeliger Lichtschein auf die Schneeflächen fiel, auf ein Apartmenthaus zu, unter dessen erhöhter Terrasse sich die Wohnung seiner Vermieterin befand. Die Lichtschranke an der Hauswand aktivierte eine träge glimmende Außenlampe, und gerade als er an die Eingangstür klopfen wollte, schwang diese auf.

Die Frau zuckte zusammen, fing sich aber rasch wieder. Ihr prüfender Blick wanderte über die nassen Gestalten vor ihrer Wohnungstür, ehe sie den Müllsack, mit dem sie wohl auf dem Weg zur Tonne gewesen war, in einen Schneehaufen fallen ließ.

»Meine Güte! Kommt schnell rein, bevor euch beide der Tod holt!«

Ihre mütterlich weiche Stimme klang besorgt. Claire war eine Frau um die vierzig und hatte einen ganz ähnlichen, wenngleich nicht so stark ausgeprägten Akzent wie die Tänzerin.

Martin folgte der Aufforderung ohne Zögern. Der zitternde, schwache Teenager auf seinem Rücken würde Claires Fürsorge zu schätzen wissen – vermutlich mehr als seine kühle, wenn auch fachliche Unterstützung.

Claire ging ihm voraus durch einen schmalen Flur, von dem vier Türen abgingen, in einen Wohnraum mit integrierter Küche, der winzig war, aber durch seine Gemütlichkeit bestach. Zudem machte bei Tageslicht ein wunderschöner Blick über den See und die Bergwelt die räumliche Enge wett.

»Was ist denn passiert?«, fragte Claire und wies ihn an, das Mädchen auf der Couch abzusetzen.

Er zögerte angesichts ihrer tropfnassen Kleider.

»Die Polster sind nur aufgelegt, ich kann sie später trocknen«, versicherte sie ihm, als könne sie seine Gedanken lesen.

Also drehte er sich mit dem Rücken zu dem Zweisitzer aus hellem Kiefernholz – ein größeres Möbel hätte in der Nische keinen Platz gefunden – und ließ die Tänzerin auf die Couch gleiten. Diese seufzte auf, zog die Knie an und umschlang die Beine mit ihren Armen. In dieser Haltung wirkte sie wie ein schutzbedürftiges Kind, das nichts mehr von der Eleganz, dem Feuer und dem ungeheuer großen Elan zu besitzen schien, den sie zuvor bewiesen hatte. Hatte das eisige Wasser ihr all das geraubt?

Im Licht der Deckenlampe musterte Martin ihre bläulichen Finger, das blasse Gesicht, eingerahmt von halblangem dunklem Haar, und die nahezu lilafarbenen Lippen.

»Hast du elektrische Heizkissen oder etwas in der Art im Haus? Bis der Krankenwagen eintrifft, sollten wir sie schon mal langsam auftauen«, wandte er sich an die hilfsbereite Frau.

»Besser noch: eine Heizdecke.«

»Ich will keinen Krankenwagen!«

Beide Reaktionen kamen gleichzeitig. Die von ihrer Gastgeberin klang sanft und mitfühlend, die des nun wieder zitternden Mädchens energisch, beinahe harsch.

»Das halte ich aber für ratsam. Du warst mehrere Minuten lang einer Wassertemperatur knapp über dem Gefrierpunkt ausgesetzt. Deine Vitalwerte müssen besser kontrolliert werden, als ich das hier kann, ebenso deine Lunge, ganz zu schweigen von der Durchblutung deiner Extremitäten.« Er sprach wie zu einem widerspenstigen Kind, das sie augenscheinlich wohl auch war.

»Mir ist nur kalt. Das ist nichts, was sich mit trockener Kleidung, einer wärmenden Decke und einem heißen Tee mit Rum nicht kurieren ließe.«

Martin verschränkte die Arme vor der Brust. Was dachte sich das Mädchen eigentlich? Doch vermutlich agierte es wie eine Erwachsene, weil es von Kindesbeinen an gefördert und gefordert worden war; von den karrierebewussten Eltern und den Tanzlehrern. Womöglich war es früh von zu Hause ausgezogen, um seiner großen Leidenschaft nachzugehen, dem Tanzen.

»Die Entscheidung liegt sicher nicht bei dir, sondern bei deinen Eltern«, stellte er klar und nickte Claire zu, die mit einem flauschigen Badetuch und trockenen Kleidern, sowie der angesprochenen Heizdecke ins Wohnzimmer zurückgekehrt war.

»Bei meinen …?« Ein Grinsen, frech und übermütig wie das eines Schuljungen, der bei einem Streich erwischt worden war und gegen dessen Witz nicht einmal der Lehrer ankam, schlich sich auf das blasse Gesicht des Mädchens und offenbarte zwei Reihen sehr gepflegter, gleichmäßiger Zähne.

Martin schluckte. Er fand sie bezaubernd. Viel zu bezaubernd, schließlich war sie definitiv zu jung für ihn. »Darf ich fragen, wie du heißt und wie alt du bist? Oder muss ich Sie sagen?« Ganz offensichtlich war Claire besser darin, wichtige Informationen einzuholen, als er.

»Ich heiße Florence, und da ich demnächst siebenundzwanzig werde, halte ich es für unsinnig, meinen Eltern eine Entscheidung abzuringen, zumal das schwierig werden könnte.« Sie wandte sich Claire zu, die ihr mit einem belustigten Schmunzeln, als habe sie dergleichen geahnt, die trockenen Kleidungsstücke entgegenstreckte. »Aber ein förmliches ›Sie‹ muss wirklich nicht sein.«

»Gut, ich bin Claire. Wir verbannen deinen Retter in den Flur, von wo aus er einen seiner Kollegen anrufen kann. Überlassen wir dem die Entscheidung über einen Krankenhausaufenthalt, ja?«, sagte Claire mit deutlich befehlsgewohnter Stimme. »Er kann aber auch gern seine eigene Arzttasche holen, falls er denkt, eine Untersuchung habe Eile. Und du kannst inzwischen duschen und ziehst dir etwas Trockenes über. Die Sachen sind von meiner älteren Tochter und könnten dir passen.«

Martin ließ sich in den engen Flur schieben, völlig perplex darüber, dass die Tänzerin mit dem spitz zulaufenden Kinn und den großen blauen Augen eine erwachsene Frau war. Hätte er sich das nicht denken müssen? War es nicht beinahe unmöglich, dass eine Jugendliche bereits eine so außergewöhnliche Ausstrahlung besaß wie Florence bei ihrem lautlosen Tanz über das Eis? Er hatte von ihr nicht mehr als eine schwarze Silhouette gesehen und dennoch den Wechsel ihrer Gefühle und Stimmungen wahrgenommen – je nachdem, welchem Tanzstil sie sich hingegeben hatte. Hatte er nicht sogar den Eindruck gehabt, dass sie einen Kampf ausfocht? Fröhlichkeit und Humor, Lebensfreude und Glück gegen Angst, Trauer und Schmerz?

2. Kapitel

Florence sah ihrem Retter nach, als Claire ihn später ein zweites Mal an diesem Abend hinausbegleitete. In der Tür drehte er sich noch einmal zu ihr um, und die Verwirrung in seinem Blick war noch nicht gänzlich gewichen. Sie wurde oft jünger geschätzt, worum viele Kolleginnen sie beneideten, ohne zu ahnen, wie lästig das in einer Bar, einem Restaurant, beim Einkauf, beim Grenzübertritt ... sein konnte.

»Sie versprechen mir, sich auszuruhen!« Es war keine Frage, sondern ein Befehl. Immerhin hatte sie sich standhaft geweigert, sich in das nächstgelegene Krankenhaus bringen zu lassen. Seine Besorgnis war irgendwie rührend, zumal er sich seinerseits als Arzt entpuppt hatte – wenngleich sie seiner Klientel entwachsen war. Dennoch hatte er aus seinem Ferienhaus seine Arzttasche geholt, um sie notdürftig zu untersuchen, was sie mit unverhohlenem Widerwillen über sich hatte ergehen lassen. Ob ihm aufgefallen war, wie unangenehm sie seine Berührungen fand?

Ein weiteres Zittern lief durch Florence. Dieses hatte jedoch nichts mit der Kälte zu tun, die noch immer ihren Körper beherrschte. Vielmehr rührte es von Erinnerungen, die sie am liebsten abstreifen würde wie zuvor die klamme, nasse Kleidung. Da ihr das nicht möglich war, konzentrierte sie sich auf die leise geführte Unterhaltung im Flur, ohne den genauen Wortlaut zu verstehen, ehe die Eingangstür ins Schloss fiel. Alles war besser, als sich zu erinnern …

Claire kam zurück und setzte sich ihr gegenüber in einen Sessel, nachdem sie eine dunkelhäutige Puppe und ein undefinierbares Stofftier beiseitegeräumt hatte.

»Du bist also nur auf der Durchreise?«, knüpfte Claire an das Gespräch an, das durch die Rückkehr des Arztes unterbrochen worden war.

»Ja, und ich bin wirklich sehr dankbar, dass ich bei dir übernachten darf. So spät hätte ich sicher kein Hotelzimmer mehr bekommen.«

»Es ist ohnehin alles ausgebucht; Hochsaison.« Claire klang müde, was in Florence den Verdacht weckte, dass sie, wie vermutlich die meisten Ortsansässigen, in der Tourismusbranche arbeitete.

»Verzeih mir meine Neugierde, aber mich interessiert schon, wie man sich auf der Reise von Paris nach München in die Romandie verirren kann.«

Florence atmete tief durch und beschloss, offen zu sein. Claire nahm völlig selbstlos und großherzig eine klatschnasse und durchgefrorene Fremde auf, also verdiente sie wohl zu erfahren, was Florence in diesen Landstrich geführt hatte. Zumindest einen Teil der Wahrheit war sie in der Lage zu offenbaren.

»Ich habe meinen Vater nie kennengelernt, doch meine Mutter ist ihm hier begegnet. Sie hat mir häufig von dem hübschen Ort, den majestätischen Bergen und dem romantischen Bergsee vorgeschwärmt.«

Claire neigte leicht den Kopf zur Seite und musterte sie so intensiv, als wolle sie bis in ihre Seele schauen. Erstaunlicherweise empfand sie das weder als unangenehm noch als unheimlich. Nein, so erstaunlich war das eigentlich nicht, nach all dem, was sie hinter sich hatte. Vielmehr war es wohltuend, dass jemand, wenngleich eine Fremde, Interesse an ihr und ihrer Geschichte zeigte. Ein kleiner Teil ihres Herzens flog Claire zu, als sei es gewiss, dass man der müde dreinschauenden Frau vertrauen könne.

»Wer Orte mit so tiefgreifender Bedeutung aufsucht, ist vermutlich auf der Suche nach etwas«, sagte Claire leise. »Wonach suchst du? Nach deinen Wurzeln?«

»Nach Antworten.« Florence schaltete den Thermostat der Heizdecke herunter. Claires Aufmerksamkeit und die Zeit, die sie in das Gespräch mit ihr investierte, wärmten sie auch von innen. Sie hatte den Eindruck, als habe ihr Herz zu glühen begonnen. Und dabei sah Claire regelrecht abgekämpft aus. Umso höher achtete Florence ihre Hilfs- und Gesprächsbereitschaft. Schließlich hätte Claire sie weder bei sich aufnehmen müssen, noch war sie gezwungen, sich jetzt die Zeit für eine Unterhaltung zu nehmen. Dass sie beides dennoch tat, zeugte nicht nur von Claires großem Vertrauen in die Menschen, sondern gleichzeitig von sehr viel … Liebe. Oder nahm Claire an …?

Florence richtete sich auf und sagte energisch: »Ich bin nicht absichtlich über die Absperrung gesprungen, Claire. Es war eher … Gedankenlosigkeit.«

Claire neigte ein weiteres Mal auf ihre ganz spezielle, fragende Weise den Kopf zur Seite. Eine angenehme Art, um Florence zu signalisieren, dass sie ihr gern zuhörte, ohne sie zu drängen, alle Karten offen auf den Tisch zu legen.

»Ich habe Performing Arts, also Musical, studiert. Drei Jahre in Paris, wo ich aufgewachsen bin, und ein Jahr in München. Ich tanze für mein Leben gern, und dieser zugefrorene See mit der abendlichen Bergkulisse war einfach zu einladend.« Florence zog die wärmende Decke wieder fester um sich, ehe sie mit leiser Stimme fortfuhr: »Vielleicht wollte ich auch nur meinem Vater zeigen, was aus mir geworden ist …« Sie schluckte hörbar und senkte den Blick. Ja, was war aus ihr geworden? Erneut schob sie den Gedanken gewaltsam beiseite.

»Jedenfalls habe ich die Absperrung nicht gesehen. Ich bin darübergesprungen und eingebrochen.« Wie in Paris, schoss es ihr durch den Kopf. Dort hatte sie ebenfalls die Schranke gedankenlos übersprungen und musste jetzt die Folgen tragen.

»Darüber bin ich sehr froh.« Claire lächelte sie sichtbar erleichtert an.

Das nachfolgende Schweigen zwischen ihnen war weder peinlich, noch lastete es schwer auf ihnen. Sie waren zwei Frauen, die beide ihre eigenen Kämpfe auszutragen hatten und in ihren Gedankenwelten versanken.

Das leise Ticken der Uhr in der dunkelblau gestrichenen Nische gegenüber der Fensterfront, in der sich die Miniküche befand, war für lange Zeit das einzige Geräusch in dem kleinen Wohnbereich, der neben den blauen Polstermöbeln, einem niedrigen dunklen Holztisch und einer Kommode im gleichen Design unmöglich mehr Möbel aufnehmen konnte. Kissen in kräftigem Violett, Eisblau und Kiwigrün, dazu zwei farblich passende Gemälde an je einer der weißen Wände, sorgten für fröhliche Farbtupfer.

»Bitte verzeih, aber ich muss dringend ins Bett.« Claire gähnte hinter vorgehaltenem Arm.

»Sicher, ja!« Florence wickelte sich aus der angenehm warmen Decke und sprang auf ihre noch immer zittrigen Beine.

»Ich habe mein Bett frisch bezogen. Du –«

»Das möchte ich nicht. Bitte, ich schlafe hier auf dem Sofa!«

»Das Polster ist doch feucht. Darüber hinaus ist es viel zu klein. Nebenan schläft meine Tochter. In ihrem Zimmer steht eine Schlafcouch, für die Zeit, wenn meine ältere Tochter Lysann hier ist. Ich schlafe öfters dort, vor allem, wenn es Zoé nicht so gut geht.« Claires Stimme hatte wieder diesen befehlsgewohnten Ton angenommen, der Florence daran hinderte zu widersprechen, zumal sie die Aussicht auf ein richtiges Bett verlockend fand.

»Nimm die Heizdecke mit, du kannst sie heute Nacht bestimmt noch gebrauchen. Außerdem wollen wir ja den Herrn Doktor nicht gegen uns aufbringen, nicht wahr?« Obwohl Claires Lächeln nur angedeutet war, bildeten sich unterhalb der Fältchen, die ihre Augenwinkel zierten, entzückende Grübchen auf den Wangen.

Florence zog mit fließenden Bewegungen den Stecker, presste die Decke an sich und fragte: »Habe ich mich eigentlich bei ihm bedankt? Ich weiß das gar nicht mehr.«

»Ich nehme mal an, dass Sätze wie: ›Das möchte ich nicht.‹ oder ›Lassen Sie das bitte!‹ und ›Das ist wirklich überhaupt nicht nötig.‹ nur bedingt als Dankesworte durchgehen.«

Bestürzt biss sich Florence auf die Unterlippe, was Claire zu einem Auflachen animierte, das sie jedoch schnell unterdrückte, vermutlich aus Sorge, damit ihre Tochter aufzuwecken.

»Keine Angst. Das kannst du morgen nachholen.«

»Ich bin so ein Tölpel.«

»Ach wo. Du warst nur halb eingefroren.«

»Ein Eisklotz also, der es nicht fertigbringt, sich zu bedanken?«

»Kaum. So vehement, wie du dich gegen Martins Bevormundung zur Wehr gesetzt hast, nehme ich vielmehr an, dass du ein kleiner Wirbelwind bist.«

Florence hob die Augenbrauen. Diese Claire war wirklich erstaunlich. Doch leider hatte Florence' Impulsivität sie diesmal in gehörige Schwierigkeiten manövriert.

~~~
~~~

Eine verwaschene, gelegentlich sogar verfremdet klingende Melodie weckte Florence. Anhand des mehr genuschelten als gesungenen und immer wieder stockenden Textes vermutete sie darin das Kinderlied *Bonjour, les amis, bonjour.* Sie schlug die Augen auf und blickte an eine weiße Zimmerdecke, die so gar nichts mit der vertrauten stuckverzierten hohen Decke der Pariser Altbauwohnung gemein hatte. Es dauerte einen Augenblick, bis die Erinnerung an die Ereignisse des Vortages die bleierne Müdigkeit in ihrem Kopf besiegte. Zu tiefer gehenden Überlegungen kam sie allerdings nicht mehr, denn das Summen endete. Dafür ertönten nun ein Schmatzton und das Rascheln von Kleidung, da sich jemand ganz in ihrer Nähe bewegte.

Florence drehte den Kopf. Vor ihrem Bett stand ein etwa zehnjähriges Mädchen mit zwei lustig vom Kopf abstehenden schwarzen Zöpfen, die ein wenig an Palmkronen erinnerten. Es steckte in schrillbunten Strumpfhosen, über die ein langer blauer Pullover bis fast zu den Knien gezogen war. In dem runden Gesicht des Kindes fielen sofort die schmalen Augen und eine kleine Nase, vor allem aber ein strahlendes Lächeln auf, das winzige Zähne offenbarte. Das Mädchen, das ihr offenbar hingebungsvoll beim Schlafen zugesehen und für sie gesungen hatte, hatte unübersehbar eine Trisomie 21.

»Er wird deinen Fuß nicht gleiten lassen, und der dich behütet, schläft nicht.«

Die Aussprache des Mädchens war langsam, gedehnt und leicht undeutlich. Florence reagierte verwirrt über das, was das Kind sagte, zumal sie der Meinung war, dass ihr Fuß sehr wohl ausgerutscht, ja sie sogar gefallen war und dass niemand sie davor bewahrt hatte.

»Ich bin Florence.«

»Das weiß ich.« Das Lächeln des Mädchens wurde um eine Nuance breiter, wobei sich die Grübchen, vermutlich ein Erbe ihrer Mutter, noch entzückender in die runden Wangen eingruben. »Du schnarchst. Aber du bist hübsch.«

Wieder hatte Florence Probleme damit, ihre unmodulierte Ausdrucksweise zu verstehen.

»Das ist … Danke.« Florence verzog das Gesicht zu einer Grimasse. Die ungeschönte Ehrlichkeit des Mädchens irritierte sie ein wenig, und – auch wenn sie es sich ungern eingestehen wollte – sie wusste nicht recht, wie sie sich dem behinderten Kind gegenüber verhalten sollte.

»Verrätst du mir auch deinen Namen?«

»Namen sind Schall und Rauch.«

Florence kniff die Augen zusammen. Das war eine Textstelle aus Goethes *Faust*.

»Sagst du ihn mir trotzdem?«, hakte Florence nach, beeindruckt davon, dass das Kind bereits das zweite Zitat in ein eher oberflächliches Gespräch einzuwerfen verstand.

»Ich bin Zoé, Claire ist meine Mama. Du liegst in ihrem Bett.«

Anscheinend genügte die knappe Vorstellung, um bei dem Kind eine weitere Barriere aufzuheben. Zoé ließ sich auf die Matratze plumpsen und wippte vergnügt kichernd einige Male auf und ab, sodass Florence gehörig durchgeschüttelt wurde. Allerdings hörte Zoé von allein damit auf. Ihr Atem ging keuchend, ähnlich wie bei Florence nach einem Auftritt oder am Vorabend, als das Eiswasser sie umfangen hatte. Erleichtert stöhnte sie kurz auf.

»Ich bin zu alt für diesen Scheiß«, lautete das nächste Zitat in einem Tonfall, der Bruce Willis' durchaus würdig war, was Florence auflachen ließ. Zoé wertete das offenbar als Beifall, denn sie strahlte die Fremde im Bett ihrer Mutter erst freudig an, ehe sie den Blick an die Decke hob, als gäbe es dort etwas wirklich Interessantes zu betrachten.

Florence fühlte sich auf Anhieb zu Zoé hingezogen. Von ihr

ging eine ansteckende Fröhlichkeit aus, gemischt mit einem in sich ruhenden Pol und einem Hauch von … Schalk?

Claires Stimme ertönte aus dem Flur. Sie rief ein bisschen ungehalten, wie Florence fand, nach ihrer Tochter: »Zoé? Wo steckst du?«

Erschrocken sprang das Mädchen auf und murmelte etwas, das sich anhörte wie: »Ach, kommen Sie, Sie haben mich schon bei viel Schlimmerem erwischt.«

Den Bruchteil eines Augenblicks später klopfte es an die nur angelehnte Tür, die daraufhin aufschwang. Claire, in einem schwarzen Rock mit weinroter Bluse sehr chic gekleidet, das von einigen silbernen Fäden durchzogene braune Haar kunstvoll zu einem Knoten aufgetürmt, runzelte missbilligend die Stirn, obwohl Zoé schnell vom Bett gesprungen war.

»Ich hatte dich doch gebeten, dass du unseren Gast schlafen lässt. Außerdem solltest du bei mir bleiben. Ich kann dich nicht ständig suchen gehen!«

»Er wird deinen Fuß nicht gleiten lassen, und der dich behütet, schläft nicht.« Dasselbe Zitat wie zuvor, stellte Florence amüsiert fest.

»Bitte, Zoé, sprich normal mit mir.« Claire klang ungeduldig und winkte ihre Tochter energisch aus dem Zimmer. Während sich das Mädchen zwischen seiner Mutter und der Laibung hindurch in den Flur drückte, wandte sich Claire an Florence: »Entschuldige bitte.«

»Sie hat mich nicht geweckt. Außerdem ist das eure Wohnung. Ich sollte ohnehin aufstehen und zusehen, dass ich weiterkomme.«

»Darf ich dich etwas fragen?«

»Aber natürlich, Claire.« Florence schob sich höher in das Kissen hinauf und spürte dabei jeden einzelnen Muskel, fast so, als habe sie Muskelkater nach einem überlangen, anstrengenden Arbeitstag.

»Du sagtest, dass du auf der Durchreise bist. Wie eilig hast du es, an dein Ziel zu gelangen?«

Florence senkte den Kopf und betrachtete ihre unter der Decke hervorspickenden Füße, die in warmen Wollsocken steckten. Die begannen schon wieder zu tanzen, wie so oft, wenn sie verunsichert oder aufgewühlt war. Wie sollte sie Claires Frage beantworten, nun, da es für sie doch kein Ziel mehr gab? Sie hatte es verspielt – oder war es ihr geraubt worden? Ihr Ziel war die Verwirklichung ihrer Träume gewesen. Im Gegensatz zu ihr waren diese jedoch nicht gerettet worden. Sie waren in dem Eisloch geblieben, in die schwarze Tiefe gesunken und dort gestorben. Das tödliche Loch ihrer Träume lag in Paris …

»Ich fürchte, ich bin nicht auf dem Weg zum Ziel, sondern vielmehr auf der Suche nach einem.« Hatten Claire und sie am Vorabend nicht schon ein ganz ähnliches Gespräch geführt?

Aus dem Flur war Zoé zu hören: »Der Weg ist das Ziel.«

»Ich frage dich das, weil ich dringend jemanden für Zoé brauche. Eigentlich hätte das nächste Au-pair-Mädchen bei uns anfangen sollen. Leider hat es kurzfristig abgesagt. Zoé ist ein liebes Kind, aber ich kann sie unmöglich immer zur Arbeit mitnehmen. Ich bin die Maître d'hôtel des nebenan gelegenen Hotels und habe entsprechende Arbeitsstunden, die –«

»Ich helfe dir gern aus.« Wieder einmal kam Florence' Antwort spontan und wenig durchdacht, doch aus tiefstem Herzen. Claire war eine hilfsbereite, einfühlsame Frau und, soweit Florence wusste, alleinerziehend und deshalb gehörig gefordert. Sie könnte ihre Unterstützung wirklich gut gebrauchen. Für Florence war es ohne Bedeutung, ob sie, wie ursprünglich geplant, an ihre ehemalige Studienstätte zurückkehren würde, in der vagen Hoffnung, dort noch ein paar ihrer früheren Studienfreunde anzutreffen, oder ob sie in dieser idyllischen Bergwelt blieb. Sie hatte ihren Traum, ihren Weg und ihr Ziel verloren.

Wo sie sich neu sortierte, war im Grunde völlig egal. Und vielleicht war sie ja nicht grundlos hier gestrandet.

Claire sah Florence auf ihre Zusage hin an, als habe sie ihr soeben eröffnet, dass sie zurück in den See wollte. »Wirklich?«

Zoé zitierte erneut, verschluckte dabei jedoch so viele Silben, dass Florence sie nicht verstand.

Claire hingegen lachte hell auf. Die Sorgenfalten auf ihrer Stirn verschwanden, als habe man mit einem Schwamm Kreidebuchstaben von einer Tafel gewischt.

»Das wäre einfach großartig! Selbstverständlich bleibst du nur so lange, wie du das kannst und willst. Bitte fühl dich zu nichts verpflichtet. Du darfst jederzeit gehen. Leider kann ich dir neben Kost und Logis nicht viel Geld bieten. Wenn das ein Hinderungsgrund wäre, könnte ich das gut verstehen. Du dürftest auf jeden Fall mein Schlafzimmer behalten. Ich räume meine Sachen natürlich aus.« Claire strahlte förmlich vor hoffnungsfroher Dankbarkeit, was die Frau nur noch sympathischer machte.

Zoé hüpfte derweil mit ungelenken, kleinen Sprüngen um sie herum, worauf Claire ihre Tochter energisch festhielt.

»Ich bleibe!«, bekräftigte Florence ihre Entscheidung.

»Ich muss leider unverzüglich ins Hotel zurück, komme aber in drei Stunden kurz vorbei und zeige dir alles. So lange kommt ihr beiden doch klar, oder?«

Florence' Herz tanzte. Wie befreiend allein das Gefühl war, gebraucht zu werden, hätte sie niemals für möglich gehalten. Es beflügelte ihre Seele, ließ das Eis auf dem Vulkan, der doch in ihr schlummerte, wieder schmelzen. Claires ungewöhnliches Angebot, das so anders war als alles andere, was Florence bisher gemacht, geplant, erlebt und erträumt hatte, war ein winziger Schritt in die richtige Richtung, das fühlte sie ganz deutlich.

»Muss ich bei Zoé auf irgendetwas besonders achten?«, fragte sie vorsichtshalber nach.

Claire zog sie zur Eingangstür, wo zwischen dem unteren Rand des Türblatts und der Fußleiste eine unangenehme Kälte ihren Weg ins Haus fand.

»Wie du siehst, hat sie das Down-Syndrom. Sie atmet viel durch den Mund und war deshalb erst wieder stark erkältet. Du müsstest darauf achtgeben, dass sie bei kalten Temperaturen nicht zu lange im Freien ist.«

»Ich möchte mich unbedingt bei … dem Arzt bedanken. Ist der Weg dorthin zu weit?«

»Der Weg ist das Ziel«, kam es prompt von Zoé.

»Natürlich könnt ihr dahin laufen. Zoé weiß, wo ihre Schneesachen sind. Du kannst dich gern aus dem Fundus an Schneehosen, Handschuhen und Mützen bedienen. Schließlich musst du erst dein Gepäck aus deinem Wagen holen. Wenn ihr im Freien seid, geht bitte langsam und bleibt auf den Straßen. Martin findest du übrigens im letzten Haus westlich von hier. Ihr braucht nur dem Uferweg zu folgen. Das Holzchalet, in dem er wohnt, hat eine große Veranda und eine blaue Eingangstür. Du kannst es nicht verfehlen.«

~ ~ ~

Florence lachte so sehr, dass ihr Bauch zu schmerzen begann. Dabei erfüllte sie ein Gefühl tiefster Zufriedenheit, das sie seit Wochen in dieser Intensität nicht mehr gespürt hatte. Glück in seiner reinsten Form, hervorgerufen durch ein Lachen. Tränen kullerten über ihre Wangen, die Zoé voll Hingabe mit dem Zeigefinger wegstupste. Das Mädchen schnee- und kältefest anzuziehen, war eine Herausforderung und ein riesiger Spaß zugleich, und beides kristallisierte sich bereits beim ersten Kleidungsstück heraus: einer braunen Mütze, auf der Augen aufgenäht und runde Bärenohren angebracht waren. Zoé hatte sie sich übergestülpt und war aus ihrem Zimmer in den Flur vor den Spiegel geeilt, wo sie sich feixend betrachtete.

»Ich bin der Bär. Der große Bär«, sang sie wenig melodiös, was vermutlich an ihrer schwachen Muskelspannung lag – die auch die Stimmbänder betraf. Daraufhin versuchte sie sich in einem bösen Knurren, das jedoch eher einem Kätzchen glich, dem man versehentlich auf den Schwanz getreten war.

»Dann komm hierher, damit wir dir noch ein Winterfell überziehen können«, lockte Florence, leicht verunsichert darüber, ob sie dieses besondere Kind würde richtig behandeln und führen können.

»Machen wir!« Zoé stand erstaunlich schnell wieder im Kinderzimmer und vor einem Berg Mützen, Schals, Handschuhen, Schneehosen und Winterjacken. Offenbar hatte Claire alles aufgehoben, was Zoés ältere Schwester Lysann über die Jahre getragen hatte und noch zu gebrauchen war.

»Welche Schneehose könnte dir denn passen?«, überlegte Florence laut.

»Keine!«, erwiderte Zoé zutiefst überzeugt, wobei ihr das keine Probleme zu bereiten schien.

»Wir finden sicher etwas in deiner Größe.«

»Meine Beine sind zu kurz.«

Florence musterte das Mädchen. Sie war für ihre zehn Jahre wirklich klein, was tatsächlich vor allem an ihren kurzen, pummeligen Beinen liegen mochte. Ebenso wirkte die Armlänge im Verhältnis zum Körper unterentwickelt.

Florence entschied sich spontan für eine grüne Schneehose mit Hosenträgern und bat Zoé, sich auf ihr Bett zu setzen. Sie streifte ihr die gepolsterte Hose über die bunt gemusterte Strumpfhose. Zwar saß diese perfekt in der Taille, dennoch bestand Zoé auf das Anlegen der Hosenträger.

»Ich will Kälteschutzwickel«, forderte das Mädchen betont langsam und streckte Florence die Beine entgegen. Ihre Füße waren nicht zu sehen, versanken sie doch in den viel zu langen Hosenbeinen.

»Kälteschutzwickel?« Florence durchwühlte die Kleidungsstücke, fand aber keine Beinstulpen.

Zoé sah ihr zu und lachte sie dabei gutmütig aus, ohne zu verraten, weshalb. Der Schalk saß dem Mädchen gehörig im Nacken. »Wickel!«, erklärte sie dann, beugte sich vor und wäre von der Bettkante gekippt, wenn Florence sie nicht reaktionsschnell gepackt und wieder aufgerichtet hätte.

»Wickeln!«, befahl Zoé jetzt ein wenig ungeduldig.

»Ich soll die Hosenbeine aufkrempeln?«

»Kälteschutzwickel, sagt Lysann!«

»Jetzt habe ich verstanden, was du meinst.« Florence kniete sich vor Zoé und wickelte erst das eine, dann das andere Hosenbein hoch, was bei der wattierten Füllung und dem etwas unflexiblen, wasserabweisenden Außenstoff einen riesigen Wulst ergab.

Kaum war sie damit fertig, zog es Zoé erneut zum Spiegel.

»Kälteschutzwickel«, erklärte sie beim Anblick ihrer dickverpackten Fesseln noch einmal. Das war vermutlich Lysanns tröstende Erklärung dafür, weshalb man Zoé immerzu die Hosenbeine aufkrempeln musste – zumindest im Winter. Was für eine überzeugende Argumentation Lysann sich wohl für den Sommer hatte einfallen lassen? Wobei Zoé da ja selten lange Hosen tragen musste …

»Ich finde ja, das sieht wie Bärentatzen aus!«, rief Florence in den Flur hinaus.

Zoés lautes, stoßweise hervorgebrachtes Lachen war schlicht ansteckend. Sie kehrte zurück und legte ihrer neuen Betreuerin die Hand mit etwas zu viel Schwung auf den Kopf. »Ich mag dich!«

»Das freut mich.«

»Du bist lustig.«

»Eher hilflos.«

»Das sind viele. Sagt Claire. Aber die meinen es nicht böse.«

»Deine Mama ist eine sehr weise Frau.«

»Klar. Ist ja auch meine Mama!«

Florence schaute das Mädchen berührt an. Es klang so viel Stolz in Zoés Stimme mit, dass ihr ganz warm ums Herz wurde. Unwillkürlich fragte sie sich, ob Claire wusste, wie tief Zoé für sie empfand. Jedenfalls konnte die Frau sich glücklich schätzen, eine Tochter zu haben, die mit so viel Vertrauen und Liebe für sie ausgestattet war. Konnte eine Mutter, zumal alleinerziehend und damit wohl oft genug an den Grenzen ihrer Möglichkeiten, sich mehr wünschen? Machten das sonnige Strahlen in Zoés Augen, ihre hingebungsvolle Zuneigung und das meist fröhliche Lachen vielleicht all das wett, was Claire sicher gelegentlich über den Kopf zu wachsen drohte? Florence kannte die Antwort nicht, hoffte jedoch, dass sie richtiglag. Für Claire, für Zoé und für die ältere Schwester, von der sie nicht mehr wusste als den Namen.

»Los. Jetzt das Fell!« Zoé dauerte das Ankleiden offenbar zu lange. Deshalb beeilte sich Florence, eine weiße Daunenjacke hervorzuziehen und dem Mädchen hineinzuhelfen, allerdings ließ sich der Reißverschluss nicht schließen.

»Ich fürchte, du hast dir etwas zu viel Speck für den Winterschlaf zugelegt«, rutschte es Florence heraus.

»Quatsch. Das ist ein Sommerfell.« Zoé beschloss, einen anderen Blickwinkel anzulegen, was Florence imponierte.

»Wie wäre es mit dem Blauen hier?«

»Mag ich nicht.« Zoé griff nach einer pinkfarbenen Jacke, die Florence zuunterst geschoben hatte. Sie passte dem Mädchen, also blieb sie an, obwohl die Kombination braun, grün, pink ein wenig schrill wirkte. Dann wählte Zoé ausgerechnet noch gelbe Fäustlinge, aber Florence ließ sie gewähren, da Zoés Hände ohnehin unter den zu langen Ärmeln der Jacke verschwinden würden. Es sei denn, Zoé kam noch auf den Gedanken, auch hier Bärentatzen haben zu wollen.

Erneut nahm das Mädchen den Weg zum Spiegel auf sich. »Ich sehe gut aus«, kommentierte sie ihren Anblick.

»Wie ein Paradiesvogel.«

»Das Paradies ist ein toller Ort.«

Florence überlegte kurz, ob es sich wieder um ein Zitat handelte. Offenbar konnte sich Zoé Zitate gut merken. Ob jemand sie ihr mit viel Ausdauer, Liebe und ständigen Wiederholungen beigebracht hatte?

Damit das Kind nicht zu lange in dem wärmenden Outfit in der gut beheizten Wohnung warten musste, zog Florence sich schnell die längste Schneehose über, die ihr an den Beinen dennoch zu kurz war, dazu eine Jacke, Mütze, Schal und Handschuhe, ehe sie ebenfalls vor den Spiegel trat. Sie war mit ihrer ausnahmslos schwarzen und grauen Kleiderwahl der langweilige Gegenpart zu Zoé.

»Du bist der Partykiller.«

Dieser Vergleich vertrieb auch Florence' letzten Zweifel über ihre neue Aufgabe, öffnete ihr Herz für das Mädchen weit wie ein Scheunentor, flutete es mit Liebe und Zuversicht, die sie verloren geglaubt hatte, und ließ sie in ein nicht mehr enden wollendes, befreiendes Gelächter ausbrechen.

Das Kind war nicht nur besonders, es war geradezu erstaunlich. Und das Zusammensein mit ihm wohltuend.

3. Kapitel

10. Januar

Florence hatte nie verstanden, weshalb die Bezeichnung »Winterwunderland« manche Zeitgenossen beinahe in Ekstase versetzte, bis sie an diesem kalten Morgen hinter Zoé aus der Wohnung trat. Geblendet und fasziniert zugleich kniff sie die Augen zusammen, hielt den Atem an und sog den Anblick förmlich in sich auf. Dann verwahrte sie ihn tief in ihrem Herzen und in ihrer Seele. Vielleicht würde sie ihn eines Tages von dort wieder hervorholen müssen, wenn die Welt nur noch grau und trübe vor ihr lag …

Die Sonne stand am wolkenlosen Himmel, und in ihrem Licht leuchteten die mit Schnee bedeckten karstigen Berge weißer als frisch gewaschene Laken. Die in verschiedenste Blaunuancen getauchten Berghänge verrieten deutlich, wohin die Sonnenstrahlen nicht gelangten. Diesen Flächen blieb es verwehrt, von Licht und Wärme liebkost zu werden. Auf dem zugefrorenen See glitzerten Abermillionen silbriger Sterne, als habe der Himmel sie über Nacht herabgeworfen. Bäume, Büsche und Hügel, ebenso wie die verstreut am Seeufer und auf den Anhöhen erbauten Häuser, wirkten wie schlafende Riesen unter einer weißen Daunendecke, auf der funkelnde Diamanten aufgenäht waren. Die Luft war eisig, bei einer Höhe von über tausend Metern im Januar wohl wenig verwunderlich, jedoch so klar, dass Florence sich einbildete, sie könnte die gesamte Romandie überblicken. Dabei bot sich ihr lediglich ein begrenzter Ausblick, in dem sie ein noch viel kleinerer Punkt war. Unbedeutend, doch nicht ungeliebt, schoss es ihr in den Sinn. Winzig, aber nicht unwichtig. Ihr drängte sich die Frage auf, wie sie überhaupt auf den Gedanken hatte kommen können, ihr Leben sei nichts mehr wert und zu Ende, nur weil sie einen Traum zu Grabe getragen hatte. Hatte sie das denn überhaupt getan? War diese schwerwiegende Entscheidung tatsächlich schon gefallen? Und wenn ja, wann? Am Vorabend, als ihr – umspült von eiskaltem Wasser – bewusst geworden war, wie gern sie lebte?

Florence' Blick glitt suchend über die Eisfläche, die ihr eine Bühne für ihren Tanz und für das Ausleben ihrer verstörenden Gefühle geboten hatte. Sie entdeckte einen Motorschlitten mit Anhänger und vier Männer mit leuchtenden Warnjacken direkt vor der Einmündung des Flusslaufs. Sie waren mit verschiedenen Gerätschaften und Stangen dabei, das Eis zu prüfen und die Absperrung zu erneuern. Vermutlich hatte Florence' Retter sie darauf hingewiesen, dass jemand eingebrochen war und dass das Eis neu auf seine Tragfähigkeit überprüft werden musste.

Unterhalb des sanften Abhangs, auf dem Florence und Zoé einträchtig nebeneinander verweilten und die Winterlandschaft auf sich wirken ließen, schlenderten Touristen vorüber. Unter sie mischten sich zwei ältere Frauen, dick vermummt mit Fellstiefeln und langen Wintermänteln, Pudelmützen und Schals, die sie sich bis über den Mund gezogen hatten. Dennoch hörte Florence, wie eine von ihnen sagte: »Ist das da oben nicht die behinderte Kleine von Claire, der Kellnerin?« Ihre Stimme klang rau, als schabe man mit einem Messer über eine Küchenreibe.

Die zweite Frau drehte den Kopf, ohne ihren Weg zu unterbrechen, und schaute erst Zoé, dann Florence prüfend an, ehe sie sich schweigend abwandte.

»Offenbar ist jetzt wieder jemand da, der sich um das Mädchen kümmert. Im Hotel hatten sie schon Angst, die Gäste könnten sich beschweren, weil Claire das arme Ding immer mitschleppen muss. Die Touristen wollen sich hier erholen und nicht …« Die Reibeisenstimme verlor sich in der Ferne. Florence senkte den Kopf und schob mit der Spitze des etwas zu engen Stiefels den Schnee vor ihren Füßen auseinander. War der Frau nicht bewusst, dass Zoé sie hören konnte? Womöglich gelang es dem Kind sogar, die Zusammenhänge dessen zu erfassen, was in der Unterhaltung angedeutet worden war. In Florence keimte ein leiser Schmerz auf, der sich erstaunlich ähnlich anfühlte wie dieser seltsame Beschützerinstinkt, den sie seit einiger Zeit in sich spürte …

Florence sah in Zoés rundes Gesicht und zwang sich somit in die Gegenwart zurück. Hatte das Kind erfasst, dass es als potenzielle Gefahr galt, die Urlauber daran zu erinnern, dass im Leben nicht immer alles nur glatt läuft, dass es inmitten makelloser Schönheit und spielerischen Vergnügens dunkle Seiten gibt, die schwer auf einem Menschen lasten können, die …?

Zoé hatte ihre behandschuhte Hand aus dem überlangen Jackenärmel gekämpft und umgriff Florence' Finger.

»Ich bin perfekt«, sagte sie im Brustton der Überzeugung und ließ Florence keine Zeit, die Aussage zu bestätigen. Offenbar benötigte sie das nicht. »Komm mit, Flo«, fügte sie unternehmungslustig hinzu.

Florence überließ sich ihrer Führung. Gemeinsam gingen sie eine zwar geräumte, aber dennoch mit einer dünnen Schneeschicht bedeckte Steintreppe hinunter und betraten ebenfalls die Seestraße. Sie schlenderten an den Hotels, Apartmentanlagen und den in Ufernähe erbauten Restaurants vorbei. Ein

Holzsteg ragte in Form eines Rechtecks über das Eis. Florence stellte sich vor, wie dort im Sommer Ruderboote und Tretboote auf den Wellen schaukelten.

Die beiden älteren Frauen vor ihnen trafen auf eine weitere, sehr ähnlich gekleidete Dame, weshalb Florence in ihr gleichfalls eine Einheimische und keine Touristin vermutete. Wie in dieser ländlichen Gegend wohl üblich, blieben sie für eine Plauderei stehen, und so zögerte auch Florence, zumal die kleine Gruppe den schmalen Gehweg zwischen den beidseitig aufgehäuften Schneebergen versperrte. Zoé passte die Verzögerung offenkundig gar nicht und zog sie zielstrebig voran.

»Sieh dir das an«, ertönte erneut die Reibeisenstimme, während die Frau mit ausgestrecktem Arm zu den Arbeitern auf dem Eis deutete. »Mein Norbert und dein Junge mussten früh raus. Offenbar hat irgendein Teenager mal wieder eine Mutprobe absolviert.«

»Die sollte man alle dazu verpflichten, dabei zu sein, wenn unsere Söhne das nächste Mal eine Wasserleiche rausziehen«, gab die neu hinzugekommene Frau in kaum verständlichem frankoprovenzalischem Dialekt zurück.

»Einsperren sollte man diese gelangweilten Lümmel«, ereiferte sich die Reibeisenstimme. Da Zoé sich an den Damen vorbeidrücken wollte, blieb Florence nichts anderes übrig, als es ihr gleichzutun. Dabei fiel ihr die dominante Hakennase im Gesicht der Frau auf, die bislang geschwiegen hatte. »Das waren sicher Touristen. Unsere Kinder wissen, wie gefährlich das Eis sein kann«, warf diese jetzt ein.

»Wie Sophie schon sagte: gelangweilte Lümmel mit Eltern, die zu viel Geld haben. Dummköpfe!« Die Gesichtsfarbe der Frau mit dem ausgeprägten Dialekt lief rot an, was nicht an einem plötzlichen Temperatursturz lag.

»Die Eltern sind heutzutage ja nicht einmal mehr in der Lage, ihren Kindern Zucht und Ordnung beizubringen.« Die

Reibeisenstimme klang, als wolle sie einen meterdicken Baumstamm durchsägen.

»Schlechte Kinderstube.« Die Hakennase schien zu beben, allerdings hatte Florence den Eindruck, als habe sich die Frau genötigt gefühlt, ebenfalls noch etwas zu der hitzigen Unterhaltung beizutragen.

»Wer geht schon nachts auf einen zugefrorenen See?«

Dieses Mal verstand Florence die Frau ausgezeichnet, ihrer schwer verständlichen Mundart zum Trotz. Das lag aber wohl vor allem daran, dass sie genau wusste, wovon die Rede war. Unbehaglich zog sie den Kopf ein und verspürte eine nicht geringe Erleichterung, als sie das Dreigespann endlich passiert hatten. Halblaut murmelte sie vor sich hin: »Das war doch nur ein Unfall.«

Zu ihrem Schreck wandte sich Zoé jedoch zu den Frauen um und sagte mit ihrer tiefen, unmodulierten Stimme und der leicht gedehnten Aussprache: »Vielleicht war das ein Unfall.«

»Was meinst du, Kind?«, fragte die Frau mit der Hakennase, während die anderen beiden ihre Nasen plötzlich deutlich höher trugen, jedenfalls hatte Florence diesen Eindruck.

»Nachts ist es dunkel.« Als sei dies Erklärung genug, wandte Zoé sich um und zog Florence wieder hinter sich her, die froh war, den prüfenden Blicken entgehen zu können. Einige Schritte weiter schlich sich ein Grinsen auf ihr vor Kälte gerötetes Gesicht. Die Belustigung flatterte wie windgepeitschte Schneeflocken in ihrem Inneren. Claire hatte Zoé nur erzählt, dass Florence am Vortag ins Eis eingebrochen sei, weshalb sie die Nacht zum Aufwärmen bei ihnen verbracht hatte. Das Mädchen hatte daraufhin seine eigenen Schlüsse gezogen.

»Du bist ein tolles Mädchen, Zoé«, sagte Florence und drückte fest die kleine Hand.

»Jeder Topf findet seinen Deckel.«

Florence spitzte die Lippen und runzelte die Stirn. Es war

das erste Mal, dass Zoé eine Redewendung falsch angebracht hatte.

»Meintest du vielleicht so etwas wie: Jede Medaille hat zwei Seiten?«

Zoé zog mehrmals mit großen Bewegungen die Schultern hoch, wodurch die Schneejacke raschelte und weit nach oben rutschte.

»Die finden sich«, versuchte sie zu erklären.

Schweigend schlenderten sie die Uferstraße entlang, wobei der Schnee unter ihren Schuhen laut knirschte. Die Kirchenglocken läuteten in der Ferne, und der Blick auf die Talstation der Sesselbahn offenbarte, wie viele Skiläufer sich bereits auf den Weg in die verschneiten Berge machten. Bepackt mit Skiern, Stöcken und Rucksäcken, standen sie Schlange, um von den gautschenden Sesseln noch höher in die weiße Pracht geschaufelt zu werden. Irgendwann kam Florence zu dem Schluss, dass Zoé mit ihrem Sprichwort gar nicht mal so falsch gelegen hatte. Keine der Frauen hatte die Schimpftirade auf den Unbekannten unterbrochen, der bei Dunkelheit den zugefrorenen See betreten hatte, um – wie Zoé es getan hatte – das Geschehnis von einer anderen Seite zu betrachten. Die drei Damen hatten sich tatsächlich mit ihrer eindimensionalen Betrachtungsweise des Ereignisses gesucht und gefunden.

Florence zog Zoé die Jacke wieder zurecht und ergriff sie erneut bei der Hand. Die Tage – oder Wochen – mit dem Mädchen versprachen interessant zu werden.

~~~

Das Chalet mit der dem See zugewandten großen Veranda und der blau gestrichenen Tür stand abseits der eigentlichen Ortschaft. Zwar gab es in den verschneiten Hügeln einige Gehöfte, doch die lagen zu weit verstreut, als dass man sie direkt zum
~~~

Dorf zählen konnte. Somit war die Unterkunft von Florence' Lebensretter das letzte Haus des kleinen Ortes. Bevor sie sich Gedanken darüber machen konnte, was sie sagen sollte, ja ob sie überhaupt eine Begegnung mit dem Mann wünschte, griff Zoé nach der Klinke und riss die Tür auf.

»Warte, Zoé!«, stieß Florence entsetzt hervor. »Wir müssen zuerst anklopfen.«

»Das wäre hilfreich gewesen«, erklang eine brummige Männerstimme, und Florence sah im Halbdunkel, wie Martin sich eilig eine Wolldecke um die Hüfte schlang. Sein schwarzes Haar tropfte, doch Florence nahm mal nicht an, dass er im See eingebrochen war. Allerdings empfand sie seinen triefnassen Anblick als gerechten Ausgleich zu dem, den sie ihm gestern geboten hatte.

»Ich bin's, Zoé«, sagte das Kind und trat ungeniert ein, noch ehe Florence es am Arm packen und aufhalten konnte.

»Und ich bin nicht angezogen.«

»Das ist kein Name!« Dann flüsterte sie: »Namen sind Schall und Rauch.«

Florence unterdrückte mühsam ein Auflachen. »Claire würde schimpfen.«

»Das steht wohl eher mir zu«, gab der Mann prompt, aber ungewöhnlich gelassen zurück.

Florence wagte sich einen Schritt vor und begriff, wovon Zoé sprach. Obwohl die Läden geschlossen waren und nur ein zaghafter Lichtschein aus dem Badezimmer sowie das durch die Eingangstür einfallende Tageslicht das Innere erhellten, war nicht zu übersehen, dass in dem großen, hell eingerichteten Raum mit seinen rustikalen Holzwänden ein heilloses Durcheinander herrschte. Zwei Trolleys standen vor dem Bett, auf denen sich ein gewaltiges Knäuel aus Pullovern, T-Shirts, Polohemden, Hosen, Unterwäsche und allerlei mehr gebildet hatte. Mehrere Jacken hingen schräg über allen vier Stuhllehnen, auf deren Sitzfläche Mützen, Schals, Handschuhe, ein Notebook und einige schwarze Stromkabel thronten, während der Tisch mit schmutzigem Geschirr, Plastikverpackungen und Pappschachteln diverser Essenslieferanten überquoll.

»Was für ein Chaos«, entfuhr es Florence leise.

»Möge das Chaos beginnen«, reagierte Zoé prompt und unüberhörbar.

»Ich wollte mich eigentlich nur kurz bei Ihnen bedanken«, erklärte Florence hastig ihr Eindringen, eilte zu Zoé und ergriff sie an der Kapuze ihrer Jacke.

»Ob eine Entschuldigung nicht angemessener wäre?« Schon wieder sein auffällig entspannter Tonfall, als seien Zoé und sie nicht gerade wie das SEK in seine Wohnung eingedrungen.

»Jetzt schon!«, gab Florence zu und schenkte dem Arzt ihr einstudiertes Musicallächeln, allein deshalb, um zu verhindern, dass sie ihn frech angrinste, da die ganze Situation sie gleichermaßen belustigte wie überforderte.

Sie war von Berufs wegen den Anblick fast nackter Männer gewohnt, doch das waren immer »nur« Kollegen gewesen, die sich hastig umgezogen hatten. Bei diesem Gedanken überfiel sie ohne Vorwarnung die Erinnerung an Paris, sodass sie gewaltsam die Zähne zusammenbiss, um die Bilder vor ihrem inneren Auge zu verdrängen. Doch war sie dadurch mehrere Sekunden so sehr mit sich selbst beschäftigt, dass es Zoé gelang, sich aus ihrem Griff zu befreien. Das Mädchen machte sich daran, laut klappernd das Geschirr zusammenzustellen.

»Ich kann mich nicht erinnern, eine Putzkolonne geordert zu haben«, murmelte Martin, der weiterhin krampfhaft die Wolldecke um seine Hüfte festhielt.

Zoé hielt inne, blickte ihn ungeniert an und schüttelte den Kopf, sodass sie ebenso vorwurfsvoll aussah wie die Reibeisenstimme von zuvor, und sagte bestimmt: »Bin ich nicht.«

»Stimmt. Du bist Zoé.«

»Genau.«

Völlig fasziniert schaute Florence zwischen den beiden hin und her. Während Zoé weder Furcht noch Zurückhaltung zeigte, wirkte der Arzt restlos gelöst. Seine Stimme klang sanft und freundlich und transportierte etwas, das Florence als Zuneigung interpretierte. Womöglich hatte er eben erst bemerkt, dass seine nicht georderte Haushaltshilfe ein ganz besonderes Mädchen war. Seine Patientin?

»Ich heiße Martin.«

»Hallo, Martin.«

»Hallo, Zoé.«

»Sie heißt Flo.« Zoé deutete auf ihre Begleiterin.

»Hallo, Flo«, sagte er auf Deutsch. Dabei zog er den Namen mit einem Schmunzeln auf den Lippen so in die Länge, dass sie das stimmlose H hören konnte, welches er gedanklich anhängte und mit dem er sie aufzog, wohl in Erinnerung an ihren Sprung über das Absperrseil.

Die Szene war eigentümlich surreal, zumal Martin sich nun rückwärtsgehend in Richtung Bad bewegte und mit der freien Hand Kleidungsstücke an sich raffte. Kaum dass er die Tür hinter sich ins Schloss gezogen hatte, brach Zoé in ein glucksendes Kichern aus.

»Wir haben ihn erschreckt«, japste sie zwischendurch und verriet so, die für Martin peinliche Situation zumindest andeutungsweise durchschaut zu haben. Die junge Frau und das Mädchen grinsten sich wie Verbündete an.

»Ich kann euch hören«, warnte Martin durch die geschlossene Tür. Da er nicht vorwurfsvoll, sondern eher belustigt klang und Zoé damit beschäftigt war, das Geschirr in die Küchenzeile zu tragen, umrundete Florence die Koffer und öffnete die Fensterläden, die zur einen Seite einen Blick auf die Hügel und zur anderen eine Aussicht über den See und auf die gegenüberliegenden Höhenzüge gewährten. Das durch die weiße Schneefläche verstärkte Sonnenlicht offenbarte die Unordnung in dem hübschen Chalet in ihrem ganzen Ausmaß. In Florence keimten zwei Fragen auf: zum einen, warum ein junger Mann wie Martin sich in die Einsamkeit zurückzog, statt in der Nähe seiner Praxis zu wohnen – wo auch immer die war –, und zum anderen, ob die Unordnung ein Spiegelbild seiner Seele darstellte.

Florence gesellte sich zu Zoé, die dazu übergegangen war, an dem Wasserhahn in der Küche herumzuspielen, und dabei Töne von sich gab, die eindeutig misslaunig klangen.

»Das stimmt nicht!«, ereiferte sie sich schließlich und stemmte die Hände in ihre pummeligen Hüften. Ihre braunen Augen funkelten wütend, der kleine Mund war verkniffen.

Geduld, so stellte Florence in diesem Moment fest, gehörte nicht zu Zoés Stärken.

»Was ist denn nicht in Ordnung?«, fragte Florence und drehte an der antik wirkenden vierflügeligen Armatur mit dem blauen Farbpunkt in der Mitte. Heißes Wasser schoss in das Becken, begleitet von einer aufsteigenden Dampfwolke. Erschrocken schloss Florence den Hahn und griff nach Zoés Händen, um sie auf Verbrühungen zu untersuchen. Das Kind trug noch seine gelben Handschuhe, die mit Fett- und Soßenflecken verschmutzt und zudem von kaltem Wasser durchnässt waren. Florence atmete vor Erleichterung hörbar aus. Sie zog Zoé die Fäustlinge ab und legte sie auf den Heizkörper neben der Küchentheke.

»Die Leitungen sind verkehrt angeschlossen«, erläuterte sie dem Mädchen. »Aus dem Hahn mit dem blauen Punkt kommt heißes Wasser, aus dem mit dem roten kaltes.«

»Claire hat das anders erklärt.«

»Sicher hat deine Mama dir das anders erklärt. Dieser Wasserhahn ist falsch montiert.«

»Das darf nicht sein!« Zoé schmollte noch immer. Ihr ganzer Arbeitseifer schien mit dem Wasserstrahl in den Siphon gespült worden zu sein.

Florence überlegte, ob sie die Gunst des Augenblicks nutzen sollte, um aus der Junggesellenhöhle zu fliehen, entschied sich aber dagegen, weil sie sich bei Martin ja noch für ihre Rettung bedanken wollte. Also steckte sie den Stöpsel in den Abfluss, ließ Wasser einlaufen und begann mit dem dringend nötigen Abwasch.

~~~

Martin stützte sich auf das Waschbecken und beugte sich zum Spiegel, den er zuvor mit der Hand vom Wasserdampf befreit hatte. Er betrachtete sein von der Wintersonne gebräuntes Gesicht mit dem Dreitagebart und das schwarze Kopfhaar, in das sich trotz seiner erst vierunddreißig Jahre bereits einige graue Strähnen geschmuggelt hatten. In Gegenwart von Claires Tochter und ihrer Begleiterin, der begnadeten, energiegeladenen und temperamentvollen Tänzerin, die so überaus jung aussah, fühlte er sich ungewohnt alt. Die Erinnerung an die über die Eisfläche wirbelnde schwarze Silhouette hatte ihn die halbe Nacht in seinen Träumen verfolgt, stets gekoppelt mit der Angst, dass sie wieder einbrechen könnte und er dieses Mal nicht schnell genug zur Stelle sein würde.

Warum die beiden so überfallartig bei ihm hereingeschneit waren, hatte er noch nicht herausgefunden. Allerdings fragte er sich, weshalb er Zoé noch nie getroffen hatte. War sie in einer speziellen Schule mit angeschlossenem Internat und lediglich zu den Ferienzeiten hier?

Und Florence? Offenbar schien es zu ihrem Wesen zu gehören, aus dem Nichts aufzutauchen, sich in die Gefühlswelten der Menschen zu tanzen, um dann – ja was? Er schüttelte über sich selbst den Kopf und richtete sich auf. War es
~~~

tatsächlich möglich, dass seine flüchtige Begegnung mit Florence einen so tiefen Eindruck auf ihn hinterlassen hatte? Und das nur, weil sie auf ihrer Eisbühne so viel Lebendigkeit ausgestrahlt hatte? Nach ihrem Sturz ins Wasser hatte sie vielmehr wie eine getunkte Katze gewirkt.

Martin grinste sein verschwommenes Spiegelbild an. Sie faszinierte ihn. Das war ein gutes Zeichen und ein weiterer Schritt in seinem fast abgeschlossenen Heilungsprozess. Eilig zog er sich an und griff nach der Türklinke. Er wollte diese Frau gern näher kennenlernen, gestand er sich ein, als er die Tür öffnete.

Mit gerunzelter Stirn betrachtete er Florence. Sie hatte Jacke, Mütze und Schal abgelegt und stand mit ihrer zu kurzen Schneehose in seiner Küchennische, um Berge von Geschirr zu spülen, das er nachlässig in der Wohnung verteilt hatte. Er lächelte bei ihrem Anblick. Es war sonderbar, sie bei einer so banalen Tätigkeit zu beobachten, während er sie in seiner Vorstellung immerzu tanzen sah.

Zoé saß ebenfalls ohne die warmen Wintersachen auf einem Stuhl, drückte zwei seiner T-Shirts und ein Hemd platt und wirkte zornig.

Claire hatte Martin vor ziemlich genau einem Jahr auf dem Fußweg von ihrer Wohnung hierher zum Chalet von ihren beiden Töchtern erzählt, dabei jedoch mit keinem Wort erwähnt, dass die jüngere eine Trisomie 21 hatte. Aber warum sollte sie das überhaupt erwähnen? Er hatte ihr ja auch nicht verraten, dass er eigentlich Kinderkardiologe war. Schließlich hatte er seinen Job, für den er viele Jahre lang geackert hatte, an den Nagel gehängt, um nun in einer unbedeutenden Ortschaft und im Einzugsgebiet von weiteren nicht minder kleinen Dörfern als niedergelassener Kinderarzt zu arbeiten. Sie hatten nur oberflächlich Konversation betrieben, wie es zwischen Mieter und Vermieterin eben üblich war.

»Sie müssen das wirklich nicht tun«, wandte er sich an Florence und runzelte die Stirn, während Zoé einige nicht verständliche Worte murmelte. Hatte er Florence nicht schon geduzt? Zumindest nach ihrer Rettung und in der Annahme, dass sie nicht älter als sechzehn war. Sobald ihm bewusst geworden war, dass er es mit einer erwachsenen Frau zu tun hatte, war er zu einem höflichen Sie zurückgekehrt. Doch hatten sie inzwischen nicht wieder zu einem Du gefunden? Er wusste es schlicht nicht, und diese Unsicherheit verwirrte ihn mehr, als er sich eingestehen wollte, zumal Florence ihm über die Schulter hinweg ihr lausbubenhaftes Grinsen schenkte, das ihm am Vortag bereits an ihr aufgefallen war. Wie kam es, dass eine bezaubernde Tänzerin, die allein durch die Bewegungen ihres Körpers pure Eleganz auszudrücken verstand, ein so flegelhaftes Lächeln an den Tag legen konnte?

»Es sollte aber mal jemand abspülen«, lautete ihre Antwort, ehe sie einen Stapel Teller im Schaumwasser versenkte.

»Ich fürchte, ich habe mich in den letzten Tagen etwas gehen lassen«, murmelte er peinlich berührt. Hygiene war etwas, das er in seiner Praxis großschrieb. Leider fehlte ihm zu Hause oft die Zeit – falls er diese Übergangswohnung überhaupt ein Zuhause nennen wollte –, halbwegs Ordnung zu halten. Nun gönnte er sich die ersten freien Tage, seit er vor einem Jahr in die Romandie gezogen war, und hatte an diesen fast ausschließlich geschlafen und gelesen.

»Ja, das stimmt!«, sagte Zoé, wieder mal sehr ehrlich.

Von Florence kam ein leises Lachen, das ihre Begeisterung über Zoés Aufrichtigkeit transportierte. Martin schmunzelte. Die beiden hatten sich offenbar gesucht und gefunden und waren mit ihrer ungekünstelten Ehrlichkeit und Heiterkeit, samt ihrer Spontaneität, wunderbar ansteckend – wobei ihm durchaus bewusst war, dass Florence über ihn lachte.

Um nicht länger in Untätigkeit zu verharren, zog Martin ein Geschirrtuch aus der Ablage und griff an Florence vorbei nach einem Glas. Da es in der Küchennische sehr eng war, berührte er dabei ihren Rücken. Die heißen Wellen, die in Sekundenschnelle durch seinen Körper flossen, konnte er unmöglich ignorieren. Niemals zuvor hatte er so heftig auf eine ihm fremde Frau reagiert. Welche enorme Anziehungskraft ging nur von ihr aus? Ob es ihr immer gelang, die Menschen dermaßen in ihren Bann zu ziehen – sei es beim Tanzen oder durch ihre bloße Gegenwart? Er kam nicht dazu, seine Überlegungen, geschweige denn seine irrationalen Gefühle einzusortieren, denn ihre Reaktion auf die Berührung fiel nicht minder extrem aus: Sie presste sich ans Spülbecken, unterband dadurch jeden weiteren Kontakt mit ihm und begann zu zittern, als habe er sie gerade in das Loch in dem zugefrorenen See zurückgestoßen.

Martin verharrte reglos und wartete ab, was folgen würde. Erstaunlich unspektakulär sagte sie: »Wie wäre es, wenn du deine Klamotten in Ordnung bringst und den Müll nach draußen schaffst, während Zoé mir hier in der Küche hilft?« Ihre Stimme klang zwar ein bisschen dünn, ihr Wunsch war hingegen deutlich: Sie wollte ihn nicht in ihrer unmittelbaren Nähe haben. Um dies zu respektieren, trat er einen Schritt beiseite, worauf sie sich sofort entspannte.

»Will nicht«, kam es undeutlich von Zoé.

»Du darfst gern abspülen und ich trockne ab«, bot Florence ihrer kleinen Freundin an.

»Das Wasser ist doof.«

»Ich habe das schon richtig hinbekommen.«

»Trotzdem doof.«

Florence drehte sich um und taxierte das bockige Kind. Martin schien es, als sei sie unsicher, wie sie mit dem Mädchen umgehen sollte, wenn es seine Hilfe verweigerte.

»Ich würde mich über deine Unterstützung freuen. Umso zügiger können wir raus in den Schnee.« Florence blickte Zoé an, als bezweifele sie, dass dieses Lockmittel bei einem Kind, das die Bergwelt gewohnt war, überhaupt etwas bewirkte.

Prompt starrte Zoé an die Decke und ignorierte sie.

Martin räusperte sich unangenehm berührt und wollte versichern, dass sie ja wohl nicht seinen Saustall beseitigen müssten, aber Florence' warnender Blick ließ ihn den Mund schnell wieder zuklappen. Offenbar schaute er reichlich bedröppelt drein, denn erneut zeigte sich das freche Grinsen auf ihrem Gesicht, wenngleich sie ihm rasch den Rücken zukehrte, um sich weiter dem schmutzigen Geschirr zu widmen. Untätig blieb er mitten im Zimmer stehen, überfordert von dem, was da gerade vor sich ging. Warum waren die beiden noch gleich wie ein Wirbelsturm in sein Ferienhaus gestürmt? Da er darauf nach wie vor keine Antwort wusste und ihn das Gefühl überkam, die skurrile Situation ohnehin nicht ändern zu können – wer kam schon gegen einen Wirbelsturm an? –, folgte er Florence' Aufforderung und räumte zumindest die frisch gewaschene Wäsche in den Kleiderschrank.

~ ~ ~

In der Tür drehte sich Florence um und schob mit einer Hand die Mütze aus der Stirn, um besser sehen zu können. »Ich wollte mich bei dir bedanken. Danke, dass du mich gestern aus dem See gezogen hast.«

»Das hätte wohl jeder getan.«

»Das bezweifle ich, schließlich war es nicht ungefährlich«, widersprach Florence. Er sah mit einem Lächeln auf sie herab, als kenne er eines ihrer Geheimnisse. Dies bestätigte ihren Verdacht, dass er sie in der Abenddämmerung bei ihrem Tanz über das Eis beobachtet und nicht nur ihren unrühmlichen Abgang bemerkt hatte.

»Jedenfalls: vielen Dank.«

»Ich sage jetzt besser nicht ›jederzeit wieder‹, oder?«

Florence freute sich über das Aufblitzen seines Humors, hatte er doch trotz seiner erstaunlichen Gelassenheit zuletzt ein wenig überfordert gewirkt. Was natürlich an ihrem unerwarteten Eindringen gelegen haben konnte.

»Danke, einmal einbrechen genügt mir völlig«, erwiderte sie zweideutig und winkte mit einer jener großen Gesten ab, die sie sich im Laufe ihrer Ausbildung angeeignet hatte. »Andererseits habe ich dadurch Claire, Zoé und dich kennengelernt.«

»Na, dann«, sagte er und grinste sie an, als sei es der größte Gewinn überhaupt, dass sie ihn kennengelernt hatte. An Selbstbewusstsein schien es Martin jedenfalls nicht zu mangeln.

Spontan drehte sie sich wieder zu ihm um und fragte: »Willst du uns nicht begleiten? Der Morgen ist so wunderschön!«

Martin zögerte lange genug, dass Zoé sich bereits ungeduldig murmelnd auf den Weg machte.

»Warum nicht«, hörte Florence ihn sagen.

Sie hatte sich bereits abgewandt und war dem Mädchen nachgeeilt.

»Du holst uns sicher ein!«, rief sie zurück, wohl ahnend, dass das nicht unbedingt förderlich war, um seine Zusage zu untermauern. Aber ihre Fürsorge für Zoé ging vor.

Umso erstaunter war sie, als Martin sie tatsächlich in Höhe des Anlegers einholte, wo sich eine Kinderschar mit Schlittschuhen versammelt hatte. Er trug nur Jeans und eine Daunenjacke, sogar auf Mütze und Schal hatte er verzichtet. Hatte er es so eilig gehabt, ihnen nachzukommen?

»Bloß wegen so einem Idioten!«, schimpfte ein Teenager aus der Gruppe wartender Schlittschuhläufer. Da Florence ahnte, wer der »schuldige Idiot« war, dessentwegen die Kids nicht aufs Eis durften, ergriff sie Zoé am Arm und wollte sie schleunigst mit sich ziehen. Doch die weigerte sich, indem sie die Schuhsohlen in den Schnee rammte und sich keinen Millimeter vorwärtsbewegte.

»Es heißt, der Kerl treibt noch immer irgendwo unter dem Eis«, verkündete ein älterer Junge mit aufgerissenen Augen und gespielt tiefer Stimme. Zwei kleine Mädchen, die ihre Schlittschuhe bereits angezogen hatten, starrten ihn furchtsam an, was ihn dazu verleitete hinzuzufügen: »Manchmal tauchen die Wasserleichen überraschend auf und schnappen nach den Leuten, die auf dem Eis über ihnen spazieren!«

»Das ist dumm«, mischte Zoé sich überraschend ein.

Die Nächststehenden drehten sich zu ihr um.

»Du meinst also, ich sei dumm?« Mit vor der mageren Brust verschränkten Armen kam der groß gewachsene Junge auf Zoé zu. Unerschrocken blickte sie zu ihm auf. Florence fügte gedanklich ein weiteres Charakter-Puzzleteilchen ihres Schützlings hinzu. Neben unerschütterlicher Fröhlichkeit – der allerdings gelegentlich mangelnde Geduld in die Quere kam, sodass sie ausdauernd schmollen konnte – kannte sie offenbar auch keine Furcht.

»Die Fähigkeit zu sprechen macht dich noch nicht intelligent.« Bei diesem *Star Wars*-Zitat von Qui-Gon Jinn verschlug es selbst Florence die Sprache. Ihre Augen weiteten sich, als Zoé noch einen zweiten Spruch hinterherschob, den sie, so schätzte Florence, aus *Mission Impossible* gehabt haben dürfte – oder doch von Wilhelm Busch? »Was ich sagen will, ist, dass Dummheit auch eine natürliche Begabung ist.«

»Was weißt du schon über Wasserleichen, Kleine?« Die Worte kamen drohend, zugleich aber auch irgendwie seltsam erstickt.

»Flo lebt doch.« Kopfschüttelnd über so viel Borniertheit deutete Zoé dorthin, wo bis eben noch Florence gestanden hatte. Die hatte derlei allerdings geahnt und war hinter Martin gehuscht. So galten nun ihm die teils neugierigen, teils aufgebrachten Blicke der jungen Leute.

»Sie sind also der Idiot, der gestern Abend die Absperrung versenkt hat?«

»Sehe ich so aus?«, erwiderte Martin gelassen.

Der Teenager zog die Nase hoch, wandte sich aber zügig ab, da von vorn der Ruf kam, dass die Eisfläche freigegeben sei.

Martin drehte sich zu Florence um und musterte sie mit hochgezogenen Augenbrauen. »Man sollte für das geradestehen, was man verbrochen hat«, dozierte er, konnte jedoch die Andeutung eines Lächelns nicht verbergen.

»Schau dir den Kerl doch mal an«, verteidigte sie sich und spickte an seiner breiten Schulter vorbei.

»Jetzt übertreib mal nicht, der ist bestimmt harmlos.«

»Er hat sich ja sogar getraut, dich einen Idioten zu nennen.«

»Der ist höchstens fünfzehn und wird sich hoffentlich einer Frau gegenüber zu benehmen wissen.«

»Ja, wenn er in mir eine erwachsene Frau sehen würde! Vielleicht erinnerst du dich, dass du mich zuerst auch nicht unbedingt meinem Alter entsprechend behandelt hast.«

Florence wurde es unter Martins langem und intensivem Blick immer mulmiger zumute. Dennoch war es ihr unmöglich, den Blickkontakt zu unterbrechen, zu sehr versank sie in diesen betörend schönen braunen Augen. Alles andere um sie herum war wie ausgeblendet. Sie hörte zwar das Lachen und Rufen der Kinder, jedoch wie durch einen dichten Nebel. Selbst die Motorengeräusche der Autos, die weiterhin den Parkplatz der Sesselbahn ansteuerten, waren nicht mehr als ein leises Brummen. Als winzige Fältchen in Martins Augenwinkel entstanden, verriet ihr das seine Belustigung.

»Möglicherweise hätte ich mir gestern doch deinen Ausweis zeigen lassen sollen«, zog er sie auf.

Florence fuchtelte aufgebracht mit den Händen, eilte aber rasch Zoé hinterher, da das Mädchen der Gruppe von Schlittschuhläufern bis an den Rand des Sees gefolgt war.

»Lysann hat mich immer mitgenommen. Lysann fährt gut Schlittschuh«, erklärte Zoé in ungewohnt weinerlichem Tonfall, allerdings klärte sich ihr Blick schnell wieder zu ihrem bezaubernden Lächeln. Florence versuchte zu finden, was Zoé so sehr begeisterte, und entdeckte eine Schlittschuhläuferin von etwa zwölf Jahren, die gekonnt Pirouetten drehte und sogar kleine Sprünge wagte.

»Sollen wir uns Schlittschuhe ausleihen?«, bot sie Zoé an, selbst Feuer und Flamme bei der Vorstellung, gleich über die spiegelnde Fläche zu gleiten.

Doch das Mädchen schüttelte entschieden den Kopf.

»Warum willst du nicht? Ich dachte, du hättest mit Lysann früher Spaß daran gehabt.«

»Darf ich?« Mit erstaunlich großen Augen presste Zoé eine Hand auf ihr Herz. Diese Geste verdeutlichte ihre Sehnsucht nach einem Abenteuer auf dem zugefrorenen See.

»Ehrlich gesagt, ich weiß nicht«, gab Florence leise zu und musste beobachten, wie der Glanz in Zoés Augen verblasste, als gehe die Sonne hinter einem Berggipfel unter, und wie der Schmollmund überdeutlich hervortrat.

»Es tut mir leid, Zoé. Es ist meine Schuld. Ich hätte dich nicht fragen dürfen, ohne zuvor mit deiner Mutter gesprochen zu haben.«

»Um was geht es denn?«, mischte sich Martin ein.

Florence sah zu ihm auf. »Zoé möchte gern Schlittschuh laufen, ich bin mir aber nicht sicher, ob ich das mit ihr tun darf. Claire sagte etwas von einer gerade überwundenen Erkältung.«

»Läufst du sicher?«, fragte er Florence und wartete eine Antwort gar nicht ab. Vermutlich nahm er an, dass sich die Tänzerin auch auf Schlittschuhen zu Hause fühlte. »Ich sehe kein

Problem dabei, sofern du sie ziehst oder schiebst, damit sie sich nicht überanstrengt.«

»Ich weiß nicht …«

»Bitte, bitte, Flo! Bitte!«, verlegte sich Zoé aufs Betteln.

»Wenn es dich beruhigt, gehe ich mit.« Martin hatte kaum zu Ende gesprochen, als seine Miene verriet, dass er sein spontanes Angebot bereits bereute. Allein das gab für Florence den Ausschlag zuzusagen. Weniger wegen Zoé als vielmehr, um ihren kleinen Erfolg zu krönen. Sie hatten den zurückgezogen lebenden, stillen Martin nicht nur aus seiner Wohnung gelockt, nein, jetzt musste er auch noch Schlittschuh laufen!

»Du bist ja Kinderarzt. Wenn du ein Auge auf sie hast …«, setzte sie ihn wenig subtil unter Druck, damit er keinen Rückzieher machen konnte.

»Ich habe Urlaub«, sagte er leise, fast so, als wage er das nicht laut auszusprechen.

»Dann ist ja alles bestens!«, beschloss Florence, packte Zoé voll Vorfreude am Anorak und wollte sie hinter sich herziehen. Allerdings mäßigte sie in Anbetracht von Zoés gerade überwundener Erkältung bald wieder ihr Tempo, und so schritten sie, gefolgt von Martin, gemächlich den Abhang hinauf zur Verleihstelle. Dabei fragte sie sich, ob es Zoé nicht beträchtlich an Bewegung und demnach an Kondition mangelte. War sie denn so selten im Freien? Weil sie es nicht durfte oder weil die Au-pair-Mädchen, die Claire für ihre Betreuung gewonnen hatte, schlicht keine Lust dazu gehabt hatten …?

Es kostete sie eine Menge Geduld und einiges an Überredungskünsten, um Zoé klarzumachen, dass sie unmöglich mit den hübschen rosafarbenen Schlittschuhen laufen konnte, da die mindestens vier Schuhnummern zu groß waren, sondern dass für sie nur die »eklig braunen« infrage kamen, die jedoch wie angegossen passten. Diese nicht eben einfache Diskussion geriet bei Florence sofort in Vergessenheit, als sie endlich auf dem Eis standen und sie Zoés versonnenes Lächeln sah. So viel Glück in einem kleinen Augenblick eingefangen.

Florence lief rückwärts, hielt das Mädchen an den Händen und zog sie mit sich. Zwar stand Zoé schrecklich steif auf ihren Schlittschuhen, aber sie vertraute Florence genug, sodass sie den Kopf hoch erhoben hielt, sich umschaute, das Gleiten über den See genoss und jeden anlächelte, der sich ihr näherte. Sogar der schlaksige Kerl, der sich zuvor in Schauergeschichten über Florence' nächtliches Abenteuer ergangen hatte, grinste zurück, als Zoé ihn anstrahlte.

»Martin fährt gut«, sagte Zoé schließlich zu Florence. Daraufhin hielt die Tänzerin an und blickte sich suchend nach dem Mann um. Kraftvoll, eher wie ein Ausdauersportler denn ein filigraner Eisläufer, schoss er in großen Bögen um die anderen Läufer, behielt Florence und Zoé jedoch so aufmerksam im Blick, dass er nun sofort auf sie zusteuerte und kleine Eiskristalle aufstäubend abrupt neben ihnen zum Stehen kam.

»Alles in Ordnung?«, erkundigte er sich, leicht außer Atem.

»Ich fahre!«, jubelte Zoé, klammerte sich aber weiterhin krampfhaft an Florence fest.

»Ich wollte dir nur mal zusehen, weil Zoé dich so gelobt hat.«

»Ich war früher in einem Eishockeyteam«, erklärte Martin, und sein vor Kälte rotes Gesicht wirkte entspannt und vergnügt. »Wir können gern die Rollen tauschen, damit du auch ein paar Runden drehen kannst.«

»Du willst nur sehen, wie ich auf den Po plumpse.«

»Mindestens!«, raunte er ihr nahe an ihrem Ohr zu, was erst einen kalten, gleich darauf einen heißen Schauer durch sie hindurchjagte. Sie verstand nicht, warum sie so irrational auf Martin ansprach, da ihr seine Nähe eigentlich unangenehm war. Irgendwie reagierte ihr Körper völlig konträr zu ihrer Seele. Aufgewühlt nahm sie sein Angebot sofort an und brachte den größtmöglichen Abstand zwischen ihn und sich.

Der eisige Fahrtwind trieb ihr Tränen in die Augenwinkel, trotzdem genoss sie das temporeiche, fast schwerelose Dahingleiten, lauschte auf das Zischen der Kufen und die fröhlichen Stimmen der anderen Läufer, lächelte, wenn ein kurzer Aufschrei ihr verriet, dass sich einer von ihnen unsanft hingesetzt hatte. Es war lange her, dass sie zuletzt auf Schlittschuhen gestanden hatte, dennoch wagte sie schnelle Schrittwechsel, baute eine hohe Grundgeschwindigkeit auf und glitt rückwärts auf der linken Innenkante, bevor sie das Knie stark beugte, den rechten Arm und das rechte Bein nach hinten führte und mit der Zacke des rechten Schlittschuhs auf das Eis tippte, ehe sie absprang. Mit angelegten Armen gelang ihr ein zweifacher Flip mit einer nicht ganz perfekten Landung. Jemand applaudierte ihr, sie aber suchte mit den Augen Martin und Zoé. Die beiden liefen Hand in Hand nebeneinander her, was Florence zu der Überlegung brachte, wie Martin es geschafft hatte, dem Kind die Angst und somit die steife Haltung zu nehmen. Jedenfalls strahlte Zoé, und mit ihren geröteten Wangen sah sie wunderschön aus.

Florence fuhr zu dem ungleichen Paar, ergriff Zoés ausgestreckte Hand und glich sich der Schrittfolge und Geschwindigkeit der beiden an.

»Ich tanze, ich fliege, ich tanze, ich fliege«, sang das glückliche Mädchen lauthals und lenkte somit einige Aufmerksamkeit auf sich. Florence tat, als bemerke sie Martins Unbehagen nicht, der offensichtlich ungern im Mittelpunkt eines Geschehens stand.

»Ich tanze, ich fliege, ich tanze, ich –« Zoé verkantete ihre Kufe, bog den Rücken nach hinten, plumpste auf den Po und zog sowohl Martin als auch Florence mit sich. »Ich sitze!«

»Du bist wirklich ein umwerfendes Herzstück«, brummte Martin, was Zoé erneut dieselben undeutlichen Worte murmeln ließ wie schon zuvor in Martins Chalet. Vielleicht war das eines ihrer Zitate, das sie jedoch kaum verständlich aussprach.

Florence lachte schallend, steckte damit Martin und sogar ein paar Umstehende an, während Zoé zufrieden grinsend dasaß und sich unübersehbar in dem Interesse sonnte, das ihr zuteilwurde. Zu Florence' großem Erstaunen war es der schlaksige Gruselgeschichtenerzähler, der schließlich herbeiglitt, Zoé die Hände hinstreckte und ihr aufhalf.

Florence

Mir ist bewusst, dass viele derjenigen, die mein Geheimnis kannten, mich für verrückt hielten und meinen Entschluss nicht nachvollziehen konnten. Denkt ja nicht, dass ich nicht bisweilen selbst gezweifelt hätte – oder dass er einfach zu fällen gewesen wäre. Denn in ihm spielte Freude mit Leid, drehte sich mein Traum in den Armen meines Albtraums über die Tanzfläche meines Lebens.

Aber es war meine Entscheidung. Ich habe sie gefällt, ich stehe dazu und ich bin diejenige, die damit leben wird.

Leben! Was für ein wunderbares Wort. Findet ihr nicht auch? Manchmal, vor allem wenn mich Zweifel und Sorgen überfallen, spreche ich es langsam und betont aus und erfreue mich an seinem Klang. Life, vie, ola, leven, vida, liv, hayat, ukuphila … Es steckt so viel Freude darin, pure Leidenschaft und unzählige Möglichkeiten. Selbstverständlich ist mir bewusst, dass Leben auch Kampf bedeutet, mit Schmerz und Leid einhergeht, Enttäuschungen und Verlust im Gepäck hat. Dennoch bin ich fest davon überzeugt, dass es die schönen Zeiten unseres Daseins ohne die schlechten nicht geben würde. Wie sonst könnten wir sie definieren, unterscheiden? Oft sind es lediglich die kleinen, unbedeutenden Dinge, die uns Glück bescheren. Ein Lächeln nach vergossenen Tränen, ein Gänseblümchen zwischen Asphalt, ein Sonnenstrahl nach Regen, ein anerkennendes Nicken, der Anblick von Meereswellen, der majestätische Flug eines Milans, der Geschmack von Schokoladeneis …

Meine Entscheidung war von zahlreichen Begebenheiten beeinflusst worden. Von dem Erlebnis, dem Tode nahe zu sein und darin zu erkennen, wie gern ich doch am Leben war! Von dem Gefühl, nicht nur Leistung erbringen zu müssen oder andere mit meinem Tanzen zu erfreuen und unvergessliche Erinnerungen in ihnen anzulegen, sondern wirklich gebraucht zu werden; einfach nur ich als Person! Und das sogar dann, wenn ich nicht über eine Bühne wirbelte und Traumwelten erschuf! Ebenso prägend war das Schauspiel des Winterwunderlands, gekoppelt mit meinem Wunsch, dass viele es wenigstens einmal in ihrem Leben sehen durften. Und dann war da natürlich Zoé. Ein Mädchen, das nicht der Norm entsprach, die wir Menschen uns erlaubt haben aufzustellen – und deren Grenzen wir immer kleinkarierter stecken. Wer nur kam auf diese Idee? Wer wagt zu entscheiden, welches Leben lebenswert ist und welches nicht?

Meine Zoé sprühte vor Glück und Liebe! Sie liebte das Leben!

Warum also sollte ich verhindern, dass mein Kind leben wird?

Letztendlich war es eine unscheinbare Geste, ein winziger Augenblick kurz vor Ablauf der Frist, die die Ärzte – oder vielmehr die Gesellschaft – mir gesetzt hatten, um das Kind in mir noch legal abtreiben zu können, die mich auf mein Herz und nicht auf die Stimmen der Vernunft hören ließ: Es geschah, als ein zuvor ungehobelter Jugendlicher sich über Zoé beugte, ihr seine Hände entgegenstreckte, und ihr nach ihrem Sturz wieder auf die Beine half. Wunder des Lebens!

4. Kapitel

17. Januar

»Was für eine Woche«, stöhnte Claire am Morgen ihres freien Tages und ließ sich, noch im Pyjama, in den blauen Sessel fallen.

Florence, die gelesen hatte, hob den Kopf und lächelte die Frau mitfühlend an. Auch für sie waren die vergangenen Tage überaus ereignis- und erkenntnisreich gewesen.

Sie hatte unter anderem feststellen müssen, dass sie den Geruch von Fleisch- und Gemüsebrühe nicht vertrug, weshalb sie dreimal in die Toilette geflohen war, um sich dort zu übergeben. Zoé schien nichts bemerkt zu haben, doch beim dritten Mal hatte Claire ihr bei ihrer Rückkehr in den Wohnraum mit gerunzelter Stirn entgegengeblickt. Allerdings hatte Zoés Mutter ihre Gedanken für sich behalten, zumal im gleichen Augenblick das Telefon geläutet und sie daraufhin eine Stunde lang mit ihrer Tochter Lysann telefoniert hatte.

Eine weitere Erkenntnis betraf ihr Verhältnis zu Zoé. Das Mädchen hatte sich lachend in ihr Herz geliebt. Wenn sie jedoch eine ihrer zwar seltenen, aber intensiven Phasen von Ungeduld und Trotz an den Tag legte, kostete es Florence unglaublich viel Kraft, diese Minuten mit ihr durchzustehen. Umso dankbarer war sie, wenn auf Zoés Gesicht wieder dieses Lächeln erschien, als blicke Florence direkt in die aufgehende Morgensonne.

Florence tanzte jeden Abend über den zugefrorenen See. Sie vernachlässigte ihr Training und versuchte, das mit ausdauerndem Tanz wettzumachen, wohl wissend, dass sie immer mindestens einen Zuschauer hatte, der offenbar darauf wartete, dass sie die spektakuläre Naturbühne betrat. Vielleicht wachte er aber einfach nur gleich einem Schutzengel im Hintergrund über sie, falls sie erneut einbrechen sollte.

Jedenfalls zeigte sich Martin lernfähig, denn nachdem Zoé ihn am Morgen nach ihrem ersten Besuch sogar aus dem Schlaf gerissen hatte, verschloss er fortan die Chalettür, bevor er zu Bett ging.

»Flo-ho, ich bin wa-hach!«, drang Zoés Stimme aus deren Zimmer.

»Die Sonne ist aufgegangen«, sagte Florence und erhob sich.

Claire, ebenfalls bereits auf den Beinen, bedeutete ihr, sich wieder zu setzen, was sie jedoch nicht befolgte. »Du hast heute frei, Flo-ho!«

»Nein, du hast deinen freien Tag«, widersprach Florence.

»Ich bin ihre Mutter, und ich bin gern mit ihr zusammen, wenn ich schon mal ausreichend Zeit für sie habe.«

»Sollen wir uns um sie prügeln oder Streichhölzer ziehen?«, fragte Florence und brachte Claire damit zum Lachen.

»Wir können den Tag doch einfach gemeinsam verbringen«, schlug Zoés Mutter vor und huschte aus dem Zimmer, um ihre Tochter zuerst in die Arme zu schließen.

»Das ist eine ganz gemeine Taktik: mich in Sicherheit wiegen, nur weil du dann schnell zu ihr rennen kannst!«, rief Florence ihr hinterher.

»Aber ein Sieg für mich! Ich habe die Knuddelmaus im Arm.«

Florence kicherte auf ihrem Weg in die Küchenzeile, wo sie Zoés heiß geliebten Haferflockenbrei mit frischem Obst zubereitete, während sie am Gelächter im Bad hörte, wie viel Spaß Mutter und Tochter miteinander hatten. Die immerzu erschöpfte Frau so vergnügt zu erleben, zauberte ein Lächeln auf Florence' Gesicht.

Sie setzte für sich und Claire Kaffee auf und befeuchtete das Baguette vom Vortag, um es aufzubacken. Mutter und Tochter kamen wenig später fertig angezogen in den Wohnraum, und Florence fand es angemessen, zu ihrem ersten gemeinsamen Frühstück bunte Servietten einzudecken und zwei Kerzen anzuzünden.

»Schön!«, murmelte Zoé, schmiegte sich an Florence' Beine und ließ sich von ihr aufs Haar küssen, ehe sie auf ihren Stuhl kletterte.

»So feudal habe ich schon lange nicht mehr gefrühstückt.« Claire drückte Florence kurz an sich, was diese erstaunt die Augenbrauen hochziehen ließ. Bedeutete es Claire wirklich so viel, einmal an einem hübsch gedeckten Tisch zu sitzen, wie sie es sonst jeden Tag den Hotelgästen ermöglichte?

Florence schnitt für Zoé das Obst, beobachtete aber aus dem Augenwinkel, wie Claire versonnen das sanfte Flackern der Kerzen betrachtete, schließlich auf die herrliche Schneelandschaft vor ihrem Fenster sah und sachte den Kopf schüttelte. Ob sie sich fragte, warum sie sich derlei kleinen Luxus nicht öfter gönnte? Oder bedauerte sie es, dass sie dafür zu wenig Zeit, ja Energie übrig hatte? Florence hielt nachdenklich inne. Claire war um die vierzig und hatte zwei Töchter, die sie allein großzog. Das ältere Mädchen war, obwohl noch nicht volljährig, kaum zu Hause, das andere benötigte viel Aufmerksamkeit und Fürsorge. Sie lebten in eher beengten Wohnverhältnissen, und Claires Tage waren ausgefüllt mit ihrer Hausarbeit und dem Brotjob. Ob das ihrem Traum vom Leben überhaupt halbwegs nahekam? Wie hatte sie sich ihr Leben wohl in jungen Jahren vorgestellt, was waren ihre Ziele gewesen, woran hatte sie ihr Herz gehängt? War es unendlich leidvoll für sie gewesen, ihre Träume der Realität anzupassen, oder war sie von ihr schlicht wie von einer Lawine überrollt worden?

»Möge die Macht mit dir sein«, sagte Zoé zu Florence und riss sie damit aus ihren Gedankenwelten.

»Wie bitte?«

»Du starrst seit mindestens fünf Minuten den Apfel an, als wolltest du versuchen, ihn mit deinen Augen zu zerschneiden«, erklärte Claire und zwinkerte ihrer Tochter zu. Offenbar hatten die beiden sie schon eine Weile beobachtet und heimlich ihren Spaß an ihrer Meditation über einen halben Apfel gehabt.

Zügig schnitt sie das Obst zu Ende, kippte die Stücke in Zoés Haferflockenbrei und wandte sich an Claire, die sich endlich einen Kaffee eingeschenkt hatte. »Woher kennt Zoé diese Zitate? Ich nehme ja mal nicht an, dass sie die Filme oder Stücke alle gesehen und die Bücher gelesen hat.«

»Ich kann lesen!«, brummte Zoé mit vollem Mund.

»Das weiß ich, Zoé«, beeilte sich Florence zu beteuern, »du liest sogar ziemlich gut!«

»Lysann bringt ihr den Unsinn seit Jahren bei, wobei Zoé eigentlich nur auf gewisse Reizwörter reagiert – wenn sie will. Nicht wahr, Zoé, du bist ein tolles Mädchen.« Abwartend blickte Claire ihre Tochter an, die kaute, schluckte und dann erwiderte: »Jeder Topf findet seinen Deckel.«

Claire zwinkerte Florence zu und fuhr fort: »Die beiden quatschen fast ausschließlich über Bücher, Schauspieler, Musicals und natürlich über Filme. Sie haben viel Spaß miteinander, deshalb lasse ich sie auch gewähren.«

»Und Harald«, warf Zoé ein.

»Ihr sprecht über jemanden namens Harald?« Claire schaute erst ihre Tochter, dann Florence fragend an, die jedoch nur mit den Schultern zuckte. Sie hatte keine Ahnung, von was oder wem Zoé gerade sprach.

»Wer ist Harald?«, hakte Claire nach.

»Na, der Mann.« Das Mädchen schüttelte den Kopf, als sei es ihr völlig unverständlich, dass ihre Mutter nicht wusste, wer Harald war. »Er sagt mir Sprüche. Und ich merke sie mir.«

»Ein Mann? Aus dem Fernsehen? Oder von einer deiner Hörspiel-CDs?«

»Nö.« Zoé schob den nächsten Löffel in den Mund und kaute hingebungsvoll. Offenbar war das Thema für sie abgehakt.

»Wenn du Harald mal wieder hörst, sagst du es mir oder Flo, ja?«

Zoé nickte mit vollen Backen.

»Also, was machen wir heute?«, wechselte auch Claire das Gesprächsthema, und Florence erkannte an ihrem umherschweifenden Blick, dass die Frau sich gedanklich bereits einen Plan zurechtlegte, wo sie mit ihrem Hausputz beginnen wollte.

Noch ehe sie etwas erwidern konnte, platzte Zoé heraus: »Wir holen Martin ab.«

»Schon wieder?«, fragte Claire.

»Er ist lustig!«, beteuerte Zoé, und der Schalk sprühte förmlich aus ihren Augen. »Obwohl er jetzt abschließt.«

Claire wandte sich an Florence, die schnell ein ernstes Gesicht aufsetzte. »Ich bin unendlich froh und dankbar, dass du mit Zoé all diese Ausflüge unternimmst. Die meisten Au-pairs sind mit ihr nicht weiter als bis zur Grundstücksgrenze gegangen, weshalb auch immer. Du musst aber nicht alle Eskapaden meiner Tochter unterstützen, das weißt du, ja? Du kannst auch mal Nein sagen.«

»Aber sie hat recht. Martin ist unterhaltsam. Er hat Urlaub und weiß offensichtlich nicht, was er mit seiner freien Zeit anfangen soll. Ich habe außerdem den Eindruck, dass ihm Zoés Gesellschaft guttut.«

Zoé reagierte wie aufs Stichwort: »Wir müssen uns entscheiden …«, der Rest ging aber in Gemurmel unter, zumal ihre Mutter sie ignorierte.

»Wem nicht?«, flüsterte Claire mehr zu sich selbst, ehe sie laut sagte: »Er ist erwachsen und wird sich schon zu wehren wissen, wenn er genug hat.«

»Bestimmt.« Florence war sich dessen gewiss. Im Gegensatz zu ihr schien Martin sehr genau zu wissen, wohin sein Weg ihn führte. Sie hingegen war eine Tänzerin, die eine temporeiche Pirouette gedreht und plötzlich die Orientierung verloren hatte. Nun taumelte sie über die Bühne und versuchte, möglichst schnell und unauffällig ihre Ausgangsposition für die nächste Schrittfolge zu finden, um in ihrem Verlauf nicht von der Spielfläche zu stürzen.

Und Claire? War sie die Glucke, die mit weit ausgebreitetem Gefieder ihre Küken beschützt, die letzten, die ihr noch geblieben waren? Gegen die Widrigkeiten dieser Welt, die ihr ihre Träume entrissen hatten? Kämpfte sie für ein gutes Leben – für Lysann und Zoé, soweit es in ihrer Macht stand? Kämpfte sie auch einmal für sich selbst?

»Du begleitest uns heute, Claire«, beschloss Florence und hob beide Hände, um die Frau am Widerspruch zu hindern. »Und danach putzen wir wie ein Wirbelsturm zu dritt die Wohnung.«

»Der Vergleich mit dem Wirbelsturm macht mir irgendwie Angst.«

»Na gut, dann eben wie fleißige Bienchen.«

»Summ, summ!«, rief Zoé mit einem Lachen und schob tatendurstig den Stuhl zurück, worauf auch Florence mit Feuereifer aufsprang. Die Aussicht auf Bewegung im Freien war zu verlockend.

»Na gut. Steck du die kleine Biene Maja mal in einen Schneeanzug, ich räume so lange den Tisch ab.« Claire pustete die Kerzen aus. Sie bewies, wie flink sie arbeiten konnte, denn Florence hatte Zoé, die eher einer Hummel als einer Biene glich, gerade erst in ihr überaus farbenfrohes Winteroutfit gesteckt, als sich ihre Mutter zu ihnen gesellte. Florence hatte, da sie aus Paris gekommen war, keine Skihose im Gepäck und musste sich noch immer mit der zu kurzen Hose abfinden. Aber mittlerweile hatte sie sich zumindest passende winterfeste Stiefel angeschafft.

Mit großer Geste und voll Vorfreude auf ausreichend Bewegungsfreiheit öffnete sie die Wohnungstür. Sonnenstrahlen, glitzernder Schnee und winzige Federwolken an einem blauen Himmel begrüßten sie, und Sekunden später tanzten zwei Bienen und eine Hummel mit wild rudernden Armen als Flügel durch die winterliche Pracht.

Das Dreigestirn – so nannte Florence inzwischen die drei Frauen mit der Reibeisenstimme, der Hakennase und dem schwer verständlichen Dialekt – war auch an diesem Morgen, wie an jedem Tag, auf dem Uferweg unterwegs und drehte sich neugierig zu ihnen um. Claire ließ schnell die Arme sinken und grüßte alle drei höflich mit Namen, während Zoé sich mit weit ausgebreiteten Flügeln ungelenk an ihnen und den Schneehaufen vorbeidrückte und dann weiterflog. Florence, die durch ihre Ausbildung in den Bereichen Schauspiel, Darstellende Kunst und Tanz reichlich unempfindlich war, was verblüffte Zuschauer betraf, machte es dem Kind nach. Von einem der vielen Hügel, an die das Dorf gebaut war, schaute ihnen ein Ehepaar mit fünf noch recht jungen Kindern zu, und Florence konnte einfach nicht widerstehen. Sie ging in ein *demi-plié*, erweckte daraufhin das Insekt mit einem kleinen *assemblé* zum Leben und verwandelte kurzerhand eine Elfe aus dem Ballett *Cinderella* in eine Biene. In Stiefeln und mit der dicken

Kleidung sah das vermutlich schrecklich plump aus, doch die Eltern lächelten sich an, ehe sie sich schnell wieder auf die Tänzerin konzentrierten. Währenddessen rissen die beiden älteren Brüder staunend die Augen auf, und den drei Mädchen stand die Verzückung ins Gesicht geschrieben. Das war es, was Florence am Tanzen so sehr liebte: das verträumte Entzücken ihres Publikums, das sich von ihr an geheimnisvolle Orte und in eine andere Zeit entführen ließ.

Florence winkte ihren Zuschauern zum Abschied zu und musste sich sputen, da Zoé eine gewaltige Fluggeschwindigkeit vorlegte. Applaus folgte der jungen Frau, ließ sie für einige Sekunden auf eine Musicalbühne zurückkehren und die Begeisterung schmecken, gekoppelt mit Atemlosigkeit, Erschöpfung und oft genug auch Schmerzen, ehe sie in die Realität zurückkehrte, weil Zoé gestürzt war.

»Hast du dir wehgetan?« Florence fiel vor Zoé auf die Knie.

»Ich will das auch können.«

»Fliegen?«

»Quatsch.«

Florence runzelte die Stirn. War Zoé gar nicht ausgerutscht und hingefallen, sondern hatte das Mädchen ihre kleine spielerische Aufführung beobachtet, anstatt auf den Weg zu achten? »Tanzen?«

»Das war schön.«

»Das zu erlernen, hat eine Menge Schweiß und Arbeit gekostet.«

»Ohne Fleiß kein Preis.«

»Richtig.«

Und wenn man es dann geschafft hat, vollführt die Welt plötzlich einen Satz und aus dem vergossenen Schweiß wird ein Tränensee …

»Zeig es mir.«

»Erst einmal stehst du auf.«

»Das kann ich schon!«, strahlte Zoé, und der Triumph in ihrem Blick ließ die wehmütigen Gefühle in Florence dahinschmelzen wie den Schnee auf den Hausdächern unter den wärmenden Sonnenstrahlen, wodurch die meisten Hausfronten inzwischen von Eiszapfen geschmückt waren, die – je nach Lichteinfall – in den verschiedensten Farben schillerten. Zu Eis gefrorene Tränen der Vergänglichkeit. Aber zumindest blieb von dem geschmolzenen Schnee etwas übrig. Wunderschöne Eiszapfen wurden zu tropfenden Wasserperlen und schimmernden Seen, um dann, durch die Hitze der Sonne verdunstet, als feuchtigkeitsspendender Regen oder filigrane Schneeflocken zur Erde zurückzukehren. Was jedoch blieb von ihr?

»Au, au, au. Vermaledeite Hühnerkacke!« Zu Zoés Repertoire gehörte es offenbar auch, zu schimpfen wie ein Rohrspatz, und Florence war erleichtert, dass Claire sich noch immer mit dem Dreigestirn unterhielt.

»Was ist mit dir?« Florence ergriff Zoé gerade noch rechtzeitig an den Oberarmen, um sie vor einem weiteren Sturz zu bewahren. Das Mädchen balancierte nur auf dem linken Bein, das andere hob es wie ein Flamingo an, der menschlichen Anatomie entsprechend allerdings nach hinten statt nach vorn abgeknickt.

»Ich werde niemals tanzen!«, trug Zoé theatralisch vor. Sie war die geborene Schauspielerin, stellte Florence nicht zum ersten Mal fest. Zumal es zu ihren herausstechenden Stärken zählte, Texte auswendig zu lernen und wiederzugeben.

»Wo hast du Schmerzen?«

»Fuß.«

Obwohl Zoé kleine Füße hatte, war dies eine weitgesteckte Erklärung. Also beugte sich Florence vor und betastete vorsichtig den Knöchel. Prompt zischte das Kind auf und wollte zurückweichen, was zur Folge hatte, dass sie beide den Halt verloren und in den Schneehaufen am Wegrand fielen. Die unteren Schichten waren hart gefroren, doch obenauf lag noch eine weiche Pulverschicht, die aufstäubte und sie für einen Augenblick wie dichter Nebel umhüllte, ehe sie sich wie Puderzucker auf sie legte.

»Eine gelungene Vorstellung«, spottete Claire.

»Du hast dich ja genau rechtzeitig von dem Dreigestirn gelöst, um Zeuge unseres Auftritts zu werden«, brummte Florence, der kalte Wasserperlen in den Nacken liefen.

»Blöder Schnee. Blöder Fuß!« Zoé war wütend, was Florence um den gemeinsamen Ausflug fürchten ließ, auf den sie sich gefreut hatte.

»Na komm, steh auf«, sagte Claire mit einer mütterlichen Strenge in der Stimme.

»Ich will heim!«, widersetzte sich Zoé.

»Wir haben beschlossen, dass wir das schöne Wetter nutzen«, widersprach ihre Mutter. »Also klopfen wir den Schnee einfach ab und marschieren weiter.«

Zoé verschränkte ihre kurzen Arme vor der Brust. »Will nicht!«, lautete ihre bockige Antwort.

»Nicht in diesem Ton, Zoé! Ich kann nichts dafür, dass du hingefallen bist.« Nun klang Claire scharf, jedoch nicht ungeduldig, und zu Florence' Erstaunen und Erleichterung streckte Zoé ihre Hände aus und ließ sich hochziehen, wobei sie noch immer ihre Schonhaltung beibehielt. Sie gab zwar keine Widerworte mehr, behielt allerdings ihr Schweigen bei, wohl eine abgeschwächte Form ihrer Widerspenstigkeit.

»Es ist nicht mehr weit bis zu Martins Chalet. Vielleicht kann er mal einen Blick auf Zoés Knöchel werfen«, schlug Florence vor.

Claire blickte zu dem nahe gelegenen Holzhaus und zuckte schließlich mit den Schultern. Ihre Zweifel darüber, ob sie ihren Mieter um Hilfe bitten sollte, waren ihr anzusehen.

»Ich gehe ihn holen«, sagte Florence und wirbelte um ihre

eigene Achse, aber Claire legte ihr die Hand auf den Arm und hielt sie auf.

»Im Anbau gibt es einen Schlitten, den du mitbringen könntest.«

»Ja, Schlitten fahren!«, jubelte Zoé und vergaß über ihrer Begeisterung völlig, dass sie eigentlich beleidigt sein wollte.

In Florence keimte der Wunsch auf, sich mit dem gleichen kindlichen Elan auf die Suche nach einem Ausweg aus ihrer festgefahrenen Situation zu machen.

Energisch stapfte sie die schmale Zufahrt hinauf, betrat die Veranda, schritt vorsichtig über das teils vereiste Holz und klopfte nach kurzem Zögern an die Tür. Auch von diesem Dach hingen gewaltige Eiszapfen, die Florence mit in den Nacken gelegtem Kopf fasziniert begutachtete.

»Das kann nicht Zoé sein!«, hörte sie Martins Stimme. »Die fällt nämlich immer mitsamt der Tür ins Haus.«

Seine Worte verrieten Florence drei Dinge: Er war bereits aufgestanden, er war wie meistens gut gelaunt, und er freute sich auf eine Begegnung mit Zoé. Gerade Letzteres ließ ihm ihr Herz zufliegen, gleichgültig, wie fest sie es in seiner Gegenwart unter Verschluss halten wollte.

Martin öffnete die Tür, streifte sie mit einem Blick und sah sich dann suchend um. »Wo ist Zoé? Es ist doch hoffentlich alles in Ordnung mit ihr?«

Seine Besorgnis ließ sie schmunzeln. »Sie war eine Biene und hat sich bei der Landung den Knöchel verletzt.«

Seine dunklen Augen blickten sie so herrlich verwirrt an, dass ihr Lächeln noch breiter wurde.

»Zoé und Claire sind unten auf dem Uferweg. Wir wollten fragen, ob du vielleicht mal einen Blick auf Zoés Knöchel werfen könntest.«

»Aber sicher«, antwortete er und trat zurück in seine Wohnung, um sich wärmer anzuziehen.

In dieser Zeit ging Florence zum Anbau und fand inmitten von Schneeschieber, Besen, Skiern, einem Leiterwagen, einer Schubkarre und einem Rasenmäher den Holzschlitten mit zu Hörnern aufgedrehten Verlängerungen der Kufen. Eine dicke rote Kordel war an der Verbindungsstange zwischen diesen befestigt, sodass sie das Gefährt bequem hinter sich herziehen konnte.

»Das ist jetzt aber nicht einer von Zoés Tricks, weil sie mich als menschlichen Lift gebrauchen will?«, erkundigte sich Martin, sobald er Florence mit dem Schlitten um die Hausecke biegen sah.

»Tolle Idee!«, gab Florence vergnügt zurück, überlegte allerdings, während sie hinter Martin her stapfte, ob die Zehnjährige ernsthaft imstande war, derartige Pläne zu schmieden. Sie kam zu dem Ergebnis, dass sie das Zoé durchaus zutraute.

Mutter und Tochter blickten ihnen eng umschlungen entgegen, und die Tatsache, dass Zoé noch immer auf einem Bein stand, machte deutlich, dass sie wirklich unter Schmerzen litt.

»Guten Morgen, Claire, hallo, Biene«, grüßte Martin.

»Ich bin jetzt eine Primaballerina«, korrigierte Zoé ihn, und Claire erwiderte seinen Gruß mit ernstem Gesicht.

»Verstehe, deswegen musst du auch auf einem Bein stehen.«

»Flo war so toll!«, schwärmte Zoé übergangslos. »Wie eine Biene ist sie geflogen. Von Blüte zu Blüte.«

»Ich kann es mir vorstellen.« Martin wich Florence' Blick aus, indem er ihr den Schlitten abnahm und direkt vor Zoé stellte, damit sie sich setzen konnte.

Florence fühlte eine angenehme Wärme in sich aufsteigen. Jeden Abend war sie sich bewusst, dass er sie beobachtete, aber offenbar wollte er das weder Zoé noch Claire verraten und schon gar nicht ihr gegenüber zugeben. Weil er nicht zuzugeben bereit war, wie sehr ihm ihr Tanz gefiel? Weil er mehr als

Bewunderung für sie empfand? Jene Bewunderung, die ihr so oft vom Publikum entgegengebracht worden war, in der sie sich gesonnt hatte, als brauche sie diese, um frei atmen und reifen zu können gleich einem schlichten Buschwindröschen im Schatten großer, dunkler Bäume?

»So, kleine Moira Shearer, oder sollte ich besser sagen, kleine Victoria Page, dann zeig mir mal deinen Fuß.«

Während Zoé sich darüber beklagte, dass er sie als »klein« titulierte, was Martin gelassen über sich ergehen ließ, drückte Florence beide Hände auf ihr Herz. Martin kannte *Die roten Schuhe*! Wie war das möglich? Was hatte er nur vor? Plante er, ihr Herz zu stehlen?

~ ~ ~

Claire ließ sich gern ein paar Schritte zurückfallen. Vor ihr stapften Florence und Martin den schneebedeckten Hügel hinauf, eingerahmt von Fichten, deren Zweige schwer an ihrer weißen Last trugen und diese bisweilen stäubend abwarfen. Martin zog Zoé auf dem Schlitten hinter sich her. Ihr Knöchel sei, so hatte Martin versichert, lediglich leicht verstaucht. Am Himmel zog ein Raubvogel seine Kreise, er war jedoch zu weit entfernt, als dass Claire hätte erkennen können, um welche Art es sich handelte. Dabei kristallisierte sich immer deutlicher heraus, welcher *Art* die beiden jungen Leute waren, die im vergangenen und in diesem Winter in ihr Dorf geschneit waren. In jedem Fall mitfühlend und sensibel. Martin, so vermutete sie, durch aufreibende Erfahrungen gereift, und Florence entgegen ihrer unzähmbaren Energie irgendwie … gebrochen.

Gelegentlich, so vermutete Claire, lachte Florence ihrem Schmerz einfach ins Gesicht – oder tanzte ihn weg. Doch was war es, das diese energiegeladene Frau mit sich herumschleppte wie einen schweren Mantel, der ihr auf die Schultern drückte und versuchte, ihre jugendliche Agilität zu beeinträchtigen, ihre Schritte schwerfällig zu machen, sie am Boden zu halten? War Florence vor nicht allzu langer Zeit sehr verletzt worden? Von Freunden, Kollegen, ihrer Familie? Oder steckte dahinter gar ein Mann?

Es war nur eine leise Ahnung von Claire, wie wenn der Wind sachte durch die Baumwipfel flüstert, ohne sie in Bewegung zu setzen, dass Florence schwanger sein könnte. Es gab da diese Momente, in denen sie – wohl gedankenlos – beide Hände auf ihren Bauch legte. Als wollte sie das kleine Leben in sich beschützen. Oder als wollte sie nachfühlen, ob es wirklich da war. Womöglich wurde das Kind vom Vater abgelehnt? Claire jedenfalls wünschte sich von Herzen, dass Florence' unbewusstes Handauflegen eine schutzbietende Geste war.

Ohne Frage war Florence' Anwesenheit für Claire und Zoé ein Geschenk des Himmels. Solange Zoés Schule geschlossen hatte, war es schwierig für Claire, ausreichend Zeit für ihre ganz besondere Tochter zu finden, schließlich waren ihre Urlaubstage begrenzt. Seit das Au-pair-Mädchen kurzfristig abgesagt hatte, war sie vor dem Problem gestanden, Zoé überallhin mitnehmen zu müssen, und sie hatte befürchtet, dass ihre Kollegen und ihr Arbeitgeber das nicht auf Dauer tolerieren würden. Zoé war ein liebes Kind, aber in ihrer zumeist fröhlichen und eben auch immerzu ehrlichen Art nicht gerade unauffällig. Und Ehrlichkeit war etwas, das heute nicht mehr viel zählte. Gleichgültig, ob man nun einfach log und betrog und jeder das als normal ansah oder ob es darum ging, aus falsch verstandener Höflichkeit oder um des lieben Friedens willen um den heißen Brei herumzureden. Wobei die Beteiligten dabei meist übersahen, dass sich die Probleme damit nicht in Luft auflösten, sondern zu Bergen anwuchsen, die irgendwann erdrutschartig auf alle herniederstürzen würden. Zudem hatten einige Hotelgäste mit Zoés vertrauensvoller Art und der Tatsache, dass sie andere Menschen gern berührte und auch mal umarmte, so ihre Schwierigkeiten.

Doch jetzt war ja wieder eine Betreuerin für Zoé da. Eine, die Claire und Zoé bereits ins Herz geschlossen hatten, die mit ihnen lachte und kaum noch Berührungsangst zeigte. Eine, die dort, wo andere Grenzen zogen, überhaupt keine sah. Sei es, was ihre Gesprächsinhalte mit Zoé betraf oder ihre gemeinsamen Unternehmungen. Vielleicht wagte sie mehr als andere, weil sie als Musicaldarstellerin oft genug über unsichtbare Grenzen hatte tanzen und springen, singen und schauspielern müssen.

Claire seufzte leise auf. Sie mochte das fröhliche Energiebündel, das eine Welt aus Emotionen in sich trug, darunter viel Schmerz und die Suche nach Antworten – wie Florence ihr an ihrem ersten Abend verraten hatte – und Halt. Weshalb sie das alles aber nicht bei ihren Eltern suchte, blieb für Claire unklar. Sie jedenfalls hegte bereits eine seltsame Mischung aus Muttergefühlen und zunehmender Geschwisterliebe für Florence.

Martins Schmerz, der ihn vor einem Jahr hierhergetrieben hatte, war vermutlich völlig anders geartet gewesen. Dennoch ahnte Claire, dass das, was Martin gesucht und gefunden hatte, und das, was Florence suchte, sich in gewisser Weise erstaunlich ähnelte. Vermutlich waren die beiden jungen Leute in ihre Ortschaft gekommen, weil niemand sie hier kannte. Sie hatten erfolgreich alle Brücken hinter sich abgerissen und wühlten nun in den Trümmern auf der Suche nach den Teilen, die sie noch würden gebrauchen können, um eine neue zu errichten. Dabei half ihnen die Erhabenheit der Bergwelt. Sie führte ihnen vor Augen, dass es Größeres gab als das, was sie niederhielt. Zugleich zeigte sie aber auch auf, wie mühsam der Weg werden könnte und dass sie einen Schritt vor den anderen setzen mussten, um auf den Gipfel zu gelangen. Oben angekommen, war man aber noch lange nicht am Ziel. Dort offenbarte sich einem erst die Möglichkeit, sich umzusehen, die Richtung auszuloten, in die man weitergehen wollte, zu entscheiden, wo das Ziel des eigenen Lebens lag. Nach luftigen Weiten würden wieder erdrückende Täler folgen, sodass das Dasein wie ein einziger mit Höhen und Tiefen gepflasterter Weg aussah. War demnach nicht jeder auf der Suche nach seinem Weg, seinem Ziel, seinem Lebenssinn?

Claire schrak zusammen, als das Handy in ihrer Jackentasche zu vibrieren begann. Längst hatten die anderen die in Gedanken versunkene Frau weit hinter sich gelassen und den Hügelkamm erreicht. Florence hatte sich zu Zoé auf den Schlitten gesetzt, und beide schauten versonnen auf die glitzernde Fläche des zugefrorenen Sees hinunter. Martin hingegen schien den Blick auf die Anhöhe über sich gerichtet zu haben, wo vereinzelt Skifahrer eine Tiefschneeabfahrt wagten. Abseits, und wie immer allein, sah Claire einen älteren Herrn über die verschneiten Pfade wandern, die er in den Schnee getreten hatte; wohl beseelt von dem Wunsch, möglichst keinem Menschen zu begegnen. Der Mann war einige Jahre zuvor in ein weit außerhalb der Ortschaft gelegenes Chalet gezogen und lebte dort sehr für sich. Niemand schien Genaueres über ihn zu wissen, weshalb die Gerüchteküche heftig brodelte. Die einen sahen ihn als verkrachte Existenz, andere bemitleideten ihn in seiner Suche nach der Einsamkeit, wiederum andere fürchteten sich gar vor ihm. Aber alle nannten ihn den Einsiedler.

Während Claire sich den Handschuh von der Hand zerrte und in der Jackentasche nach dem Telefon kramte, sah sie, wie der Einsiedler Florence und Zoé musterte. Gleich darauf wandte er sich ruckartig ab und entfernte sich, verborgen hinter schneebedeckten Fichten. Das Klingeln begann erneut, und so konzentrierte sich Claire endlich auf das Display und nahm lächelnd das Gespräch entgegen. »Hallo. Lysann!«

»Es ist so ätzend, Mama«, sagte ihre Tochter.

»Ist deine Erkältung schlimmer geworden?«

»Nein, die ist so gut wie weg. Aber ich komme einfach nicht zu Kräften, und jetzt haben sie mir alle Wettkämpfe gestrichen.«

Claire schloss für einen Moment die Augen. Hügel und Täler. Höhen und Tiefen. Ob wohl die Gipfel der Menschen, die einen ganz besonderen Traum verfolgten und hart für ihn arbeiteten, höher waren als die derjenigen, die sich mit einem bescheidenen Glück begnügten, dafür aber die Täler auch entsprechend tiefer und der Fall allzu rasant und unerwartet?

»Ich war für alle Abfahrtsrennen und den Riesenslalom gesetzt«, stieß Lysann unter Tränen hervor. »Sie treffen in diesen Tagen wieder eine Kaderauswahl. Das wäre eine Weichenstellung für meine Zukunft im Swiss-Ski-Team.«

»Ich weiß, Lysann.« Claire fühlte sich hilflos angesichts der Verzweiflung ihrer Tochter. Lysann war immer die Starke in ihrer Familie gewesen. Die Kämpferin. Diejenige, die praktisch von Kindesbeinen an gewusst hatte, wohin ihr Weg sie führen sollte, und die in Zoé von vornherein eine wundervolle, liebenswerte kleine Schwester mit großen Zukunftsperspektiven gesehen hatte. Lysann nun so demotiviert und verzweifelt zu erleben, quälte Claires Mutterherz, als drücke es jemand mit der Hand gewaltsam zusammen.

»Es wird noch mehr solcher Veranstaltungen geben, meine Große«, versuchte Claire das vermutlich Unmögliche: Lysann zu trösten. »Du bist erst sechzehn und hast noch genug Zeit, um in den Kader zu kommen.«

»Ich gebe nicht auf! Ich packe das!«, klang es in der typisch eigensinnigen Entschlossenheit ihres aufgeweckten und zielbewussten Teenagers durchs Telefon. »Ich kann noch viel härter trainieren!«

»Ich bin der Meinung, dass du dich jetzt erst einmal auskurieren solltest.«

»Ja, klar!«, gab Lysann genervt zurück.

»Bitte, meine Große. Die Verantwortlichen haben dich aus

dem Team genommen, und das aus gutem Grund. Wie wäre es, wenn du bis Schulbeginn nach Hause kommst?«

»Ich weiß nicht …«

»Lysann, ich vermisse dich. Und Zoé ebenfalls.«

»Das weiß ich. Ich überlege es mir, okay?«

»Aber sicher. Und bitte: Halte dich an die Anordnung des Arztes.«

»Ja, ich will ja endlich gesund werden.«

»Ich hab dich lieb, meine Große.«

»Ich weiß, Mama. Drück Zoé von mir, ja?«

»Soll ich sie dir noch geben. Sie sitzt ein Stück weiter oben auf einem Schlitten.«

»Du gehst mit Zoé Schlitten fahren?«

»Na ja, eher Martin und Florence.«

»Zoés Flo, ja? Und wer ist Martin?«

»Ihr neuer Kinderarzt. Hatte ich dir nicht erzählt, dass er im Chalet wohnt? Ach, komm doch einfach her, dann kannst du Zoés neue Freunde kennenlernen.«

»Sehr subtil, Mama!« Ihr Lachen klang rau. »Ich rufe später noch mal an und rede mit Zoé.«

»Gut.« Claire lächelte. Ihre Töchter führten oft stundenlange Telefongespräche und danach war Zoés Kopf voll mit originellen Zitaten. Lysann war diejenige gewesen, die diese spezielle Merkfähigkeit bei ihrer kleinen Schwester entdeckt, gefördert und zu einem wichtigen Teil von Zoés Leben gemacht hatte. Im Grunde war es wie ein Spiel, das die beiden auf ganz besondere Weise miteinander verband. Deshalb hatte es Claire auch verwundert, als Zoé von einem Harald gesprochen hatte, von dem sie anscheinend ebenfalls Zeilen zum Auswendiglernen akzeptierte.

Claire klappte das Telefon zu und steckte es weg. Ihre Hand war eiskalt, ein deutliches Zeichen dafür, wie trügerisch der Sonnenschein nicht vorhandene Wärme vorgaukelte. Nachdem sie den Handschuh wieder übergezogen hatte, hob sie den Kopf und sah Zoé und Florence diskutieren, wobei die Ältere ihre Worte wie üblich mit Gesten unterstrich, als würde sie auf einer Bühne stehen. Offenbar war das eine Angewohnheit, die ihr in Fleisch und Blut übergegangen war. Martin stand einige Schritte hinter den beiden und beobachtete ihren kleinen Disput mit einem schiefen Lächeln der Erheiterung.

Claire machte sich, belustigt über die sich ihr bietende Szene, an den restlichen Aufstieg. Martin war von Florence fasziniert, das stand für sie außer Frage. Einerseits vielleicht deshalb, weil er spürte, dass sie – wie er – durch einen plötzlichen Schicksalsschlag aus der Bahn geworfen und hier fallen gelassen worden war, wobei Florence an sich schon liebenswert war. Andererseits hatte er ihr das Leben gerettet, was die beiden unweigerlich miteinander verband. Demnach könnte es auch Beschützerinstinkt sein, der sich hinter seiner Aufmerksamkeit für sie versteckte; das Gefühl, dass er für sie verantwortlich war. Oder war es pure Bewunderung? Florence bewegte sich bei jeder noch so alltäglichen Tätigkeit wie eine vitale und zugleich grazile Tänzerin. Alle ihre Bewegungen, selbst wenn sie mit der manches Mal sehr eigensinnigen Zoé diskutierte, zeugten von einer Anmut, die ein Mann an einer Frau durchaus fesselnd finden konnte.

»Was habt ihr denn für ein Problem?«, fragte sie keuchend, als sie auf dem Hügel ankam.

»Ich will Schlitten fahren.« Zoé deutete den Hang hinunter, über den Wolkenschatten wanderten wie riesige Schafe und der vor dem See auf einer breiten Schneefläche auslief. Es bestand keine Gefahr, über diesen hinaus auf den nicht sicheren Bereich der Eisfläche zu gelangen, weshalb Claire Florence' Weigerung nicht ganz nachvollziehen konnte.

»Sie will, dass wir zu dritt – sie, Martin und ich – auf einem Schlitten sitzen«, erklärte Florence. Ihr Seitenblick auf den abseits wartenden Mann fiel eigentümlich vorwurfsvoll aus. »Ich habe ihr gesagt, dass entweder er oder ich auf den Schlitten passen, aber nicht wir beide.«

Claire sah das anders, ebenso wie Zoé, schwieg sich darüber allerdings aus. Offenbar hatte Florence, die schon von Berufs wegen körperlichen Kontakt mit Männern gewohnt sein musste, ein Problem bei der Vorstellung, Martin so nahe zu kommen. Worauf sich das wohl zurückführen ließ? Auf eine Aversion gegen zu viel Nähe zum anderen Geschlecht, weil sie dieser ohnehin ständig ausgesetzt war und sie in ihrer Freizeit lieber Abstand halten wollte? Weil nicht nur Martin sich in Florence verguckt hatte, sondern das auf Gegenseitigkeit beruhte, was sich die junge Frau jedoch nicht eingestehen konnte? Oder gab es andere Gründe, die Florence dazu bewegten, sich so vehement gegen eine gemeinsame Schlittenfahrt zur Wehr zu setzen: Rücksichtnahme einem Mann gegenüber. Einem, der womöglich darunter litt, dass sie oftmals engen körperlichen Kontakt zu ihren Tanz- und Schauspielkollegen hatte, weshalb sie außerhalb der Musicalhäuser Abstand hielt – seinetwegen? Oder steckte weitaus Tiefergehendes dahinter, etwas, das sie wie ein bedrohlicher schwarzer Nebel umgab, sie bedrängte und bedrückte – der Grund, warum sie hier war?

Claire zwang sich, ihren mütterlich-besorgten und zugleich fantasievollen Überlegungen Einhalt zu gebieten, zumal sie Zoé zu Hilfe kommen musste, ehe deren Ungeduld sie zum Schmollen verführen und ihr damit den heutigen Ausflug verleiden würde.

»Wie wäre es, wenn wir beide mit dem Schlitten da runtersausen?«

»Prima. Ja! Das machen wir!« Zoé strahlte ihre Mutter an und drehte sich dann triumphierend zu den jungen Leuten um. Claire sah Florence aufatmen, und Martins schiefes Grinsen fiel in sich zusammen wie ein falsch angerührter Hefeteig.

Zoé kuschelte sich an ihre Mutter, sobald Claire sich hinter ihr auf den Schlitten gesetzt hatte; also schlang sie die Arme fest um ihre Tochter und genoss es, sie so nahe bei sich zu haben. Mit einem Blick auf den glitzernden See dachte sie an Lysann und daran, dass sie diese, obwohl so weit entfernt, nahe bei ihrem Herzen trug. Nur leider wurde das Gefühl von einer eigentümlichen Besorgnis um ihre ältere Tochter begleitet, von dem sie nicht recht wusste, woher es stammte und was es zu bedeuten hatte.

~ ~ ~

Lachend sah Florence zu, wie Mutter und Tochter auf dem Holzschlitten den Hang hinunterschossen, unten von einem Minihügel abgebremst wurden und umkippten. Meterhoch stäubte der Schnee auf und verdeckte die Sicht auf die beiden, bis der kalte Glitzernebel sich wie eine Puderzuckerschicht auf die Schlittenfahrer legte.

»Sehen die nicht zum Anbeißen aus?«, rief Florence übermütig lachend.

»Ja«, gab Martin lahm zurück.

Florence löste den Blick von den zappelnden Gestalten am Fuße des Hügels und sah zu dem Mann neben sich. Er hatte die Augen nicht auf das Geschehen beim Uferweg, sondern auf sie gerichtet. Schnell senkte sie den Blick, denn in ihrem Innern spürte sie Furcht und Freude miteinander einen Kampf austragen.

»Komm, wir rennen den Berg runter!«, schlug sie eilig vor.

»Das haben wir als Kinder immer gemacht.« Martin klang irritiert und vorwurfsvoll zugleich. Als sei ihr Vorschlag unter seiner Würde.

»Und jetzt traust du dich nicht mehr?«, forderte Florence

Martin heraus, der prompt die Augenbrauen hochzog, als könne er das keinesfalls auf sich sitzen lassen.

Innerlich triumphierend deutete Florence auf die steil abfallende weiße Fläche vor ihnen und lockte ihn damit, ihr Vorhaben als Erster in die Tat umzusetzen.

»Mindestens einer von uns beiden wird sich ein Bein brechen«, wies er auf etwaige Gefahren hin.

»Es gibt noch Platz auf dem Schlitten«, foppte Florence ihn.

»Du meinst, du willst dich von mir in den Ort zurückziehen lassen?«

»Nein, meine Muskeln, Sehnen und Bänder sind gut trainiert. Ich werde mir sicher nichts brechen …«

»Siehst du, deshalb werde ich den Unsinn nicht mitmachen.«

»Warum genau?«

Martin taxierte sie. »Weil du diesen Hügel wie eine Elfe hinunterschweben wirst, während ich auf die Schnauze fallen werde wie eine Giraffe auf Schlittschuhen.«

Florence schlug sich die behandschuhte Hand vor den Mund, um nicht lauthals herauszulachen; ein Prusten konnte sie allerdings doch nicht verhindern.

»Lachst du mich gerade aus?«, fragte er grinsend, da es ihm nicht länger gelang, seine Belustigung hinter gespieltem Ernst zu verstecken.

»Ja«, japste sie. »Schon einmal im Voraus, weil ich mich nach deinem Sturz ja zwingen muss, dich zu bedauern.«

»Das sehen wir dann!«, sagte er, wobei seine Stimme plötzlich ungewöhnlich elektrisiert klang. Noch ehe Florence sich darüber wundern konnte, ergriff er ihre Hand. Sein Griff war so fest, dass sie keine Chance hatte, sie ihm zu entwinden, zumal er sofort zu laufen begann und sie mit ihm Schritt halten musste. Der Gedanke, wie froh sie war, dass sie Handschuhe trug, blitzte nur für den Bruchteil eines Wimpernschlags auf, dann wurde er von ihrer Freude an der Bewegung, der Herausforderung und einer Welle der Begeisterung weggespült.

Sie rannten im Tiefschnee den Hügel hinab, ohne zu sehen, wohin sie traten. Das Gefälle ließ sie immer schneller werden, und Florence genoss den Rausch der Geschwindigkeit. Die oberste Schicht des Pulverschnees stäubte im Sonnenlicht glitzernd auf, wie Tausende von Diamanten, die sie einhüllten, und sie gab sich der Vorstellung hin, von Zauberstaub umfangen zu sein, der sie gleich unsichtbar machen und in eine andere Welt tragen würde. Dieser Zauber war in dem Augenblick zu Ende, als ihr Fuß von einem versteckten Hindernis, vermutlich einem Gesteinsbrocken unter der Schneedecke, festgehalten wurde. Ein Ruck ging durch ihren Körper, sie strauchelte und stürzte mit dem Kopf voraus in den Schnee. Martin konnte ihren Sturz nicht abbremsen, da sie viel zu viel Schwung hatte. Und da er sie nicht rechtzeitig losließ, riss sie ihn mit sich. Oder wollte er sie nicht loslassen?

War der unter ihren Schritten aufwirbelnde Schnee bislang ein Stäuben gewesen, so wuchs sich dies nun zu einem Schneegestöber aus. Die beiden jungen Leute rutschten meterweit kopfüber abwärts, ehe sie endlich zum Stillstand kamen, zugedeckt von einer Decke aus weißen, kalten Kristallen.

Florence drehte sich auf den Rücken, obwohl ihr Kopf noch immer tiefer lag als ihre Beine, und blinzelte gegen das gleißende Sonnenlicht an.

»Bist du in Ordnung?« Martin, einem Schneemann gleichend, stützte sich auf einen Ellenbogen und betrachtete sie besorgt.

»Bis auf mein Ego – ja!«

»Wir müssen ausgesehen haben wie Pinguine, die über eine Eisscholle watscheln und von dort ins Wasser springen.«

Sein Humor, den er gern hinter Gelassenheit und einem zurückhaltenden Lächeln versteckt hielt, faszinierte Florence aufs Neue. Sie schenkte ihm ihr offenherziges Grinsen, von dem ihre Mutter heute noch behauptete, dass es eigentlich in das Gesicht eines frechen Schuljungen gehöre. Ihre Mutter ... Sie vertrieb den Gedanken an Louise.

Der Schnee auf Florence' Gesicht schmolz und verwandelte sich in glitzernde Perlen. Sie erstarrte, als Martin einige von ihnen mit dem Daumen wegwischte. Seine Berührung ließ irgendwo tief in ihrem Inneren einen Schneesturm entstehen, der sich jedoch viel mehr heiß als kalt anfühlte. Ein Blick in seine dunklen Augen verstärkte für einen Moment das aufwühlende Gefühl, ehe es von Schmerz und Panik beiseitegeschoben wurde, so unsanft und grässlich, als kratze eine Schneeschaufel über rauen Asphalt.

Florence rollte zur Seite und sprang behände auf, froh darüber, dass ihr Fuß tatsächlich nichts abbekommen hatte. Ihre natürliche und antrainierte Beweglichkeit hatte sie vor einer Verletzung bewahrt. Schließlich hatte sie sowohl gelernt, wie man richtig fällt, als auch, wann man sich besser fallen lässt, anstatt eine Übung krampfhaft zu Ende zu führen und dabei Schaden zu nehmen. Leider hatte sie diese Lektion, bezogen auf das Leben, wesentlich schmerzlicher erlernen müssen. Dahin gehend war sie nicht mit einer instinktiven Antenne ausgestattet ...

Sie traf vor Martin bei Claire und Zoé ein, die es sich auf ihrem Schlitten bequem gemacht hatten. Claire war damit beschäftigt, Mütze und Handschuhe ihrer Tochter vom Schnee auszuklopfen.

»Wir sehen alle wie Schneemänner aus«, sagte Martin mit vergnügter Stimme, wobei Florence nicht wusste, was genau er so lustig fand: ihren Sturz, der von Claire und Zoé beobachtet worden war und den ziemlich sicher auch einige der Schlittschuhläufer und Spaziergänger gesehen hatten, oder seine Annäherung und ihre vermutlich panisch wirkende Flucht darauf.

»Hallo, neue Freunde. Ich bin Olaf, und ich liebe Umarmungen«, zitierte Zoé den Schneemann aus der *Eiskönigin* und wurde prompt dreimal kräftig gedrückt.

Florence' Heiterkeit kehrte zurück, als sie gemeinsam ihre Kleidung abklopften. Für etwaige Zuschauer musste das wie eine reichlich eigenwillige Performance wirken. Frohnatur Zoé fiel einfach in ihr Lachen ein; Claire und Martin blickten sie zweifelnd an, als beide nicht mehr aufhörten zu kichern und zu lachen.

»Was bitte ist so lustig an Schnee in den Schuhen, der soeben zu Pfützen verläuft, und an eiskalten Rinnsalen, die einem den Rücken hinunterlaufen?«, fragte Claire schließlich.

»Unser Tanz!«, erläuterte Florence, rutschte den kleinen Hügel hinab auf den geräumten, jedoch schneebedeckten Weg und verdeutlichte durch einige Breakdance-Moves, gekoppelt mit szenisch unterlegtem, überdeutlichem Schneeabklopfen, was sie meinte.

»Jetzt hat deine von Blüte zu Blüte fliegende Biene aber ein Problem«, wandte sich Martin an Zoé.

Das Mädchen schaute ihn mit zusammengekniffenen Augen an und brauchte lange, ehe es begriff, auf was er anspielte. Als Zoé den Zusammenhang zu ihrer Erzählung von zuvor hergestellt hatte, legte sie wie ihre Mutter den Kopf schief und erklärte: »Summ, summ. Die ist in eine Steckdose geflogen.«

Über diese Beschreibung ihrer Choreografie blieb Florence der Mund offen stehen. Claire lachte, Martin hingegen wirkte irgendwie … zufrieden.

Vergnügt, obwohl nass und nicht ganz frei von Schmerzen und Schrunden, traten die vier den Rückweg an, wobei Martin Zoé wieder auf dem Schlitten zog, bis die kleine Gruppe die steile Auffahrt zu dem von ihm angemieteten Chalet erreichte.

»Was hältst du von einem gemeinsamen Mittagessen, sobald du dich umgezogen hast?«, lud Claire Martin ein und deutete auf seine durchnässte Jeans. Seine Kleidung war für derlei Eskapaden, wie sie sie veranstaltet hatten, definitiv am wenigsten geeignet gewesen. »Komm doch nachher einfach vorbei.«

»Ich … denke nicht«, lautete Martins zögernde Antwort, die nicht verriet, weshalb er dem Vorschlag nicht folgen wollte. »Aber danke für die Einladung.«

»Schade.« Claire wandte sich ab.

Zoé aber stemmte aufgebracht die Hände in die Seite, was bei ihrer Statur und in ihrer dicken Winterkleidung wirkte, als plane ein Zwerg aus *Der Hobbit* eine Revolution. Sie sprach aus, was sie dachte: »Das ist blöd. Nur weil du höflich sein willst. Nicht aufdringlich. Alleinsein ist langweilig. Wenn Mama dich einlädt, meint sie das auch so!«

Während Florence überlegte, ob ihre Worte ein Zitat darstellten, sah Martin das Kind betroffen an. Dies ließ in Florence die Vermutung aufkeimen, dass Zoé den Nagel auf den Kopf getroffen hatte.

5. Kapitel

Claire hatte eine an diesem Abend restlos erschöpfte Zoé frühzeitig zu Bett gebracht. Nun saß sie Florence gegenüber im Sessel und lächelte sie an, wenngleich ihre Augen müde dreinschauten.

»Ich bin so froh, dass du hier bist, Flo. In den Schulferien ist die Betreuung von Zoé immer schwierig und ohne ein Au-pair-Mädchen für mich nahezu unmöglich. Es widerstrebt mir, sie ständig wegzugeben. Ich kämpfe schon damit, dass Lysann im Leistungszentrum lebt und in den Ferien so oft bei Wettkämpfen ist, dass ich sie kaum noch zu Gesicht bekomme.«

»Lysann ist also in einer Art Sportinternat?«, hakte Florence sofort nach, hatte Zoé doch nur wenig über ihre ältere Schwester erzählt. Interessiert klappte sie den Roman zu, in dem sie gelesen hatte, und legte das Buch auf ihren Schoß.

»Ja.« Claires Seufzen sagte mehr darüber aus, wie sehr sie Lysann vermisste, als ein Ratgeber über Mutter-Tochter-Beziehungen hätte verraten können. »Sie hat, wie fast jedes Kind hier, früh mit Abfahrtski begonnen, wurde entdeckt und schon war sie fort.«

Florence empfand sowohl für Lysanns Träume als auch für Claires Schmerz Verständnis. Bei ihr und ihrer Mutter Louise war es ähnlich gewesen, wobei ihre Heimatstadt Paris sie davor bewahrt hatte, dauerhaft von ihrer Mutter getrennt zu leben. Dennoch war sie bereits als Kind kaum zu Hause gewesen, was vielleicht zu dem schlechten Verhältnis zwischen ihr und ihrer Mutter beigetragen hatte.

»Lysann ist enorm talentiert, sagen ihre Trainer und prophezeien ihr eine erfolgreiche Zukunft. Angeblich treffen bei ihr Talent und bissiger Ehrgeiz zu einer vorteilhaften Kombination aufeinander.«

Florence, von einer Art Déjà-vu heimgesucht, wagte ein schwaches Lächeln. Sie wünschte Lysann von ganzem Herzen, dass ihr großer Traum in Erfüllung gehen durfte, war ihr eigener doch dahin. Aber falls nicht, so hoffte und betete sie eilig weiter, würde sie in Claire eine verständnisvollere Mutter finden, als ihre es war.

»Ich habe es nie gewagt, ihr zu sagen, dass Träume sehr oft nur Schäume sind, Flo«, sagte Claire leise, beinahe so, als führe sie ein Selbstgespräch.

»Gibt es denn einen Grund, weshalb du an ihren Zukunftsplänen zweifelst?«, hakte Florence nach.

»Nein, eigentlich nicht. Es sind die schmerzlich erlernten eigenen Lektionen, die mich skeptisch stimmen.«

Florence wagte nicht, detaillierter nachzufragen, obwohl sie so gern erfahren hätte, wovon Claire einmal geträumt hatte; wie ihr filigraner Eiskristall hieß, der von der Realität des Lebens in tausend Splitter zerschlagen worden war.

»Trinkst du ein Glas Rotwein mit mir?«, fragte Claire und stemmte sich schwerfällig aus dem Sessel.

Im Grunde war Florence dem nicht abgeneigt, doch das von Tag zu Tag wachsende Verantwortungsgefühl für das kleine Leben in ihr ließ sie verneinend den Kopf schütteln. Aber sie sprang auf und winkte Claire, dass sie sich wieder setzen sollte. Bevor Florence die Küchennische betrat, schob sie Zoés Mutter den Fußschemel zu, den bislang sie benutzt hatte.

»Du bist ein Engel«, lachte Claire.

»Ein gefallener Engel«, gab Florence zurück, holte ein Weinglas aus dem Schrank und schenkte die glucksende tiefrote Flüssigkeit ein.

»Damit meinst du vermutlich weder dein unfreiwilliges Eisbad neulich noch deinen heutigen wenig eleganten Flug?« Claire lachte, rieb sich dabei jedoch die Augen. Ob Florence die Frau nicht besser zu Bett schicken sollte? Sie ließ den Gedanken fallen. Vielleicht würde es ihnen guttun, sich einmal in Ruhe miteinander zu unterhalten. Über Träume und wie sie zerplatzten, über ungenutzte Chancen und eine Neuorientierung …

Sie kehrte in den Wohnbereich zurück, wo Claire dankbar ihr Glas Wein entgegennahm. Mit angezogenen Beinen kuschelte sich Florence in die Ecke der Couch. Da Claire kein Licht angeknipst hatte, malte nur das Flurlicht einen schmalen Lichtstreifen auf den Boden. Entsprechend gut konnte Florence die in nächtliches Blau getauchte Bergwelt bewundern, die durch die Fenster zu sehen war. Ihre Augen verweilten lange auf den einsamen Lichtern der verstreut liegenden Höfe und dem blassen Mond, der die Unterscheidung zwischen Bergen, Hügellandschaft, See und Himmel überhaupt erst möglich machte.

»Verrätst du mir, welche Träume du nie verwirklichen konntest?«, fragte Florence mit deutlichem Zögern in der Stimme.

Claire lächelte sie an, trank einen Schluck und fuhr dann mit dem Zeigefinger am Glasrand entlang. Immer im Kreis herum, als gebe es auch in ihren Gedanken keinen Anfang und kein Ende.

»Mein Mann und ich haben uns sehr geliebt. Wir waren ein tolles Team und träumten denselben Traum: Wir wollten etwas ansparen, um das alte Bauernhaus meiner Großmutter abzureißen und auf dem nahe am Ufer gelegenen Grundstück ein Hotel zu eröffnen. Kein riesiger Kasten, der uns zwar eine Menge Geld eingebracht, aber zugleich eine Menge Arbeit abverlangt hätte, jedoch groß genug, um uns und unseren Kindern, die wir uns wünschten, ein gutes Leben zu bieten. Die Lage des Grundstücks war ein Garant für unseren Erfolg, so fanden wir.«

Florence nickte in der Annahme, dass dort, wo Claires Traumhotel hätte stehen sollen, heute lediglich ein zwar hübsches, allerdings kleines Chalet stand, in dem momentan Martin wohnte.

»Alles entwickelte sich toll, nach Plan sozusagen«, fuhr Claire fort, nippte an ihrem Glas und ließ anschließend erneut ihren Finger über den Rand tanzen.

»Lysann war ein wunderbares Geschenk für uns, und als ich sechs Jahre nach ihrer Geburt endlich wieder schwanger wurde, haben wir unsere Pläne in die Tat umgesetzt. Wir ließen das Bauernhaus abreißen, beantragten eine Baugenehmigung und dann – ja dann kam der erste Verdacht, dass unser Ungeborenes womöglich nicht ganz der Norm entsprechen könnte, und damit bekam unser Bild von einem Traum seine ersten Risse.«

»Wegen Zoé?«

Claire lachte auf, nicht unbedingt bitter, allerdings auch nicht weit davon entfernt.

»Nein, wegen meines Ehemanns! Er sah in ihr nie sein Kind, sondern eine Belastung. Er ahnte, dass sie mir sehr viel Zeit abverlangen würde, die ich in unseren Traum stecken sollte. Er wusste um die Engstirnigkeit mancher Menschen hier – wie wohl überall in der Welt.«

»Er wollte nicht, dass Zoé geboren wurde?« Der Kampf in Florence' Herzen, den sie eigentlich bereits ausgefochten geglaubt hatte, flammte erneut auf. Nicht heiß und lodernd, doch verbunden mit einem gefährlichen Glühen.

»Wenn es nach ihm gegangen wäre, hätte sie niemals lachen und singen, Schlittschuh laufen, Schlitten fahren oder Menschen verblüffen dürfen. Aber Florence, ich habe im Ultraschall ihre Arme und Beine gesehen, ihre Finger und Zehen, ihre hübsche kleine Nase. Es wäre eine Spätabtreibung geworden. Ich hätte Zoé durch eine eingeleitete Frühgeburt zur Welt bringen müssen, in der Hoffnung, dass sie das nicht überlebt. Oder man hätte sie in meinem Bauch durch eine Kaliumchloridspritze ins Herz getötet. Ich konnte es einfach nicht!« Claire atmete heftig, in ihrem Gesicht spiegelten sich die Unsicherheit der damaligen Zeit wider und ein Schmerz, von dem Florence ahnte, woher er stammte.

Ein wenig ruhiger fuhr die Frau fort: »Versteh mich bitte nicht falsch. Es steht mir nicht zu, eine Frau zu verurteilen, weil sie sich gegen ihr Kind entscheidet. Ich hoffe immer nur, dass sie wirklich schwerwiegende Gründe hat, um so einem kleinen Wesen das Leben zu verwehren. Aber ich fürchte, dass sehr oft ein hoher Druck auf den Schwangeren lastet, der ihre Entscheidung nachhaltig beeinflusst. Vom Arzt, aus der eigenen Familie, dem Freundeskreis, dem gesellschaftlichen Umfeld, den heutigen Werten und Normen, die in meinen Augen in arger Schieflage sind, was der viel zu hoch angesetzte Stellenwert von finanzieller Unabhängigkeit, Selbstverwirklichung und dergleichen mehr anbelangt. Das Problematische an dieser Entscheidung ist doch, im Gegensatz zu vielen anderen, die korrigiert werden können: Sie ist nicht mehr umkehrbar! Sie bedeutet das Ende eines Lebens.«

Zutiefst aufgewühlt überlegte Florence, wie sie auf Claires flammende Worte wohl reagieren würde, wenn sie nicht bereits entschieden hätte, dem Kind in ihrem Leib die Chance auf ein eigenes Leben zu ermöglichen. Wäre sie aufgebracht und würde versuchen, ihren Beschluss zu rechtfertigen? Vehement, zornig, aggressiv – und das womöglich allein deshalb, weil sie dadurch ihre Zweifel oder gar Schuldgefühle von sich wegschieben konnte? Um in der breiten Masse derer, die vor ihr den gleichen Weg gegangen waren, lediglich eine von vielen zu sein. Damit wäre sie kein Einzelfall mehr und ihr Handeln ließe sich legitimieren – vor anderen und vor ihrem eigenen Gewissen.

Vor solch eine Entscheidung gestellt zu sein, glich einem Tanz zwischen zwei Welten, die keine Berührungspunkte hatten und zwischen denen es somit auch keinen Mittelweg gab. Es gab nur ein Ja oder ein Nein – und genau das machte das Urteil so schwierig und schwerwiegend.

»Mein Gott, Flo«, flüsterte Claire. »Entschuldige bitte, ich wollte dir keinen Vortrag halten.«

Florence öffnete den Mund, aber Claire bat durch eine Handbewegung, weitersprechen zu dürfen. »Ich will nicht sagen, dass ich meinen Entschluss bereut habe, denn Zoé bei mir zu haben, ist eine Freude. Ich liebe sie! Nicht einmal, als mich mein Mann nach Zoés Geburt bereits mit gepackten Koffern erwartete und uns unmittelbar nach meiner Rückkehr aus der Geburtsklinik verließ, wollte ich meine Entscheidung für Zoé rückgängig machen. Dennoch habe ich mir manchmal vorgestellt, was gewesen wäre, wenn …«, Claire atmete tief durch, »… wenn es schlicht eine Fehldiagnose gewesen und Zoé ohne das Down-Syndrom auf die Welt gekommen wäre. Oder wenn das Kind, wie es bei vielen Frauen ja der Fall ist, vom Körper innerhalb der ersten Schwangerschaftswochen abgestoßen worden wäre. Wenn ich nach Lysann nicht mehr schwanger geworden wäre und deshalb mein Mann noch bei uns wäre. Oder wenn er meine Entscheidung und seine Tochter einfach hätte akzeptieren und annehmen können. Wenn, wenn, wenn!«

»Ich fürchte, niemand kann uns Frauen diese Entscheidung abnehmen.«

»Und jeder sollte sehr vorsichtig mit einem Urteil über andere Frauen sein, wenn man selbst noch nie in einer solchen

Lage gewesen ist.« Claire leerte ihr Glas und stellte es auf den Parkettboden. »Zoé ist mein Sonnenschein. Mit ihrer Klugheit rückt sie oft genug meine aus den Fugen geratene Welt wieder gerade. Gleichzeitig ist sie aber diejenige, die meinen einzigen Träumen, die ich je hatte – denen von einer glücklichen Ehe und einem eigenen Hotel –, den Todesstoß versetzt hat. Es ist nicht immer leicht, aber ich denke heute noch genauso wie damals: Lieber nehme ich den Tod meiner Träume in Kauf als den Zoés! Ich würde sie unendlich vermissen!«

»Sie ist wunderbar«, bestätigte Florence, obwohl sie nur erahnte, wie herausfordernd es sein konnte, ihr mit ihren speziellen Bedürfnissen gerecht zu werden.

Zwischen den beiden Frauen breitete sich ein Schweigen aus, das sich der Stille der Schneelandschaft draußen anglich, allerdings weniger friedlich anmutete. Jede versank in ihrer eigenen Gedankenwelt, wo Schlösser gebaut und wieder eingerissen wurden, Wunden schmerzten und heilten, Träume in höchste Höhen stiegen, abstürzten und begraben wurden, immer in der Hoffnung, dass daraus ein neuer Keimling zum Leben erwachen würde.

Eine gefühlte Ewigkeit später sah Florence auf und begegnete Claires Blick. Sie hatte, wie so oft, den Kopf zur Seite geneigt und schien tief in sie hineinzusehen, wohl ahnend, was gerade in ihr vorging. Ein sanftes, wissendes Lächeln huschte über Claires Gesicht, vertiefte die Fältchen um ihre Augen, die sowohl von Lebenserfahrung als auch von einem großartigen Humor zeugten und deshalb für Florence ein Zeichen von Schönheit waren.

Florence' Mutter sah noch immer wie eine Endzwanzigerin aus, und früher hatte es Louise gefallen, von ihren Mitmenschen für Florence' Schwester gehalten zu werden. Doch gerade in den letzten Wochen hätte Florence sich gewünscht, genau jene Fältchen bei ihr entdecken zu dürfen, verbunden mit dem, was sie transportierten: Weisheit aus Erfahrung, Großmut aus Geduld, Freude und Zufriedenheit im Herzen, auch wenn das Leben einem oft genug Streiche spielte.

»Ich bin schwanger, Claire.« Es auszusprechen war beides: schwer und erleichternd zugleich. Wie alles, was mit diesem ungeborenen Kind in ihrem Leib zusammenhing, schienen sich Widersprüche zu umgarnen, offenkundige Gegensätze miteinander und umeinander zu tanzen, einem Mambo nicht unähnlich.

»Das Kind …«, sie brach ab, spürte das Zittern in ihrem Körper und wie Angst und Hohn in ihr durcheinanderwirbelten, Walzer tanzten, dabei jedoch seine ausdrucksstarke Assoziation von Aschenputtel und Hochzeitstänzen zerstörten.

»Du warst heute noch nicht auf dem Eis«, sagte Claire leise und scheinbar völlig aus dem Zusammenhang gerissen.

»Ich fürchte, ich tanze heute durch Erinnerungen.«

»Und das ist gut?«

Florence zuckte mit den Schultern, und Claire lehnte sich wieder in ihren Sessel zurück. Die Frau war bereit, ihr zuzuhören, ließ ihr aber ebenso die Freiheit, zu gehen und das Gespräch nicht fortzusetzen.

»Mein größter Traum war eine Hauptrolle am New Yorker Broadway oder in Londons West End. Vor einigen Wochen war ich tatsächlich zum Casting nach New York eingeladen. Mit entsprechend großen Erwartungen bin ich hingereist, und es sah wirklich sehr gut für mich aus!«

Florence zog die Beine an, deckte sich mit einer kiwigrünen Fleecedecke zu und schaute auf das Schwarz und Blau hinaus, erhellt von einem sanften, runden Weiß hoch am Himmel – einem Hoffnungsschimmer in einer von Dunkelheit beherrschten Welt. In Gedanken kehrte sie in die pulsierende Stadt Paris zurück, in das Theater, das für sie wie kaum ein anderes überschäumende Fantasien, glitzernde Welten und wundervolle

Träume einatmete und – was sie zuvor nicht gewusst hatte – Leid, Schmerz und Albträume ausstieß wie die vielen Autos in den Straßen ihre stinkenden Abgaswolken.

Florence kurzte die Erzählung ab, Details blieben ungesagt: »Ich habe die Hauptrolle in New York nicht bekommen, aber eine der wirklich großen Nebenrollen. Mein Name hätte auf den Anzeigetafeln gestanden, jedes Mal, wenn ich die Rolle gespielt hätte. Das kam meinem Traum extrem nahe.«

»Ich wusste nicht, dass dir Ruhm so wichtig ist«, sagte Claire hörbar erstaunt.

»Vielleicht kommt es auf die Definition des Wortes an«, erklärte Florence unaufgeregt. »Ruhm sichert feste Engagements und die Gewissheit, nicht immer mit dem Gros der Bewerber vortanzen und vorspielen zu müssen, sondern sich die Rollen aussuchen zu dürfen. Er sichert dir einen Platz im kleinen Kreis derer, die nach den Hauptrollen streben. Ruhm bedeutet für mich vor allem, dass ich diejenige bin, die auf der Bühne spielt, singt und tanzt, anstatt im Zuschauerraum zu sitzen und davon zu träumen, eines Tages auch dort oben zu stehen – und das, obwohl ich ein fertiges Studium und bereits einige Spielzeiten hinter mir habe.«

»Ich verstehe. Es ist ähnlich wie bei einem Sternekoch. Der bewirbt sich nur noch bei den wirklich herausragenden Restaurants, wo die Bewerberzahl allein durch die Ansprüche des Arbeitgebers und der Gäste minimiert ist. Womöglich wird er sogar umgarnt und abgeworben.«

»Das trifft es.« Florence zog sich die Decke bis ans Kinn, war ihr doch plötzlich eiskalt. Erneut griff diese innere Kälte nach ihr; drohte die Bewegungen, die sie hätte spielerisch und präzise ausführen sollen, zu ungelenken und eckigen Abläufen einzufrieren. Sofort überkam sie die beinahe zügellose Sehnsucht, tanzen zu gehen, dem Gefühl des Erstarrtseins mit Feuer und Leidenschaft entgegenzutreten.

»Ich habe noch eine Frage, bevor ich dich aufs Eis hinausschicke«, flüsterte Claire.

Verwundert und dankbar zugleich hob Florence die Augenbrauen. Ihre Geschichte war noch lange nicht zu Ende. Konnte Claire tatsächlich so tief in sie hineinsehen, dass ihr eine einzige Antwort genügte, um sie zu verstehen?

»Wird das Kind, das dich daran hindern wird, deinen größten Traum zu leben, jemals durch diese Welt tanzen?«

Florence blinzelte, hielt den Atem an, spürte Hitzewellen durch sich hindurchlaufen, wo bis eben frostige Kälte die Herrschaft innegehabt hatte. War nun der Augenblick, in dem sie ihren zuvor gefassten Entschluss laut aussprechen musste und ihn damit unwiderruflich festmachte?

»Es tanzt doch schon!«

~~~

Eiskalte Nacht umgab sie, als sie nach dem Aufwärmen und gewissenhaften Dehnen den zugefrorenen See betrat. Ihr Tanz auf dem Eis, jenseits der Schlittschuhspuren, wo noch immer eine Schicht Schnee lag, war nur möglich, weil ein weißblauer Mond am Himmel stand und Abermillionen Sterne ihr schwaches Licht wie gedimmte Spots auf Florence fallen ließen. Sie nahm nicht an, dass sie zu dieser späten Stunde Zuschauer haben würde, selbst Martin, ihr heimlicher Wächter im Hintergrund, hatte seinen einsamen Posten sicher längst aufgegeben und war zu Bett gegangen.

Sie begann mit harten Rhythmen und entsprechend kräftigen Bewegungen, wobei sie zwischen Popping und Locking variierte, zum B-Girl wurde und dabei von Toprocks, den Tanzvariationen im Stehen, zu Downrocks, Moves am Boden, wechselte, allerdings auf dem Eis auf sogenannte Suicides lieber verzichtete. Sie unterbrach ihren Freestyle, den sie mit dem
~~~

Moonwalk koppelte, als sie aus dem Augenwinkel eine menschliche Silhouette wahrnahm. Florence hielt heftig atmend inne und ließ langsam, wie in Zeitlupe, die Arme sinken. Zögerlich drehte sie sich zu dem schwarzen Schattenriss um, der rund zwanzig Meter von ihr entfernt auf der sich im Mondlicht spiegelnden Eisfläche stand. Der Statur nach handelte es sich nicht um Martin, wie sie im ersten Moment vermutet hatte. Dieser Mann war größer und deutlich schmaler gebaut, seine Haltung wirkte leicht gebeugt, als schaue er angestrengt in ihre Richtung.

»Entschuldigen Sie«, sprach sie ihn auf Französisch an, was ihn dazu animierte, näher zu kommen. Florence schluckte leer. Kälte drang durch ihre blickdichte Strumpfhose, über der sie einen kurzen Rock trug. Das Top und eine eng anliegende, elastische Jacke schützten ohne das Feuer des Tanzes nicht vor der nächtlichen Temperatur. Die Eiskristalle, die in ihrem Innern heranwuchsen, empfand sie jedoch als weitaus bedrohlicher. Unwillkürlich wanderte ihr Blick in die Richtung, in der sie Martins Chalet wusste. Sie wünschte, er hätte die halbe Nacht lang auf sie gewartet und würde ihr jetzt zu Hilfe eilen.

»Ich wollte Sie nicht erschrecken«, sagte eine tiefe Männerstimme mit schwerem deutschen Akzent.

»Leider haben Sie genau das getan«, gab Florence in seiner Muttersprache zurück, wohl wissend, dass ihre Aussprache ebenfalls akzentbelastet war. Die stille Einsamkeit um sie herum fühlte sich beinahe schmerzlich an. Entsprechend zitterte sie. Weniger vor Kälte als vor Furcht. Was wollte der Kerl hier auf dem Eis? Was hatte er vor?

»Das tut mir sehr leid.« Der Mann, der sich auf zwei Skistöcke stützte, blieb stehen, wandte sich sogar ab, überlegte es sich jedoch anders und kam doch noch ein paar Schritte näher.

Endlich konnte Florence mehr als nur schwarze Umrisse und graue Schatten sehen. Das Gesicht des Mannes war von unzähligen tiefen Furchen durchzogen und glich dadurch den zerklüfteten Berghängen. Sein Haar war weiß und seine Augen, deren Farbe sie nicht ausmachen konnte, wirkten nicht minder verwirrt, als ihre vermutlich dreinschauten. Ob er selbst nicht so recht wusste, was genau ihn mitten in der Nacht dazu bewogen hatte, die Eisfläche zu betreten?

»Es ist nur so … ich kannte einmal eine Frau, die für ihr Leben gern getanzt hat. So ähnlich wie Sie, allerdings nicht diesen avantgardistischen Kram.« Sein Lächeln transportierte eine Entschuldigung über seine Wortwahl.

»Na ja«, sagte sie, beugte sich spontan vor und zog ihm einen der Skistöcke aus der Hand. Bevor er reagieren konnte, sprang sie davon, weniger auf der Flucht vor dem Mann, sondern vielmehr auf der Suche nach mehr Platz. Sie stützte sich mit beiden Händen auf den Stock, lächelte den Fremden an, nicht wissend, ob er das im Mondlicht überhaupt sehen konnte, und begann *Singin' in the Rain* zu intonieren. Dazu vollführte sie mehrere *toes*, wobei das typische Steppgeräusch auf dem Eis und ohne die richtigen Schuhe natürlich nicht zu hören war. Nach den ersten Takten wurde der Skistock zum Regenschirm und sie tanzte und sang, improvisierte die Laterne, lachte zwischen den Worten, als sie die Arme ausbreitete, den Kopf in den Nacken legte und sich einen nicht vorhandenen Regen ins Gesicht prasseln ließ. Sie steppte, lüftete einen imaginären Hut und verbeugte sich vor dem älteren Herrn, der ihr begeistert zuklatschte, ehe sie im schnellen, steppenden Seitwärtsschritt wieder davontanzte. Sie summte, die Drehungen mit dem Skistock in der Hand wurden raumgreifender, den erhöhten Gehweg dachte sie sich einfach auf das Eis. Freude perlte durch ihre Adern. Sie vergaß ihre Furcht und die innere wie äußere Kälte, fühlte sich geborgen in ihrem Tun. Beim Pfützenspringen lachte sie schallend auf, als sie sah, dass ihr Zuschauer es ihr gleichmachte. Er war offenkundig ein Tanzliebhaber, übernahm zuerst die Rolle des drohenden Polizisten, gleich darauf die des Passanten, dem sie den Regenschirm zurückreichte … Und dann war der Zauber vorbei. Florence und der alte Mann befanden sich wieder auf dem zugefrorenen See, und der Regenschirm war ein Skistock. Der Mann bedankte sich bei ihr mit einer tiefen, eleganten Verbeugung.

»Ich wünsche Ihnen, dass Sie mit Ihrer großartigen Begabung sinnvoll umzugehen wissen, denn es ist ein Geschenk des Himmels an Sie.« Mit diesen Worten drehte er sich um und tapste vorsichtigen Schrittes über die glatte Eisfläche davon. Wenig später wurde er von der Nacht verschluckt, als hätte sie nie mehr als eine Fabelgestalt vor sich gesehen.

Zurück blieb Florence, deren Lächeln im gleichen Maße verblasste wie der Mond, vor den sich eine dünne Wolkenschicht schob.

Hatte sie denn eine Wahl, wie sie mit ihrem Himmelsgeschenk umgehen sollte? Das war eine Dimension ihrer unklaren Zukunft, die sie noch nicht bedacht hatte.

6. Kapitel

20. Januar

Zoés Lachen folgte Florence, als sie durch den Flur tänzelte und die Eingangstür aufriss, an der es erst geklopft und dann geklingelt hatte. Warum es sie nicht überraschte, Martin gegenüberzustehen, konnte sie sich nicht einmal selbst erklären. Es war weit hergeholt, zu vermuten, dass er sie gestern Abend auf der Eisfläche und heute Morgen – gemeinsam mit Zoé – vor seiner Tür vermisst haben könnte. Oder doch nicht?

»Ich wollte mal nachschauen, ob alles in Ordnung ist«, sagte er und klang dabei gewohnt selbstsicher; der erfolgreiche junge Mann, der er war.

»Guten Morgen.«

»Äh, ja, guten Morgen.«

Florence grinste ihn an, drehte sich um und ging in den Wohnraum zurück, wo Zoé noch immer auf dem Stuhl saß, mit den Beinen baumelte und bereitwillig auf eine neue Lektion wartete. Wie Florence vermutet hatte, benötigte Martin einige Augenblicke, ehe er die Tür von innen zuzog und ihr folgte.

»Hallo, Martin«, begrüßte Zoé ihn undeutlich, da sie sich nicht auf ihre Aussprache konzentrierte, sondern auf ihre Arme.

»Guten Morgen, Zoé. Du hast mich heute gar nicht aus dem Bett geworfen.«

»Ich lerne tanzen!« Sie ließ ihre erschöpften Arme sinken.

»Das ist natürlich wichtiger!«

»Du kannst allein aufstehen. Du bist alt genug.«

»Da könntest du recht haben.«

»Ich habe recht.«

»Wenn du tanzen lernen kannst, heißt das, dass es deinem Fuß gut geht?« Martins Frage klang in Florence' Ohren, als wolle er dringend das Thema wechseln.

»Ich tanze im Sitzen.«

»Das hört sich … lustig an.«

»Das ist schwer!« Zoé warf ihm einen vorwurfsvollen Blick zu.

»Du schaffst das bestimmt.«

»Du auch.«

Auf der Suche nach einem Fluchtweg huschte Martins Blick in Richtung Flur. Aber offenbar konnte er sich nicht dazu durchringen, sodass Florence einen zweiten Stuhl neben den von Zoé stellte.

»Ich weiß nicht …«

»Das macht Spaß«, versicherte Zoé.

»Ja?«

»Auch wenn man keinen Spaß haben will. So wie du.«

»Natürlich will ich Spaß haben.«

»Du schwindelst. Du bist wegen Flo hier.«

Martin setzte sich so rasch, dass Florence nur mühsam ein Auflachen unterdrücken konnte.

Zoé und ihre Beobachtungsgabe und Offenheit waren nicht mit Gold aufzuwiegen.

»Was wir heute üben, nennt sich Tutting«, erklärte Florence Martin schnell, um ihn von Zoés Bemerkung abzulenken.

Das Mädchen begleitete die Erklärung mit einem gewichtigen Nicken, als wisse sie das alles schon sehr lange.

»Die Bezeichnung dieses Tanzstils leitet sich von Tutanchamun ab, da die Finger-, Hand- und Armbewegungen ägyptischen Zeichnungen nachempfunden sind. Besonders wichtig sind hierbei rechtwinklige Formen.« Florence schloss die gestreckten Finger, knickte beide Handgelenke im rechten Winkel ab und hob sie neben ihren Kopf, wobei die Fingerspitzen ihrer rechten Hand zu ihrem Gesicht und die der linken in die andere Richtung zeigten und sogar die Ellenbogen einen perfekten Neunzig-Grad-Winkel bildeten.

»Und jetzt ihr.« Florence wartete, bis Zoé und Martin die Bewegung abgeschlossen hatten, ehe sie Zoés viel zu runde Finger zu strecken versuchte und dabei die hängenden Handgelenke korrigierte. Anschließend wandte sie sich Martin zu, der seltsam verbissen wirkte.

»Schön, dass du dich anstrengst, es richtig zu machen. Wenn jedoch die Zuschauer dein Gesicht sehen, wollen sie entweder ihr Geld zurück oder Reißaus nehmen.«

»Hier sind keine Zuschauer!«, brummte Martin, und es war ihm anzuhören, dass er darüber mehr als froh war.

»Und was bin ich?«

»Hast du für meine Darbietung bezahlt?«

»Nein, aber ich bin durchaus geneigt, die zweite Option in Betracht zu ziehen.«

Offenbar wollte Martin ihre Flucht verhindern, denn er setzte ein reichlich erzwungenes Grinsen auf, das eher dem Zähnefletschen eines Schäferhundes glich; dabei fiel sein bisher akkurater rechter Winkel an den Ellenbogen etwas zusammen.

In diesem Augenblick stürmte Claire durch die Tür. Bei Martins Anblick zuckte sie zurück und hätte beinahe das Telefon fallen lassen. »Meine Güte! Übt ihr für die Geisterbahn?«

Während Florence und Zoé losprusteten, erhob sich Martin und presste zwischen zusammengebissenen Zähnen hervor: »Ich hätte wissen müssen, dass das eine dumme Idee ist.«

»Du musst lachen!«, riet Zoé ihm glucksend.

Claire sprach ins Telefon: »Wir holen dich. Du wirst hier ganz schnell wieder gesund, schließlich ist Lachen die beste Medizin!«

»Martin muss bleiben«, befahl Zoé.

»Muss ich das?«, fragte er und klang seltsam resigniert.

Mit vor der Brust verschränkten Armen lehnte sich Florence an die Wand und musterte ihn. Ob Martin Angst hatte, in seinem Urlaub den Arzt für Claires Töchter spielen zu müssen? Wurde er oft außerhalb der Praxis von besorgten Eltern angesprochen und um Hilfe gebeten, sodass ihm das inzwischen gehörig gegen den Strich ging?

Claire, die in ihrer dunklen Arbeitskleidung und den sorgsam aufgesteckten Haaren sehr elegant aussah, steckte das Mobiltelefon ein und wandte sich an Florence: »Ich habe eine ungewöhnliche Bitte an dich, Flo.«

»Lysann geht es noch schlechter, und ich soll sie abholen und nach Hause bringen?«

»Leider ja. Würdest du das bitte für mich tun? Ich kann im Restaurant unmöglich weg. Lysann pocht für gewöhnlich auf ihre Selbstständigkeit, doch heute wagt sie sich einfach nicht in den Zug. Sie sagt, sie fühlt sich viel zu schlapp.«

»Was denkst du, Zoé? Machen wir uns gemeinsam auf den Weg zu deiner großen Schwester?«

»Der Weg ist das Ziel«, erwiderte diese prompt, fügte aber hinzu: »Ja, oh ja. Das machen wir!« In ihrer Aufgeregtheit war Zoé kaum zu verstehen, dennoch stand fraglos fest, dass sie sich auf einen Ausflug und vor allem auf ein Wiedersehen mit Lysann freute.

»Na dann, los geht's.« Ein Ausdruck von Dankbarkeit löste den Kummer auf Claires Gesicht ab. Sie reichte Florence einen

Zettel mit der Adresse, nahm sie kurz in den Arm, küsste die zappelnde Zoé auf die Stirn und eilte unverzüglich an ihren Arbeitsplatz zurück.

Eigentlich war Florence davon ausgegangen, dass Martin sich verabschieden und ebenfalls gehen würde, doch während sie Zoé in ihre Winterjacke steckte, stand er wie ein abgestelltes und dann vergessenes Möbelstück in dem kleinen Wohnzimmer und schien darauf zu warten, dass jemandem auffiel, dass es ihn auch noch gab.

Ehe Florence in Stiefel und Jacke schlüpfte, wandte sie sich an den still ausharrenden Mann: »Wir machen morgen mit dem Training weiter.«

»Hast du Winterreifen am Auto?« Halb abgewandt deutete er mit einer lässigen Bewegung zum Fenster, vor dem sich blaugraue Wolken zusammenballten, als wollten sie die Spitzen der Berge gewaltsam niederdrücken.

»Ui«, war alles, was Florence beim Anblick der schweren, sich schnell nähernden Wolkenungetüme von sich gab.

»Ja oder nein?«

»Ich komme aus Paris.«

»Ist Paris ein Synonym für Nein?«

»Ja.«

»Was denn jetzt?«

»Ja, Paris ist ein Synonym für Nein. Das heißt, ich habe keine Winterreifen am Auto montiert.« Florence wusste selbst, wie ungeduldig sie klang. Sie hatte Claire ihre Unterstützung zugesagt, und nun machte drohender Schneefall ihr Hilfsangebot zunichte.

»Wir können meinen Wagen nehmen.«

»Du leihst mir dein Auto?«

»Damit du damit Tutting machst? Sicher nicht. Ich fahre.«

»Das wird lustig«, bekundete Zoé zufrieden. Sie hatte mit

fast hektischen Kopfbewegungen und sichtlich überfordert zwischen ihnen hin und her geschaut.

Florence nickte Martin zu, der daraufhin eilig die Wohnung verließ, um seine Autoschlüssel aus dem Chalet zu holen. In ihrem Innern aber keimte der Wunsch auf, Zoé und Martin alleine loszuschicken, da ihr die Vorstellung, über einen längeren Zeitraum mit ihm in einem Auto unterwegs zu sein, nicht sonderlich gefiel.

~ ~ ~

Florence hatte Martins irritierten Blick einfach ignoriert und sich zu Zoé nach hinten in den schnittigen BMW gesetzt. Allerdings schlief das Mädchen nach einer Stunde Fahrt ein, und das darauffolgende Schweigen war Florence seltsam unangenehm, zumal ihr das lange Sitzen ebenfalls nicht behagte.

Die vorbeiziehende Berglandschaft, wildromantisch mit ihren verschneiten Tälern und vereisten Flüssen, war umgeben von einer dramatisch grauschwarzen Wolkenwand und den letzten schräg einfallenden Sonnenstrahlen, die jedoch irgendwann den Kampf um die Vorherrschaft aufgaben und einem wilden Schneegestöber wichen. Zwar war Florence von den wirbelnden großen Flocken durchaus fasziniert, doch nach gut einer Stunde zusehends gelangweilt. Also rutschte sie nach vorn, soweit der Sicherheitsgurt das zuließ, schlang die Arme um die Kopfstütze des leeren Beifahrersitzes und musterte ihren konzentriert fahrenden Chauffeur. Er hatte ein gutes Profil, stellte sie fest. Männlich, vor allem mit dem dunklen Dreitagebart, aber nicht hart. Die Frage, ob dies auch seinem Charakter entsprach, drängte sich ihr unwillkürlich auf. Eigentlich hielt sie ihn für zielstrebig und selbstbewusst, einen Mann, der genau wusste, was er wollte. Zudem wies er eine ausgeprägte Hilfsbereitschaft auf, wie diese Fahrt durch das Schneegestöber zu

Claires Tochter deutlich bewies. Warum also lebte er in dem entlegenen Touristendorf und nicht in einer Stadt, wo sich das wahre Leben abspielte, wo er Freunde treffen und ausgehen konnte? Wie hatte es ihn von Deutschland in die Romandie verschlagen? Wegen des Geldes? Hieß es nicht, dass medizinische Berufe in der Schweiz erheblich besser entlohnt wurden? Und weshalb gab es keine Frau an seiner Seite?

War er von jemandem verletzt worden und versteckte sich deshalb in den Bergen? Der Wunsch, ihn danach zu fragen, nahm überhand, allerdings wagte sie es nicht. Schließlich würde es ihr auch nicht gefallen, wenn er sie plötzlich nach dem Grund ihres Hierseins ausfragen würde.

Martins Stimme riss sie aus ihren Überlegungen: »Wenn du weiter so unruhig herumrutschst, musst du mir einen neuen Sitzbezug bezahlen.«

»Ich rutsche überhaupt nicht herum. Na ja, vielleicht ein bisschen«, gab sie mit einem Seitenblick auf die schlafende Zoé zu. Das Mädchen ließ Über- oder Untertreibungen und kleine Schummeleien niemals unkommentiert und war dabei erschreckend – oder vielmehr angenehm – ehrlich.

»Ist es nicht anstrengend, ständig in Bewegung zu sein?«

»Nein, es ist wunderbar! Jede Bewegung kann ein Ausdruck deiner Gefühle sein, Emotionen transportieren und …«

»Du hast mehr Energie als ein Vulkan kurz vor seinem Ausbruch.«

»Ich bin immer am Ausbrechen.«

Martin lachte, was Florence gern hörte. Seit sie sich ein bisschen besser kannten, bemühte er sich nicht mehr darum, seine Fröhlichkeit zurückzuhalten.

»Hör bitte auf zu zappeln. Das Auto wackelt wie Götterspeise.«

»Das ist der Wind«, klärte sie ihn belustigt auf.

»Gut, ich halte an, dann kannst du aussteigen und da draußen einen Schneeflockentanz oder so etwas Ähnliches aufführen. Danach bist du hoffentlich wieder entspannter.«

»Das wäre super!«, erwiderte Florence und rutschte wie elektrisiert noch weiter nach vorn.

Er warf ihr über die Schulter einen entgeisterten Blick zu. Offenbar hatte er nicht damit gerechnet, dass sein Vorschlag sie begeistern könnte. Für die Tänzerin in ihr aber war die Vorstellung, ein von Autoscheinwerfern in Szene gesetzter Teil der wirbelnden Schneekristalle zu sein, überaus verlockend.

»Das ist nicht dein Ernst, oder? Dir ist schon klar, dass dieser Vorschlag –«

»Ach, komm schon!«, drängte sie ihn.

»Das ist eine Straße, keine Bühne. Hier fahren Autos, falls das deiner Aufmerksamkeit entgangen sein sollte.«

»Aber nur ganz wenige, und bei dem Schneefall sind sie auch sehr langsam unterwegs.«

»Es wäre dennoch leichtsinnig und deshalb unmöglich.«

»Wer ist denn auf die Idee gekommen?«

Martin seufzte. »Gut, ich gebe es zu. Es war ein blöder Einfall.«

»Bist du immer so schrecklich vernünftig?«

»Das liegt im Auge des Betrachters. Ich würde mal behaupten, dass deine Unvernunft überwiegt und außerdem unangemessen ist.«

»Du bist langweilig, würde Zoé sagen.«

»Dein Hinweis auf Zoé hat dich gerade davor bewahrt, zurücklaufen zu müssen.«

»Das war einkalkuliert.«

»Das ist mir durchaus bewusst.«

»Warum lebst du seit Monaten da oben in dem Chalet?«, platzte sie nun doch heraus.

Martin sah sie so lange prüfend an, dass ihr nicht nur wegen der eingeschränkten Sicht auf die Fahrbahn mulmig wurde. Es vergingen Sekunden, ehe er wieder mit ihr sprach. »Warum betreut eine Musicaldarstellerin ein kleines Mädchen, anstatt über die Bretter zu wirbeln, die die Welt bedeuten?«

»Künstlerberufe sind oft genug Hungerberufe.«

»Was würde wohl Zoé von deiner Antwort halten?«, fragte er leise und erstaunlich sanft, vermutlich, weil er das Mädchen sehr mochte. Oder durchschaute er, wie wenig auch sie gewillt war, mehr als nötig von sich preiszugeben? Seine nachfolgenden Worte bestätigten ihren Verdacht: »Ich schweige und du suchst lapidare Ausflüchte.«

Wann nur war ihr übermütiges Geplänkel zu einem so ernsten Gespräch geworden? Florence löste die Arme von der Kopflehne und rutschte auf der Rückbank nach hinten. Sie lehnte den Hinterkopf an die Stütze und schloss für einen langen Moment seltsam erschöpft die Augen.

Sie fuhren durch eine größere Stadt, deren Straßen und Geschäfte noch mit Weihnachtsbeleuchtungen geschmückt waren, als wollten die Einwohner sich mit aller Kraft an das Wunder von Weihnachten klammern. Vielleicht nicht die dümmste Entscheidung, fand Florence.

Erst als sie erneut in das diffuse Licht des Winterhimmels und Schneesturms eintauchten, fragte Martin: »Erzählst du mir, wie du Musicaldarstellerin geworden bist?«

Lächelnd setzte sich Florence wieder im Sitz nach vorn. Dies war mehr als nur ein Friedensangebot, das war ihr bewusst. Martin interessierte sich für die Person hinter der Maske, für den Schmerz und die Anstrengung hinter dem Lächeln der Tänzerin, für die Realität abseits der von ihr erschaffenen Traumwelt. Und er war so klug, das Eis zu brechen, indem er ein harmloses Thema wählte, von dem er annahm, dass sie mit Begeisterung darüber sprechen würde.

»Ich habe mit einer klassischen Ballettausbildung begonnen, kaum dass ich mich halbwegs sicher auf meinen zwei Beinen halten konnte.«

»Du übertreibst, würde Zoé sagen.«

»Vermutlich eher: du schwindelst!«

»Stimmt, sie ist gnadenloser.«

»Ehrlicher.«

»Also?«

»Okay, ich konnte schon ziemlich gut laufen, springen, klettern und sogar normal gehen, wobei ich das selten tat.«

»Das war zu langweilig, zu wenig herausfordernd?«

»Das trifft es wohl genau. Ich bin so gut wie nie einfach nur ›gegangen‹.«

»Etwas anderes zu hören, hätte mein Bild von dir zerstört.«

Florence lachte, froh darüber, dass sie wieder auf eine Ebene zurückgefunden hatten, auf der sie locker miteinander scherzen konnten. Das war so viel unkomplizierter, als in ernsten, tief gehenden Themen zu wühlen. Zweifellos, weil das für sie beide zu schwer war, zu viel von ihnen offenbaren würde. Noch fehlte das gegenseitige Vertrauen. Noch …

»Ich war fünf Jahre alt, als ich das erste Mal einen Übungsraum mit einer riesigen Spiegelwand hinter einer Barre betrat. Wir waren am Anfang etwa zwanzig Mädchen und ein Junge. Nach einem Jahr der Pliés, Battements, Changements und Pirouettes waren noch Pierre und außer mir drei Mädchen übrig. Tanzen ist wunderbar und grausam zugleich. Wer den nötigen Biss nicht mitbringt, gibt irgendwann auf. Ich war mit vierzehn gezwungen, meinen Traum aufzugeben.«

Das erste Mal, sinnierte Florence. Aber dann wurde ihr plötzlich bewusst, dass das nicht stimmte. Es gab Träume in ihrem Leben, die waren viel schneller gleich überblähter Luftballons geplatzt: den, einen Vater zu bekommen, zum Beispiel. Denn ihre Mutter hatte ihren Lebenspartner – den Florence wirklich gerngehabt hatte – eines Tages davongejagt. Und den, später gemeinsam mit ihrer Freundin Marie auf der Bühne zu stehen. Marie hatte nach drei Jahren der Ballettschule den Rücken zugekehrt. Danach hatten sich die Wege der Freundinnen getrennt. Für eine andere Freizeitbeschäftigung neben der Schule war Florence schlicht keine Zeit geblieben. Eine schmerzliche Sehnsucht nach Marie kroch wie aufziehender Morgennebel in Florence' Herz. Obwohl viele Jahre vergangen waren und sie sich aus den Augen verloren hatten, wäre Marie ihr möglicherweise anders begegnet als ihre Kolleginnen. Weil sie einer anderen Welt angehörte. Einer Welt, die vielleicht nicht nur auf Leistung und Erfolg getrimmt war, einer, in der die Menschen Grenzen nicht einfach übersprangen, sodass es lediglich zwei Möglichkeiten gab: sicher zu landen oder schwer zu stürzen. In Maries Welt machte man sich womöglich die Mühe, den Hintergrund dieser Grenzen kennenzulernen und realistisch einzuschätzen, um sie dann behutsam aus dem Weg zu räumen.

Martin hielt ihr anhaltendes Schweigen mühelos aus, warf aber gelegentlich einen Blick zu ihr zurück.

»Ich schoss in die Höhe. Aus meinem kindlich-zierlichen Körperbau formte sich ein athletischer, sodass mein Gewicht für die meisten zukünftigen Tanzpartner ein Problem wurde.«

Martin blickte sie so zweifelnd über die rechte Schulter an, dass sie ihn spontan anlächelte.

»Für eine Ballerina gelten strenge Maßstäbe, selbst wenn die in den letzten Jahren korrigiert wurden. Doch Männer beim Ballett sind selten, und die sind nicht immer unbedingt die Größten.«

»Das klingt beruhigend zweideutig für einen Kerl, der sich für Eishockey entschieden hat.«

Florence drückte lachend ihre Stirn an die vordere Kopfstütze. Martins Humor war umwerfend und charmant zugleich.

»Mein Vorteil war, dass ich damals schon mit dem Musical

zu liebäugeln begonnen und nebenbei modernere Tänze ausprobiert hatte.« Sie zuckte mit den Schultern. »Als Ausgleich, just for fun, vielleicht auch ein wenig dem eigenen Musikgeschmack geschuldet oder ein Akt der Rebellion gegen das strenge Regime in der Welt des Balletts. Wer weiß?«

»Deinem ungezähmten Bewegungsdrang und Charakter entsprechend?«, vermutete Martin grinsend.

»Du hast keine Ahnung! Ballett bedeutete Training, Training, Training und danach wieder Training. Üben, fallen, aufstehen, weitermachen. Und eine Menge Schmerzen.«

»Macht das dann überhaupt noch Spaß?«

»Sicher. Wobei mir das Musical inzwischen viel lieber ist. Vor allem wegen der Vielfalt der Tanzstile, des Experimentellen, der ...«

»Wegen der wesentlich flotteren Musik?«

Florence zog die Schultern hoch. Wie konnte man in Worte fassen, was so sehr mit einem Lebensgefühl zu tun hatte?

Zoé neben ihr murmelte etwas, schlief aber weiter, was Florence sonderbar erleichtert zur Kenntnis nahm. Die Unterhaltung mit Martin sagte ihr zu.

»Ich erlernte und trainierte fortan also alle möglichen und unmöglichen Tanzstile, teilweise an unterschiedlichen Schulen, bei Privatlehrern, in den Straßen von Paris. Es war nur gut, dass mir der schulische Unterrichtsstoff ebenso leicht zufiel wie das Erlernen von Schrittfolgen, Bewegungsabläufen und der Aufbau von Muskelkraft und Kondition. So konnte ich später in Paris und dann ein Jahr in München studieren. Singen, Schauspiel, Tanz, Musikgeschichte, Choreografie und all das. Ein halbes Jahr tingelte ich durch Theaterhäuser und kleinere Shows oder versuchte mich anderweitig durchzuschlagen, dann bekam ich mein erstes Engagement in Paris ...«

Florence wusste, dass allein die Satzmelodie verriet, wie abrupt sie abgebrochen hatte. Sie war in ihrer Erzählung vorangeprescht und gegen die Mauer geknallt. Erneut. Vor ihr ragte diese Grenze auf, die sie nicht gewollt hatte, die zu überspringen ihre Kolleginnen ihr geraten hatten. Andere Freunde gab es in Florence' unstetem Leben nicht, was bei einem Tagesablauf, der sich meist in die Nacht hinein verschob, durchaus normal war.

Wieder sah sie die aufgeregten, aber auch gleichmütigen, fast gelangweilten Gesichter der Frauen in der überfüllten Umkleidekabine vor sich, nachdem sie ihnen anvertraut hatte, dass sie schwanger sei. Sie sah Perücken auf schwarzen Styroporköpfen, offene Schminktiegel, verschmutzte Reinigungstücher in überquellenden Mülleimern, nachlässig hingeworfene Handtücher und Straßenkleidung zwischen Kostümen und Requisiten, hörte das auffordernde Klatschen, das eine andere Gruppe auf die Bühne trieb, sah das nervöse Blinken einer Glühlampe, die kurz vor dem Aus stand – so wie sie.

Beileidsbekundungen prasselten auf sie hernieder, dabei war doch niemand gestorben; vielmehr Leben entstanden. Bemerkte denn nur sie allein die Widersprüchlichkeit? Selbstverständlich meinten die anderen nicht den Fötus, sondern ihre Auftritte in New York. Sie sahen – wie Florence selbst – das Engagement davonschwimmen, als sei der von ihr unterzeichnete Vertrag in den Hudson River gefallen. Ein sehr stilles Mädchen mit wunderhübschen, ausdrucksstarken grünen Augen schaute sie lange an, beugte sich dann vor und legte die Hand auf Florence' zitterndes Knie, ehe sie fragte: »Wirst du es bekommen?«

Feurig, wie es ihrem Temperament entsprach, fuhr die Älteste in ihrer Gruppe dazwischen: »Natürlich bekommt sie den Zellklumpen nicht. Sie lässt den wegmachen und fährt nach New York. Alles andere wäre rückschrittlicher Schwachsinn.«

»Es handelt sich dabei um einen kleinen Menschen«, äußerte die Ruhige ihre Meinung, zog sich daraufhin jedoch sofort wieder in ihr Schneckenhaus zurück.

»Noch lange nicht!«, fauchte die Feurige sie an und kam mit ihrem für den folgenden Auftritt geschminkten Gesicht nahe an Florence' heran. »Lass es wegmachen und lebe deinen Traum! Du hast es nicht so weit gebracht, um dich jetzt aufhalten zu lassen! Es ist dein Bauch! Ich habe das schon zweimal hinter mir!«

Florence blickte sie interessiert an, fragte sich allerdings unwillkürlich, was sich wohl hinter der aufgemalten Maske verbarg. Denn obwohl ihre Stimme vor Sarkasmus troff und Siegessicherheit verkündete, flackerten ihre Augen unstet, ja geradezu unsicher, irgendwie … verloren. Weil sie einen Verlust erlitten hatte? Oder war es lediglich die Lampe, die ihren Dienst nicht mehr ordentlich versah?

Gedankenfetzen jagten durch Florence' Kopf. Sie zu stoppen, war ihr unmöglich. Die Feurige engagierte sich stark für den Tierschutz und liebte ihren kleinen Mops abgöttisch, den niemand auch nur anfassen durfte. Er wurde umsorgt, geliebt und beschützt … Aber zwei Kinder hatten sterben müssen? Warum hatte die Feurige nicht spätestens nach dem ersten Mal gelernt, ordentlich zu verhüten? War das tatsächlich ihr, Florence', Bauch, oder gehörte er nicht vielmehr dem Fötus? War das nicht sein … Zuhause? Und weshalb hatte sie den Eindruck, dass die Feurige nicht wirklich glücklich war, ja eher so wirkte, als fehle ihr etwas?

Als die Achterbahn in Florence' Kopf endlich zu einem harmloseren Karussell wurde und dieses allmählich an Geschwindigkeit verlor, stellte sie fest, dass sie beide Hände auf ihren flachen, muskulösen Bauch presste. Gleich einem Schutzwall? Gegen die Angriffe der Feurigen, die das Leben in ihr negierte? Bildeten ihre Hände einen Schutz auch vor all denen, die zwar nicht so vehement argumentierten, aber dennoch zustimmend nickten?

In dem Augenblick war Florence bewusst geworden, dass

ein Menschenleben von ihr abhing; von ihrer Entscheidung, die sie bald treffen musste. Doch war diese nicht einfach zu fällen. Schließlich gab es da noch ihren großen Traum. Und der stand kurz vor seiner Erfüllung …

Florence starrte durch die Fensterscheibe hinaus in den Schneesturm. Heute noch klang in ihren Ohren wider, was in diesen Minuten, in der von Hektik geprägten Umkleidekabine, eine vormals unbekannte, sanfte Stimme ihr leise zugeflüstert hatte: Kennst du denn die Träume deines Kindes?

7. Kapitel

Lysann hatte die gleiche schlanke Gestalt wie Claire sowie ihr dunkles Haar und die Grübchen, allerdings waren ihre Augen auffällig grün, vermutlich ein Erbe ihres Vaters. Kaum hatte Florence Zoé losgeschnallt und ihr aus dem BMW geholfen, war Lysann da und schloss ihre Schwester so kräftig in die Arme, dass diese einen Schrei ausstieß, dann aber erfreut auflachte. Sobald sie sich voneinander gelöst hatten, schlugen sie kichernd und erschreckend fest ihre Stirnen aneinander und rezitierten aus *Der Hobbit*. Florence ließ die beiden so lange gewähren, bis sich der Schnee immer dichter auf sie legte. Sie stellte sich Lysann vor und bat die Schwestern, auf den Rücksitz zu klettern. Da Zoé jedoch zur Toilette musste, ließ sie die Mädchen noch einmal ins Haus gehen, ehe sie sich ins Auto setzten. Derweil hatte sich Martin im Schutz einer überdachten Treppe mit einer älteren Frau unterhalten, ein Papier unterschrieben und brachte einen kleinen Koffer und einen Rucksack mit.

»Steig bitte ein, Flo. Du wirst ja patschnass.«

Seine Sorge um ihr Wohlergehen gefiel ihr, und so stieg sie mit einem Lächeln auf den Lippen ein, obwohl sie sich viel lieber ein wenig bewegt hätte.

»Vielen Dank, dass ihr mich abholt«, wandte sich Lysann

an Florence. Diese drehte sich auf ihrem Sitz und musterte im Licht der Innenbeleuchtung das blasse Gesicht und die dunklen Augenringe, die so überhaupt nicht zu einer agilen sechzehnjährigen Sportlerin passen wollten. Lysann ging es ganz offensichtlich nicht gut.

»Möchtest du gern vorne sitzen?«, fragte Florence sie deshalb.

»Nein, auf gar keinen Fall!«, erwiderte sie und hakte sich bei Zoé unter.

Die quittierte das mit einem breiten Strahlen, sagte jedoch an Florence gewandt: »Du willst nicht neben Martin sitzen.«

Lysann wandte daraufhin den Kopf und beobachtete den Genannten durch die Seitenscheibe. Prompt flüsterte sie: »Warum nicht? Der sieht doch klasse aus!«

»Vielleicht darum«, gab Zoé zurück und bewahrte so Florence davor, eine Antwort geben zu müssen.

Martin stieg ein, zog schnell die Tür zu und drehte sich ebenfalls zu den Mädchen um. »Grüß dich, Lysann. Ich bin Martin.«

»Der Kinderarzt?«

»Heute Chauffeur!«

»Ich würde ja sagen, dass wir bei dem Wetter besser die Skier nehmen sollten, aber dann hätte ich auch hierbleiben können.«

»Deine Mutter freut sich auf dich, also bringe ich dich zu ihr, einverstanden?«

»Einverstanden.« Lysann lächelte Martin an, dann lehnte sie sich in das Polster und schloss die Augen.

Erneut erschrak Florence darüber, wie erschöpft das Mädchen aussah. Für eine Leistungssportlerin war das bedenklich. Doch sie schwieg, überprüfte nur schnell, ob Lysann ihre jüngere Schwester richtig angeschnallt hatte, und drehte sich dann nach vorn, zumal Martin inzwischen den Motor gestartet hatte und ein penetrantes Piepsen sie aufforderte, sich ebenfalls anzuschnallen.

Der Wagen rollte vom Parkplatz des Leistungszentrums in ein noch wilderes Schneetreiben hinein, als sie es auf der Hinfahrt erlebt hatten. Die Welt um sie herum bestand einzig aus einer undurchdringlichen weißen Fläche, einem grauen Himmel und Abermillionen einander jagender Schneeflocken.

»So etwas habe ich noch nie gesehen«, flüsterte Florence halb ehrfurchtsvoll, halb ängstlich. Die Sicht beschränkte sich auf etwa zehn Meter, und der Straßenverlauf war wegen der Schneeverwehungen nur anhand der Reflektoren an den Leitpfosten zu erkennen.

Martin legte seine Rechte auf ihre krampfhaft im Schoß gefalteten Hände und drückte fest zu. »Keine Angst, Schneefall ist immer noch besser als überfrierende Nässe. Ich bringe uns sicher zurück zum See.«

Zu mehr als einem Nicken war Florence nicht fähig. Sie betrachtete Martins warme Hand auf ihren, spürte einerseits, wie gut die tröstende Geste tat, gleichzeitig jagte seine Berührung prickelnde Schauer bis zu ihren großen Zehen. Dieses wunderbare Gefühl hielt jedoch nur wenige Augenblicke an, ehe es von etwas abgelöst wurde, das Florence kaum benennen konnte. Unwillen? Ärger gepaart mit Angst?

Sie atmete auf, als Martin das Steuer wieder mit beiden Händen umgriff. Ein Fahrzeug kam ihnen auf der schmalen Straße entgegen, beleuchtete mit den Scheinwerfern die sie umtanzenden Schneeflocken, sodass sie zu einer nahezu perfekten weißen Wand mutierten. Martin drosselte die ohnehin nicht sehr hohe Geschwindigkeit, und die beiden Autos tasteten sich langsam aneinander vorbei.

»Das könnte dauern«, hörte Florence ihn murmeln, dabei warf er einen besorgten Blick in den Rückspiegel. Sie drehte sich um. Zoé saß ganz still da und schaute an die Wagendecke, in einer Weise versunken, wie das bei ihr häufiger der Fall war. Diesmal vielleicht, weil sie Lysann nicht stören wollte, denn das Mädchen hatte seinen Kopf in Zoés Schoß gebettet und schlief.

»Zoé?«

»Hm?«

»Möchtest du etwas zu trinken?«

»Sie schläft.«

»Ja, Lysann schläft. Das wird ihr guttun.«

»Sie ist krank.«

»Leider, ja. Aber zu Hause können deine Mama und du sie gesund pflegen.«

»Sie ist traurig.«

»Da hast du vermutlich recht. Sie wollte eigentlich an wichtigen Wettkämpfen teilnehmen.«

»Ich habe Angst.«

Florence rutschte noch weiter zur Seite, damit sie bequemer an der Kopfstütze vorbeisehen konnte. »Wovor hast du Angst? Vor dem Schneesturm? Martin bringt uns sicher zu eurer Mama.«

Zoé schüttelte kräftig den Kopf und reagierte einmal mehr mit Ungeduld, weil Florence nicht sofort verstand, was sie ihr mitteilen wollte.

»Um Lysann.«

»Du hast Angst um Lysann?«

»Sie ist krank.«

»Ja, sie hatte eine schwere Erkältung, und vielleicht hat sie die verschleppt. Das passiert manchmal. Aber das ist nichts, was dir Angst machen muss. Sie braucht jetzt einfach Ruhe und Zeit, um sich zu erholen und wieder zu Kräften zu kommen.«

»Ich wollte mit ihr Schlittschuh laufen und Schlitten fahren. Und ins Kino. Und zu Harald gehen. Und shoppen gehen. Und …« Zoé zog die Schultern weit hoch. Als Lysann sich bewegte und leise stöhnte, machte das Mädchen ein betroffenes

Gesicht und legte unendlich zart seine pummelige Hand auf die Wange der Schwester. Dabei murmelte sie wie immer, wenn jemand vernehmlich stöhnte: »Ich bin zu alt für diesen Scheiß.«

Florence rührte diese Geste so sehr, dass sie eine wohlige Wärme in sich aufsteigen fühlte und eher unwillkürlich eine Hand auf ihren Bauch presste.

»Du brauchst keine Angst zu haben, Zoé. Schlittschuh laufen und dergleichen wird jetzt nicht gehen, weil Lysann erst gesund werden muss. Aber das nächste Mal, wenn sie in den Ferien wieder zu dir und Claire kommt, könnt ihr viele tolle Unternehmungen nachholen.«

»Das nächste Mal, ja?«

Florence nickte, und da Zoé erneut den Blick an die Decke richtete, drehte sie sich nach vorn. Jene angenehme Wärme in ihr, die sie bei Zoés liebevoller Geste gespürt hatte, war einer eigentümlichen Kälte gewichen. Weshalb, wusste sie nicht einmal zu sagen. War es, weil Zoé so zweifelnd klang, als fürchte sie, dass es kein »nächstes Mal« für sie und Lysann geben werde? Nachdenklich biss sich Florence auf die Unterlippe. Seit wann war sie so extrem anfällig für unterschwellige Schwingungen – die sie sich womöglich nur einbildete? Lag das an ihrer Schwangerschaft? An der Tatsache, Mutter zu werden, die Verantwortung für ein Menschenleben übertragen zu bekommen, das sie lieben und umsorgen musste? Oder rührte ihre latente Furcht vielmehr daher, weil auch ihr aufgefallen war, wie … hinfällig Lysann wirkte?

~~~

Das Schneegestöber zwang Martin zu einer überaus bedächtigen Fahrweise, mehr noch, weil er drei in seinen Augen wertvolle Passagiere dabeihatte. Allerdings fuhr er nicht ungern im Schneckentempo, hatte er doch auf diese Weise Florence für
~~~

eine entsprechend lange Zeit nahe neben sich. In den vergangenen Tagen war seine Faszination für die Tänzerin in Bewunderung umgeschlagen. Ihn erfreute ihr selbstloser, lernwilliger und liebevoller Umgang mit Zoé, die nicht immer einfach war. Martin gewann zunehmend den Eindruck, als betreue Florence nicht nur das Mädchen, sondern auch Claire. Er kannte Zoés und Lysanns Mutter nun seit einem Jahr. Sie war in dieser Zeit wenig mehr als seine Vermieterin gewesen, die ihn höflich gegrüßt und sich erkundigt hatte, ob im Chalet alles in Ordnung sei. Gelegentlich hatte er in dem Hotelrestaurant gegessen, in dem sie arbeitete, und hatte sie dort als aufmerksame Restaurantleiterin erlebt, die das ihr unterstellte Personal freundlich, aber nachdrücklich zu Höchstleistungen antrieb. Sie war gut in ihrem Job und eine angenehme Gesprächspartnerin. Allerdings hatte er nicht gewusst, dass ihre Töchter ihr so viel abverlangten – jede auf eine ganz spezielle Art. Sowohl, was Claires finanzielle Mittel anbelangte, wobei ihr da wohl das Schweizer Scheidungsrecht geordnete Zahlungen von der Vaterseite garantierte, als auch ihren persönlichen Verzicht auf – ja, so könnte er es wohl nennen – ihr eigenes Leben. Während Martin vorsichtig eine steile Kurve mit ordentlichem Gefälle in Angriff nahm, fragte er sich, ob Claires Leben einzig aus der Arbeit im Restaurant und der Arbeit zu Hause bestanden hatte, gekoppelt mit der Versorgung ihrer Töchter? Dabei stand außer Frage, dass sie die beiden liebte und gern für sie auf so viel verzichtete. Geplant war ihr Leben so aber bestimmt nicht gewesen. Demnach erging es ihr wohl ähnlich wie ihm – und Florence?

Welche Beweggründe die Musicaldarstellerin auch immer in das Bergdorf geführt haben mochten, ihre liebevolle Aufmerksamkeit, ihr Einfallsreichtum sowie ihr ausgeprägter Bewegungsdrang taten nicht nur Zoé gut, die mit dem letzten Au-pair-Mädchen offenbar kaum das Haus verlassen hatte. All das kam auch Claire zugute. Die Frau lachte befreiter, war häufiger außerhalb ihrer vier Wände anzutreffen und schien in Florence' Gegenwart regelrecht aufzuleben. Weil die Tänzerin sie auf Trab hielt und sie verwöhnte, weil Florence Zoé die große, weite Welt zeigte, wobei sie Claire einbezog und ihr damit Freiheiten schenkte, die sie vermutlich über Jahre hinweg nicht mehr genossen hatte? Das alles spielte sich in dem begrenzten Umfeld ihres von Hügeln und Bergen umschlossenen Dorfes ab – aber das genügte den beiden bereits, um förmlich aufzublühen. Gleich wunderschönen Eisblumen an einem kalten Tag. Doch wie lange würde Florence das genügen? Sie war eine talentierte Frau, die die Welt erobern wollte und sämtliche Befähigungen dafür in sich trug.

Martin warf einen Blick auf seine Beifahrerin. Sie rutschte schon wieder unruhig auf dem Sitz herum, ihre Füße waren fortwährend in Bewegung, und es schien, als fühlte sie sich schrecklich eingeengt in dem Auto, ja als stünde sie kurz vor dem Platzen. Oder lag es an seiner Nähe? Zu seinem Leidwesen reagierte sie nicht gut auf seine Annäherungsversuche. Er sehnte sich danach, mehr von ihr zu spüren als eine oberflächliche Berührung ihrer Schulter, ein unverfängliches Drücken ihrer verkrampften Finger …

Wie aber sollte er mehr über sie erfahren und dabei herausfinden, was sie bewegte, wenn sie ihm ständig auswich? Nicht nur, was seinen eher zurückhaltenden, ja harmlosen Körperkontakt anbelangte, sondern auch seine Erkundigungen über ihre Vergangenheit, ihre Gegenwart und Zukunftspläne?

Martin presste die Lippen zusammen und konzentrierte sich auf die Straße, die sich in scheinbar unendlichen Serpentinen einen Berg hinunterwand. Von einem grauen und weißen Nichts in ein anderes Nichts hinein. Um sie herum gab es wenig Abwechslungsreiches zu erblicken, nur diffuse Schatten und wirbelnden Schnee, der von den Scheinwerfern in Szene gesetzt wurde, zumal inzwischen die Nacht hereinbrach.

Wenn er mehr von Florence sehen wollte – schließlich fühlte er sich zunehmend zu ihr hingezogen –, worauf musste er dann den Scheinwerfer seines Interesses richten? Womit konnte er das Nichts durchdringen, hinter dem sie sich erfolgreich versteckte?

Erneut kam ihnen ein Wagen entgegen, und dessen Lichter blendeten Martin so stark, dass der fallende Schnee zu einer Mauer wurde. Er bremste ab und wartete, bis sich das Fahrzeug an ihnen vorbeigeschoben hatte. Das Licht, das es ihm nun wieder ermöglichte, zumindest schleichend voranzukommen, ging von seinem Auto aus. Vielleicht musste er sein Vorgehen bei Florence auf ebendiese Weise ausrichten; von ihm ausgehend.

Zielstrebig, wie er nun einmal war, setzte er seinen Gedanken sofort in die Tat um: »Meine Mutter wird begeistert sein, wenn ich ihr erzähle, dass ich eine Musicaldarstellerin kennengelernt habe«, sagte er leise. Florence drehte den Kopf und schaute ihn interessiert an. Also fuhr er schnell fort: »Sie liebt alles, was mit Musik und Tanz zu tun hat. Ich glaube, es gibt kein Musical und kein Ballett, das sie nicht gesehen hat. Früher habe ich mit ihr unzählige Musikfilme angesehen.«

»Kennst du deshalb *Die roten Schuhe*?«

»Genau.« Er grinste. »Sie und mein Vater haben viele Jahre lang getanzt, Standard und lateinamerikanisch, bis er seinen Unfall hatte. Seitdem sitzt er im Rollstuhl.«

»Das tut mir leid.«

Martin zuckte mit den Schultern. Er wollte dieses Thema nicht vertiefen, viel zu groß war seine Begeisterung darüber, dass Florence auf sein Gespräch einging. Vielleicht hatte er tatsächlich einen Weg gefunden, ihre Beziehung auf eine andere, neue Stufe zu heben. Indem er erst einmal mehr von sich offenbarte.

Wie sehr er sich das wünschte, wurde ihm erst jetzt so richtig bewusst. Florence hatte zu zappeln aufgehört, wohl, weil ihre Konzentration nun ganz ihm galt. Und das gefiel ihm, mehr als er zuvor angenommen hatte. Sein Wunsch, sie für sich zu gewinnen, nahm an Intensität zu. Er liebte es, wenn sie sich mit ihm auf Deutsch unterhielt, da ihr französischer Akzent so atemberaubend klang; geheimnisvoll, verspielt und charmant.

»Zum Leidwesen meiner Mutter konnte ich mich nicht für das Tanzen begeistern.«

»Eishockey«, warf sie ein, und er nickte ihr zu.

Sie war eine aufmerksame Zuhörerin und hatte sich gemerkt, was er auf dem Eis zu ihr gesagt hatte. Ein erneuter Pluspunkt für sie. Eigentlich brauchte sie davon keine weiteren mehr zu sammeln, für ihn war sie schon jetzt etwas ganz Besonderes.

»Das heißt, sie hat jetzt niemanden mehr, der mit ihr tanzt?« Florence klang erwartungsgemäß traurig. Nicht mehr tanzen zu können, kam ihr wie ein schwerer Verlust vor.

»Mein Vater hat sie gebeten, weiterhin tanzen zu gehen, aber sie hat es nicht übers Herz gebracht, mit einem anderen Mann als ihrem Ehemann ihrem Hobby nachzugehen.«

»Weil …« Florence zögerte, spielte an ihrem Gurt herum und wagte es dann doch, ihre Frage zu formulieren: »Weil sie die Befürchtung hegte, dass es deinen Vater verletzen oder eifersüchtig machen könnte?«

»Sie sagt, es sei einfach nicht dasselbe.« Martin zog die Schultern hoch. Er hatte die Motivation seiner Mutter, das Tanzen ganz aufzugeben, niemals detailliert hinterfragt. Ein Versäumnis, das ihm jetzt leidtat. Vielleicht hätte seine Mutter gern mit ihm darüber gesprochen.

Florence hingegen nickte verstehend. »Tanzen kann Sport sein. Oder ein geliebter Beruf. Tanzen kann aber auch ein Ausdruck von Liebe sein, von Leidenschaft und Hingabe. Wenn deine Eltern ihr gemeinsames Tanzen so empfunden haben, kann ich die Entscheidung deiner Mutter nachvollziehen. Und in meinen Augen zeugt es von einem großen Respekt und viel Liebe zwischen deinen Eltern. Sowohl vonseiten deines Vaters, weil er deiner Mutter vertraut hat und ihr den Tanz als Hobby, als Sport, als Ausgleich für den Alltag weiter ermöglichen wollte, als auch vonseiten deiner Mutter, die sogar dahin gehend deinem Vater treu sein will.«

»So habe ich das noch nie gesehen«, murmelte Martin und war plötzlich weit davon entfernt, das Gespräch nur dafür zu nutzen, Florence näherzukommen. Ihre Worte weckten in ihm vielmehr neue Liebe und Bewunderung für seine Eltern.

»Du bist eine Zauberin«, sagte er, was ihm erst einen verdutzten Blick ihrer schönen blauen Augen und dann ihr herrlich flegelhaftes Grinsen einbrachte. Ein Detail, das ihn faszinierte und auf das er, ginge es nach ihm, niemals wieder verzichten wollte.

»Das ist mein Beruf, Herr Doktor. Ich zaubere Fantasien, Emotionen und wunderbare Welten.«

»Sogar wenn du nicht auf der Bühne stehst?«

Seine Frage zauberte dieses Mal kein Lächeln auf ihr Gesicht, sondern verdüsterte es, als sei der letzte Vorhang gefallen, das Publikum längst gegangen und die Lichter erloschen.

Florence drehte sich um und schaute nach den Mädchen, sodass er seinerseits einen Blick in den Innenspiegel warf. Zoé murmelte halblaut vor sich hin und betrachtete ihre schlafende Schwester. Vielleicht sang sie ihr auch ein beinahe tonloses Schlaflied.

»Zum professionellen Eishockeyspieler hat es aber nicht gereicht?« Florence' Frage riss ihn aus seiner Betrachtung und ließ ihn eilig wieder auf das wenige sehen, das er von der Straße erkennen konnte.

»Ich wusste schon ziemlich früh, dass ich Arzt werden wollte. Menschenleben zu retten erschien mir wichtig.«

»Es ist wichtig.«

Martin zwinkerte ihr zu, was allemal besser war als sein verzerrtes Lächeln. Dann straffte er die Schultern. »Superhelden retten Menschenleben«, warf er leichthin ein.

»Ah, du wolltest also ein Avenger sein?«

»But if you step out that door you're an avenger.« Zoés englisches Zitat, offenkundig ausgelöst durch das Wort Avenger, klang hörbar ungeübt und zugleich sehr drollig.

»Auf meine Art, vielleicht.« Martin zuckte schmunzelnd mit den Schultern. »Ich habe in der Grundschule und auf dem Gymnasium jeweils eine Klasse übersprungen und fing früh mit dem Medizinstudium an.«

»Dann warst du also ein … Überflieger, so heißt es auf Deutsch, nicht?«

»Was mir nicht gut bekam. Ich wurde überheblich.«

»Du?«

Ob Florence jemals erfassen würde, wie gut ihm ihr ungläubiges Auflachen tat? Es signalisierte ihm, dass von dem, was ihn jahrelang ausgemacht hatte, inzwischen nicht mehr viel übrig geblieben sein konnte. Demnach hatte er sein Ziel erreicht. Sein neues Ziel. Deshalb fiel es ihm nun leichter weiterzuerzählen: »Ich wurde als der ›Jüngste‹ entsprechend wohlwollend behandelt. Von vielen zumindest. Es gab auch einige ältere Studenten in den Semestern über mir, die meinen Werdegang eher misstrauisch beäugten.«

»Aber nicht aus Neid?«

Martin schüttelte den Kopf, warf Florence dabei jedoch einen liebevollen Blick zu. Sie verstand es, zwischen seinen Worten zu lesen.

»Ich steckte meine Ziele extrem hoch, erreichte sie und fiel.«

Florence ließ ihn das letzte Wort kaum aussprechen, bevor sie ihn mit ihren Fragen förmlich bombardierte: »Erklär mir bitte, was bei dir ein hochgestecktes Ziel ist. Was war dein Traum? Dein Traumberuf?«

Die Gewichtung und die eindringliche Tonlage ihrer Fragen ließen ihn zögern. Kannte sie die Trauer um einen Traum, der nicht in das eigene Leben passte. Weil er zu groß war oder schlicht falsch gewählt? Lag darin der Grund ihrer Anwesenheit in dem Bergdorf, in seinem Auto?

»Ich arbeite als Kinderarzt. Eigentlich bin ich Kinderkardiologe …«

»Wow.« Florence klang eher ratlos als bewundernd. Weil ihr klar war, dass keine Erfolgsgeschichte hinter dem Zurückstecken seiner beruflichen Ambitionen steckte?

»Aus dem Jungen, der ein Superheld werden wollte, wurde ein Mann voller Ehrgeiz, der sich nach Ruhm und Erfolg, nach Anerkennung und viel Geld sehnte.«

»Wo sind all die Indianer hin …« Zoé sang nicht, doch die zitierte Liedzeile entsprach dem Rhythmus des Songs.

Während Florence die Stirn runzelte, vermutlich, weil sie das deutschsprachige Lied nicht kannte, lachte Martin auf.

»Du hast den Nagel auf den Kopf getroffen«, stimmte er Zoé zu.

Daraufhin kam von ihr ein lang gezogenes »Ja«, ehe sie sich wieder ihrer schlafenden Schwester widmete.

Schweigen breitete sich in der Fahrgastzelle aus, während sie weiterhin durch das Schneetreiben fuhren, allerdings auf einer größeren Straße, die notdürftig von Einsatzfahrzeugen mit gelb blinkenden Warnlichtern und gewaltigen Schneeschaufeln frei geräumt wurden.

»Martin?«

Er liebte es, wie sie seinen Namen betonte. Und da er ahnte, was sie wissen wollte, sagte er: »Ja, ich erzähle es dir.«

»Das ist … danke.«

»Bereits nach wenigen Monaten stellte ich fest, dass ich den so ehrgeizig erlangten Beruf nicht wirklich mochte. Mir fehlte genau das, was ich als kleiner Junge erträumt hatte.«

»Aber du hattest doch sicher deine Erfolgserlebnisse. Durch dein Tun sind die Leben einiger Kinder gerettet oder zumindest –«

»Flo, willst du nun hören, was passiert ist?«

»Ja.«

»Dann lass mich bitte erzählen, okay? Und hör auf, ständig voranzupreschen wie eine übermütige und ungeduldige Jungstute.«

»Na gut, ich bin still und halte still.« In ihren Akzent mischte sich ein unterdrücktes Lachen. Eine überaus betörende Mischung, wie Martin feststellen musste. Irgendwie ... explosiv!

»Der fünfjährige Sohn meines besten Freundes und seiner Frau hatte einen Herzfehler. Eine ...«

Er verschluckte irgendeine medizinische Bezeichnung, wofür Florence dankbar war. Vermutlich hätte sie damit auch nichts anfangen können.

»Seine Aorta war verengt, was nach der Geburt operiert wurde, doch es entwickelte sich erneut eine Engstelle. Diese sollte bei einem Herzkathetereingriff mithilfe eines Ballons aufgedehnt werden, um wieder einen ungehinderten Blutfluss zu ermöglichen.« Er seufzte in Erinnerung an die Ohnmacht und unendliche Leere, die ihn danach ergriffen hatte. An die Tränen in den Augen seines Freundes, an seine hilflose Wut ...

»Das Schwerste und Grausamste, was ich je in meinem Leben tun musste, war, diesen beiden großartigen Menschen zu sagen, dass ihr geliebter Sohn – ein absolutes Wunschkind nach zwei Fehlgeburten – bei dem Eingriff gestorben ist.«

Seine Stimme transportierte all den Schmerz und die Verzweiflung, die er gefühlt und in den Augen seiner Freunde gesehen hatte. Selbst heute noch stiegen ihm Tränen in die

Augen, weinte er um Josua, litt mit der Familie … und wollte am liebsten fliehen, so wie er es damals als einzigen Ausweg gesehen hatte. Der Schmerz würde wohl niemals ganz vergehen.

»Das … das tut mir leid. Aber es ist doch immer ein Risiko …« Florence brach ab, hob lediglich die Hände in einer hilflosen Geste und ließ sie schwer wieder in ihren Schoß fallen.

»Sicher gibt es immer ein Risiko. Bei jedem Eingriff. Doch es wäre schlicht vernünftiger gewesen, das einem Kollegen zu überlassen, der nicht mit der Familie befreundet ist. Mein Hochmut, der mich davon abgehalten hat, aus Vernunftgründen keinen Eingriff am Kind eines guten Freundes vorzunehmen, hat mich zu Fall gebracht.«

»Hochmut?«

»Mein Freund ist ein bekannter Journalist. Seinem Sohn zu helfen, hätte mir eine tolle Presse, hohe Reputation bei hervorragenden Kliniken, Ansehen und Öffentlichkeit eingebracht. Ich wollte genau das erreichen.«

»Hast du …?«

»Es war kein Fehler, sondern eine Komplikation, die im Bereich der Risikostatistik liegt. Manchmal muss man von einer Sekunde auf die andere entscheiden, was zu tun ist. Ich habe die falsche Entscheidung getroffen. Vielleicht. Möglicherweise hatte Josua ohnehin keine Chance …«

Das Quietschen des Scheibenwischers klang schrecklich disharmonisch. Genau wie Martins Leben seit diesem verhängnisvollen Tag.

Es hatte Mitleidsbekundungen, Unschuldsbeteuerungen, aufmunternde Gesten und sogar Worte der Vergebung auf ihn heruntergeschneit, die sich wie ein kalter Mantel auf ihn gelegt hatten und niemals bis in sein gepeinigtes Herz, seine leidende Seele und in sein verletztes Selbstbewusstsein vorgedrungen waren. Gut so. Denn sonst hätte er womöglich weitergemacht wie zuvor. So war er geflohen, ausgebrochen, hatte sich einen Ort gesucht, an dem er zwar nicht einsam war, aber allein. Schließlich blieben die Touristen nie lange genug, um mehr als oberflächliche Konversation zu betreiben. Dort in der Einsamkeit, allein mit sich, einer erhabenen Bergwelt, einem stillen See und nur mit Gott als Gegenüber hatte er heilen können.

»Du hast deinem Traum den Rücken gekehrt, um in einer absolut ländlichen Region als Kinderarzt zu arbeiten?«

Martin lachte. Florence klang so entsetzt, dass er nicht anders konnte.

»So wie du, Flo, haben viele meiner Kollegen und Freunde auf meinen Umzug und mein neues Arbeitsumfeld reagiert. Dennoch täuschst du dich. Ich habe meinen Traum nach Erfolg nicht aufgegeben. Ich habe ihn –«

»Wo sind all die Indianer hin, wann verlor das große Ziel den Sinn …«, kam es wieder von der Rückbank.

»Richtig, Zoé. Ich habe lediglich die Ausrichtung korrigiert.«

Florence verschränkte die Arme vor der Brust und starrte durch die Windschutzscheibe in den allmählich nachlassenden Schneefall. Auf Martin wirkte sie beängstigend zornig, fast aggressiv, und er war aufrichtig froh, vor allem im Hinblick auf Zoé, dass sie in ein tiefes Schweigen verfallen war.

~ ~ ~

Claires und Lysanns Wiedersehen fiel innig aus, und das nicht nur, weil Claire wegen der heftigen Schneefälle und kräftigen Windböen besorgt gewesen sein musste. Sie hatte ihre ältere Tochter mehrere Wochen entbehren müssen und sorgte sich um ihre Gesundheit. Da Florence den beiden ausreichend Privatsphäre gewähren wollte, gesellte sie sich zu Martin. Er hatte inzwischen Zoé losgeschnallt und ihr aus dem Auto geholfen und wandte sich nun dem Kofferraum zu.

»War es bei dir und deiner Mutter ähnlich?«, raunte er ihr zu, wobei er den Blick über sie hinweg auf die sich Umarmenden gerichtet hielt. »Lange Phasen des Getrenntseins schon in sehr jungen Jahren?«

Florence lächelte zu ihm hinauf. Sie mochte seine sensible Ader, wenn es um das Wohlergehen seiner Mitmenschen ging, und ahnte, weshalb er jetzt widerstrebende Kleinkinder impfte, Bauchschmerzen und Schnupfennasen kurierte. Dabei konnte er wenigstens mit den leidenden Kindern und den oftmals nicht weniger mitfühlenden und hilflosen Eltern kommunizieren und ab und an ein bewunderndes Zahnlückenlächeln einheimsen. Ihm war das offenbar lieber, als es in der sterilen Umgebung einer Klinik mit mehr oder weniger anonymen und oft genug auch narkotisierten Kindern sowie ihren paralysierten Eltern zu tun zu haben. Er rettete vielleicht keine Leben, aber er machte den Tag so manch eines kleinen Patienten ein bisschen leichter. Und wenn sie an seinen charmanten Humor dachte, bestimmt auch sonniger.

Ob es die größere Heldentat war, in einem aufreibenden Alltag Freude und Glück zu verschenken, als spektakulär Leben zu retten und dafür das zu ernten, was Martin eine Zeit lang so vehement angestrebt hatte? Es kam wohl auf den Menschen an – auf die ganz persönliche Berufung des Einzelnen. Wie gut war es doch, dass jeder mit unterschiedlichen Eigenschaften und Vorlieben, einem eigenen Charakter sowohl mit Stärken als auch mit Schwächen erschaffen worden war.

»Flo?« Martins tiefe Stimme riss sie aus ihren Überlegungen. Sein Atem, warm an ihrer Wange, die von federleichten, kalten Schneeküssen gekühlt wurde, war elektrisierend.

»Ja und nein«, beeilte sie sich zu sagen, wich einen Schritt zur Seite aus und griff nach Lysanns Trolley. »Ich war wenig zu

Hause, wohnte aber weiterhin dort, bis ich mein letztes Studienjahr in München antrat. Das ist der Vorteil einer Weltstadt wie Paris.«

»Vermisst du sie? Die Möglichkeiten einer Großstadt? Das Leben in einer quirligen Metropole?«

Florence hob den Kopf und sah ihn prüfend an, wobei sie gegen die wieder vermehrt fallenden Schneeflocken anblinzeln musste. Sie hätte zu gern gewusst, was genau hinter seiner Frage steckte. Allerdings kam sie weder dazu, sich Gedanken darüber zu machen, noch, sich danach zu erkundigen, denn Claire stürmte herbei und schob Florence' Hände von dem silberglänzenden Koffer.

»Du darfst nicht so schwer heben. Denk an …«, sagte die Frau an sie gewandt, unterbrach sich aber rechtzeitig und hievte den Trolley aus dem Kofferraum.

»Ich …« Florence trat zurück und verschränkte die Arme vor der Brust. Sie wusste, dass sie damit Ablehnung und Distanz andeutete, da sie ihren Körper sehr bewusst einsetzte. Nicht nur beim Tanz, sondern auch beim Schauspiel. Aber es war zu spät. Sie musste beobachten, wie Martin die Stirn runzelte und sein Blick unwillkürlich zu ihrem unter der Winterjacke versteckten Bauch hinunterwanderte. Natürlich dachte er sich seinen Teil, schließlich war er Mediziner. Wortlos griff er nach dem Rucksack, schlug den Kofferraum zu und trug das Gepäckstück zu der inzwischen verwaisten Eingangstür. Ein warmer Lichtschein lag wie eine flauschige Wolldecke auf dem frisch gefallenen Schnee, einzelne Flocken hatten sich in den Flur verirrt und glitzerten dort gleich Diamanten, waren jedoch weitaus vergänglicher.

»Komm doch noch mit rein, Martin«, erklang Claires Stimme aus der Wohnung. »Ich habe Lysanns Lieblingsmahlzeit vorbereitet.«

»Heute nicht mehr, vielen Dank.«

»Ach komm schon. Gib mir die Gelegenheit, mich für deine Chauffeurdienste zu bedanken.«

»Das musst du nicht.«

Eine weitere Entgegnung blieb aus, vermutlich, weil Claire mit ihren Töchtern beschäftigt war. Martin drehte sich um, kam allerdings nicht zu Florence zurück, die vor dem Kofferraum stand und von unzähligen Schneeflocken umschmeichelt wurde, sondern trat an die Fahrertür.

»Geh doch rein, du wirst ja ganz nass«, sagte er zu ihr, wie er es an diesem Tag schon einmal getan hatte. Er hörte sich noch immer besorgt an, zugleich aber auch distanziert.

Das Gefühl der Enttäuschung, das Florence im selben Moment durchfloss, verwirrte sie so sehr, dass sie nur nickte und den Weg für Martin frei machte, damit er die Flucht antreten konnte. Die Flucht vor der Frau, für die er sich interessiert hatte – bis er erkennen musste, dass sie das Kind eines anderen Mannes unter ihrem Herzen trug?

Zerplatzte Träume. Es war sicher besser so! Für ihn und für sie.

8. Kapitel

Nun wusste er, was hinter ihrem Rückzug aus dem glamourösen Dasein der Sternchen und Stars, der gespielten Emotionen und erdachten Welten steckte. Leider hatte das Wissen darum keine Erleichterung oder Klärung mit sich gebracht, sondern vielmehr leisen, schwelenden Schmerz und Verunsicherung. Florence war schwanger. Ein Kind, so nahm er an, würde ihre Karriere vorerst auf Eis legen. Deshalb war sie hier. Um zu entscheiden, wie weit sie ihre Lebensziele ordnen, sie neue Prioritäten festlegen musste. Und das womöglich für immer, denn wie sollte sie mit einem Kind die vielen Trainingsstunden meistern, ganz abgesehen von den Abenden und Nächten, die sie in irgendwelchen Musicaltheatern verbrachte – und das vielleicht nicht nur an einem Ort, sondern in wechselnden Städten, ja Ländern oder gar Kontinenten? Es sei denn, der Vater des Ungeborenen könnte viel Zeit für ihr gemeinsames Kind erübrigen.

Der Vater – es gab demnach einen Mann in Florence' Leben. Martin ließ sich auf die Couch fallen, stützte die Ellenbogen auf die Oberschenkel und vergrub sein Gesicht in den kalten Händen. Wie hatte er davon ausgehen können, dass so eine betörende Frau wie Florence allein durchs Leben ging? Die

Antwort war nicht schwer: Weil es seinem Wunschdenken entsprochen hatte, seit er sie das erste Mal auf dem zugefrorenen See hatte tanzen sehen. Womöglich war sie verheiratet oder stand kurz davor, diesen Schritt zu gehen – immerhin hatte er sie nie danach gefragt. Ihre schüchtern anmutende Zurückhaltung ihm gegenüber, ihr Zurückweichen vor jeder noch so kleinen Berührung hätten ihm ein Indiz dafür liefern können, spätestens jedoch, als sie ihre wunderbaren Worte über seine Eltern gesagt hatte. Denn sie handelte nach dem von ihr benannten Kodex: ergebene Treue. Dies bedeutete, dass sie sich von einem anderen Mann schlicht nicht berühren lassen wollte. Beruflich musste sie das, nicht jedoch privat. Das war ihre Art, ihrer großen Liebe zu signalisieren, wie viel er ihr bedeutete.

Müde von der langen, anstrengenden Fahrt und von den irritierend heftigen Gefühlen überwältigt, lehnte er sich zurück und schloss die Augen.

Nach seiner Entscheidung, das Klinikum zu verlassen und sich in einer Gegend, in der es kilometerweit keinen Kinderarzt gab, ein Aufgabenfeld zu suchen, hatte Karin ihm den Laufpass gegeben. Seit seinem vierten Semester – sie war im zweiten gewesen – waren sie umeinander herumgeschlichen, Jahre später ein Paar geworden und hatten eigentlich irgendwann heiraten wollen. Sein abrupter Bruch mit allem, was er sich aufgebaut hatte, hatte sie mehr als verstört. Seine Beweggründe hatte Karin nicht nachvollziehen können, war sie doch gerade dabei, ein Leben auf der Überholspur zu beginnen. Sie wollte ihr Ziel, sich als Herzchirurgin einen Namen zu machen, nicht aus dem Blick verlieren und schon gar nicht in einer bergigen Region wohnen, die zwar mit romantischen, an Hügeln gelegenen Ortschaften aufwarten konnte, nicht aber mit nahe gelegenen großen Städten und dem darin bestehenden kulturellen und gesellschaftlichen Angebot. Ein Ehemann, der keine geregelten Arbeitszeiten hatte, gelegentlich bis in den Abend hinein in der Praxis blieb und völlig unvorhergesehen zu jeder Tages- und Nachtzeit und an jedem Tag der Woche gerufen werden konnte, entsprach nicht dem, was sie sich für ihre Zukunft erträumte. Also hatte sie ihn ziehen lassen; aus ihrer Universitätsstadt, aus Deutschland, aus ihrem Leben.

Er hingegen hatte seine beruflichen Ziele revidiert, zurückgefunden zu dem, was er eigentlich vom Leben wollte. Nun würde er das erneut tun müssen, denn in einem Anflug von Naivität hatte er gehofft, dass Florence sich in ihn verlieben und sich hier ebenso wohlfühlen könnte, wie er es seit jener ersten schlaflosen Nacht ein Jahr zuvor tat, als er nach seiner überstürzten Kündigung am See spazieren gegangen war.

Eine Frau wie Florence! Tänzerin durch und durch. Aufgewachsen in Paris, ausgestattet mit einer Begabung, für die ihr die Welt zu Füßen liegen könnte. Welch ein Hirngespinst.

~ ~ ~

An dem von Zoé und Florence wieder liebevoll vorbereiteten Frühstückstisch sprach Florence das Problem an, das sie erst nach Martins Weggehen und ihrem Eintreten in die Wohnung bemerkt hatte: »Claire, es geht nicht, dass ich dein Schlafzimmer belege, während ihr zu dritt im Zimmer der Mädchen schlaft, in dem es nur ein Bett und eine Couch gibt.«

Claires Seufzen klang abgrundtief. »Du willst uns verlassen?«

Betreten schaute Florence in das müde Gesicht der Frau, ehe sie Zoé ansah, die sich hingebungsvoll ihren Frühstücksbrei in den Mund schaufelte, um ihren Blick daraufhin auf Lysann zu richten. Die Sportlerin hatte Mühe, die Augen offen zu halten.

Nein, eigentlich wollte sie der kleinen Familie nicht den Rücken kehren. Nicht jetzt, da es für Claire noch anstrengender werden könnte, Familie und Arbeit unter einen Hut zu bekommen. Und schließlich hatte sie nichts vor, wusste nicht, wohin – außer zu ihrer Mutter nach Paris zu fahren, was ihr momentan jedoch zuwider war. Allerdings wies ihr Konto kein Vermögen auf, aus dem sie wochen-, ja monatelang würde schöpfen können, und das, was Claire ihr zahlte, reichte nicht für ein gemietetes Zimmer in einem Touristenort, zumal die ohnehin lieber an zahlungskräftige Touristen vergeben wurden als an eine Fremde, die versuchte, hier Fuß zu fassen – oder eben auch nicht.

»Ich könnte doch hier im Wohnzimmer auf der Couch schlafen«, schlug sie leise vor, wohl wissend, dass Claire ihren Widerwillen heraushörte. Die Enge der Wohnung würde ganz schnell ein Problem für sie werden, war sie doch jemand, der Weite und Bewegungsfreiheit bevorzugte.

»Deshalb sorgt euch nicht um morgen. Die Sorgen von heute sind für heute genug.«

Sowohl Florence als auch Claire blickten zuerst Zoé, dann Lysann fragend an. Diese Worte stammten aus der Bibel. Hatte Lysann sie dem Mädchen beigebracht? Lysann hielt den Kopf jedoch weiterhin gesenkt und wirkte, als sei sie sehr weit weg. Zoé fügte unverzüglich hinzu: »Flo schläft, wo Maria geschlafen hat.«

»Ich weiß nicht, ob das geht, Zoé. Flo ist nicht Maria.«

»Wer ist Maria?«, fragte Florence.

»Flo ist anders. Na und?« Zoé verschränkte ihre Arme vor der Brust und schob die Unterlippe vor.

»Ich denke nicht, dass das geht.«

»Wo hat Maria geschlafen?«

»Dir wird das bestimmt nicht zusagen.«

»Das weißt du doch gar nicht, Claire!«

»Ach, Flo.«

»Wenn es bedeutet, dass ich euch nicht sofort verlassen muss …«

»Ich will nicht, dass du weggehst!«, kreischte Zoé, der die Tragweite der rasanten Unterhaltung nun erst bewusst wurde.

»Deswegen möchte ich ja wissen, wo Maria geschlafen hat.« Florence legte ihre Hand auf Zoés, was das Mädchen beruhigte. »Und wer Maria überhaupt ist.«

Claire lachte auf. »Können wir dieses Gespräch irgendwie … verlangsamen? Mir kommt es vor wie einer von Flos wilden Tänzen auf dem Eis.«

Bei diesem Stichwort sprang Florence auf, sprach den Namen Maria mit viel Feuer und einem rollenden R aus, während sie die Pose einer Flamencotänzerin einnahm und dabei rhythmisch in die Hände klatschte. Sie summte laut einen Alegría, die Beinarbeit kam dazu und gleich darauf wirbelte sie durch den Wohnraum, wobei das Ganze ziemlich schnell an der Küchenzeile endete, verbunden mit einem schmerzenden Knie.

Zoé stand inzwischen ebenfalls, wenngleich sie ihren noch immer lädierten Knöchel schonte, und versuchte sich in derselben Haltung. »Aufrecht, Zoé. Du bist eine stolze, temperamentvolle Frau. So ist es prima. Und jetzt –«

»Zoé, Florence, setzt euch bitte, bevor ihr meine Möbel zu Kleinholz zerlegt.« Claire, die bereits eine Vase gerettet hatte und nun kritisch zu den Bildern an der Wand blickte, vor denen Zoé sich aufgebaut hatte, klang unnachgiebig.

Während die beiden zu ihren Stühlen zurückkehrten, flachste Lysann: »Dann hätten wir zumindest genug Platz für ein weiteres Bett.«

Zoé stieß ihr etwas schrilles Lachen aus, das so ansteckend war, dass sogar Claire mit einfiel, obwohl die, so vermutete Florence, eigentlich rügend in die Runde hatte sehen wollen.

»Ich kann dich unmöglich ziehen lassen«, japste Claire schließlich, und ihre Augen waren bittend auf Florence gerichtet. »Also, wir hatten vor drei Jahren ein spanisches Au-pair-Mädchen. Sie war nur ein halbes Jahr bei uns und wollte sich weder in Zoés und Lysanns Zimmer noch in meinem einrichten. Nicht, weil sie Besseres gewohnt war, sondern weil sie einfach einen Platz für sich allein brauchte. Abstand. Soweit ich weiß, ist sie in einer Familie mit neun Kindern aufgewachsen.«

»Toll, aber sicher auch herausfordernd«, sinnierte Florence, das Einzelkind.

»Ich mochte Maria!«, warf Zoé ein.

»Du mochtest vor allem ihr Essen, Pummelchen.« Lysann stupste ihre Schwester liebevoll in die Seite.

»Und du ihren Bruder«, gab Zoé prompt zurück und klimperte übertrieben mit den Wimpern.

»Marias Bruder?« Claire fuhr wie elektrisiert hoch.

»Ich hab nur ein Bild von ihm gesehen«, schwächte Lysann sofort ab.

»Ein Bild ist besser als tausend Worte«, warf Zoé ein.

»Maria hat dir ein Foto von ihrem Bruder gezeigt? Na, dann ist ja gut.« Die Mutter atmete beruhigt auf.

Florence' Füße trippelten unruhig einen Cha-Cha-Cha auf den Fußboden. Schnell – sehr schnell – langsam, *quick and slow* und wieder von vorn. Noch immer wusste sie nicht, ob es für sie eine Möglichkeit zu bleiben gab.

»Wir hatten sie auf dem Dachboden des Chalets einquartiert. Sie war glücklich über die Lösung. Aber der Dachboden ...« Hilflos zog Claire die Schultern hoch.

»Was ist damit?«, hakte Florence nach. Vielleicht war der Raum wirklich nur eine grob gezimmerte Dachkammer ohne Dämmung, Heizung, Sanitäreinrichtung, und das Mädchen war über die Sommermonate darin zurechtgekommen. Jetzt im Winter könnte das natürlich problematisch sein.

»Ursprünglich sollte da mal eine zweite Ferienwohnung rein. Es gibt zwar eine Toilette und ein Waschbecken, die Dusche ist jedoch nie montiert worden.«

»Ich dusche einfach bei euch. Gibt es eine Heizung?«

»Du bist wieder in den Wirbelsturmmodus verfallen, liebe Flo«, mahnte Claire. »Ja, die Heizanlage ist installiert und funktioniert. Die Wände sind gedämmt, aber eigentlich sollten auf die derben Holzplatten mal Kacheln kommen. Und im Wohnraum hübsche Holzwände angebracht werden – ganz abgesehen von der fehlenden Küchenzeile.«

»Ich esse ohnehin bei euch. Und … ach, lass uns nach dem Frühstück doch mal rübergehen, ja?«

»Toll!«, meinte Zoé, die sich offenbar schon sicher war, dass Florence in die unfertige Wohnung einziehen würde. »Dann kann ich dich auch aus dem Bett werfen. Wie Martin.«

Lysann lachte leise. »Ist das dein neues Hobby?«

»Nein!«, widersprach Zoé und schüttelte so heftig den Kopf, dass ihr ganzer Körper vibrierte. »Das ist mein Beruf. Ich bin Wecker.«

»Das ist ja ein Aufstieg! Neulich wolltest du noch Hausnummernankleberin werden!«

»Ich mache beides. Wecken von acht bis neun. Hausnummern ankleben von neun bis elf.«

»Und den restlichen Tag?«

»Tanzen mit Flo.«

»Dann hast du aber keine Zeit mehr für die Schule.«

»Wir müssen nur entscheiden, was wir mit der Zeit anfangen wollen, die uns gegeben ist.«

Auf Claires und Florence' fragenden Blick erklärte Lysann: »Gandalf, *Herr der Ringe.*« Dann setzte sie das Gespräch mit ihrer Schwester fort. »Soll ich dir mal was sagen, Klein-Zoé?«

Zoé musterte Lysann, wobei ihr anzusehen war, dass sie zu ergründen versuchte, ob sie sich gegen das »Klein« vor ihrem Namen zur Wehr setzen sollte. Doch offenbar ließ sie Lysann mehr durchgehen als anderen, denn sie nickte nur.

»Du bist das tollste Mädchen, das ich kenne!«

Obwohl draußen noch immer dichte Wolken wie grauer Filz am Himmel hingen und die Sicht auf die Berge verdeckten, ging in der Wohnung die Sonne auf, so glücklich strahlte Zoé Lysann an. Dann kam prompt, dieses Mal zweistimmig: »Jeder Topf findet seinen Deckel.«

»Meine Mädchen«, flüsterte Claire stolz.

Florence legte beide Hände auf ihren Leib, sagte aber dann schnell: »Seid ihr fertig? Dann lasst uns gleich losgehen. Abräumen und spülen können wir später noch.«

Claire kniff zweifelnd die Augen zusammen. Es war wohl gegen ihr Berufsethos, verschmutztes Geschirr und Lebensmittel länger als nötig herumstehen zu lassen. Zoé, die keine Verzögerung wollte, packte ihre Mutter einfach bei der Hand, und die ließ sich relativ bereitwillig in das Kinderzimmer ziehen, um ihr Bärenohren und Bärentatzen anzulegen. Und das natürlich möglichst farbenfroh!

~ ~ ~

Am Ende waren es nur Florence und Zoé, die die am Hang gelegene, ebenfalls blau gestrichene Eingangstür öffneten, denn Lysann hatten erschreckend bald die Kräfte verlassen. Nach einer kurzen Verschnaufpause hatte Claire ihre Tochter dann zurück nach Hause begleitet.

»Links«, sagte Zoé, wedelte aber gleichzeitig mit der rechten Hand, was Florence rechts neben der Tür nach einem Lichtschalter tasten ließ. Drei nackte Glühlampen versahen ihren Dienst und beleuchteten einen hellen, fast weißen Laminatboden. Dieser war über die gesamte nicht zu verachtende Länge des Raums verlegt. Die beiden Längsseiten gingen nach einem Sockel von etwa zwei Metern in eine Dachschräge mit riesigen Fenstern über. Eine blau lasierte Holztür führte zum Badezimmer, dem einzigen zusätzlichen Zimmer.

Gleich unterhalb des Lichtschalters kauerte sich ein einfaches, schüchtern anmutendes Metallschuhregal, darüber waren mehrere Metallhaken befestigt. Obwohl es in der unfertigen Ferienwohnung eiskalt war, zogen Florence und Zoé ihre Schuhe, Jacken, Mützen und Handschuhe aus, ehe sie auf Strümpfen Fußspuren auf dem staubigen Laminat hinterließen.

Links an der Wand waren mehrere Holzkisten neben- und übereinandergestapelt. Sie hatten Maria vermutlich als Kleiderschrank gedient. Diese verdeckten die Wasser- und Stromanschlüsse für die geplante, aber nicht eingebaute Küchenzeile. Ihnen gegenüber stand ein Bett, das sorgsam mit einer riesigen Plastikfolie abgedeckt war. Ein verwaistes Bett im Winterschlaf. Vier weiße Heizkörper, je zwei links, zwei rechts, waren alles, was es in dem Raum sonst noch gab.

»Du brauchst einen Schrank«, sagte Zoé, neigte den Kopf und wiederholte den Satz, weil ihr der leise Hall gefiel. »Und einen Tisch und zwei Stühle.« Erneut wiederholte sie sich, diesmal kichernd. »Einen für dich und einen für mich.«

Florence tänzelte auf die der Tür gegenüberliegende Stirnseite zu und zog an einem der drei bodentiefen Fenster die blaue Jalousie hoch. Vor ihr lagen der Abhang, der Uferweg, die heute menschenleere Eisfläche des Sees und die verschneiten Hügel, welche sich vor den gewaltigen Wolkenmassen zu ducken schienen, die sich die Berge einverleibt hatten. Begeistert von der Aussicht, öffnete sie auch die übrigen Jalousien und betrachtete den nun gut ausgeleuchteten Raum. Vor ihr lag eine zwar staubbedeckte, aber einladende Tanzfläche.

»Nichts da!«, unterbrach sie Zoés Aufzählung dessen, was sie in den Augen des Mädchens alles benötigte, um sich inmitten der Holzlattenwände und der rustikalen Dachbalken wohlzufühlen.

Da sie sich weder aufgewärmt noch ausreichend gedehnt hatte, wagte sie lediglich eine Abfolge von Disco-Fox-Schritten, was ihre Schneehose zum Dauerrascheln brachte und Staubkörner aufwirbelte, die im Licht der Glühlampen flimmernd mittanzten. Mehrmals durchquerte sie den Raum, während Zoé die Tür schloss und alle vier Heizkörper aufdrehte. Diese nahmen leise summend, einer von ihnen gurgelnd, ihren Dienst auf.

»Gefällt dir Marias Zimmer?« Zoés laute und gewohnt gedehnt ausgesprochene Frage ließ Florence innehalten.

»Es ist himmlisch!«

»Maria gefiel es auch. Sie mochte viel Platz. Und sie hat nicht getanzt.«

»Zoé!« Martins Stimme klang rügend. Sowohl die Angesprochene als auch Florence drehten sich langsam zur Tür um, in der Martin mit in die Seiten gestemmten Händen stand. »Ist dir also doch noch etwas Neues eingefallen, um mir frühmorgens auf dem Kopf herumzutanzen?«

»Sie hat getanzt!« Zoé deutete mit ausgestrecktem Arm auf ihre Begleiterin.

»Wer hätte das gedacht«, erwiderte Martin lachend.

»Sie tanzt jetzt jeden Tag hier.«

Diesmal zog Martin die Augenbrauen hoch. »Richtet sie eine Tanzschule ein?«

»Ja, für mich. Und für dich. Du hast ja schon angefangen.« Zoé hob in nahezu perfektem rechtem Winkel ihre Arme und knickte die Handgelenke.

»Tutting? Hier?«

»Ja, hier. In Marias Zimmer. Ist das nicht toll?«

»Hm.«

»Dann muss sie nicht weggehen.«

»Wollte Flo denn weggehen?«

Zoé zuckte heftig mit den Schultern. »Ich will nicht, dass sie geht. Claire und Lysann auch nicht.«

»Aber?«

»Sie hat kein Bett mehr. Aber hier steht eins.«

»So?«

»Da! Das siehst du doch! Sie findet das Zimmer himmlisch.« Zoé zog das Wort genießerisch in die Länge, mehr noch, als sie es ohnehin tat.

»Ob ich es auch himmlisch finde, wenn sie mir hier oben auf dem Kopf herumtanzt?«

»Alles Gute kommt von oben.«

»Krach? Von einem tanzenden Floh?«

Diesmal war es an Zoé, die Augenbrauen hochzuziehen, doch offenbar gelang es ihr nicht, den Zusammenhang zwischen der Kurzform von Florence' Namen und dem Insekt herzustellen.

»Euch beiden ist schon klar, dass ich auch hier bin?«, warf Florence ein. Sie stand vor der Fensterfront, hatte die Arme vor der Brust verschränkt und wackelte mit den Zehen, die in dicken roten Strümpfen steckten und deshalb so deutlich zu sehen waren, weil sie nach wie vor die zu kurze Schneehose trug.

»Willst du etwas zu unserem wichtigen Gespräch beitragen, Flo?«, erkundigte sich Martin.

»Ja! Ich ziehe hier ein.«

Zoé jubelte und führte etwas auf, das an einen schlecht gemachten Indianertanz aus einem billigen Western erinnerte.

Indessen schritt Martin auf Florence zu und hinterließ dabei nasse Schuhabdrücke. Allerdings blieb er gut fünf Meter von ihr entfernt stehen, verschränkte ebenfalls die Arme vor der Brust und fragte: »Doch nur deshalb, weil es dir Freude bereitet, mir –«

»Aber sicher!« Ihr Flegelgrinsen ließ Martin langsam näher kommen, wobei er sie mit den Augen förmlich festzunageln drohte. Plötzlich flackerte Unsicherheit in seinem Blick auf, und er wandte sich mit einer abrupten Bewegung ab. Fluchtartig eilte er auf die Tür zu. Florence registrierte es mit gemischten Gefühlen.

~ ~ ~

In den darauffolgenden Tagen verbrachten Florence, Zoé und Lysann viele Stunden in der nicht fertig ausgebauten Ferienwohnung, die mit ihrem eigentümlichen Mix aus rustikalen Holzwänden, Deckenbalken und nackten Glühlampen im Gegensatz zu dem edlen hellen Boden, der genialen Aussicht und den beiden blauen Türen ihren ganz eigenen Charme ausstrahlte.

Während Zoé und Florence putzten, Florence' wenige Habseligkeiten in die Holzkisten räumten, einen etwas verschlissenen hellblauen Teppich mit dunkelblauen Kringeln vor das Bett legten und dieses mit Claires weißer Bettwäsche bezogen, saß Lysann meist tatenlos herum. Mit dem Schlitten hatten sie einen von Claires blauen Sesseln hergeschafft, weil diese darauf bestanden hatte, dass es Florence zumindest ein kleines bisschen wohnlicher haben musste. In diesem saß Lysann und kommentierte fröhlich die Arbeiten oder döste vor sich hin.

Martin bekamen sie kaum zu Gesicht. Er war offenbar wieder in seiner Praxis beschäftigt, wobei sich Florence sicher war, dass er davon gesprochen hatte, noch eine Woche länger Urlaub zu haben. Deshalb stellte sich ihr die Frage, ob er vor dem Lärm in der Wohnung über ihm flüchtete oder womöglich sogar vor ihr. Vor einer Tänzerin mit ihrem ungeborenen Kind. Vor einer Frau, die er – mit angenehmer Zurückhaltung – zu umgarnen begonnen hatte, mit deren Nachwuchs er jedoch nichts zu tun haben wollte.

Schließlich kam der Tag, an dem Florence zum ersten Mal über Nacht in ihrem neuen Zuhause bleiben wollte. Sie öffnete Claire, Zoé und Lysann die blaue Tür und ließ sie ein. Ihre Vermieterin – wenngleich die paar läppischen Franken, die

Florence an sie zahlen musste, eher symbolischen Wert besaßen, war die Wohnung doch eigentlich nicht bezugsfertig – sah sich zweifelnd um. Während Zoé und Lysann schnell aus ihren Schuhen schlüpften und ihre Winterkleidung ablegten, blieb Claire in der Tür stehen.

»Also, Mädchen, ich weiß nicht …« Unentschlossen presste sie ihr Einstandsgeschenk an sich, ein großes Glas mit einer blauen Stumpenkerze inmitten von dunkelbraunen pflaumengroßen Steinen.

»Ich liebe es hier, Claire! Du brauchst für dich und deine Mädchen ein Nest, ich brauche Raum und Luft. Weite und … das hier!« Florence hatte erst vor wenigen Minuten eine Trainingseinheit beendet und sprang nun in raumgreifenden Sätzen, verbunden mit Pirouetten oder weit gespreizten Beinen, durch den fast leeren Raum auf die Fenster und damit den See zu, der im Licht eines zur Neige gehenden Tages silbern zwischen den weiß-blauen Hängen lag.

»Du könntest hier Tanzunterricht geben«, erwiderte Claire lachend, versöhnt durch Florence' unübersehbare Begeisterung.

»Dann vergraule ich deinen Mieter da unten. Der hat sich schon bei unseren harmlosen kleinen Renovierungsarbeiten aus dem Staub gemacht.«

»Ich dachte ohnehin nicht, dass er so lange bleibt. Eigentlich bin ich davon ausgegangen, dass er nur darauf wartet, bis er ein schmuckes Haus irgendwo in der Nähe seiner Praxis findet. Außerdem könntest du dich ja mit seinen Praxiszeiten arrangieren.«

»Ich weiß nicht …«

»Ich finde, man könnte über die Idee nachdenken«, meinte Claire und drückte Florence ihr Geschenk in die Arme. »Wobei ich natürlich nicht weiß, ob dir die wenigen Tanzwilligen hier auf dem Land und die wechselnden Touristen ausreichen würden, um halbwegs anständig zu leben.«

»Claire sagt, wir müssen alles tun, damit du hierbleibst.«

»Zoé!«, rügte Claire.

»Das hast du gesagt.«

»Stimmt, ja«, gab Claire zu.

Gerührt wandte sich Florence um, stellte das Glas auf die als Nachttisch dienende Kiste vor ihr Bett und hob hilflos die Hände.

»Ich besitze keine Zündhölzer.«

»Das dachte ich mir schon.« Claire warf ihr eine Schachtel zu. »Aber irgendwelche hübschen Lampenschirme könnten wir für dich besorgen«, versuchte sie erneut, Florence zu überreden, den leeren, provisorischen Raum zumindest ein wenig wohnlicher zu gestalten.

»Die Glühbirnen sind doch toll. Sie vermitteln den Eindruck eines Übungsraums, der mit Leben und Liebe, mit Leidenschaft und Träumen gefüllt werden muss.«

»Ich fürchte, du siehst diese Bauruine nicht als Provisorium wie ich, sondern mit dem Auge einer fantasievollen Künstlerin.«

Ein Poltern an der Tür ließ sie alle aufsehen. Martin stürmte herein, blieb jedoch nach wenigen Metern stehen und wich zur Tür zurück, wo er betreten auf die nassen Schuhabdrücke blickte, die er hinterlassen hatte.

»Ist etwas passiert? An meiner Tür hängt ein Zettel, dass ich dringend vorbeikommen soll.«

Florence grinste ihn an. Sie hatte das Wort »dringend« dick unterstrichen, um den fürsorglichen Mann auf jeden Fall dazu zu bringen, ihrer Einladung zu folgen.

»Einstandsparty. Gleich kommt Pizza!«, verriet Zoé.

»Ich habe schon netter gestaltete Einladungen bekommen«, brummte Martin.

»Aber sicher keine, die dringlicher klang«, entgegnete Claire lachend.

»Sie passt jedenfalls zu Flo. Man konnte unmöglich wissen, was sich dahinter verbirgt.« Martin, der selten einmal seine gute Laune und die ihm eigene Gelassenheit verlor, erwiderte Florence' Grinsen, zog die Schuhe aus und stellte sie ordentlich neben die anderen, ehe er seinen Mantel an die bereits überfüllten Kleiderhaken hängte.

»Gut. Feiern wir, dass ich ab sofort einen Vulkan über mir wohnen habe.«

»Das reduziert deine Heizkostenrechnung«, meinte Lysann und wurde mit Martins fröhlichem Auflachen belohnt.

Bald darauf saßen die Frauen auf dem mit einer blau-weiß gestreiften Tagesdecke abgedeckten Bett, während Martin den Sessel zugesprochen bekommen hatte, und aßen Pizza aus Pappschachteln.

~~~

Zoé zappelte trotz der späten Stunde hellwach und aufgedreht herum, ihre Schwester hingegen war im Laufe des Abends zunehmend stiller geworden. Schließlich verabschiedeten sich Claire und ihre Mädchen, und Florence sah ihnen an den Türrahmen gelehnt zu, wie sie die Treppe hinunterstapften und um die Hausecke bogen. Da es noch immer schneite, schloss sie schnell die Tür und wandte sich ihrem neuen Zuhause zu. Martin stand, nur als dunkle Silhouette zu sehen, vor einem der großen Fenster und blickte hinaus. Florence näherte sich ihm zögernd. Eigentlich hatte sie damit gerechnet, dass Martin spätestens mit der kleinen Familie ihre Wohnung verlassen würde, da er ihr in letzter Zeit erfolgreich aus dem Weg gegangen war. Sein Bleiben verunsicherte sie.

Auf ausreichend Abstand bedacht, gesellte sie sich an das nächste Fenster und sah ebenfalls zu, wie Claire Lysann auf dem Schlitten warm einpackte. Wenig später verließen die drei den
~~~

Lichtkegel vor dem Haus und wurden von der Dunkelheit und dem Schneetreiben verschluckt.

»Weshalb sitzt Lysann auf dem Schlitten?« Martins Frage ließ Florence die Stirn runzeln, bis ihr klar wurde, dass er in den vergangenen Tagen auch Claires Familie nicht zu Gesicht bekommen haben konnte. Er hatte viel Zeit in der Praxis verbracht.

»Sie ist schrecklich schwach. Kränklich.«

»Immer noch?« Martin drehte sich um, lehnte sich seitlich gegen die Scheibe, und Florence wurde es unter seinem durchdringenden Blick abwechselnd heiß und kalt. Überaus deutlich war ihr bewusst, dass sie sich mit dem attraktiven Mann allein in ihrer Wohnung aufhielt.

»Leider, ja. Dieser Umstand quält sie sehr, wirft sie das in ihrem Training doch weit zurück. Vermutlich ist die Saison für sie gelaufen. Außerdem sollte sie bereits wieder in der Schule sein.«

»Hat sie ein weiteres Mal ihren Arzt aufgesucht?«

»Nein, es hat geheißen, sie solle sich ausruhen und schonen, damit sie wieder zu Kräften kommt.«

Martin rieb sich das Kinn, wobei sein dunkler Dreitagebart knisterte. Er schaute inzwischen an ihr vorbei, entweder aus dem dritten Fenster oder in die nicht ausgeleuchtete Ecke hinter ihr. Sein Schweigen in Verbindung mit der gerunzelten Stirn missfiel Florence gründlich. Irgendetwas beschäftigte ihn in Bezug auf Lysann.

»Ich muss los. Danke für die Einladung«, sagte er unvermittelt und durchschritt im Eiltempo die große Wohnfläche. An der Tür schlüpfte er hastig in Schuhe und Mantel.

Florence sah vom Fenster aus zu, wie er kurz darauf die Tür hinter sich zuzog, ohne sich noch einmal zu ihr umzudrehen. Fröstelnd rieb sie sich die Oberarme. War auch ihm bewusst geworden, dass er mit ihr allein war, und hatte er deshalb schnell zu der zuletzt von ihm eingehaltenen Distanz zurückgefunden? Dieser Gedanke schmerzte sie mehr, als sie das für möglich gehalten hätte. Schließlich nannte sie ihn einen Freund – und davon hatte sie nicht allzu viele.

Das Licht vor Martins Eingangstür flammte auf, doch zu Florence' Verwunderung betrat er nicht seine Wohnung, sondern eilte in Richtung Dorf davon – Claire, Lysann und Zoé hinterher.

Wie elektrisiert stieß sich Florence von der kalten Scheibe ab. Martin war im Zusammenhang mit Lysann etwas durch den Kopf gegangen, das ihn offenbar sehr beunruhigte. So sehr, dass er sofort mit Claire darüber sprechen wollte, selbst mitten in der Nacht und bei reichlich Schneefall?

Florence stürmte zur Tür, schlüpfte in Jacke und Winterstiefel, streifte sich die Mütze über und verließ ebenfalls das angenehm warme, schützende Chalet. Sie rannte über die dunkle Zufahrt auf den Uferweg und von dort in die von Laternen erhellte Seestraße, vorbei an den Hotels und Ferienhäusern bis zu Claires Wohnung. Vor dieser türmten sich noch höhere Schneeberge auf als am Tag zuvor und verwehrten den beiden Personen im Eingangsbereich den Blick auf Florence. Eigentlich wollte sie nicht lauschen, doch Martins Worte, die Florence über das stete Flüstern der fallenden Schneeflocken hören konnte, ließen sie abrupt innehalten: »Du musst sie morgen sofort in die Klinik bringen. Ich rufe für dich dort an und kläre das ab. Sie haben einen guten Herzspezialisten, Peter Lang, ein ehemaliger Kollege von mir.«

»Aber Martin …!«

»Gleich morgen früh, Claire!«

»Wegen ihrer Schwäche, und weil sie meint, gelegentlich ein Herzstolpern zu spüren?«

»Genau deshalb. Ich möchte dir keine Angst machen, aber lass bitte abklären, ob sich aus Lysanns Erkältung eine Herzmuskelentzündung entwickelt hat. Nimm Urlaub oder melde dich wegen eines kranken Kindes ebenfalls krank!«

Martin klang so eindringlich, dass es Florence eiskalt über den Rücken lief. Ihr Herzschlag beschleunigte sich, sie ballte die Hände zu Fäusten. Vor einigen Monaten war ein Kollege von ihr beim Training plötzlich umgefallen und verstorben. Es hatte sich herausgestellt, dass er an einer nicht erkannten Herzmuskelentzündung gelitten hatte. Sein Herz hatte einfach aufgehört zu schlagen. Von einer Sekunde auf die andere …

Langsam zog sich Florence zurück. Der Schnee knirschte vernehmlich unter ihren Schuhen, kleine Eisriefen brachen unter ihren Schritten. Dennoch waren die Geräusche weit weniger laut als das Pochen ihres Herzens. Dieses hämmerte so lautstark, als wolle es ihr signalisieren, dass es selbst völlig in Ordnung sei. Oder wollte es sie warnen? Ihr verdeutlichen, wie angeschlagen das lebenswichtige Organ bei Lysann war?

Florence stolperte, fing sich an einem Laternenpfahl ab und strebte auf den mit einer Schneeschicht überzogenen Steg zu. Sie betrat die weiß verhüllten Holzbohlen, verließ nach ein paar Schritten den Lichtschein der Straßenlaternen und tastete sich auf dem Anleger voran, bis sie an dessen nach links führende Abzweigung kam. Dort setzte sie sich und ließ sich hinab auf die Eisfläche gleiten. Langsam ging sie über den zugefrorenen See, bewegte ihre Füße durch die gut fünfzehn Zentimeter hohe Neuschneedecke, ehe sie sich umdrehte und zu den Lichtern zurückblickte. Sie tänzelte nach links, dann nach rechts, nach vorn und zurück, wärmte sich auf und markierte gleichzeitig ihre Tanzfläche, bevor sie dazu überging, den frischen Schnee mit hart anmutenden Bewegungen niederzustampfen. Tänzerisch, aber verzweifelt. Wütend.

War es wirklich möglich, dass ein gesunder, sportlicher Teenager allein wegen einer Erkältung ein krankes Herz bekam? Lysann? Ausgerechnet Claires Tochter! Florence biss die Zähne zusammen, tanzte den Gangnam Style, hatte den Beat im Kopf in dem Versuch, alle anderen Gedanken aus diesem zu klopfen.

Plötzlich stand vor ihr ein Schatten. Erschrocken hob sie den Kopf, sprang einen gewaltigen Satz zurück und unterdrückte ihren Fluchtinstinkt.

»Entschuldigen Sie bitte. Ich wollte Sie nicht erschrecken.«

»Sie!«, stieß Florence hervor, froh darüber, dass es nur der alte Mann war, dessen Bekanntschaft sie bereits geschlossen hatte.

»Ich habe Sie erst gesehen, als ich fast in Sie gelaufen wäre«, erklärte der Einsiedler.

»Der Schneefall ist sehr dicht«, stimmte Florence ihm zu.

»Ich kann den modernen Tanzformen noch immer nichts abgewinnen. Dennoch meine ich zu erkennen, dass Sie heute nicht aus Begeisterung an der Bewegung tanzen.«

»Stimmt.«

»Sie tanzen sich Ihren Kummer von der Seele?«

»Stimmt wieder.«

»Hilft es?«

»Manchmal.«

»Vielleicht ist meine Meinung nicht gefragt, immerhin bin ich ein alter Mann mit heutzutage wenig populären Ansichten …«

»Aber?«, fragte Florence höflich und neugierig zugleich. Sie stampfte auf der Stelle, da ihr im Stehen kalt wurde.

»Es hilft, wenn man in dem, was man gern tut und worin man gut ist, demjenigen dankt, der einem genau diese Begabung geschenkt hat.«

»Meinen Tanz- und Schauspiellehrern?«

Der Mann lachte dröhnend, was Florence ungemein sympathisch fand. Dabei kam ihr der Gedanke, dass er sich womöglich ausgezeichnet mit Martin verstehen würde. Im selben Augenblick sah sie Martin. Er stand außerhalb der von ihr markierten Fläche, war nicht mehr als ein Schattenriss im wirbelnden Weiß, schien jedoch weder sie noch ihren Gesprächspartner aus den Augen zu lassen. Ihr heimlicher Wächter war wieder da, dieses Mal sogar zu mitternächtlicher Stunde.

»Ihre Lehrer haben Ihnen die Technik beigebracht, Ihnen die Möglichkeiten und wohl auch die Grenzen aufgezeigt. Doch sie haben Ihnen nicht Ihr Talent in die Wiege gelegt noch Ihre Leidenschaft oder Ihren Kampfeswillen.«

»Sie sprechen von … Gott?«

»Meiner Meinung nach hat er Sie kreiert. Mit Stärken, damit Sie diese sinnvoll nutzen, und mit Schwächen, damit Sie Ihre Mitmenschen brauchen.«

Florence runzelte die Stirn. Der Gedanke war ihr nicht fremd, allerdings war sie nie zuvor auf die Idee gekommen, sich für ihre Begabung zu bedanken. Sie kniff die Augen zusammen, um die zwar federleichten, aber eisigen Kristalle daran zu hindern, ihre Sicht noch mehr zu beeinträchtigen, und lächelte zu dem Mann hinauf. Irgendwie gefiel ihr sein Vorschlag. Und zu sagen brauchte sie ja nichts – sie brauchte nur zu tanzen!

»Bei Ihnen ist es der Tanz, eine Begabung, die für jedermann zu sehen ist, die in die Öffentlichkeit getragen wird. Es gibt jedoch auch die scheinbar kleinen Befähigungen, die im Verborgenen wirken und dort sogar große Dinge bewirken können.«

Florence drehte den Kopf in Martins Richtung. War er so jemand? War er in die zweite Reihe zurückgetreten, um eher im Verborgenen zu wirken? Dadurch, dass er in einer ländlichen Region als Kinderarzt arbeitete, ausgestattet mit seinem ruhigen Gemüt und seinem feinen Humor?

Oder Claire? Zoé? Dieser ältere Herr?

»Wir Menschen sind wie die Schneekristalle«, fuhr der Mann leise fort, als spräche er nicht zu Florence, sondern zu den frostigen Flocken. »Oberflächlich betrachtet sehen wir alle gleich aus, werden geboren, schweben durch unser Leben, manchmal von heftigen Böen geschüttelt, werden ganz woanders hingetrieben, als wir uns das eigentlich vorgestellt hatten, und schließlich sterben wir. Bei näherer Betrachtung sieht man jedoch die filigrane Einzigartigkeit. Bei jeder Schneeflocke, bei jedem Menschen.«

»Das ist ein schöner Gedanke«, erwiderte Florence und beobachtete, wie ihr Gesprächspartner leicht zusammenzuckte. Ob er ihre Gegenwart ausgeblendet hatte?

Wieder lachte er, nickte und wollte sich abwenden. Florence zögerte einen Wimpernschlag lang, dann hielt sie ihn zurück, indem sie ihn sachte am Ellenbogen ergriff.

»Möchten Sie tanzen?« Ihre Frage kam spontan wie immer, unüberlegt und aus einer Laune heraus, und für einen Moment schreckte sie vor dem eigenen Übermut zurück.

»Ich habe lange nicht mehr getanzt.« Zweifelnd schaute er auf die beiden Skistöcke in seinen Händen, ehe er wieder den Kopf hob. Sie glaubte ein schwaches Glimmen in seinen Augen zu erkennen, eine Begeisterung, die er möglicherweise viel zu lange unterdrückt hatte.

»Versuchen wir es doch«, ermunterte sie ihn; wollte nicht zurückrudern.

»Einen Langsamen Walzer, vielleicht?«, schlug er vor, wobei sein linkes Auge unsicher zuckte.

»Na, dann los!« Florence nahm ihm die Stöcke ab, legte sie in eine der Spuren, die sie in den Schnee gezeichnet hatte, und hob die Arme.

Der Mann ergriff mit der behandschuhten Hand ihre kalten Finger und legte sachte, nahezu zaghaft, die andere in ihren Rücken. Sie berührte ihn ebenso zurückhaltend an der Schulter und begann *I Wonder Why* zu summen. Auf sein Nicken hin führte sie ihren linken Fuß rückwärts, den rechten seitwärts … und sie bewegten sich behutsam über die niedergetretene Schneefläche auf dem festen Eis, die Körper weit genug voneinander entfernt, um mehr als schicklich zu sein. Florence spürte, wie er an Sicherheit gewann, und überließ ihm die Führung, was er mit einem dankbaren Lächeln quittierte.

Der nächtliche Spaziergänger war ein guter Tänzer. Er hatte ein perfektes Rhythmusgefühl, war sicher auf den Beinen und strahlte mit jeder Bewegung Eleganz und zunehmend mehr Elan aus. Nach einigen Drehungen wagte er es, die Konzentration auf seine Tanzpartnerin zu lenken. »Darf ich Ihnen eine sehr persönliche Frage stellen?«

»Versuchen Sie es«, sagte sie, ehe sie weitersang.

Wieder dröhnte sein Lachen über die Eisfläche.

»Sie sind nicht von hier, und Sie machen auch keinen Urlaub. Wenn man dem Dorftratsch Glauben schenken darf, sind Sie auch nicht mit Claire verwandt.«

»Das war noch keine Frage.« Florence ahnte, dass sie abweisend klang, hätte sie doch am liebsten keine Auskunft über ihre Vergangenheit oder über ihre Gegenwart gegeben. Und über ihre Zukunft konnte sie nicht sprechen, weil es darüber nichts zu sagen gab. Das Einzige, was sie inzwischen sicher wusste, war die Tatsache, dass sie in absehbarer Zeit für ein Kind verantwortlich sein würde. Sie klammerte sich an die Hoffnung, dafür befähigt zu sein, denn sonst hätte sie eine schwerwiegende Fehlentscheidung getroffen.

Sie summte, er sprach weiter: »Gibt es denn nirgends einen Menschen, der Sie vermisst?«

»Meine Mutter hat meine Telefonnummer«, lautete ihre Antwort. Schmerz zerrte an ihrer Seele, hatte Louise dies doch anscheinend vergessen. Es gab kein Lebenszeichen von ihr, seit Florence ihre Wohnung fluchtartig verlassen hatte. Kein Anruf, keine Nachricht … Stille, tiefer noch, als sie über dem Bergsee lag, aber bei Weitem nicht so friedlich.

Sie sang wieder, dabei kamen sie an Martin vorbei, und das Zusammenzucken ihres Tanzpartners signalisierte Florence, dass er den Arzt bisher nicht bemerkt hatte. Offenbar genügte dem Einsiedler ihre knappe Aussage, um sich den Rest zusammenzureimen. Nein, es gab niemanden, dem sie fehlen könnte. Vielleicht einigen ihrer Kolleginnen, wobei ihr Platz im Ensemble längst von einer anderen Frau eingenommen worden war. Und ihre Rolle in New York?

Schließlich trat ihr Tanzpartner zurück und verbeugte sich knapp. »Ich bedanke mich für diesen außergewöhnlichen Tanz.«

Florence knickste und sah zu, wie der alte Mann seine Stöcke aufhob und innerhalb von Sekunden vom nächtlichen Schneetreiben verschluckt wurde. Dafür trat Martin auf sie zu.

»Findest du es nicht gefährlich, nachts auf dem Eis mit einem Wildfremden zu tanzen?«

Florence lächelte ihn an, was ihn die Stirn runzeln ließ. Seine Besorgnis um ihre Sicherheit war schlicht rührend – und sehr angenehm. Oder vielmehr aufwühlend?

»Wir haben uns schon einmal unterhalten. Ein ganz Fremder ist er demnach nicht.«

»Sei einfach vorsichtig, ja?«

Florence nickte, zu sagen wagte sie nichts. Seine Warnung hätte sie schon viel früher gebrauchen können …

»Wirst du bitte dafür sorgen, dass Claire Lysann morgen in die Klinik fährt?« Das Ausbleiben einer Erklärung verriet Florence, dass Martin sie während seines Gesprächs mit Claire gesehen oder gehört haben musste.

»Steht es so schlimm um Lysann?« Die Stimme drohte ihr vor lauter Herzklopfen zu versagen. Martin ergriff sie mit beiden Händen an den Oberarmen, als fürchte er, sie werde gleich zusammenbrechen. Sie zuckte zurück und verschaffte sich den nötigen Freiraum, indem sie zwei Schritte von ihm weg tänzelte.

»Es ist nur ein Verdacht, der abgeklärt werden muss. Mehr nicht.«

»Dafür klingst du aber sehr … drängend.«

»Das muss ich.«

»Lysann ist nicht deine Patientin. Du bist nicht für sie verantwortlich.«

»Sind Menschen nicht für ihre Mitmenschen verantwortlich?«

»Wenn das so ist, warum verletzen wir dann so oft genau jene Mitmenschen?«

»Vielleicht, weil diese großartige und wichtige Aufgabe in Vergessenheit geraten ist?«

Florence nickte und wandte sich in Richtung ihres neuen Zuhauses, das in völliger Dunkelheit versteckt auf dem kleinen Hügel ruhte. Da sie denselben Weg hatten, konnte sie nichts gegen Martins Begleitung einwenden. Aber womöglich wäre er in seiner Fürsorge ohnehin mitgekommen, sogar dann, wenn sie am anderen Ende des Sees gewohnt hätte.

»Ich kümmere mich darum, und wenn ich Lysann selbst hinbringen muss«, antwortete sie ihm auf seine zuvor gestellte Frage.

Martin ließ einen dankbaren Brummlaut hören. Den Rest des Heimwegs legten sie schweigend zurück, und Florence war erleichtert, dass er sofort auf seine blaue Tür zuging, sodass sie allein die Treppe zu ihrer Wohnung hinaufgehen konnte. Das war weitaus besser, als sich schweigend gegenüberzustehen, nicht wissend, wie sie sich, gefangen in ihrem verworrenen Gefühlsleben, verabschieden sollten. Zügig trat sie ein und schaltete das Licht an. Vor ihr lag ihr neues Zuhause. Perfekt zum Tanzen, jedoch kahl und leer wie die vor ihr liegende Zukunft. Wie lange sie hier wohl bleiben würde? Bis Claire, Zoé und Lysann sie nicht mehr brauchten? Bis das Kind auf der Welt war? Bis der Einsiedler nicht mehr nachts durch die

Landschaft spazierte oder Martin seinen Posten als heimlicher Wächter über die Eistänzerin aufgab? Sie wusste auf keine dieser Fragen eine Antwort.

Florence

Viel später hat Claire einmal gesagt, dass Zufälle eben Zufälle heißen, weil gewisse Fälle häufig passieren und dabei immer auf wundersame Weise genau in eine bestimmte Situation passen. Ich bin inzwischen der Meinung, dass man das Wort Zufall durchaus ersetzen kann. Zum Beispiel durch Begriffe wie Vorsehung, Bestimmung oder Bewahrung. Denn sie greifen immer in das Leben der Menschen ein. Ob nun im Positiven oder im Negativen, muss jeder für sich selbst entscheiden. Vielleicht liegt die Entscheidung darin begründet, wie lebensbejahend man ist. Kann ich im Negativen auch etwas Gutes finden? Richte ich meinen Blick darauf aus, genau dieses Geschenk zu erkennen?

Der »Zufall« wollte es so, dass in dem kleinen Dorf am See ein Mann lebte, der seine Ziele revidiert und zurück zu dem für ihn maßgeschneiderten Traum gefunden hatte. Martin war nicht einfach nur ein Landarzt, er war Kinderkardiologe, wenngleich er nicht mehr ausschließlich in dieser Fachrichtung praktizierte. Im Januar dieses Jahres offenbarte sich ihm die Chance, Menschenleben zu retten. Abseits des Platzes, an den er sich lange Zeit geträumt hatte.

Meines und damit das meines Kindes! Lysanns Leben!

Natürlich hätte ich mir in jenen Tagen die Frage stellen können, warum es überhaupt so weit hatte kommen müssen … aber bin ich in der Position, so etwas zu hinterfragen? Wer bin ich schon? Eine Tänzerin mit hochtrabenden Träumen, die gestürzt war und nicht mehr aufzustehen vermochte? So wollte ich mich nicht sehen. In den Wochen inmitten der erhabenen Bergwelt durfte ich lernen, dass ein aus den Fugen geratenes Leben kein verlorenes Leben ist. Wie oft sehen wir lediglich bis zu unserem Tellerrand – und damit sind wir wieder bei dem Wort Zufall; bei Vorsehung, Bestimmung und Bewahrung. Es gibt so viel mehr außerhalb unseres kleinen, begrenzten Horizonts. Wahrheiten, die wir nicht von vornherein erfassen, sondern Stück um Stück ertasten, erfragen, erleben dürfen. Immer in genau der Häppchengröße, wie wir sie auch schlucken können. Gleich einem Tanzschüler, der in seiner ersten Stunde nicht sofort die anspruchsvollsten Schritte gezeigt bekommt, sondern die Grundschritte, die ihn nicht überfordern. Habe ich die Geduld, lebe ich auf die Zukunft hin, kann ich offen genug für das sein, was hinter dem Horizont für mich bereitgehalten wird …? Heute weiß ich, dass es so viel mehr sein wird als das, was ich im Moment vor Augen habe. Und dabei meine ich nicht (nur) meine Träume!

9. Kapitel

26. Januar

Martin setzte sich auf die Couch und drehte sein Mobiltelefon auf der Tischplatte im Kreis herum. Laut ihren eigenen Worten gab es in Florence' Leben niemanden außer ihrer Mutter. Keinen Bekanntenkreis, keine Freundinnen? Was für ein schrecklich einsames Leben musste sie seit Jahren führen. War das der Preis, den sie für ihren Traum bezahlen musste? Fortwährend wechselnde Engagements in immer anderen Städten, Beziehungen, die ihren Lebensrhythmus mittanzten und die sie hinter sich ließ, sobald sie einen neuen Vertrag unterschrieb? Niemals etwas Festes, Bleibendes? War sie wie eine der Schneeflocken, vom leichtesten Windhauch umhergetrieben, unstet und niemals sesshaft?

Zugleich hieß dies für ihn aber auch: Es gab keinen Mann in ihrem Leben. Ihre teilweise heftig ausfallenden Reaktionen auf seine Berührungen bedeuteten nicht, dass sie aus Liebe und Rücksichtnahme für den Vater ihres Kindes bewusst Abstand zu anderen Männern hielt, sondern …? Dass der Kerl sie schlimm verletzt hatte? Weil er das Kind ablehnte? Oder war er anderweitig übel mit Florence umgesprungen, was sie einem Kind –

ihrem Kind – nicht hatte zumuten wollen? War sie vor einem gewalttätigen Kerl geflohen? Das wäre zumindest eine Erklärung dafür, weshalb sie jeden anderen Mann von sich fernhielt.

Mit dem Einsiedler hatte sie jedoch getanzt. Wenngleich sie eine körperliche Distanz eingehalten hatten, wie zwischen einer Lehrerin und ihrem pubertierenden Tanzschüler, hatte sie dennoch seine Hand in ihrem Rücken geduldet. War es dem fortgeschrittenen Alter des Mannes geschuldet, dass sie die Berührung zulassen konnte? Daran konnte er bei sich nichts ändern. Er war nun mal erst Anfang dreißig. Aber er könnte darauf hinarbeiten, ihr Vertrauen zu gewinnen!

Martin fuhr sich mit beiden Händen durch die Haare. Wollte er das wirklich? Florence war nicht mehr ungebunden. Sie trug ein Kind unter ihrem Herzen – das eines anderen. Dennoch verlor Florence dadurch nichts von ihrer Faszination. Vielmehr bewunderte er sie für ihren mutigen Schritt, das Kind zu bekommen. Es würde ihr Leben gewaltig durcheinanderwerfen – was es in gewisser Weise ja jetzt schon tat. Vielleicht aber auch zum Guten? Weil sie sich endlich aus den Fängen jenes Kerls hatte lösen können? Oder weil die Ablehnung des Vaters für sein Kind ihr die Augen geöffnet hatte, dass es mit ihm keine gemeinsame Zukunft gab?

Martin lehnte sich zurück und verschränkte die Hände im Nacken. Ein Lächeln lag auf seinem Gesicht, als er an die Decke schaute, hinauf zu Florence' Wohnung. Er würde einen Weg finden, ihre Zurückhaltung ihm gegenüber in etwas Schönes zu verwandeln. Er würde sie für sich gewinnen! Dass ihn das ungewöhnlich viel Aufmerksamkeit, Zeit, Geduld und vor allem eine gehörige Portion Fantasie kosten könnte, würde er gern in Kauf nehmen. Er wollte sie und ihr Kind lieben. Schließlich war er überzeugt davon, dass sie nicht grundlos in sein Leben getreten oder vielmehr getanzt waren – gerade dann, als er beschlossen hatte, sich endlich wieder auf Beziehungen einzulassen. Er wollte neue Freundschaften eingehen und, wenn er die Richtige finden würde, auch wieder eine Frau in sein Leben lassen.

Martin richtete sich auf, griff nach dem Telefon und wählte die Nummer der Klinik, die er Claire empfohlen hatte. Neben Florence musste er sich zudem um ein anderes Mädchen kümmern: Lysann und ihre rätselhafte körperliche Schwäche, ihr Herzstolpern und die vorangegangene Viruserkrankung. Diese Kombination bereitete ihm mehr Kummer, als er Claire und Florence gegenüber zuzugeben bereit gewesen war …

~ ~ ~

Um sieben Uhr morgens läutete Florence ein drittes Mal an Claires Wohnung und hämmerte schließlich mit den Fäusten gegen die Tür. Das Ergebnis blieb jedoch dasselbe: Niemand öffnete. Erstaunt drehte sich Florence um und blickte über die verschneite Fläche des Sees, auf der deutlich die Spuren ihres nächtlichen Tanzes zu sehen waren. Weiße Wolken hingen über den Bergen und gestatteten der Sonne nur gelegentlich, ihre freundlichen Strahlen auf den Neuschnee zu werfen. Die meisten Touristen schliefen entweder noch oder waren beim Frühstück, um sich für den Tag auf der Skipiste zu stärken.

Florence warf einen Blick zu dem Hotel hinüber, in dem Claire arbeitete. Sie verließ den kleinen Vorgarten und stapfte über die geräumten Stufen und den schmalen Weg zu der im Winter nicht genutzten Terrasse des Speisesaals. Erfreulicherweise fand sie die Terrassentür unverschlossen vor. Kräftig trat sie sich den Schnee von den Schuhen, ehe sie eintrat. Gedimmtes Licht, das weiche Schatten auf weiße Wände warf, und rustikal-dunkle Möbel begrüßten sie, ebenso wie der ununterbrochene Singsang der Gespräche an den Tischen und der Duft nach Kaffee und gebratenem Speck. Sofort wurde ein Kellner in schwarz-weißer Arbeitskleidung auf sie aufmerksam und eilte ihr entgegen, wobei er hastig ein Tablett mit Kaffee- und Teekännchen auf einer Ablage abstellte. Sein braun gebranntes Gesicht, eingerahmt von recht langen blonden Locken, verhehlte nicht, dass er sich oft auf der Skipiste aufhielt. Florence vermutete in ihm einen passionierten Snowboarder, sein Namensschild wies ihn lediglich als Freddy aus.

»Kann ich dir helfen?«

»Ich suche Claire.«

»Sie hat sich krankgemeldet. Irgendetwas ist mit Lysann.«

»Sie ist also schon weg. Vielen Dank.« Florence schenkte dem jungen Mann ein Lächeln und wollte sich wegdrehen.

»Du bist die Tänzerin, nicht?«

Erstaunt hob Florence die Augenbrauen. Ihr war nicht bewusst gewesen, dass sie Aufsehen erregt hatte.

Freddy, den sie auf kaum älter als zwanzig schätzte, zuckte mit den kräftigen Schultern. »Du bist hier ein Gesprächsthema. Es gibt Gäste, die dich von ihren Zimmerfenstern aus beobachten können, wenn du auf dem See tanzt. Sie haben im Speisesaal mit anderen Gästen über dich geredet und das Personal gefragt, wer du seist. Claire hat uns dann erzählt, dass du Musicaldarstellerin und hier nur auf der Durchreise bist. Damit konnten wir ihnen eine Antwort geben, um zu wilde Spekulationen zu verhindern.« Das Grinsen des Kellners zeigte Florence, dass er nichts gegen abenteuerliche Geschichten um die Tänzerin auf dem Eis einzuwenden gehabt hätte.

»Danke für die Auskunft, Freddy.« Florence nickte in Richtung einiger Frühstücksgäste. Sie warfen ihr missbilligende Blicke zu, vermutlich, weil sie auf ihren Kaffee warteten.

»Lysann und ich sind jahrelang gemeinsam Ski gefahren. Ich hoffe …?«

»Ich weiß leider auch nichts Genaues.«

»Ja klar. Ich werde Claire fragen, sobald sie zurück ist.«

Florence deutete auf sein Namensschild. »Ich gehe wieder. Du solltest dringend nach deinen Gästen sehen.«

»Man sollte nicht meinen, dass die zur Erholung hier sind, so viel Stress, wie die verbreiten«, spottete Freddy und hatte es noch immer kein bisschen eilig, seiner Aufgabe nachzukommen. Für ihn schien Stress ein Fremdwort zu sein.

»Übrigens, Claire hat doch beim Hotelmanagement nachgefragt, ob sie Tanzkurse und Tanzveranstaltungen in das Animationsprogramm aufnehmen wollen. Ich fürchte, das wird hier nicht akzeptiert. Aber wenn ich dir einen Tipp geben darf: Versuch es mal in dem Hotel ganz am anderen Ende vom Dorf. Da stehen deine Chancen für einen Job besser.«

»Danke«, erwiderte Florence, verwundert darüber, dass Claire ihre eher beiläufige Überlegung bereits in Angriff genommen hatte. Offenbar lag der Frau tatsächlich viel daran, ihre Nanny zu behalten. Zumindest noch einige Zeit lang …

Um Freddy vor drohendem Ärger zu bewahren, machte sie auf dem Absatz kehrt und verließ das Hotel über die verschneite Terrasse.

Noch auf den Stufen kramte sie ihr Mobiltelefon hervor und wählte Claires Nummer. Zügig hatte sie ihre Freundin am Apparat.

»Du bist schon in der Klinik?«

»Guten Morgen, Flo.«

»Morgen, Claire. Warum hast du nicht auf mich gewartet? Jetzt hast du Zoé mitnehmen müssen.«

»Du bist mal wieder schneller als der TGV.«

»Nein, dieses Mal warst du diejenige, die ruckzuck weg war.«

»Ich habe heute Nacht kaum geschlafen und bin deshalb früh los.«

Florence atmete tief durch. Sie verstand Claires Ängste nur zu gut. Je eher Lysann untersucht wurde, umso früher hatten sie ein Ergebnis und hoffentlich Entwarnung. Oder zumindest eine rasch anschlagende Therapie.

»Du hättest Zoé bei mir vorbeibringen –«

»Flo, wir hatten ausgemacht, dass du heute endlich einmal einen freien Tag haben sollst.«

»Der lässt sich doch nachholen! Jetzt musst du in der Klinik nach Lysann und nach Zoé sehen.«

»Zoé kennt das alles. Wie du weißt, war sie schon oft genug hier.«

»Na gut. Dann suche ich mir eine Möglichkeit, um zu euch zu kommen.«

»Flo! Du sollst deinen freien Tag genießen.«

»Wie soll ich das, wenn ich weiß, dass ihr in der Klinik seid!?« Florence schüttelte aufgebracht den Kopf, beendete die Verbindung und hastete die stetig abfallende Straße entlang zur Seestraße und von dort zurück zu Claires Chalet. Kräftig klopfte sie an Martins Tür, obwohl die Abwesenheit seines Autos deutlich verriet, dass auch er bereits aufgebrochen war.

»Na gut«, brummte Florence. Ihr eigener Wagen kam aufgrund des Neuschnees nicht infrage. Also würde sie den Bus nehmen müssen. Sie holte ihre Geldbörse, schloss diesmal die Tür ab und eilte zur Talstation der Sesselbahn. Vor den Läden und Gastronomiebetrieben war der Parkplatz inzwischen belegt, unzählige Autos quälten sich durch die enge, verschneite Straße zu einem weiter abseits gelegenen Parkplatz. Abgasgestank hing in der sonst so klaren Bergluft, das Knirschen des Schnees unter den schweren Fahrzeugen war ungewöhnlich laut. Gelegentlich hupte ein Fahrer aufgebracht. Fußgänger mit Skiern auf den Schultern bewegten sich ihrer Skistiefel wegen mit seltsam staksig-wiegenden Schritten auf die Talstation zu.

Florence blieb einen Augenblick stehen und nahm die Atmosphäre in sich auf. Tagsüber strahlte das verschlafene kleine Bergdorf das aus, was sie aus den Straßen von Paris oder

München kannte: quirlige Vitalität, Gedränge, einen Stimmenmischmasch verschiedenster Sprachen, Menschen, die den Blick zielstrebig nach vorn gerichtet hielten … Der Wechsel zwischen der sanften Stille in der Nacht und dem pulsierenden Leben am Tag war erstaunlich. Aber es gefiel Florence, wie sie erstaunt feststellte. Ob es nicht perfekt sein könnte, genau hier ihr Kind aufwachsen zu sehen?

Sie näherte sich der Haltestelle, wo ein Bus nach dem anderen Hunderte von Skifahrern und Snowboardern ausspuckte; hinunter in die Täler wollten zu dieser frühen Stunde nur Florence und eine ältere Frau.

Der Busfahrer sagte die Haltestellen auf Französisch und Deutsch an, wobei seine deutsche Aussprache im Grunde nicht zu verstehen war. Als Florence den Namen einer winzigen Ortschaft als den erkannte, in dem Martin seine Praxis unterhielt, stieg sie spontan aus. Zumeist quadratische Häuser klebten förmlich am Hang, bis auf die Bergstraße wirkten sämtliche Gassen und Plätze menschenleer. Sie fragte einen alten Mann mit weißem Vollbart und Strickmütze, der lediglich in Jeans und einem karierten Baumwollhemd rauchend vor seiner von Schneewehen eingerahmten Haustür auf einem Gartenstuhl saß, nach dem Weg. Schließlich öffnete sie die unscheinbare Tür eines ehemaligen Wohnhauses, an dem ein Schild mit den Öffnungszeiten der Kinderarztpraxis angebracht war. Wenn es nach diesem ging, hatte Martin nur bis 12.00 Uhr Sprechstunde.

Neugierig betrachtete Florence die vom Flur abgehenden vier Türen, von denen jede in einer anderen kräftigen Farbe gestrichen war. In einer Nische war eine Rezeption untergebracht, hinter deren Tresen eine junge Frau mit auffällig weißblond gefärbten Haaren auf einer Computertastatur tippte. Der Wartebereich – früher vermutlich einmal das Wohnzimmer – bot eine großzügige Aussicht auf die gegenüberliegenden Berghänge und die Straße, die sich durch die Landschaft schlängelte und noch immer viel zu viele Autos beherbergte. In dem Raum saßen zwei Frauen, die ihre Kinder auf dem Schoß hielten.

»Wie kann ich dir helfen?«

Florence wandte sich zu der Wasserstoffblonden um, die ihr über das erhöhte Trennschild zwischen sich und der vermeintlichen Patientin einen desinteressierten Blick zuwarf.

Florence biss sich auf die Unterlippe. Ja, wie konnte man ihr wohl helfen? Warum war sie hergekommen? Weil sie die Praxis anschauen wollte, in der später vielleicht einmal ihr Kind wegen Husten oder Windpocken behandelt wurde? Oder wollte sie Martin treffen? Weshalb? Sicher wollte sie doch einfach nur mal sehen, wo er arbeitete …?

»Flo?«

Florence wirbelte um ihre eigene Achse. Martin stand in der gelben Tür und hatte einen etwa Zweijährigen auf dem Arm. Der Junge hatte vertrauensvoll den Kopf auf Martins Schulter gelegt und spielte mit dem Stethoskop, das dem Arzt um den Hals baumelte. Martin trug eine weiße Hose, sein T-Shirt war jedoch knallgrün und mit unzählig vielen Tierstrichzeichnungen bedruckt. Das Bild, das sich Florence bot, wärmte ihr Inneres. Diesem Mann würde sie vorbehaltlos ihr Kind anvertrauen, schoss es ihr durch den Kopf.

Der Kleine wandte sich zu ihr um und offenbarte ein großes buntes Pflaster auf seiner Stirn. Offenbar hatte er sich kräftig gestoßen.

»Ich war neugierig«, gestand Florence, was Martin zu einem Grinsen verleitete.

»Nimm mir bitte mal Mathieu ab«, bat er sie und schob der verdutzten Florence das Kind in die Arme. Sie setzte sich schnell auf einen freien Stuhl im Wartebereich, doch der Junge machte keine Anstalten, vor der fremden Frau fliehen zu wollen. Vielmehr betrachtete er sie interessiert und machte es sich dann auf ihrem Schoß bequem.

»Hallo, Mathieu, ich bin Florence.«

»Mein Kopf tut weh«, sagte der Kleine ebenfalls auf Französisch und deutete mit dem Zeigefinger seiner pummeligen Hand auf das Pflaster.

»Das Pflaster sieht aber klasse aus.«

»Du kannst gern auch eins haben«, rief Martin lachend von der Rezeption her, wo er ein Telefon an sein Ohr presste und darauf wartete, dass die Verbindung zustande kam.

»Was tut dir weh?«, fragte Mathieu.

»Manchmal tut es mir hier drinnen weh.« Florence fasste sich mit der freien Hand an die Brust, dorthin, wo sie ihr Herz fühlen konnte.

»Doktor Martin macht ein Pflaster drauf.«

»Es gibt Schmerzen, da helfen keine Pflaster«, erwiderte Florence leise. Der Blick, den Martin ihr daraufhin zuwarf, brachte sie dazu, rasch die Lider zu senken. Offenbar war er mit ihrer Argumentation nicht einverstanden, obwohl er derjenige war, der es besser wissen musste.

»Mädchen, ich brauche deine Personalien!«, rief die Wasserstoffblonde über die Anmeldung hinweg.

Florence verdrehte die Augen, Martin lachte, wandte sich aber schnell ab und erklärte seinem Gesprächspartner am Telefon, dass er Mathieu abholen könne. Sobald er das Gespräch beendet hatte, klärte er seine Arzthelferin darüber auf, dass »das Mädchen« keine Patientin sei. Dann bat er Florence, zu warten, bis er die beiden noch wartenden Kinder untersucht hatte, und ging, gefolgt von einer Mutter mit einem lethargisch in ihren Armen liegenden Kleinkind, durch die rote Tür.

Die Arzthelferin widmete sich erneut ihrem Computer, wobei sie Florence in unregelmäßigen Abständen einen missbilligenden Blick zuwarf. Offenbar war ihr das Mädchen, das keine Patientin war und dennoch in ihrem Wartezimmer saß, nicht ganz geheuer.

Florence war niemand, der zum Grübeln neigte, doch da sie im Augenblick zum Stillsitzen und Warten verdonnert war, machte sie sich zum ersten Mal Gedanken darüber, wie sie zukünftig den Lebensunterhalt für sich und das Kind verdienen sollte. Der Tanzunterricht würde dafür wohl kaum ausreichen. Sie musste sich nach einem zweiten Standbein umsehen. Zuerst aber wollte sie das Kind zur Welt bringen, das, so hatte sie bei der letzten Vorsorgeuntersuchung erfahren, wunderbar wuchs und gedieh.

Eine Viertelstunde später erschienen Martin, die Mutter und das leise jammernde Kind wieder. Martin erteilte seiner Arzthelferin ein paar Anweisungen, während die Frau ihrer stark fiebernden Tochter Jacke und Mütze anzog, schließlich ebenfalls in einen Mantel schlüpfte und einige Papiere entgegennahm. Mit dem Kind auf dem Arm folgte sie dem Arzt zur Eingangstür, der diese höflich aufhielt. Florence hörte die Frau sagen: »Vielen Dank für Ihre Hilfe. Und Sie haben eine sehr hübsche Frau, wenn ich das so sagen darf. Wir dachten ja immer, dass Sie ledig sind.«

Der Blick der Arzthelferin, mit dem diese Florence zu erdolchen versuchte, weckte in der Tänzerin den Verdacht, dass die Mutter möglicherweise von ihr sprach. Die Tür schloss sich, ohne dass Martin das Missverständnis aufgeklärt hatte. Vielleicht, so überlegte Florence, weil ihn das davor bewahrte, als etwaige gute Partie von diversen Frauen zu viel Aufmerksamkeit zu erhalten? Florence fand den Gedanken beruhigend – was sie wiederum beunruhigte. Irgendwie spielte ihr Herz ihr neuerdings verquere Streiche, tanzte *Schwanensee* und *Moonwalk* zugleich. Und das war wirklich schwierig zu verarbeiten …

Florence vergrub ihr Gesicht in dem blonden Haarschopf von Mathieu. Er roch irgendwie betörend nach Kleinkind. Zum ersten Mal freute sie sich darauf, bald jeden Tag, Stunde um Stunde, diesen ganz speziellen Duft atmen zu dürfen. Allein diese Erkenntnis war es wert, sich in Martins Praxis verirrt zu haben.

Martin bat die zweite wartende Mutter und ihr Kind in das Behandlungszimmer. Kaum hatte sich die gelbe Tür hinter ihnen geschlossen, öffnete sich die Eingangstür und ein stämmiger Mann trat ein. Sofort rutschte Mathieu von Florence' Schoß und rannte auf den Eintretenden zu, der ihn hochhob und fest an sich drückte.

»Ich habe ein Pflaster«, verkündete der Kleine stolz.

»Das stimmt. Es sieht prima aus.«

»Es tut auch fast nicht mehr weh.« Mathieu wand sich in den kräftigen Armen und winkte Florence zu, die den Abschiedsgruß erwiderte.

Gleich darauf saß sie allein auf einem der sieben Metallstühle, besah sich die weiß gestrichenen Wände und die drei gerahmten Kinderfotos und fühlte den zunehmenden Wunsch in sich, das Gebäude zu verlassen. Also konzentrierte sie sich auf die Weite vor dem Fenster.

Martin verabschiedete seine letzte Patientin, sprach kurz mit der Arzthelferin und bedeutete dann Florence, dass sie ihm folgen sollte. Er öffnete die blaue Tür und trat beiseite, um ihr den Vortritt zu lassen. Florence folgte der Aufforderung, warf ihm dabei aber einen fragenden Blick zu, den er mit einem Lächeln quittierte. Manchmal war seine Gemütsruhe auch … nervtötend! Offenbar machte ihm das Missverständnis von zuvor überhaupt nichts aus.

Florence wartete nicht, bis Martin die Tür ganz geschlossen hatte. »Warum hast du die Frau in dem Glauben gelassen, du seiest verheiratet?«

»Ist die Frage der Grund, weshalb du hier einfach hereintanzt?«

»Du weißt genau, dass es nicht so ist.«

»Warum bist du sonst da?«

»Aus reiner Neugier?«

»Na gut, das passt zu dir.« Martin schob ihr einen bequem aussehenden Lederstuhl hin, umrundete einen funktionalen Metallschreibtisch und setzte sich dort auf den schwarzen Drehstuhl. Ob er bewusst einen Schutzwall zwischen ihnen suchte? Florence fand das irritierend und erleichternd zugleich.

»Ich bin auf dem Weg zu Claire und den Mädchen in der Klinik. Claire ist früh aufgebrochen und hat Zoé mitgenommen. Und das nur, weil ich heute eigentlich einen freien Tag habe. Aber das ist doch irrsinnig! Ich kann an einem anderen Tag freinehmen, nicht gerade dann, wenn Lysann in die Klinik muss. Und außerdem –«

»Langsam, Flo.« Martin hatte die Arme vor der Brust verschränkt, sich weit zurückgelehnt und betrachtete sie mit einem, wie sie fand, süffisanten Lächeln.

Sofort sprang sie auf, hielt sie es auf dem Stuhl doch nicht länger aus. Vor allem, weil sie bereits im Bus und nun auch noch im Wartezimmer hatte sitzen müssen.

»Jetzt habe ich ja gesehen, wo du arbeitest. Eine hübsche Praxis hast du. Und bezaubernde Patienten.«

»Du solltest Chantal dringend deine Personalien geben.«

»Wie bitte?«

»*Dann* habe ich eine wahrhaft bezaubernde Patientin.«

Florence schüttelte in kleinen, ruckartigen Bewegungen aufgebracht den Kopf, ehe sie mit weit ausholender, theatralischer Geste die Arme hob. »Das Mädchen hält mich ja schon für deine Ehefrau.«

Martins Grinsen vertiefte sich, was Florence die Augen verdrehen ließ. Was ihre Mutter wohl zu seinem flegelhaften Grinsen sagen würde? Aber da Martin männlichen Geschlechts war – vermutlich nichts.

»Warum hast du das nicht sofort richtiggestellt?«

»Vielleicht, weil mir die Vorstellung gefällt?«

Florence, die aus dem Fenster auf die tiefer am Hang gelegenen benachbarten Gebäude geschaut hatte, wirbelte herum und taxierte ihn mit entsetztem Blick.

Martin erhob sich, trat hinter dem Schreibtisch hervor und gesellte sich zu ihr ans Fenster, jedoch weit genug von ihr entfernt, sodass in Florence nicht sofort der Wunsch überhandnahm, zurückweichen zu müssen. Er stützte beide Hände auf das Sims, beugte sich leicht vor und blickte auf die Schneelandschaft hinaus.

»Ich finde dich faszinierend, Flo. Großherzig, hilfsbereit, wunderschön, begabt, liebenswert und ein kleines bisschen geheimnisvoll. Ich werde versuchen, noch mehr brillante Eigenschaften von dir zu entdecken und auch die weniger wunderbaren.« Er zwinkerte, wandte sein Gesicht allerdings unverzüglich wieder dem Panorama vor dem Fenster zu. »Das nur zu deiner Information.«

»Dann hast du aber eine Menge vor!«, murmelte sie völlig überrumpelt. Gleich darauf begann sie unkontrolliert zu zittern. Ihre Gefühle konnten mit seinen Worten nicht Schritt halten. Sie schlang die Arme um ihren Leib und trat nun doch einige Schritte zurück in Richtung Tür. Sie hatte keine Ahnung, wie sie auf diese ungewöhnlich ehrliche Eröffnung reagieren sollte.

»Du weißt, dass ich schwanger bin?«, brachte sie schließlich hervor, hoffend, dass ihre Worte ihn zur Vernunft bringen würden, die ihrer Meinung nach ein großer Bestandteil seines Charakters war. Bis jetzt?

»Ja.« Martin klang erschreckend unaufgeregt. Hatte er auch während seines Studiums zum Kinderkardiologen so relaxed reagiert, selbst dann noch, als sich seine Prioritäten verschoben? Seine Rolle rückwärts hatte ihn offensichtlich nicht gelehrt, seine Ziele nicht zu hoch zu stecken. Ob sie nun diejenige war, die ihm diese Lektion beibringen musste?

»Daran wirst du dir die Zähne ausbeißen«, drohte sie ihm

an, allerdings fielen die Worte schwer, zäh und widerwillig in ihr Herz. Offenbar war dieses bereit, ihren Verstand und ihren Schutzwall zu untergraben.

»Die Herausforderung nehme ich an, Flo.«

»Du bist verrückt!« Sie lachte. Sie konnte einfach nicht anders. Noch nie war sie einem Mann begegnet, der ihr ins Gesicht sagte, dass er sie großartig fand und deshalb gedachte, sie für sich zu gewinnen. Eigentlich fair, jetzt wusste sie wenigstens, woran sie mit ihm war. Zugleich wirkte die Situation aber auch seltsam skurril auf sie. Unwirklich. Sein Vorhaben unrealisierbar!

»Ja, das bin ich wohl.« Er fiel in ihr Lachen ein und öffnete unterdessen einen schmalen Schrank, in dem seine Alltagskleidung ordentlich aufgehängt war.

»Wenn du draußen warten würdest, bis ich mich umgezogen habe, können wir gemeinsam zur Klinik fahren.«

»Ich habe ein Busticket.«

»Ich habe ein Auto.«

»Dann kannst du ja nachkommen.«

»Du könntest einfach einsteigen.« Er warf ihr den Autoschlüssel zu.

»Und wenn ich mit deinem schmucken BMW wegfahre?«

»Dann hinterlass bei Chantal wenigstens das Busticket.«

Florence schenkte ihm ein schelmisches Grinsen, das er mit einem tiefen Blick in ihre Augen erwiderte, sodass sie mit galoppierendem Herzschlag den Raum verließ.

~ ~ ~

Florence' Bereitschaft, in seinem Wagen mitzufahren, wertete Martin als ein erleichternd positives Zeichen. Wenn er sie mit seinen Worten erheblich erschreckt und in die Flucht getrieben hätte, würde sie sich wohl kaum mit ihm in ein Auto setzen. Ob sie ihm eine Chance geben wollte, sein angekündigtes Vorhaben umzusetzen? Andererseits hatte er keine Ahnung, wie Liebesbeziehungen in ihrer Welt des Glamours und der vorgespielten Fantasien für gewöhnlich abliefen. Sprach man über gemeinsame Zukunftspläne oder lebte man eine Beziehung einfach spontan, ließ sich treiben und beobachtete, was geschah?

Martin schritt auf den BMW zu, dabei überfluteten ihn noch mehr Fragen und Unsicherheiten: Hielt sie alle Kollegen bewusst auf Abstand? War ihr das so in Fleisch und Blut übergegangen, dass sie das bei ihm genauso handhabte? Wie leidenschaftlich, ja erotisch war die Atmosphäre auf und hinter der Bühne, wenn die Darsteller ihre Rollen darbrachten und sich dabei auch körperlich verausgabten, und wie sehr prägten die von ihnen gespielten Fantasiegestalten das Denken und Fühlen der Sänger, Schauspieler und Tänzer? Womöglich war das für Florence wirklich nur ihre Arbeit, von der sie in ihrer Freizeit nichts wissen wollte … Martin hatte auf viel zu viele Fragen keine Antworten, jedoch auf eine, die ihm im Augenblick am wichtigsten war: Florence war noch da.

»Kannst du deine Praxis einfach früher zumachen?«

Martin lächelte vor sich hin. Manchmal war Florence überraschend bodenständig und vernünftig.

»Chantal bleibt bis zwölf Uhr und regelt die Terminabsprachen für morgen. Für Notfälle gilt dasselbe wie vor meiner Niederlassung hier: ab ins nächste Krankenhaus. Allerdings habe ich später einen Termin.«

»Gut.« Sie ließ sich ins Polster sinken und schaute aus dem Seitenfenster auf die Berge, die allmählich von sanft geschwungenen Hügeln, Wäldern und schneebedeckten Feldern abgelöst wurden. Irgendwann begannen ihre Beine zu zucken, und ihre Füße vollführten im Fußraum einen kleinen, lautlosen Stepptanz. Er ließ sie gewähren, bis ihre Bewegungen raumgreifender wurden.

»Was beschäftigt dich?«

»Woher willst du wissen, dass ich nicht einfach nur die Landschaft genieße?«

»Sag das mal deinen zappelnden Beinen.«

»Verräter!«, wies sie ihre Winterstiefel und die hautenge Stretchjeans zurecht. »Okay.« Sie zog das Wort in die Länge wie Kaugummi. Dennoch nahm Martin an, dass er nicht lange würde warten müssen, bis sie mit dem herausplatzte, was sie umtrieb. Er hatte seine Vermutung noch nicht vollständig zu Ende gedacht, als sie schon loslegte: »Bist du zufrieden mit deinem Leben? Ich meine, du hast ja ein recht zeitaufwendiges Studium hinter dir, wendest aber all dein erworbenes Wissen nicht an.« Sie holte Luft, bemerkte seinen Seitenblick und klappte den Mund wieder zu. Offenbar erinnerte sie sich daran, dass es besser war, über ihm kein Fass mit Fragen auszuschütten.

»Im Augenblick bin ich zufrieden.«

Sie runzelte die Stirn, da ihr seine knappe Antwort nicht genügte.

»Im Augenblick?«

»Eines Tages könnte ein Kurswechsel anstehen. Irgendetwas, das mich zwingt, mein Leben neu auszurichten. Doch für den Moment habe ich Frieden gefunden, Flo. Ich wohne gern dort am See, weil ich jeden Morgen und jeden Abend die Aussicht bewundere und nachts die Stille genieße. Meine Praxis macht mich glücklich. Ich bin da, wo ich gebraucht werde, statt da, wo ich unbedingt hatte sein wollen, um möglichst viel Anerkennung, Geld und Aufmerksamkeit zu generieren, bevor ich bemerkt habe, dass mich das stresst, verändert und eben nicht glücklich macht. Ich brauche den dankbaren Blick einer besorgten Mutter, die ich beruhigen konnte, das stolze Lächeln eines Vaters, weil ich die Entwicklung seines Kindes lobe, die bewundernden Blicke der kleinen Patienten, weil ich ihr Held bin. Ich nehme ihnen die Schmerzen und ihr Unwohlsein. Ich befestige ein Klammerpflaster auf einer Platzwunde und klebe ein buntes Pflaster darüber – und die Welt eines kleinen Jungen ist gerettet.«

»Und dieser kleine Junge will es seinem Vorbild gleichtun, indem er mein Herz verpflastert.« Florence lachte in Erinnerung an Mathieu auf.

Martin hielt das für möglich. Mit einem Pflaster aus Geduld und Liebe, Hingabe und Vergebungsbereitschaft. Weil er wollte, dass Florence' wildes und zugleich hilfsbereites, tanzendes und doch gebrochenes Herz wieder heil wurde, würde er es verpflastern. Den Gedanken behielt er aber tunlichst für sich.

Die restliche Fahrt über befragte Martin Florence nach ihrem Studium, nach den Rollen, die sie gespielt hatte, und lauschte ihrer quirligen Erzählung über ihr überaus aufregendes und unstetes bisheriges Leben. Zuletzt erzählte sie von einem großartigen Angebot vom New Yorker Broadway. Sie war in die Staaten geflogen und hatte für die Rolle vorgespielt. Nach den Worten, dass sie ein tolles Engagement ergattert hatte, brach sie ab, verschränkte Schutz suchend die Arme vor ihrer Brust und blickte zum Seitenfenster hinaus. Martin löste eine Hand vom Lenkrad, legte sie aber sofort wieder zurück. Sie in dieser Stimmung zu berühren, könnte ihm mehr als nur ein paar Minuspunkte bei ihr einbringen, so weit wusste er sie mittlerweile einzuschätzen. Nachdenklich schaute er auf das vorausfahrende Auto. Nach der Freude über eine Zusage aus New York musste Florence bemerkt haben, dass sie schwanger war. Ihr größter Traum war in Erfüllung gegangen, um gleich darauf zerschlagen zu werden – von einem eigentlich schönen Grund, einem Kind. War daran ihr Herz zerbrochen? Zweifelnd runzelte Martin die Stirn und fuhr in die Tiefgarage des Klinikums. Er hatte bereits andere Vermutungen angestellt, die weitaus tiefer gingen: ein Mann, der sie misshandelt hatte, weshalb sie ihn, da schwanger, endlich verlassen hatte. Oder einer, der seine Vaterschaft abgelehnt hatte. Womöglich hatte er eine Abtreibung gefordert. Diese Entscheidung hatten jedoch Florence' Herz und Seele nicht mittragen können, obwohl ihr das ihren Lebenstraum erhalten hätte. Rührte daher auch ihr Interesse an seinem Werdegang, ihr Nachhaken, ob er mit dem, was er nun hatte, wirklich zufrieden war?

Er war mit seiner Antwort auf die Frage, ob er glücklich sei, nicht ganz ehrlich gewesen. Ihm fehlte definitiv etwas: Florence. Florence in seinen Armen, Florence in seinem Alltag, Florence in seinem Leben. Aber das musste noch warten, hatte er doch allein mit seiner Offenbarung, dass er um sie werben werde, seine und vor allem ihre Grenzen genügend ausgelotet.

~ ~ ~

Ihre Schritte hallten eigentümlich laut durch den langen Krankenhausflur, in dem ein Geruchsmix aus Putz- und Desinfektionsmitteln vorherrschte, welchem sich etwas für Florence Undefinierbares beimengte. Angstschweiß? Eine Essenz aus diesem und einer unterschwelligen Ungeduld, verquirlt mit der Hektik des Personals und der Erleichterung so mancher Patienten? Die Stimmen derer, die vor den Türen warteten oder in den kleinen möblierten Inseln saßen, drangen hohl, irgendwie leer an Florence' Ohr. Sie glaubte Verzweiflung und Hoffnung zu spüren, als läge beides greifbar in der Luft. Zoés unverkennbares Lachen, in dieser Umgebung seltsam fremd, lockte sie zielstrebig weiter den Flur entlang. Dabei konnte sie es nicht lassen, nur auf die hellgelben Bodenfliesen zu treten, die dunkelgelben ließ sie aus.

»Fliesenhopping«, flüsterte Martin. Sie schenkte ihm ein Lächeln. Sein Humor und Zoés ansteckendes Lachen empfand sie als ungemein wohltuend in der für sie so bedrückenden Atmosphäre.

»Flo! Flo! Flo!« Zoé hatte sie entdeckt und hüpfte mit den für sie typischen ungelenken Bewegungen auf sie zu. Ein etwas älterer Junge und ein jüngeres Mädchen, beide mit Down-Syndrom, traten aus der Nische und schauten dem Kind zu, wie es die pummeligen Arme um Florence' Hüfte schlang und sich kurz, aber kräftig an sie drückte.

»Ich bringe Laurent und Aimée Tutting bei!«

»Das ist ja super.«

»Laurent kann es nicht richtig. Aimée macht es Spaß.«

Florence zog Zoé spielerisch an den Palmenzöpfen. Dieses Kind erstaunte sie immer wieder aufs Neue. Zoé wusste wohl instinktiv, dass einem so manche Dinge leichter von der Hand gingen, wenn man Freude daran hatte oder sich schlicht nicht gegen sie sperrte, sondern einfach ins kalte Wasser sprang und sie ausprobierte, das Beste gab, das man geben konnte, um dann von sich selbst überrascht zu werden.

»Komm mit! Du musst mir helfen.«

»He, und was ist mit mir? Bekomme ich keine Umarmung?« Martin breitete die Arme aus.

Zoé öffnete den Mund, vermutlich, um eines der Zitate anzubringen, mit denen Lysann ihren Kopf gefüllt hatte, strahlte Martin dann aber nur an und umarmte auch ihn.

Von Lysann kam ein Kichern, wusste sie doch, was Zoé da gerade verschwiegen – oder vergessen – hatte. Offenbar feierte sie ihren Erfolg, ihrer kleinen Schwester all das beigebracht zu haben.

Florence ließ sich von Zoé zu der Sitzgruppe ziehen und umarmte dort Claire, die sie zwar vorwurfsvoll ansah, aber jeden Kommentar unterließ. Einerseits, so vermutete Florence, weil sie froh über ihre Anwesenheit war, andererseits, weil sie nicht in der Öffentlichkeit mit ihr streiten wollte, zumal es dafür jetzt ohnehin zu spät war.

Anschließend beugte sich Florence zu Lysann hinunter und

nahm auch sie in den Arm. Das Mädchen kauerte in einem der bequemeren Sessel und hatte die geschwollenen Beine hochgelegt, wirkte jedoch hellwach. Vielleicht waren es die widrige Krankenhausatmosphäre und die Aufregung vor irgendwelchen Untersuchungen, die Adrenalin in den geschwächten Körper pumpten.

»Das Warten macht mich verrückt. Und dabei habe ich eigentlich keine Lust, irgendwohin zu gehen.« Lysann brachte mit ihren geflüsterten Worten ihre zwiespältige Situation auf den Punkt.

»Es wird hoffentlich nicht mehr lange dauern, bis alle Untersuchungen gemacht sind«, gab Florence ebenso leise zurück, legte dem Teenager tröstend die Hand auf die Wange und begrüßte daraufhin zwei genervt aussehende Mütter, anschließend Laurent und Aimée.

Der Junge mochte etwa zwölf Jahre alt sein, hatte dunkles Haar und strahlend blaue Augen, mit denen er deutlich kritischer in die Welt blickte als Zoé. Das Mädchen, Aimée, schätzte Florence auf sechs Jahre. Ihre blonden Haare wirkten wie der Flaum eines Kükens, und wie dieses zappelte und rutschte sie unruhig auf ihrem Holzkinderstuhl herum.

»Das ist meine Tanzlehrerin!«, verkündete Zoé und warf sich unübersehbar in die Brust. »Eine berühmte Musical –«

»Zoé, was habe ich dir übers Angeben und den Stolz gesagt?«, schaltete sich Claire mit der dominanten Version ihrer sonst so liebevollen Stimme ein.

Zoé senkte den Kopf. »Ich fühle mich gut. Andere aber schlecht. Es ist nicht richtig. Andere sind nicht weniger wert als ich.«

»Also?«

Zoé wandte sich wieder ihren neuen Freunden zu, die den kleinen Disput aufmerksam verfolgt hatten. »Das ist Flo. Sie kann primagut tanzen. Sie kann es uns beibringen.«

Aimée klatschte begeistert in die Hände und rutschte auf ihrem Stuhl weit nach vorn, Laurent schaute Florence vielmehr misstrauisch an.

»Das musst du – ich meine, das müssen Sie …« Aimées Mutter warf Claire einen hilflosen Blick zu, da sie – wie so viele – Florence' Alter nicht einzuschätzen vermochte.

»Mir macht das nichts aus«, lenkte Florence schnell ein. Wenn sie ehrlich war, war sie dankbar für jede Ablenkung, mit der sie die Wartezeit irgendwie überbrücken konnte, ohne eher früher als später wie eine wild gewordene Hummel den einladend langen Flur auf und ab zu fliegen. Das Schmunzeln auf Martins Gesicht, während er Claire und Lysann begrüßte, verriet ihr, dass er wohl den gleichen Gedanken hegte. Offenbar durchschaute er sie mittlerweile erstaunlich gut.

Sie verdrehte die Augen, versuchte ihn zu ignorieren, was ihr zu ihrem Leidwesen nicht wirklich gelang, und stellte sich vor die Kinder. Zoé hatte sich ebenfalls einen Stuhl herbeigezogen.

»Diese Tanzform ist nach einem ägyptischen König benannt. Er hieß Tutanchamun. Seine gut verborgenen Grabkammern, die ein Mann namens Howard Carter fand, als niemand mehr daran glauben wollte, dass es dort im Tal der Könige noch etwas zu finden gab, waren voll von sagenhaften Schätzen. Es war das einzige nicht geplünderte Grab eines Pharaos. Deshalb ist der ägyptische König, der übrigens sehr jung gestorben sein muss, der bekannteste Pharao überhaupt. Der Tanzstil ist nach ihm benannt, weil er die Zeichnungen der alten Ägypter auf den Wänden, Säulen und Gegenständen nachahmt.«

Aimée warf Zoé einen verwirrten Blick zu. Sie war an den Hintergründen nicht interessiert, mit Sicherheit überforderte sie die Erklärung sogar. Doch Florence erzählte das ohnehin eher den Begleitpersonen, hoffte aber auch auf einen Funken Interesse vonseiten des Jungen. Vielleicht waren geheimnisvolle

Kammern mit einem verborgenen Schatz ja ganz nach seinem Geschmack.

»Wenn man den Wandmalereien Glauben schenkt, haben die Menschen sich damals so bewegt:«

Florence nahm die rechtwinklige Haltung an Ellenbogen und Händen ein und schritt entsprechend eckig vorwärts, wobei sie mit dem Kopf ruckartige Vor- und Rückwärtsbewegungen vollführte. Wie erwartet, kicherten Aimée und Zoé sofort los, selbst die Frauen und Lysann grinsten belustigt. Laurent hatte ein so schiefes Grinsen im Gesicht, dass es Florence schwerfiel, weiter den Text von *Walk Like an Egyptian* zu singen und ihre präzisen Bewegungen auszuführen. Plötzlich sprang der Junge auf und machte es ihr nach, was ihm leidlich gut gelang.

»Fangen wir mit den Armen und den Händen an«, schlug Florence vor. »Willst du dich wieder hinsetzen?«

»Klar.« Laurent ließ sich so schwungvoll auf seinen Stuhl zurückfallen, dass seine Mutter aufsprang und das stabile und sicher auch kippsichere Kindermöbel vorsichtshalber festhielt.

Überbehütet, jagte es Florence durch den Kopf.

Während sie zuerst die Kinder in der Körperhaltung unterwies und korrigierte, schließlich auch noch die drei Mütter, deren Langeweile sie dazu trieb, den Spaß mitzumachen, ging hinter ihnen eine der hydraulischen Türen auf. Florence erhaschte einen Blick auf einen großen, schlaksigen Mann in Weiß um die fünfzig. Er eilte zielstrebig auf Martin zu.

»Der verlorene Sohn ist zurückgekehrt!«, rief er mit einer erstaunlich hohen Stimme und in einem schrecklich schlechten Französisch. Er klopfte Martin gönnerhaft auf die Schulter und besann sich offenbar darauf, dass er sich mit diesem in seiner Muttersprache unterhalten konnte, wobei sein Kölner Dialekt extrem ausgeprägt war. »Wie geht es dir, Junge?«

»Bestens!«

»Das freut mich. Dein Ausstieg war ja einige Zeit das Gesprächsthema schlechthin.«

»Man sollte meinen, Herzspezialisten hätten anderes zu tun als zu tratschen.« Martin klang gewohnt gelassen, Florence hörte sogar einen leicht amüsierten Unterton heraus.

»Du warst mit ungemein guten Referenzen und Benotungen ausgestattet und hast einfach hingeworfen. Das blieb nun mal nicht unbemerkt.«

»Ich habe nicht hingeworfen. Ich praktiziere.«

»Ja, in einem Nest mit wie vielen Einwohnern? Zweihundert, dreihundert?«

»Das könnte stimmen, ja.«

Der ältere Arzt trat einen Schritt beiseite, musterte Martin und nickte dann. »Du siehst aus, als wärst du gerade aus einem sechswöchigen Urlaub von den Malediven zurückgekehrt. Mir scheint, ich muss dir zu deiner Entscheidung gratulieren.«

»Ich habe wieder Freude am Leben. Also danke!«

»Gut gemacht. Aber heute bist du wegen einer Patientin hier?« Die Aufmerksamkeit der beiden Mediziner richtete sich auf die Sitznische. Florence ahnte, dass die Kinder und ihre Mütter von der Nischenwand verdeckt waren – im Gegensatz zu ihr. Dennoch sang sie unbekümmert weiter und wiederholte nochmals die ersten drei Tuttingbewegungen, die sie der kleinen Gruppe beibringen wollte. Welches Bild sie dabei bot, war ihr durchaus bewusst.

»Gehört sie zu dir, Martin?«, hörte sie den Herzchirurgen fragen.

»Ich bin versucht, Nein zu sagen.«

Die Männer brachen in Gelächter aus, das seltsam laut durch den Flur hallte und von den Wänden wiedergegeben wurde. Bei Florence erweckte dies den Eindruck, als würden die Steine erleichtert aufstöhnen, weil sie endlich einmal wieder ungezwungene Heiterkeit beherbergen durften.

Florence ging über die hellgelben Fliesen auf die beiden zu und streckte dem knapp zwei Meter großen Arzt ihre rechte Hand entgegen. »Ich bin Florence.«

»Es freut mich, dich kennenzulernen. Wobei ich nicht annehme, dass du Martins Patientin bist?«

»Mit beinahe siebenundzwanzig bin ich einer Kinderarztpraxis entwachsen, selbst wenn ich nicht so aussehe und mich auch manchmal nicht so verhalte.«

»Manchmal?«, kam es belustigt von Martin und führte dazu, dass der Herzchirurg, der sich eilig und eine Spur verlegen als Peter Lang vorstellte, prüfend zwischen Martin und ihr hin und her blickte. Welche Schlüsse er zog, wollte Florence lieber nicht wissen.

Eine Krankenschwester trat herbei, drückte Peter eine braune Mappe in die Hand, sagte etwas über die Auslastung der Untersuchungszimmer und eilte durch die Hydrauliktür. Vielleicht war das die wenig subtile Aufforderung an Martins ehemaligen Kollegen, sich wieder seiner Arbeit zu widmen. Dieser warf einen Blick auf den Namensaufkleber auf der Akte und betrat die Nische. Ohne den Kindern irgendwelche Aufmerksamkeit zu schenken, obwohl die noch immer ihre ägyptischen Figuren übten, nickte er den anwesenden Müttern grüßend zu.

»Lysann und ihre Begleitperson kommen bitte mit mir.«

»Sie dürfen mit uns gern Deutsch sprechen«, erwiderte Claire, während sie sich erhob und Lysann aus dem Sessel half. Florence wandte sich grinsend ihren drei Tanzschülern zu. Ob Claire das Französisch des Arztes missfiel oder ob sie gar befürchtete, seine Informationen misszuverstehen, wenn er nicht in seiner Muttersprache kommunizierte?

»Warum nur habe ich das Gefühl, dass du und Claire ein ganz besonders … eigenes Gespann abgebt?«, raunte Martin ihr zu.

»Claire hat gelernt, für sich selbst und für ihre Kinder zu sorgen und zu kämpfen. Sie weiß sehr genau, was sie will.«

»Und du?«

»Ich bin in der Lernphase.«

»Dann bin ich dir offenbar gerade noch rechtzeitig begegnet.«

»Was soll ich von dir lernen? Wie man in seinem Urlaub den halben Tag verschläft?«

»Ein wenig mehr Ruhe könnte deinem Leben nicht schaden.«

»Ich werde es mir zu Herzen nehmen. Zoé, Aimée, Laurent? Wie wäre es, wenn ich euch ein paar Steppschritte beibringe? Schließlich müssen wir unseren Füßen heute auch noch etwas Bewegung gönnen.«

Martin stöhnte übertrieben gequält auf und ließ sich auf den verwaisten Stuhl von Claire sinken.

Da die Kinder sie fragend anschauten, vollführte Florence einige Steppschritte. Sogar ohne die fehlenden Metallplättchen unter den Schuhen waren diese im Flur laut genug, dass sie nicht nur die Aufmerksamkeit der Personen in ihrer Sitzecke auf sich zogen, sondern auch die der anderen Wartenden.

10. Kapitel

Die Stunden vergingen schleppend langsam. Claire und Lysann kamen nach einer Blutabnahme wieder, wurden kurz darauf zum EKG hinter die ominöse Hydrauliktür gerufen, kehrten daraufhin in den Wartebereich zurück, um später erneut aufgerufen zu werden. Zwischendurch besorgte Florence Getränke und einen Snack, Martin verabschiedete sich irgendwann, weil er seinen Termin in der Praxis wahrnehmen musste.

Aimée und ihre Mutter waren mit den routinemäßigen Herzuntersuchungen durch und packten ihre Bücher, Spielsachen und Mäntel zusammen. Das Mädchen beteuerte, dass sie am darauffolgenden Vormittag wiederkommen werde, um mit Florence zu tanzen. Die Erklärung ihrer Mutter, dass weder sie noch Florence hier sein würden, führte zu einem heftigen Tränenausbruch.

Als das weinende Kind durch die Tür zum Treppenhaus verschwunden war, wandte sich Zoé an ihre Mutter und erklärte: »Jeder sollte eine Flo haben!«

Claire strich ihrer Tochter gedankenverloren über die Wange, Florence hingegen hob erstaunt die Augenbrauen und verlor sich dann in Lysanns grünen Augen, die matt und müde dreinblickten, jedoch voller Dankbarkeit und Zuneigung.

Was hatte Martin am Morgen zu ihr gesagt? Dass das Gefühl des Gebrauchtseins ihm mehr Zufriedenheit schenke als Erfolg, Ruhm und Geld? Es war nicht das erste Mal, seit Florence in dem Bergdorf wohnte, dass ihr derlei Gedanken durch den Kopf gingen.

Das nächste Mal, als sich die Hydrauliktür zischend öffnete, kam Peter zurück. Inzwischen war die Wintersonne weit gewandert und sandte nur noch zaghafte, aber erstaunlich orangefarbene Strahlen durch die hohen Fenster auf die ihnen gegenüberliegende weiße Wand. Peters rotes Haar und sein Vollbart glühten förmlich und gaben dem Mann ein eigentümlich unwirkliches Aussehen.

Er sah Lysann an, blickte auf die Akte in seinen Händen, wohl um sich ihren Namen zu vergegenwärtigen, und warf, bevor er das Mädchen ansprach, einen kurzen Blick auf Zoé.

»Ist Martin schon weg?«, sprach er Florence nach einem Räuspern an.

»Ja, er musste in seine Praxis.«

»Hm.« Peter rieb sich den Nacken und wandte sich dann an Claire, die ihre leise geführte Unterhaltung mit Laurents Mutter und einer bereits erwachsenen Patientin unterbrochen hatte. Ihr Eindruck, dass Peter seinen Kollegen gern bei dem nachfolgenden Gespräch dabei gehabt hätte, missfiel Florence.

Ein bislang unbekanntes, angriffslustiges Etwas in ihrem Inneren sandte unangenehme Stiche aus. Ihr Körper schien zu vibrieren. Ungezähmte, aber eingesperrte Energien wollten nach draußen sprudeln.

Claire erhob sich so langsam, als versuchten schwere Taue sie niederzuhalten. Sie trat an Lysanns Seite und wollte ihr aufhelfen, doch Peter hob die Hand.

»Ich möchte zuerst mit Ihnen allein sprechen«, sagte er, und diese Bitte, mit seiner ungewöhnlich hohen Stimme vorgetragen, ließ winzige Perlen in Florence' Herz zerspringen. Wie damals, bevor sie nach New York aufgebrochen war. Und später wieder – zurück in Paris. Plötzlich überfielen sie überdeutliche Erinnerungen an ihr Einbrechen in den See. Es war, als piesackten sie erneut eiskalte Splitter, Abertausende frostige Ameisen liefen über ihren Körper, ihre Lungen lechzten nach Sauerstoff.

Florence zwang sich, ruhig zu stehen. Sie wusste, dass sie zu einer gewissen Theatralik neigte. Sie war ein übermäßig fantasievoller Mensch, eine Künstlerseele, die intensiver fühlte als nachdachte, die sich mehr zurechtlegte, als Fakten sammelte, die deutlich mehr Schwingungen aus ihrem Umfeld aufnahm, litt und mitlitt, als viele andere das erlebten. Diese übergroße Empathie und Emotionalität hatte womöglich das Leben ihres Kindes gerettet, führte im Augenblick jedoch dazu, dass sie, ohne irgendwelche Hintergründe zu kennen, bereits innerlich zu sterben drohte.

»Flo?«, sprach Claire sie an. Emotionslos. Ihr Blick flackerte zwar, war aber fragend auf die Freundin gerichtet.

»Geh nur, ich werde mit den beiden schon fertig.« Sie versuchte, locker zu klingen. Was sollte sie sonst auch tun? Ihrer Freundin sagen, dass sie ebenfalls Furcht vor der Diagnose in sich trug? Weil Gewitterwolken in der Luft lagen, die sich demnächst entladen würden? Dem musste doch gar nicht so sein …

Claires Lächeln überdauerte lediglich einen Wimpernschlag, dann fiel es zusammen wie kochende Milch, der man die Hitze entzog. Sie war eine Mutter. Sie liebte. Bedingungslos und mit jeder Faser ihres Seins. Und im Augenblick verspürte sie maßlose Angst um eines ihrer Kinder.

Die Tür schloss sich mit einem leisen Klicken nach dem mittlerweile nervtötenden hydraulischen Zischen. Flo wollte am liebsten den Flur entlanglaufen, sich gegen die Eingangstür werfen, damit sie möglichst schnell aufschwang, um daraufhin förmlich durch das Treppenhaus zu fliegen. Sie wollte nur eines: weg.

Aber es war ihr unmöglich wegzulaufen, denn Lysann saß in ihrem Sessel und taxierte mit starrem Blick die Tür zu den Untersuchungs- und Behandlungsräumen, während Zoé seltsam reglos zwischen den leeren Kinderstühlen stand und wieder mal die Decke anstarrte. Irgendwie … verloren.

»Wisst ihr eigentlich, dass ein Mensch sehr viel mehr kann, als er für gewöhnlich annimmt?«, fragte Florence, unsicher, ob die Ablenkung durch eine Geschichte jetzt das Richtige war.

Zoé konzentrierte sich sofort auf Florence. Das Mädchen war dankbar für eine Unterbrechung dessen, was es grübelnd oder einfach nur erschöpft hatte vor sich hin blicken lassen. Lysann verdrehte die Augen, schwieg allerdings abwartend.

»Hirnforscher sagen, dass wir nur einen winzigen Teil unserer grauen Zellen ausnutzen.«

»Das merkt man, zumindest bei manchen«, gab Lysann sarkastisch von sich. Als sie Zoés um Erklärung bittenden Blick auf sich gerichtet sah, presste sie die Lippen zusammen.

»Erinnerst du dich an Pauline?«, fragte sie schließlich ihre jüngere Schwester. Zoé nickte langsam, als sei sie sich nicht ganz sicher.

»Sobald ein einigermaßen hübsch aussehender Junge in ihrer Nähe war, hat sie bis auf ein albernes Kichern nicht mehr viel rausgebracht.«

»Sie ist schüchtern.« Zoés Erklärungsversuch – vielleicht von ihrer Mutter übernommen – für das Verhalten dieser Pauline gefiel Florence, ließ Lysann jedoch grinsen.

»Du bist ein Goldstück.«

»Das sagt Harald auch.«

Diesmal war es an Lysann zu nicken. Gleich darauf verschränkte sie die Arme im Nacken. Florence, die noch immer nicht wusste, was es mit jenem Harald auf sich hatte, untersagte es sich, in der gegenwärtigen Situation dahin gehend Fragen zu stellen. Stattdessen hob sie beide Zeigefinger und lenkte so die Aufmerksamkeit wieder auf sich. Alles in ihr sehnte sich nach Bewegung, also setzte sie ihr begonnenes Vorhaben in die Tat um.

»Übrigens ist das auch in anderen Bereichen der Fall. Immer dann, wenn ein Mensch in besonderer Weise gefordert ist, kann er über sich hinauswachsen, Neues lernen, extrem viel Leistung bringen.«

»Wie Laurent«, resümierte Zoé.

»Genau. Als er Lust darauf bekam, die Tanzbewegungen zu erlernen, klappte es viel besser als zuvor.«

»Das könnte aber auch an der Qualität der Lehrerin liegen.«

Florence warf Lysann einen fragenden Blick zu. Anscheinend war sie im Moment auf Konfrontation aus, gleichgültig, wie sehr sie ihre jüngere Schwester liebte. Da Florence mit dem aufgewühlten und deshalb missgelaunten Teenager nicht diskutieren wollte, ignorierte sie den Einwand einfach.

Laurent gesellte sich wieder neben Zoé, wohl in der Erwartung, von Florence erneut etwas beigebracht oder vorgetanzt zu bekommen. Seine Mutter schenkte Florence ein aufmunterndes Lächeln. Die Frau wartete mit dem Kind bereits seit Stunden auf irgendwelche Untersuchungsergebnisse und die Möglichkeit, endlich nach Hause gehen zu dürfen. Sie wirkte gleichermaßen erschöpft wie genervt. Gerade darum war sie für jedes Quäntchen Ablenkung dankbar, vor allem, wenn diese ihren Sohn beschäftigte.

»In einem Musical, in dem ich als Jugendliche mitspielen durfte, gibt es eine Figur, die sich mithilfe ihrer Freunde wunderbar verwandeln kann. Sie heißt Emma und ist, na?« Florence winkelte die Arme links und rechts ihres Körpers an, streckte die Finger und vollführte damit die erst langsamen, leicht ruckartigen, dann zunehmend flüssigeren Bewegungen der Treibstangen einer alten Dampflok. Dazu begann sie erst zu summen, gleich darauf zu singen und ließ dazwischen ein Läuten, Tuten und Zischen hören.

»Eine Dampflok!«, half Lysann den beiden aus.

Mit offenen Mündern sahen sie Florence zu, wie sie durch den Flur tanzte, sang, Dampf ausstieß, hupte und immer schneller wurde. Weiteres Publikum fand sich ein, darunter auch Krankenhauspersonal.

Florence ließ die Dampflok von *Jim Knopf und Lukas* zum Schiff und zum U-Boot werden; als Claire und Peter zurückkamen, kürzte sie ab und endete mit der Darbietung des Perpetuum mobile. Die beiden nahmen Lysann mit und Florence hoffte und betete, dass das Mädchen durchschaut hatte, was sie ihr spielerisch zu erklären versucht hatte: Ihr Körper war zu weitaus mehr fähig, als sie vielleicht im Augenblick annahm; als der Arzt ihr womöglich an Energie, Stärke und Heilungsvermögen einräumte …

Einige der angelockten Zuschauer applaudierten, ehe sie sich zurückzogen, und die Angestellten eilten an ihre Aufgaben zurück. Florence setzte sich neben Zoé, Laurent und die restlichen Wartenden in der Nische, die ihnen an diesem langen Tag einen bescheidenen Rückzugsort geboten hatte.

»Wir dürfen sicher bald nach Hause«, sagte Florence zu Zoé. Das Mädchen gähnte laut.

»Sitzen macht müde.«

»Manchmal, ja, Zoé.«

»Tanzt du darum so viel?«

»Es ist meine Art, mich zu bewegen. Andere schwimmen, wandern, fahren Schlittschuh.«

»Oder Ski.«

»Oder sie fahren Ski, genau.«

»Lysann ist nicht gefahren, seit wir sie geholt haben.«

»Du weißt doch, dass sie krank ist.«

»Sophie sagt, dass ich krank im Kopf bin. Fahre ich deshalb auch nicht?«

Florence schnappte nach Luft. Machte die Reibeisenstimme aus dem Dreigestirn wirklich derlei Aussagen über Zoé. Zu ihr – und falls nicht das, dann aber doch in ihrer Gegenwart?

»Du bist ein ganz wunderbares Mädchen, Zoé. Ein Geschenk des Himmels. Lass dir von niemandem etwas Gegenteiliges einreden.« Laurents Mutter beugte sich vor und strich Zoé in massierenden Kreisbewegungen über den Rücken.

»Nicht jeder tanzt, nicht jeder fährt Ski«, versuchte Florence, das Mädchen auf andere Gedanken zu bringen.

Zoés Schmollmund verriet deutlich genug, dass sie den Kern von Sophies Behauptung zumindest andeutungsweise durchschaut haben musste. »Aber was mache ich?«

»Du bringst Laurent zum Lachen. Und mich auch«, beteuerte die Mutter des anderen Down-Syndrom-Kindes.

»Lachen ist Medizin«, wusste Zoé.

»Genau. Wir brauchen deine Fröhlichkeit, dein ansteckendes Lachen und deinen Blick auf die Dinge«, bekräftigte Florence und sah zu, wie Laurents Mutter ihren Sohn Schutz bietend mit den Armen umschlang, der sich aber dagegen wehrte, sodass sie ihn schnell wieder losließ. Florence sah darin pure Mutterliebe und die Fähigkeit, wie eine Löwin für das Kind zu kämpfen. Etwas, das die Frau vielleicht erst mit der Geburt von Laurent gelernt hatte; weil sie über sich hinauswachsen musste – und konnte!

Zoé richtete sich auf, schaute den inzwischen müde blinzelnden Laurent an und sagte mit gewichtiger Stimme, die deutlich machte, dass sie wieder einmal ein erlerntes Zitat anbrachte: »Drei Dinge sind uns aus dem Paradies geblieben.« Sie holte Luft, blickte an die Decke. »Die Sterne der Nacht, die Blumen des Tages und die Augen der Kinder.«

Florence drückte die ineinandergelegten Hände auf ihr Herz. Sie ahnte, dass Zoé dies von dem mysteriösen Harald gelernt haben musste, und sie nahm sich vor, ihm eines Tages dafür zu danken, dass er Zoé und somit auch ihr und Laurents Mutter kleine Tropfen süßen, heilsamen Honigs ins Herz geträufelt hatte; goldfarben und unendlich wertvoll.

~~~

Es hatte nicht viel Überzeugungskraft vonseiten Florence' gebraucht, damit Claire ihr die Wagenschlüssel ihres Arbeitskollegen überließ und sie sich hinter das Steuer des geliehenen Wagens setzen durfte. Da sie das Fahren auf schneebedeckten Straßen jedoch nicht gewohnt war, schlich sie die letzten Kilometer in die Berge hinauf, froh darüber, dass der meiste Verkehr bergabwärts rollte. Zoé und Lysann hingen aneinandergelehnt auf der Rückbank und schliefen. Im Dunkeln und wegen des begrenzten Blickfelds durch den Innenspiegel wirkten sie auf Florence wie ein einziger Körper, zusammengeschweißt in ihrer Geschwisterliebe – und ihrem Schicksal?

Lange Zeit hatte Florence angenommen, dass Claire, mit dem Kopf an die Seitenscheibe gelehnt, vor Erschöpfung ebenfalls eingeschlafen war, bis sie deren zu Fäusten geballte Hände entdeckt hatte. Claire kämpfte mit sich und gegen die Dämonen, die ihr in Form einer Diagnose auf den Heimweg mitgegeben worden waren.

Ihr Gesicht hatte versteinert ausgesehen, als sie von Peter zurück in den Wartebereich begleitet worden war, Lysann hingegen hatte verwirrt gewirkt, verstört, aus der Bahn geworfen, als habe sie beim Slalom mit den Skiern unerwartet eine Eisplatte getroffen und deshalb ein Tor verpasst.

Gerade als Florence den Allrad vorsichtig um eine Kurve lenkte, sagte Claire die ersten Worte, seit sie das Krankenhaus
~~~

verlassen hatten. Ihre Stimme klang so heiser, als habe sie stundenlang eine Fußballmannschaft angefeuert. War das einem ungehörten innerlichen Schreien geschuldet? »Ich hatte manchmal Angst, dass uns Zoés eigentlich harmloser Herzdefekt einmal Schwierigkeiten bereiten könnte. Aber Lysann …«

Florence schluckte schwer, als die starke Frau zu schluchzen begann. Jegliche Kraft und Selbstbeherrschung schienen von ihr gewichen zu sein. War beides in dem Besprechungszimmer zurückgeblieben? Eingeschlossen hinter der Tür eines mit sterilem, unpersönlichem Interieur ausgestalteten Zimmers, wo sie sich zu all den anderen gesellten, die sich dort im Laufe der Jahre eingefunden hatten und von einer zischenden Tür bewacht wurden?

Angestrengt konzentrierte sich Florence auf die kurvenreiche Straße und blinzelte gegen die blendenden Scheinwerfer der entgegenkommenden Fahrzeuge an. Auf sie wirkte die nicht enden wollende Kolonne wie eine Schlange mit drohend auf sie gerichteten Augen. Viel lieber wollte sie Claire in die Arme schließen oder all ihre Energie in einen ungestümen Tanz legen. Aber vielleicht war es besser, diese aufzubewahren, um sie in neue Kanäle zu lenken. Für Claire.

»Die Laborwerte waren schlecht, das EKG ebenfalls und das Herzecho ergab …« Claire winkte ungehalten, fast wütend ab. »Der Arzt sagte etwas von sichtbaren Veränderungen, sprach von irgendeiner Wandbewegungsstörung.«

Als habe ihr jemand mit einer Keule auf den Kopf geschlagen, drückte Claire beide Hände an die Schläfen und rutschte im Sitz weit nach unten. Beinahe so, als wünschte sie sich, einfach in einem Loch zu versinken, alles hinter sich zu lassen und auszublenden, was der heutige Tag für sie gebracht hatte.

»Weil es eine Virusinfektion ist, bringt eine Antibiotikabehandlung nichts.« Claires Worte waren über das Brummen des Motors kaum noch zu verstehen. »Außerdem wollen sie das ganze Ausmaß … ach, ich weiß auch nicht. Ich habe irgendwann nicht mehr alles mitbekommen. Ich war … gelähmt? Der Arzt hat gesagt, sie müssten das genauer abklären. In zwei Tagen wird sie stationär aufgenommen, weil sie eine Herzbiopsie durchführen wollen.«

»Was ist das?«, fragte Florence. Ihre Stimme klang nun ebenfalls eigentümlich heiser.

»Man führt an der Leiste einen Schlauch in ihre Adern. In diesem wird ein Draht mit einer kleinen Zange bis zum Herzen hoch geführt. Herzkatheter nennen die das. Und damit zwicken sie ein Stück ihres Herzmuskels weg, um den im Labor zu untersuchen.«

Nur unter Anstrengung gelang es Florence, die letzte Kurve vor dem Dorf zu nehmen. Zu sehr blendeten sie die entgegenkommenden Autos. Oder lag es an den Tränen, die sich in ihren Augen sammelten? Tränen der Angst und des Mitgefühls. Mit Claire, die vornübergebeugt dasaß, das Gesicht in den Händen vergraben, und weinte. Mit Lysann, für die eine derartige Diagnose das Leben auf den Kopf stellen konnte. Für Zoé, die irgendwo mittendrin in dem Drama ihren Platz würde finden müssen.

»Am Schluss hat er mich zu beruhigen versucht, indem er angedeutet hat, dass die Aussichten der meisten Patienten mit einer Herzmuskelentzündung gut stünden. Im gleichen Atemzug hat er das wieder eingeschränkt, weil Lysanns …« Ihre weiteren Worte gingen in einem lauten Schluchzen unter. Claire bebte am ganzen Körper. Sie ließ sich derb gegen die Tür fallen, und Florence musste sich bewusst machen, dass ihre fantasievollen Gedankenkreisel im Krankenhaus nicht zu theatralisch, sondern bestürzend berechtigt ausgefallen waren. Lysann war schwer am Herzen erkrankt.

~ ~ ~

Er hatte in die glücklichen Gesichter von Eltern und Kindern sehen wollen, war sich aber bewusst gewesen, dass ihm in seiner Landarztpraxis durchaus auch die schlimmen Schicksale des menschlichen Lebens begegnen konnten. Obwohl er Profi genug war, Claire zu bitten, doch erst einmal die abschließenden Untersuchungsergebnisse abzuwarten, weinte sein Herz mit ihr. Claire und Zoé waren ihm an ebenjenes Herz gewachsen, und Lysann war ein Teil dieser Familie. Sie war diejenige, die keine Einschränkungen hatte hinnehmen müssen. Weder Zoés Trisomie 21 noch Claires Kampf um ihren Arbeitsplatz wegen häufiger Fehlzeiten oder um den bestmöglichen Unterricht und eine liebevolle Betreuung für Zoé. Bis jetzt.

Martin zog Claires Haustür hinter sich ins Schloss, als er auf dem See eine wirbelnde, schattenhafte Bewegung wahrnahm. Florence tanzte wieder.

Er ließ die Frau nicht aus den Augen, überquerte die nächtliche, verwaiste Seestraße, trat über den schmalen Uferstreifen auf den Steg und stellte sich auf die äußersten Holzbretter. Vereinzelt hatten sich Zuschauer am Ufer eingefunden. Touristen, die sich nach der opulenten Abendmahlzeit die Beine vertraten, hielten ihre Blicke ebenfalls gebannt auf die Tänzerin gerichtet. Florence' lautloser Tanz wirkte an diesem Abend aggressiv, nahezu angriffslustig. Manche ihrer Moves, Teile eines überaus kräfteraubenden modernen Tanzstils, gekoppelt mit deutlich erkennbaren Elementen der Selbstverteidigung, waren durchaus gefährlich. Vergleichbares hatte er bei ihr nie zuvor gesehen.

Minutenlang stand er reglos da, wie so oft an den Abenden, und sah ihr zu. Fasziniert, voller Bewunderung – und heute auch besorgt. Seine Sorge um sie nahm überhand, als er mit ansehen musste, wie sie strauchelte. Kurz hielt sie inne, vornübergebeugt, die Hände auf die Knie aufgestützt, wohl um zu Atem zu kommen. Dann legte sie erneut los. Diesmal etwas weniger kraftvoll und langsamer in den Bewegungen, aber noch immer voller Spannkraft, Ausdruck, Energie und … Verzweiflung.

Florence stürzte, schlitterte mehrere Meter weit und stäubte dabei Schnee auf. Wie Silberregen funkelte er im Mondlicht. Ein Zuschauer lachte, jemand applaudierte, Martin hingegen hatte genug. Behände sprang er auf die Eisfläche hinunter, bewegte sich über den für die Schlittschuhläufer frei geräumten Bereich auf Florence zu und stellte sich ihr mutig in den Weg, obwohl sie schon wieder einen einhändigen Move vollführte. Sie brach ab, kam mit elegantem Schwung auf die Füße und blitzte ihn aufgebracht an. Eine verschwitzte Haarsträhne klebte ihr quer über der Stirn, Gesicht und Hals glänzten schweißnass.

»Ich hätte dich übel treten können!«, keuchte sie. Ihr Brustkorb hob und senkte sich in einem beängstigend schnellen Rhythmus.

Dass sie sich um ihn sorgte, sagte ihm zu, doch er gab dem Gedanken keinen Raum. »Im Moment trittst du nur dich und dein Kind.«

»Es geht mir gut. Mein Körper ist Anstrengung gewohnt.«

»Bestimmt, aber das, was du da gerade machst, gleicht eher einer Art Selbstzerstörung.«

»Ich brauche das, Martin.« Ihre Stimme klang flehend. Als ob ihm die Macht gegeben sei, ihr das Tanzen zu verbieten.

»Das weiß ich. Dennoch finde ich, dass es jetzt genug ist. Ich bringe dich nach Hause.« Wie gern würde er sie in ein gemeinsames Zuhause bringen …

Ihr Zögern ließ ihn die Hände zu Fäusten ballen. Für eigensinnig hatte er sie bisher eigentlich nicht gehalten. Aber vielleicht kam dieser Wesenszug nur in Ausnahmesituationen zum Vorschein.

»Bitte, Flo. Komm mit.«

Auf ihr knappes Nicken hin streckte er ihr einladend die Hand entgegen, eine Geste, die sie ignorierte. Sie entfernte sich einige Schritte und hob Mütze und Schal aus dem Schnee auf, schüttelte beides aus und legte es an. An eine Jacke hatte sie offenbar nicht gedacht, als sie, vermutlich völlig überstürzt, ihre Wohnung verlassen hatte. Also öffnete er energisch den Reißverschluss seiner Daunenjacke, zog sie aus und legte sie Florence über die Schulter. Sie zuckte zusammen, gerade so, als habe sie seine Anwesenheit schon wieder vergessen gehabt. Das schmerzte ihn, jedoch war auch dieses Gefühl nur ein unbedeutendes Auffunkeln unter den glitzernden Sternen am Himmel.

Florence schlüpfte mit den Armen in die viel zu große Jacke, ließ sie aber offen. Noch immer rann der Schweiß über ihr Gesicht. Momentan war ihr bestimmt alles andere als kalt, dennoch wusste sie um die Gefahr für ihre überhitzten Muskeln, weshalb sie die Jacke annahm. Zügig schritt sie aus, um baldmöglichst das Ufer zu erreichen.

Martin folgte ihr und schloss auf dem Uferweg zu ihr auf. Schweigend trabte er neben ihr her, als sie den Hügel hinaufjoggte, und begleitete sie bis zu ihrer Wohnungstür. Inzwischen hatte sich sowohl ihre Atmung als auch mit Sicherheit ihr Herzschlag wieder fast normalisiert, ein deutliches Indiz dafür, wie durchtrainiert sie war. Wie Lysann …

Entweder hatte sie vergessen, ihre Tür abzuschließen, oder sie ließ sie gern offen, denn diese sprang unter dem Druck ihrer bebenden, vor Kälte blau angelaufenen Finger auf.

»Du hast mit Claire gesprochen?«, fragte Florence leise.

»Ja.«

»Was denkst du?«

»Warten wir die Biopsie ab, okay?«

»Bevor wir uns Sorgen machen?« Ihr spöttischer Tonfall traf ihn, und dieses Mal ließ sich das Gefühl nicht einfach ignorieren.

»Flo, wir Ärzte können nichts für die Erkrankungen unserer Patienten.«

»Hätte nicht der Sportarzt –«

»Nein, hätte er nicht«, unterbrach er sie mit deutlich akzentuierten Worten, dem ein Seufzen folgte. Er rang seine Erinnerungen und den Schmerz in sich nieder. »Sobald Lysann ihn aufgesucht hätte, hätte er sicher sofort denselben Gedanken gehabt wie ich, als mir Claire von Lysanns Symptomen berichtete.«

»Jemand hätte ihr sagen müssen, dass sie sich besser und länger schonen soll.«

»Das hatte man ihr geraten.«

»Du meinst also, dass sie zu ehrgeizig war und zu früh wieder mit dem Training begonnen hat?«

»Ich meine, dass so etwas immer eine Folge von unglücklichen Verkettungen ist. Es gibt genug Leistungssportler, die nach einer Viruserkrankung frühzeitig ihr Training wiederaufnehmen, ohne deshalb Probleme zu bekommen.«

Florence schwieg, grimmig, wie er annahm, bis er ihr in die Augen sah. Der verräterische Glanz im Schein der schwachen Eingangslampe verriet ihm ihren inneren Kampf gegen die Tränen. Florence fühlte tief mit Claire, Zoé und Lysann.

Er wollte sie beruhigen, ihr erklären, dass Ärzte zu ihrer rechtlichen Absicherung oft das schlimmste Szenario an die Wand malten und es gute Heilungschancen für Lysann gab, doch die jetzt ungehindert über ihre geröteten Wangen laufenden Tränen verschlugen ihm den Atem. Sie wirkte so hilf- und schutzlos wie niemals zuvor.

Er ging einen Schritt auf sie zu, ergriff sie an den Oberarmen und wollte sie an sich ziehen. Ein erstickter Schrei ließ ihn zusammenzucken, ihr Schlag mit dem Handballen, mit der Wucht einer durchtrainierten Frau ausgeführt, traf ihn völlig unvorbereitet am Kinn. Sein Hinterkopf knallte gegen die Hauswand. Ein Stöhnen drang aus seiner Kehle. *So viel zu hilf- und schutzlos!*

»Fass mich nicht an!«, schrie sie mit sich überschlagender Stimme. Sie keuchte, als habe sie noch eine Stunde länger diese kräfteraubenden Freestylekämpfe als Tanz betrieben.

»Flo, ich wollte doch nur …«

»Fass mich *nie wieder* an!«, wiederholte sie, nun leiser. Drohend. Beinahe zischend wie eine Schlange, bevor sie sich auf ihre hilflose Beute stürzt.

Der Schmerz aufgrund des heftigen Aufpralls auf dem Holz jagte ihm in Wellen durch den Kopf, in den Nacken und breitete sich in seinen Schultern aus.

»Spinnst du eigentlich?«, fuhr er die Frau an.

»Ja! Ich spinne!«, schrie sie zurück. Kalt und zugleich unbeherrscht. »Seit dieser Kerl gemeint hat, er dürfe mein Nein als Einladung verstehen. Seit er mich in diesen leeren Raum gezerrt und sich an mir …«

Sie riss die Augen auf. War ihr erst jetzt bewusst geworden, was sie in ihrer Pein und Wut verriet?

Martin war entsetzt. Wie konnte sie so etwas einfach für sich behalten, in ihrer Seele einschließen und den Schlüssel wegwerfen?

»Flo«, flüsterte er. Schockiert, verstehend und leidend.

Ehe er mehr sagen konnte, knallte die blaue Tür vor ihm ins Schloss. Er blieb allein zurück, umgeben von eisiger Kälte und dunkelster Nacht. Doch in seinem Inneren loderte ein Feuer auf. Auch Florence' Herz hatte sich entzündet. Vor Schmerz und Scham, aufgrund einer schrecklichen, menschenverachtenden Tat und … Martin drückte beide Hände gegen seine Stirn. Nicht wegen der Kopfschmerzen, sondern weil sich ihm eine weitere Erkenntnis erschlossen hatte: Florence trug das Kind ihres Vergewaltigers unter ihrem verletzten Herzen!

Teil 2

11. Kapitel

15. März

Die Strahlen der Sonne hoch über den schneebedeckten Bergen erreichten Mitte März bereits eine Temperatur, die die Eiszapfen entlang der Regenrinnen und Dachfirste zum Schmelzen brachte. Die fallenden Tropfen schillerten in allen Regenbogenfarben und erzeugten – je nachdem, was sie trafen – die unterschiedlichsten Töne, eine verheißungsvolle, nach Neuanfang, Aufblühen und Hoffnung klingende Melodie.

Das stete Platschen und Klopfen vor Claires Wohnung wurde seit Kurzem von anhaltendem Kichern begleitet, sodass Florence irgendwann das Bügeleisen beiseitestellte und an das offen stehende Wohnzimmerfenster trat. Ihre Augen weiteten sich vor Erstaunen, dann schlich sich ein Schmunzeln auf ihr Gesicht. Lysann und Zoé lagen, angetan mit Winterjacken und Skihosen, auf bunten Luftmatratzen im Schnee und versuchten, die Wasserperlen mit ihren Mündern aufzufangen.

»Ihr dürft mir ruhig offen sagen, wenn ihr euren Tee lieber kalt statt heiß trinken wollt«, sagte sie.

Lysann überstreckte ihren Kopf und grinste sie frech an, zur Strafe traf sie ein großer Wassertropfen mitten auf die Nase.

Ihr empörtes Quieken animierte Zoé zu einem Dauerkichern, wobei es dem Kind dennoch gelang, die Tropfen mit der Zunge zu erhaschen. Offenbar hatte Lysann in dieser Disziplin ihre Meisterin gefunden.

»Mach mit«, schlug Zoé prompt vor und rutschte, begleitet von kräftigem Schnaufen und quietschenden Geräuschen der Luftmatratze, ein Stück zur Seite, um ihr Platz zu machen.

»Zoé, sie ist erwachsen«, wandte Lysann ein, zwinkerte Florence dabei jedoch herausfordernd zu.

»Stimmt. Erwachsene sind langweilig«, wusste Zoé, vermutlich von ihrer älteren Schwester.

Florence ließ sich nicht zweimal bitten. Eilig zog sie sich ihre Winterjacke über und verließ das Haus durch das Fenster, was ihr einen irritierten Blick von Lysann einbrachte sowie die Bemerkung: »Okay, ich nehme das mit dem Erwachsensein zurück. Du bist ein Lausebengel in einem Frauenkörper.«

Es war eng auf der Luftmatratze, dennoch fanden Florence und Zoé ein Plätzchen unter den weinenden Eiszapfen, die sich allmählich von diesem bezaubernden Bergdorf verabschieden mussten. Als der erste Tropfen Florence' vom Bügeln erhitzte Wange küsste, erschrak sie angesichts der Kälte. Ein eisiger Schauer ließ ihren Körper erzittern.

»Sind die kalt«, zischte sie und brachte Lysann damit zum Lachen.

»Physikalische Gesetze kennst du wohl nicht?«, spottete das Mädchen gut gelaunt, ein Zeichen ihres irgendwo in dem kranken Körper vergrabenen Übermuts.

Florence erahnte anhand des Tonfalls, dass auch dies ein Filmzitat war.

Prompt reagierte Zoé: »Kleiner, hier läuft so einiges, was du nicht verstehst.«

»Ich weiß nicht mal, wie man das schreibt«, mischte sich Florence glucksend ein und erntete einen gestreckten Daumen von Lysann. Zoé hingegen versuchte sich darin, das Wort »Physikalische« zu buchstabieren, verhedderte sich allerdings in den Buchstaben und brummte ungeduldig.

»Du hast viele andere Stärken, meine Kleine. Du musst nichts über Physik wissen und keinen Buchstabierwettbewerb gewinnen!«, sagte Lysann tröstend und bekam dafür erst ein Strahlen, anschließend einen vorwurfsvollen Blick geschenkt.

»Ich bin nicht klein!«

»Aber sicher bist du das«, widersprach Lysann. »Sieh mal nach links. Da ist Adelines Katze. Sogar die ist größer als du.«

Sowohl Zoé als auch Florence wandten den Kopf und fanden sich Auge in Auge mit einem getigerten Kater wieder. Das Tier musterte die auf dem Boden liegenden Mädchen misstrauisch.

»Stimmt«, gab Zoé zu und streckte die Hand nach dem Kater aus. Der zog es jedoch vor, sich aus dem Staub zu machen, zumal im gleichen Moment ein großer Wassertropfen auf Zoés Wange klatschte und dort zu schillernden Perlen zersprang.

»Jetzt ist es vorbei mit deinem Tanz auf dem Eis«, wandte sich Lysann in gewohnter Offenheit an die junge Frau, die nicht sehr erfolgreich versuchte, die Tropfen mit dem Mund aufzufangen.

Florence bejahte leise. Die Eisfläche war seit dem Vortag gesperrt. Ihre Sprünge und energischen Moves würde diese wohl noch weit weniger aushalten als die Belastung durch gemütlich ausschreitende Spaziergänger. Sie wusste schon jetzt, dass sie ihre besondere Bühne inmitten von weißen Hügeln und Bergen, beschienen vom Mondlicht und den Sternen, vermissen würde.

»Jeder Abschied ist ein kleiner Tod, aber jeder Tod ein großer Abschied«, zitierte Lysann Alphonse Allais, was in Florence' Herz einen bohrenden Schmerz auslöste.

War das Mädchen so hoffnungslos, wie sie klang? Lysanns Erkrankung zog sich, Besserung wollte sich nicht einstellen. Es gab gute und schlechte Tage, aber Florence wollte nicht, dass Lysann vorschnell ihren Traum zu Grabe trug. Oder dachte Lysann an ihren Vater? Sein Fortgehen musste für sie ein dramatischer Einschnitt gewesen sein. Ein Albtraum für eine zarte Kinderseele.

»Du solltest nicht so negativ denken«, hakte Florence nach. »Du kannst gesund werden, neu mit dem Training beginnen und wieder Rennen fahren, das weißt du.«

»Ich glaube, es war Walt Disney, der mal gesagt hat: ›If you can dream it, you can do it!‹«, erwiderte Lysann und schwieg dann lange Zeit.

Florence ließ ihr diese Minuten, ohne ihren Satz zu kommentieren, da sie annahm, dass Lysann ihren Gedanken noch nicht zu Ende ausgeführt hatte. Neben ihr war Zoé vollauf mit den fallenden Tautropfen beschäftigt und wirkte zutiefst zufrieden in ihrer kleinen Welt. Glückliches Mädchen!

»Ich denke, das klingt nur oberflächlich cool. Aufmunternd«, sagte Lysann schließlich.

»Warum?«, hakte Florence nach, wohl wissend, was das Mädchen meinte.

»Weil ich auch schon davon geträumt habe, fliegen zu können. Oder unter Wasser zu atmen. Ich habe mit meinen übermenschlichen Kräften zigmal die Welt gerettet, und in meinen Träumen kann ich …« Sie brach mit einer Handbewegung ab, als wollte sie alle weiteren auf sie einströmenden Gedanken und die damit einhergehenden Gefühle einfach hinter sich werfen und tief im festgetretenen Schnee vergraben.

Nahende Schritte unterbrachen ihre Unterhaltung.

»Seid ihr denn …?« Claire klang so ungehalten, dass Florence hochfuhr. Dabei warf sie die in ihr Tun versunkene Zoé von der Luftmatratze, was diese erst mit einem kurzen Aufschrei, dann mit anhaltendem Kichern quittierte. Das Geräusch passte so gar nicht zu der aufgebrachten Miene ihrer Mutter.

»Lysann, du kennst doch die Gefahr von herabfallenden Eiszapfen oder von Dachlawinen!«

»Sie haben gerade erst angefangen zu schmelzen«, verteidigte sich das Mädchen, stand auf und zog ihre jüngere Schwester an den Füßen aus dem Bereich unter der Dachrinne.

»War das deine Idee?« Claire war unübersehbar wütend. Vor Sorge.

»Na ja.« Lysann senkte den Kopf.

»Ich habe die Luftmatratzen geholt!«, nahm Zoé bereitwillig einen Teil der Schuld auf sich.

»Und ich habe nicht nachgedacht«, räumte Florence ein.

»Das sehe ich. Andererseits kannst du die Gefahr womöglich nicht einschätzen. Lysann aber sehr wohl.« Damit wandte sich Claire erneut an ihre ältere Tochter, die unruhig von einem Fuß auf den anderen trat. »Was hast du dir dabei nur gedacht?«

»Nichts!«, gab Lysann leise zu. »Es war einfach nur lustig.«

»Bis euch so ein Koloss ins Gesicht fällt.« Claire atmete schwer.

Florence streckte die Hand aus und wollte Claires Arm ergreifen, zog sie jedoch schnell wieder zurück. Betreten gestand sie sich ein, dass sie nicht wusste, was sie tun oder sagen sollte.

Die Ankunft von Freddy unterbrach eine Fortsetzung der Standpauke.

»Hey, Claire. Es ist doch okay, wenn ich Lysann zu Pierres Party mitnehme, oder?«

Florence sah, wie Claire förmlich nach Luft schnappte, ihr Gesicht verfärbte sich rot. Bewundernswert beherrscht drehte sie sich zu dem jungen Restaurantmitarbeiter um, der, den strengen Blick seiner Vorgesetzten ignorierend, Zoé zuwinkte und Lysann angrinste.

»Wie …?« Claire schüttelte in kleinen Bewegungen irritiert den Kopf, als könnte sie damit ihre Gedanken klären.

Freddy verstand das eher hilflos ausgesprochene Wort

sicher gern absichtlich falsch: »Ich hab mein Rad hier. Sie kann auf dem Gepäckträger sitzen. Ich schiebe es natürlich«, fügte er mit einem Blick auf den Schnee hinzu. »Außerdem bringe ich sie pünktlich wieder zurück. Wann soll sie zu Hause sein?«

Florence kam nicht umhin, Freddy für seinen Mut zu bewundern, denn dass Claire im Augenblick aufgebracht war, konnte ihm schwerlich entgangen sein. Offenbar wusste er sehr gut einzuschätzen, dass ihr Zorn nicht ihm galt. Dennoch beeindruckte es Florence zutiefst, wie unerschrocken er sein Anliegen vorbrachte – was vermutlich an seinem überaus sonnigen Charakter lag. Anscheinend war er nicht leicht zu erschüttern. Jedenfalls, so dachte Florence, würden Lysann seine Unbekümmertheit und die Aussicht auf einen fröhlichen Abend im Kreise ihrer früheren Kameraden sicher guttun.

»Toll, dass du sie eigens abholen kommst.« Florence fiel Claire in den Rücken, aber sie entschuldigte dies damit, dass wohl auch Mütter gelegentlich einen kleinen Schubs in die richtige Richtung gebrauchen konnten.

»Darf ich?« Lysann klang kleinlaut und wenig hoffnungsvoll.

Claire schaute erst ihre Tochter, anschließend Freddy lange an, wobei ihr Blick keinesfalls freundlich ausfiel. Dann nickte sie und sagte an den jungen Mann gewandt: »Um Punkt einundzwanzig Uhr bringst du sie hier an die Tür. Und keine Diskussion darüber, dass das sehr früh ist.«

Freddy schloss den Mund wieder.

An Lysann ergingen deutliche Regeln: »Kein Alkohol, keine Tänze oder sonstige körperliche Anstrengungen. Du bist einfach nur dabei! Hast du mich verstanden?«

»Aye, Sir.«

»Wenn du frech sein willst, kannst du es gleich vergessen.«

»Entschuldige bitte, Mama. Auch das vorhin.«

»Verschwindet!«, riet Claire Freddy, der umgehend nach

Lysanns Hand griff und sie, wenn auch vorsichtig, doch unübersehbar eilig hinter sich herzog.

Lysann schaute zurück, und Florence formulierte tonlos mit den Lippen: »Amüsier dich!« Als Antwort erhielt sie ein heimliches Grinsen.

~~~

Claire räumte die Abendmahlzeit weg und spülte, während Florence Zoé zu Bett brachte. Kurz darauf trafen sie sich in dem kleinen Wohnzimmer, und Claire ließ zu, dass Florence Tee zubereitete, zwei Kerzen anzündete, leise Musik anmachte und über Claires Beine eine der flauschigen Decken ausbreitete, ehe sie sich in den Sessel setzte.

Selbstvorwürfe, Schmerz und Furcht wühlten Claire auf, ließen sie fahrig mit den Händen über das kiwigrüne Fleece streichen und hinderten sie daran, endlich ein wenig zur Ruhe zu kommen.

»Es tut mir leid –«

»Bitte, Flo«, unterbrach Claire die Tänzerin unverzüglich und seufzte laut. »Ich habe überreagiert.«

»Du hattest Angst um deine Kinder. Vermutlich zu Recht.« Florence verstummte, als Claire müde die Hand hob.

»Lysann ist ein übermütiger Teenager. Eigentlich sollte sie vor gar nichts Angst haben müssen. In dem Alter und mit ihrem Abenteurergen denkt sie doch, dass niemand und nichts ihr etwas anhaben kann.«

»Du weißt, dass dem nicht so ist.«

»Ja.« Wieder seufzte Claire, spürte den schweren Stein der Pein tief in ihre Seele rutschen. »Ja, leider. Deshalb bereue ich ja meine harsche und vorwurfsvolle Reaktion. Ich bin eine furchtbare Mutter!«, brach es aus ihr heraus. Sie vergrub das Gesicht in ihren Händen und ließ den Tränen freien Lauf, die seit dem
~~~

frühen Morgen in Habachtstellung gestanden hatten. Sie hätte ihren Kummer nicht an Lysann auslassen dürfen. Ausgerechnet an dem tapfer kämpfenden Mädchen, ihrem kranken Kind … Wie konnte sie nur!

Florence setzte sich neben sie auf die Couch, legte den Arm um ihre bebenden Schultern und zog sie an sich.

Liebe, hilfsbereite Florence! Was würde sie nur ohne sie tun? Wie dankbar war sie Gott, dass er die Schritte der jungen Frau in ihr abseits gelegenes Tal geführt hatte. Tanzende Schritte, wenn auch nicht mehr mit derselben Leichtigkeit, in der sie vermutlich noch vor Wochen aufgetreten war.

»Du bist eine wunderbare Mutter. Du bist in Sorge, sehr bemüht um das Wohlergehen deiner Töchter und immer für sie da, wenn sie dich brauchen. Du willst sie zu großherzigen Menschen erziehen und sie mit Liebe umgeben, sie in Sicherheit wissen … Ich kenne da ganz andere …« Florence brach ab und drückte sie fest an sich. Ob die junge Frau im Augenblick nicht selbst ein wenig Trost in ihrer gegenseitigen Umarmung fand? War sie in Gedanken bei ihrer Mutter? Vermisste sie diese? Oder vielleicht nicht …?

»Ich bin müde und ängstlich. Gedemütigt und … meinen Job los.«

»Wie bitte?« Florence richtete sich ruckartig auf, entließ Claire jedoch nicht aus ihren Armen, was sie als wohltuend empfand. Sie brauchte diesen Halt im Moment dringend, um nicht in einen bodenlosen schwarzen Brunnen zu stürzen.

»Ich verbringe zu viel Zeit mit Lysann bei Ärzten und im Krankenhaus«, wiederholte sie, was ihr Arbeitgeber ihr heute mitgeteilt hatte.

»Aber!«, begehrte Florence temperamentvoll und verständnislos auf. »Natürlich tust du das! Du bist ihre Mutter. Darauf muss man doch Rücksicht nehmen!«

»Nicht in diesem Job und während der Hauptsaison.«

»Vielleicht sollte ich –«

»Du nimmst mir doch immer schon Zoé ab. Auch du kannst dich nicht vierteilen, liebe Flo.«

»Ich könnte es versuchen.«

Claire schenkte Florence ein liebevolles Lächeln. »Du tust schon so viel für uns.«

»Offenbar war es nicht genug. Ich werde mit deinem Chef sprechen! Wir können das sicher anders regeln.«

»Flo, die Kündigung ist ausgesprochen und schriftlich bei mir eingegangen. Und glaub mir, ich habe sie nicht kommentarlos hingenommen. Mir bleibt eine gewisse Frist, bis dahin muss ich einen neuen Job gefunden haben.«

»Hier?«

Claire konnte es Florence nicht verübeln, dass sie mit einer großen Geste einen Kreis zog, der deutlich machte, wie winzig, ja provinziell die Frau aus Paris die kleine Ortschaft am See fand, die Claire so sehr liebte – und wie gering Florence Claires Chance einschätzte, hier eine adäquate Stelle zu finden. Und das in ihrer Situation, denn die Arztbesuche und Krankenhausaufenthalte von Lysann würden noch eine Weile anhalten. Bis das Mädchen sich endlich erholte … wenn sie denn gesund werden durfte!

Erneut jagte die Angst um Lysann wie eine durchgehende Pferdeherde durch Claires Herz, hinterließ aufgeworfene Erde; Narben. Noch mehr Narben neben denen, die das Leben ihr bereits zugefügt hatte. Das Fortgehen ihres Ehemanns, die Aufgabe ihres Traums von einem eigenen Hotel, die Kämpfe um Zoés Förderung, deren oft angeschlagene Gesundheit, Claires Einsamkeit, ihre Sehnsucht nach Liebe und Geborgenheit, ihre Angst vor dem Verlust ihres Jobs, der jetzt Realität geworden war, und – was am schwersten wog – ihre Angst um Lysann.

Claire liefen die Tränen über die Wangen. Zeugen ihrer Pein, aber auch ihrer Hilflosigkeit und der in ihr schwelenden Wut. Sie klammerte sich an Florence, dankbar dafür, dass die sie einfach nur festhielt und dabei schwieg. Es war das Beste, was die junge Frau im Augenblick für sie tun konnte; in dieser Situation, in der keine Worte den richtigen Ton, keine tröstende Melodie finden konnten, in der Schweigen mehr half als gut gemeinte Ratschläge.

~ ~ ~

Florence öffnete Lysann die Tür und sah noch, wie Freddy in waghalsig hohem Tempo und deshalb schlingernd und rutschend den abschüssigen Weg hinunterradelte, ehe er hinter der Hecke aus ihrem Blickfeld verschwand.

Das Mädchen drückte sich an ihr vorbei und pfefferte die Schuhe in das Schuhregal, ehe es die Jacke schwungvoll über den Ständer warf. Lysanns Gesichtszüge sahen so gelöst und glücklich aus wie schon lange nicht mehr, allerdings wirkten ihre Schritte, als sie sich dem Lichtschein aus dem Wohnzimmer näherte, plötzlich wieder langsam und schwer. Weil sie eine weitere Konfrontation mit ihrer Mutter fürchtete? Oder weil die Energie, die ihr Ausflug in die normale Welt eines Teenagers – und Freddys Aufmerksamkeit – in ihr wachgerufen hatte, nun versickerte wie das letzte Wasser einer im Austrocknen begriffenen Quelle?

»Hey, Mama.«

»Hallo, Lysann. Na, wie war's? Erzähl mal!« Claire hatte ihre Tränen getrocknet und klang ruhig und gefasst. Liebevoll. Ganz die Mutter, die sich freute, ihre Tochter bei sich zu haben.

Wehmut flutete Florence' Herz. Eine solche Mutter wollte sie auch sein. Eine solche hätte sie sich gewünscht … Eilig schlüpfte sie in Schuhe und Jacke und verließ die Wohnung.

Frostige Kälte umfing sie und ihr Blick schweifte sehnsüchtig zu der spiegelnden Fläche jenseits des Uferstreifens. Doch die Zeit, in der sie ihre Emotionen auf dem Eis hatte ausleben und verarbeiten können, war vorbei. Jetzt musste sie mit der Begrenztheit ihrer fast leeren Wohnung vorliebnehmen. So wie Claire in den Grenzen lebte, die das Leben ihr aufgezeigt hatte. Ob es einfach nur galt, innerhalb dieser Barrieren das Beste aus dem eigenen Leben zu machen? War das die Übung, mit der alle Menschen konfrontiert wurden, die der eine besser zuwege brachte als der andere? Scheiterten diverse Träume daran, dass sie schlicht den Rahmen sprengten, der ein Leben eingrenzte? Womöglich auch zum eigenen Schutz? Dann musste es im Gegenzug aber doch auch die Träume geben, die perfekt passten; die dort wachsen und gedeihen konnten, wo sie hingehörten?! War es die Aufgabe eines jeden Menschen, diese zu finden und daran festzuhalten? Sie willkommen zu heißen, sie zu umarmen und mit ihnen glücklich zu sein?

»Manche Antworten erhält man erst später.«

Florence fuhr erschrocken herum. Hinter ihr stand der Einsiedler. Entschuldigend hob er beide Hände. »Es tut mir leid, dass ich Sie schon wieder erschreckt habe. Ich dachte, Sie hätten mich gehört.«

»Ist schon gut. Ich war in Gedanken, Herr …«

»Schneider. Und genauso sahen Sie aus. Tief in Gedanken verloren.«

»Sind Sie das auch, wenn sie so allein durch die Landschaft wandern?«, fragte sie und blickte hinauf zur Mondsichel am Himmel. Einmal mehr wagte sich der Mann erst nach Einbruch der Dunkelheit in die Straßen des Ortes.

»Meist, ja. Ich genieße die Stille, die Schönheit der Natur und das Zwiegespräch mit meinem Schöpfer.«

Florence lächelte. »Und ich dachte schon, Sie reden niemals mit jemandem.«

»Vielleicht suche ich mir meine Gesprächspartner sehr gezielt aus«, gab er zurück, begleitet von seinem angenehm tiefen Lachen.

»Dann fühle ich mich geehrt, dass ich zu dem auserwählten Kreis gehöre.«

Täuschte sie sich, oder hatte der Mann ihr zugezwinkert? Noch immer wusste sie nicht, wie sie den einsamen nächtlichen Spaziergänger einschätzen sollte.

»Das Tanzen auf dem Eis hat jetzt ein Ende«, setzte er ihr Gespräch fort.

»Ja, leider.«

»Also müssen fortan weder ich noch der Herr Doktor uns die Nächte um die Ohren schlagen, um aufzupassen, dass Sie nicht wieder einbrechen?«

Florence verschlug es für einen Augenblick die Sprache. War auch der Einsiedler Zeuge ihres ersten Tanzes auf dem Eis gewesen? Oder hatte er lediglich eins und eins zusammengezählt? Jedenfalls hielt sich das Gerücht über die Mutprobe, bei der angeblich jemand eingebrochen war, hartnäckig.

»Wo werden Sie jetzt tanzen?« Seine Frage klang, als meinte er viel mehr als nur den Tanz. Jubeln? Genießen? Hoffen? Leiden? Zweifeln? … Leben und Lieben?

»Meine Dachwohnung bietet sehr viel Platz. Auch für Tanzunterricht.«

Er nickte, rieb sich das Kinn, schwieg dann aber. Gemeinsam stapften sie über die nur noch dünne Schneedecke und betraten die frei geräumte Straße.

»Man hört, Claire habe ihre Arbeitsstelle verloren.«

»Das hat sich schon herumgesprochen?« Florence hob erstaunt die Augenbrauen.

»Das hier ist ein Dorf. Hier wehen Neuigkeiten schneller durch die Straßen als der Wind.«

Florence gab einen zustimmenden Ton von sich, wenngleich sie sich fragte, wie schnell oder vielmehr laut sich diese Neuigkeit verbreitet haben musste, wenn sie bereits bis zu dem Einzelgänger durchgedrungen war.

»So vieles ist im Wandel«, resümierte der Einsiedler, hob grüßend die Hand und ging einfach in die entgegengesetzte Richtung davon, als erinnere er sich erst jetzt wieder daran, dass er doch lieber allein unterwegs war.

Florence sah ihm nach, bis die Dunkelheit ihn verschluckt hatte, ehe sie die Seestraße entlangjoggte und schließlich die Auffahrt zum Chalet in Angriff nahm. Martins Fenster waren dunkel, sein Auto stand nicht vor der blauen Tür. Ob er noch immer arbeitete?

Aufgewühlt von Claires neuer schlechter Nachricht und den heutigen Erlebnissen und Gesprächen, zugleich aber traurig bei dem Gedanken an Martin, stapfte sie die Stufen zu ihrer Wohnungstür hinauf.

So vieles ist im Wandel, hatte der Einsiedler gesagt. Im Augenblick gab es erschreckend viele negative Entwicklungen. Florence griff nach der Türklinke, zögerte aber. War dem wirklich so? Gab es nicht auch schöne Ereignisse? Zoés anhaltende Gesundheit und ihre ansteckende Fröhlichkeit. Die glitzernden Perlen der Eiszapfen, deren Schmelzen den kommenden Frühling mit seiner Wärme und der blühenden Farbenpracht ankündigten. Lysanns und Claires von Liebe geprägtes Beisammensein. Lysanns wunderbares Verhältnis zu ihrer kleinen Schwester. Die Anerkennung, die Florence zuteilwurde …

Auch eine begrenzte Welt sollte sie nicht daran hindern, diese aus verschiedenen Blickwinkeln zu betrachten.

12. Kapitel

14. April

Der April brachte viel Sonnenschein und ein üppiges Erwachen der Natur. Die Hügel leuchteten nahezu in saftigem Grün, und die Blüten an Bäumen, Büschen und in den Gärten schienen in allen Farbschattierungen zu explodieren. Die bunte Version des Wunderlands im Wettstreit mit der weißen. Der See schimmerte mal in sattem, dunklem Grün, dann wieder in freundlichem Blau, oft jedoch auch in einem unergründlichen Schwarz, fast so, als wolle er alle Geheimnisse, die er im Laufe der Jahrhunderte gesehen und gehört hatte, tief in seinem Inneren verbergen. Eine Vielzahl von Vogelstimmen zirpte von den frühen Morgenstunden bis in die Dämmerung hinein und begleitete die Wanderer, die die Skifahrer abgelöst hatten, auf ihren Wegen in die Bergwelt. Sie trieben diese zu Höchstleistungen an, obwohl sie doch niemals die Eleganz der Vögel und ihre berauschende Aussicht in den Höhen der Lüfte erlangen konnten. Zwischen den mit Schneeflächen geschmückten Gipfeln kreisten Steinadler, Gänsegeier und Alpendohlen, Enten und Schwäne dümpelten auf dem See, in dem nur die ganz mutigen Urlauber bereits zu schwimmen wagten. Allerdings waren nun wieder Tret- und Ruderboote und sogar kleine Segeljollen unterwegs und malten bunte Kleckse auf die mal in der Sonne spiegelnde und glitzernde oder im Schatten der Berge liegende Wasseroberfläche.

Martin parkte sein Auto vor dem Chalet, stieg aus und reckte sich. Es war spät geworden, hatte er zum Ende der Sprechzeit doch noch einen Teenager mit akuter Blinddarmentzündung hereinbekommen, daraufhin einen Fünfjährigen mit Verbrennungen, den er ebenfalls in das nächstgelegene Krankenhaus überwiesen hatte. Da Chantal seit Florence' überraschendem Auftauchen in seiner Praxis stets überpünktlich Feierabend machte, war die zusätzliche Schreibarbeit an ihm hängen geblieben. Gleich darauf hatte er sich von der Reinigungsfachkraft, einer resoluten, erfreulich penibel arbeitenden Türkin, der er im Weg herumgestanden hatte, eine ordentliche Abfuhr eingehandelt.

Die ganze Fahrt über hatte er sich auf einen gemütlichen Abend am See gefreut, und der erste Anblick, der sich ihm bot, war tatsächlich überaus entzückend: Florence war mit Zoé am Ufer unterwegs. Die beiden setzten nicht einfach einen Fuß vor den anderen, wie es die übrigen spätabendlichen Spaziergänger vormachten. Vielmehr hüpften sie im Wechselschritt, was Zoé inzwischen gut beherrschte, oder wagten anderweitige kleine Tanzeinlagen. Pure Lebensenergie, gemixt mit genügend Selbstbewusstsein, um sich nicht von irritierten Blicken aufhalten zu lassen, brachte sie dazu, durch die sanftfarbene Abenddämmerung zu tanzen.

Martin verschränkte die Arme vor der Brust und lehnte sich rücklings an den Kofferraum seines BMW. Seit jenem Tag, als Florence ihm die Wahrheit ins Gesicht geschleudert hatte, waren mehrere Wochen vergangen. Sie gingen weiterhin kameradschaftlich miteinander um, was extrem an Martins Nerven zerrte, war seine Zuneigung zu Florence doch mittlerweile zu einer unerwiderten, ihn verzehrenden Liebe angewachsen. Nicht ein einziges Mal hatten sie über die Vergewaltigung gesprochen, obwohl es Martin beinahe zerriss, dass Florence den Täter ungeschoren davonkommen ließ. Ihren Worten zufolge ging er nämlich davon aus, dass sie den Täterkreis würde eingrenzen können, ja den Mann vielleicht sogar kannte. War ihre Scham zu groß gewesen, um sich einer Befragung durch die Behörden und allem, was danach auf sie zugekommen wäre, zu stellen? Womöglich wollte sie einfach nur vergessen. Aber wie konnte sie das, war doch das Kind, das in ihr heranwuchs, eine immerwährende Erinnerung an jene schrecklichen, dunklen Minuten und an das, was ihr angetan worden war. Und ihm. Denn dass Florence ihn von sich fernhielt, war, dessen war er sich inzwischen sicher, eine Folge jener Vergewaltigung. Zumal Florence durchaus Zuneigung für ihn zu empfinden schien, schließlich hatte sie ihm nach diesem Vorfall vor ihrer Haustür gestattet, Teil ihres Lebens zu bleiben. Sie suchte nach wie vor seine Nähe und beobachtete ihn öfter und länger, als das unter Freunden gemeinhin üblich ist.

Florence hatte sich in der kleinen Ortschaft und in der Dachwohnung über ihm eingerichtet. Es gab keine Anzeichen dafür, dass sie den idyllisch gelegenen See und damit Claire, Zoé und Lysann bald verlassen wollte, zumal sie auf ihre Anfrage bei einem gut gehenden Hotel der Oberklasse eine Plattform gefunden hatte, um verschiedene Kurse anzubieten. Jetzt, im Frühjahr, da die ausgepowerten Skifahrer, die wenig Interesse an weiteren Ablenkungen gezeigt hatten, fernblieben und stattdessen Erholungssuchende und Wanderer anreisten, florierte ihr Tanzunterricht für Anfänger und Fortgeschrittene. Beides hielt sie in ihrer Wohnung ab, dankenswerterweise aber meist dann, wenn er bei der Arbeit war. Die von ihr veranstalteten Tanzabende und kleinen Aufführungen fanden im Foyer des Hotels statt und lockten oft genug auch Gäste aus Ferienwohnungen und anderen Gastronomiebetrieben an, sogar aus den umliegenden Ortschaften.

Nachdem Claire Mitte März gekündigt worden war, woraufhin sie einen Tag lang abwechselnd geweint und getobt hatte, sodass Florence die Mädchen mit zu sich nahm, hatte Zoé ihm das am Abend recht offenherzig gestanden und mit den Worten kommentiert, dass die Aufregung ihrer Mutter völlig unnötig sei. Nichts geschehe ohne Sinn, hatte sie hinzugefügt, ihn auf ihre unnachahmliche Art angelächelt und war dann schnell Florence und Lysann gefolgt.

In Erinnerung an das sonderbare Gespräch rieb sich Martin den Nacken. Er wusste noch immer nicht, wie er das, was am darauffolgenden Tag passiert war, einschätzen sollte: Die Geschäftsleitung des Hotels, in dem Florence ihre Tanzabende veranstaltete, hatte die Tänzerin zu sich zitiert, die, so hatte er später wiederum von Zoé erfahren, gehörig Angst gehabt hatte, dass das Angebot für ihre Kurse zurückgezogen werden sollte. Stattdessen hatte man ihr jedoch aufgetragen, Claire zu einem Vorstellungsgespräch vorbeizuschicken. Bereits zwei Tage nach ihrer Kündigung hatte Claire bei ihrem alten Arbeitgeber um einen sofortigen Auflösungsvertrag gebeten und einen besser bezahlten Arbeitsplatz angetreten. Als Claire, Florence und er selbst ihre Verwunderung darüber kundgetan hatten, hatte Zoé nur fassungslos den Kopf geschüttelt und zu ihrer Schwester gesagt, dass die Erwachsenen das einfach nicht verstehen würden. Lysanns Antwort hatte aus einem unergründlichen Lächeln bestanden.

Das Leben hätte also perfekt sein können – bis auf seine ungeklärte Situation mit Florence, doch da war er nicht gewillt, vorschnell aufzugeben –, wenn da nicht Lysann gewesen wäre. Sie kam ihm vor wie ein Schmetterling, der sich die Flügel gebrochen hat und allmählich sogar seine schillernden Farben einbüßte.

Martin stieß sich von dem Fahrzeug ab und schlenderte den Feldweg hinab zum Ufer und an diesem entlang in Richtung Ortskern. Der Parkplatz vor dem Sessellift und den dort angesiedelten Geschäften und Restaurants war größtenteils verwaist, wie immer um diese späte Stunde. Er erreichte den Steg genau in dem Augenblick, als sich die Abendsonne hinter einem Gipfel versteckte. Das goldfarbene Glitzern auf dem See flitzte förmlich davon, als werde es von etwas aufgesaugt, woraufhin das Wasser seine oft gezeigte eigentümliche schwarze Farbe annahm. Der Geheimniskrämer kam wieder zum Vorschein.

Mit einem Seitenblick stellte Martin fest, dass Zoé und Florence dank ihrer Tanzeinlagen und all der vielen Winzigkeiten, die es jeden Tag neu zu entdecken und zu erforschen gab, noch eine ganze Weile brauchen würden, bis sie bei ihm eintreffen würden. Dafür näherten sich ihm in Sophie und Adeline zwei der Frauen, die Florence das Dreigestirn nannte. Allerdings war er sich nicht im Klaren darüber, wer von den drei Damen der Eiger, wer die Jungfrau und wer der Mönch sein sollte.

»Guten Abend, Herr Doktor«, sprach Sophie ihn prompt an und zog Adeline mit sich, damit auch sie sich zu ihm gesellte. »Sie haben Feierabend?«

»Den habe ich, ja«, gab er höflich zurück, wobei er viel lieber noch länger Florence beobachtet hätte. Sie nahm gerade mehrere Kinder in ihren und Zoés Tanzreigen auf. Unbeschwerte Kinderzeit; ein bunter Konfettiregen, der eines Tages von Stürmen davongeweht, von Gewittern niedergedrückt und aufgeweicht werden würde? Was blieb dann? Hoffentlich die Erinnerung an eine fröhliche Tänzerin, die ihnen gezeigt hatte, dass man mit etwas Konzentration und gutem Willen schwierige Schrittfolgen lernen und neues Terrain ergründen kann. Dass sie den Kopf wieder heben, die Blicke erneut nach vorn richten durften und aus einer Tragödie eine Episode und kein Epos machen mussten …

Prompt folgte Sophie seinem Blick und stemmte die Hände in ihre dürren Hüften.

»Wie ich sehe, interessieren Sie sich für die Hupfdohle?«

»Wer tut das nicht«, erwiderte er lachend und deutete auf mehrere Passanten. Sie waren stehen geblieben und blickten ebenfalls zu der kichernden und singenden Schar hinüber. Die Mädchen waren kleine Primaballerinen in rosa Tutus aus Fantasie und Lebensfreude. Sie strahlten allesamt Freude und Glück aus und verschenkten es an die Umstehenden.

»Offenbar genießt das Mädchen die Aufmerksamkeit, die sie durch ihre Showeinlagen erhält.«

Martin wollte auf die hämisch vorgebrachten Worte gerade einwerfen, dass sie das als Darstellende Künstlerin schlicht so gewohnt war, doch Sophie kam ihm zuvor: »Das Kind ist unübersehbar schwanger! In ihrem Alter! Und einen Vater dazu gibt es sicher auch nicht. Wenn Sie mich fragen, verdirbt sie uns die Kinder und die jungen Leute. Sie ist kein gutes Vorbild!«

Martin war noch dabei abzuwägen, ob er einfach nur lachen oder vehement widersprechen sollte, als Adeline in ihrem kaum verständlichen Dialekt sagte: »Sie sind ein guter Bekannter von Claire, nicht? Sie sollten die Frau warnen. Der Umgang ihrer Töchter mit dieser Person ist nicht von Vorteil.«

»Jetzt übertreiben Sie aber«, platzte Martin erbost heraus.

»Das sagen Sie!«, protestierte Sophie, und ihre Stimme knatterte sirrend wie ein alter VW-Käfer-Motor. »Sie erlaubt diesem seltsamen Einsiedler den Umgang mit Zoé. Das Kind ist doch gar nicht in der Lage, sich zu wehren, was der Mann womöglich mit ihr … Sie wissen schon!«

Martin runzelte die Stirn. Die Annahme, Florence würde wegschauen, wenn ein Mann Zoé, in welcher Art auch immer, begegnete, war nicht nur lächerlich, sondern schlicht unmöglich. Völlig ausgeschlossen bei dem, was sie selbst durchgemacht hatte.

»Ich bin dafür, dass wir die Kirche im Dorf lassen«, begann er, wurde jedoch durch eine herrische Handbewegung unterbrochen.

»Ich sehe, wie der Einsiedler jeden Morgen und jeden Abend mit dem Mädchen spricht. Manchmal sitzt sie vor dem Haus, manchmal am Fenster. Ich weiß doch, was ich sehe!«

»Sie unterhalten sich. Das tun wir doch gerade ebenfalls.«

»Wollen Sie mich eigentlich nicht verstehen? Der Kerl kam hier vor einigen Jahren an und hat sich in dem Haus jenseits des Hügels eingenistet. Er hat sich nie vorgestellt, ist nie bei Veranstaltungen präsent, niemand weiß, wer er ist.«

»Haben Sie ihn mal angesprochen und sich vorgestellt, ihn gefragt, woher er stammt, warum es ihn an diesen schönen Flecken Erde gezogen hat?« Martin hörte selbst, wie grollend seine Stimme mittlerweile klang.

»Natürlich nicht. Und bevor Sie mir Vorwürfe machen: Der Einsiedler hält sich ja ständig abseits.«

»Sie haben ihn aber doch mehrmals mit Zoé reden sehen.«

»Ja, aber sobald ich mich nähere, geht er weg.«

Martin kam um den wenig freundlichen Gedanken nicht umhin, dass der Mann damit eine weise Entscheidung traf.

»Meistens ist er ohnehin mitten in der Nacht unterwegs. Er schleicht hier herum. Weshalb auch immer!«

Martin presste die Lippen zusammen und warf einen Blick auf Florence. Sie war weiterhin mit den Kindern beschäftigt, auf deren Gesichtern – sogar auf die Entfernung – die tiefe Bewunderung für die Tänzerin abzulesen war. War der Einsiedler, von dem Mönch, Jungfrau oder Eiger sprach, womöglich identisch mit Florence' nächtlichem Tanzpartner auf dem Eis?

»Man munkelt ja«, begann Sophie wieder, was Martin abwehrend die Hand heben ließ.

»Ich bin mir ziemlich sicher, dass ich das nicht hören will. Was gemunkelt werden muss, ist oft nichts Freundliches. Wenn

Sie ein Problem mit dem älteren Herrn haben oder mit Florence, dann sprechen Sie die beiden doch einfach mal an und lernen Sie sie kennen.«

Sophie rümpfte die Nase, was Martin endgültig dazu brachte, den Frauen den Rücken zuzukehren und auf die hüpfenden und singenden Kinder zuzuschlendern, die sich um Florence scharten.

»Offenbar wollen Sie den Tatsachen nicht ins Auge sehen, Herr Doktor. Und dabei sollte Ihnen Ihre Patientin doch am Herzen liegen! Zoé ist in Gefahr! Eine Gefahr, die sie in ihrer Einfältigkeit selbst gar nicht erkennen kann.«

Martin vergrößerte seine Schritte, während die Frau ihm nacheilte. Anscheinend sah sie ihre Mission noch nicht als beendet an.

»Claire darf dem Mädchen nicht vertrauen. Dass die keine Schamgrenzen kennt, sieht man ja schon an ihrem dicken Bauch, nicht wahr! Sie kann nicht so gut auf Zoé achtgeben, wie eine ordentliche junge Frau das könnte und tun sollte!«

Martin atmete tief durch und stellte sich die eigentlich irrelevante Frage, aus welchem Jahrhundert Sophie hierhergebeamt worden war. Dennoch waren seine Hände zu Fäusten geballt, seine Rückenmuskeln angespannt.

»Und da Sie meine Warnung vor dem Einsiedler nicht ernst nehmen wollen, macht Sie das an einem möglichen Verbrechen mitschuldig! Merken Sie sich meine Worte! Womöglich ist der ja auch der Vater des Kindes von der Hupfdohle. Immerhin trifft sie sich mit dem jeden Dienstagabend in ihrer Wohnung. Glaubt wohl, das würde niemand sehen! Sehr verdächtig! Sehr verdächtig, wenn Sie mich fragen.«

Martin war ruckartig stehen geblieben, kniff die Augen zusammen und taxierte Florence erneut. Sie lachte und umarmte gerade zwei Zwillingsmädchen mit langen geflochtenen blonden Zöpfen, die daraufhin zu ihren Eltern liefen, weil diese sie vom Spielplatz abholen wollten. Die Eltern winkten Florence zu, sie erwiderte den Gruß.

Kopfschüttelnd ging Martin weiter. Er hatte selten so viele bösartige Vorurteile und Vorverurteilungen gehört, die hinter einer Maske der Fürsorge versteckt waren, wie soeben. Eine sorgenvolle Maske vor einer hässlichen Fratze? Martins Schritte wurden unwillkürlich langsamer. Was steckte wohl dahinter? Unzufriedenheit mit dem eigenen Leben? Neid auf ein Talent, auf die verflossene Jugend? Eine Erziehung, die geprägt war von einer ständigen Berieselung des Tratsches und der Feindseligkeiten im Umkreis der Familie …?

Nichts von dem, was Sophie angedeutet hatte, entsprach der Realität. Zumindest was Florence betraf. Allerdings gefiel ihm nicht, dass sie sich offenbar regelmäßig mit ihrem nächtlichen Tanzpartner von damals traf.

~ ~ ~

Florence winkte drei Mädchen nach, die tanzenden Schrittes davonhüpften, weil sie von ihren Eltern zum Abendessen im Hotel erwartet wurden. Sie wünschte sich, die drei könnten ihre momentane unbeschwerte Leichtigkeit für immer behalten, wohl wissend, dass das kaum möglich war. Den wenigsten Menschen gelang dieses Kunststück. Aber vielleicht hatte sie einen winzigen Beitrag dazu geleistet, ein Ahnen davon in ihre Herzen zu pflanzen. Eventuell würde die eine oder andere sich einmal an sie erinnern, an ihre Frühlingsferien in den Bergen und daran, dass man Freude im Kleinen finden kann. An spielerischen Bewegungen, an einem verschenkten Lob, am Flirren der Luft, sobald der Abend den Tag ablöst, am Diamantglanz auf den Wellen, am Flüstern der Grashalme, am Tanz der Mücken im schwindenden Tageslicht oder am majestätischen

Nicken der Blütenköpfe im Wind, der mal leise singt, mal laut brüllt …

Florence drehte sich um und sah in das Gesicht eines Mannes, der sich die unschuldige, fröhliche Melodie, das Lebensgefühl der Kindheit, erhalten hatte. Trotz Anstrengung und Wettkampf, trotz Schmerz und Leid, Alltag und großer Verantwortung. Zumindest hatte er die Lieder seiner Kindheit wiedergefunden und gemeinsam mit den Lebenserfahrungen aus den vergangenen Jahren – einer Melodie in Moll – zu einer guten, schönen Sinfonie verbunden.

Wie ihm das gelungen war? Vielleicht, indem er sich selbst nicht so wichtig nahm. War eine der Lektionen, die er gelernt hatte, die gewesen, dass beim Streben nach dem vermeintlichen Glück genau dieses auf der Strecke bleiben konnte? Da man mit dem Blick auf die großen Begehrlichkeiten die kleinen Glücksmomente am Straßenrand viel zu oft übersah? Ertranken sie im See der Bedeutungslosigkeit, verkümmerten sie im Schatten der Berge vor lauter zielgerichteter Strebsamkeit? Und was passierte, wenn man sie eines Tages vom Grund heben wollte, sie aus der Unbedeutendheit neben dem Steinriesen hervorzerrte, weil man sein Ziel erreicht zu haben glaubte? War dann womöglich ein Großteil des Lebens bereits verwelkt. Zu welcher Antwort kam man, wenn man sich die Frage stellte, ob man wirklich verantwortungsbewusst mit seiner geschenkten Zeit, seinen Gaben, Fähigkeiten und Möglichkeiten und mit seinen Mitmenschen umgegangen war?

Bestand Glück nicht aus einem einzigen Stück, nicht aus dem, was die Zuschauer in ein Musicaltheater lockte, sondern aus vielen einzelnen Szenen, aus jedem Wort, jeder Geste, jedem scheinbar noch so unbedeutenden Schritt auf der Bühne des Lebens. War Glück vielleicht die Summe der aus der Bedeutungslosigkeit hervorgehobenen wundervollen Momente eines jeden einzelnen Tages?

»Hallo, Zoé, hallo, Flo.« Martin gesellte sich zu ihnen und ließ sich von dem Kind stürmisch und von Florence zurückhaltend begrüßen. »Wie war euer Tag?«

»Schön!«, sagte Zoé und zog das Wort extrem in die Länge. Ihre braunen Augen blitzten, ein leichter Sonnenbrand zierte ihre kleine Nase. »Ich war beim Tanzkurs dabei. Es gibt zu wenig Männer. Deshalb muss Flo mit Frauen tanzen. Eine ist ihr ganz fest auf die Zehen getreten. Flo kann prima Grimassen ziehen. Aber nur ich hab sie gesehen.«

»Das hört sich lustig an«, beteuerte Martin amüsiert.

»Und Flo hat die Soße anbrennen lassen.« Zoé hielt sich die Ohren zu, was in Martin die Annahme weckte, dass der Rauchmelder losgegangen sein musste.

»Ich wollte nur testen, ob die Melder funktionieren«, verteidigte Florence sich prompt.

»Jetzt sind wir draußen. In der Wohnung stinkt es«, erklärte Zoé lachend.

Florence zog schuldbewusst die Schultern hoch.

»Das wiederum hört sich nicht lustig an, sondern gefährlich. Was ist passiert?«, wandte Martin sich an Florence.

Betreten zuckte sie erneut mit den Schultern. Sie hatte einfach mal wieder die Zeit vergessen, während sie einige Dehnübungen absolviert hatte. Sie wollte sich so beweglich wie möglich halten, auch mit dem inzwischen deutlich vorgewölbten Bauch.

»Sie hat sich zu lange verbogen«, verriet Zoé, was ein flüchtiges Lächeln auf Martins Gesicht zauberte.

»Und wo ist Lysann?«

»Heute ist wieder ein Krankenhaustag«, klärte Florence ihn auf und konnte nicht verhindern, dass ihre Stimme einen traurigen Klang annahm. Claires älterer Tochter ging es unübersehbar schlecht. Florence hatte den Eindruck, dass das, was die Ärzte als chronischen Verlauf eingestuft hatten, tagtäglich an dem

Mädchen fraß, sodass sie immer weniger wurde. Dabei hatte man ihre Aussichten anfangs positiv dargelegt, doch schon bei der nächsten Untersuchung war dies revidiert worden. Lysanns Herz wollte nicht so auf die Behandlung anschlagen wie vorgesehen. Ein Teenagerherz, überdeutlich in der Pubertät?

Inzwischen schlenderten sie am Ufer entlang auf Claires Wohnung zu. Neugierig betrachtete Florence Martin. Er hatte die Augen auf den See gerichtet und strich sich mit den Fingern der rechten Hand über die Stirnfalten. Auch er machte sich Sorgen um Lysann. Seine linke Hand hielt Zoés fest, die ihm erzählte, was sie heute alles gemacht und gesehen hatten, ohne zu bemerken, dass sie längst die Aufmerksamkeit ihres großen Freundes verloren hatte. Ein deutliches Zeichen, wie stark er sich mit Lysanns Erkrankung beschäftigte, denn für gewöhnlich war er ein sehr konzentrierter Gesprächspartner.

Florence schloss die Haustür auf, die abzuschließen eigentlich unnötig gewesen wäre, da doch alle Fenster sperrangelweit zum Lüften offen standen. Dennoch schlug ihnen der verkohlte Geruch verbrannter Speisen entgegen. Florence unterdrückte ein Stöhnen. Wie sollte sie das Claire erklären? Und würde dieser Gestank, der sich offenbar in den Vorhängen, Polstern und Tapeten eingenistet hatte, Lysanns Gesundheitszustand nicht noch mehr schaden?

»Stell ein paar Schälchen mit Salz in jeden Raum«, empfahl Martin und ging in die Hocke, um Zoés Schuhbändel zu öffnen. Das Mädchen saß auf dem Kommodenschränkchen und hielt sich mit beiden Händen die winzige Nase zu. »Und tränk ein Tuch in Essig und tanz damit durch die Zimmer.«

»Wie bitte?« Florence sah ihn irritiert an.

»Probier es aus!« Er zwinkerte ihr zu, stellte die kleinen Schuhe ordentlich ins Schuhregal und folgte Zoé, die ihn erneut bei der Hand gepackt hatte und in die Küchennische führte. Dort begutachtete er den im Wasser eingeweichten Kochtopf.

Florence befolgte seinen Vorschlag, und nach einem ungewöhnlichen Tanz, den Martin und Zoé beobachteten und mit Applaus honorierten, hatte sie tatsächlich den Eindruck, als hätte sich der Gestank verflüchtigt. Womöglich lag das aber auch nur daran, dass sie sich lange genug in der Wohnung aufgehalten hatte und ihre Nase sich schlicht an den verkohlten Geruch gewöhnte.

Florence warf das in Essig getränkte Geschirrtuch in die Spüle und schickte Zoé ins Bad. Während sie das Badewasser temperierte, stellte sich Martin in den Türrahmen.

»Was haltet ihr davon, wenn ich uns etwas koche?«

»Ja!«, jubelte Zoé sofort. Alles, was Martin zum Dableiben animieren konnte, war an diesem Tag offenbar höchst willkommen. »Aber ich will keine verbrannte Soße.«

»Keine Angst, ich habe nicht vor, mich beim Kochen zu verbiegen.«

Blitzschnell griff Florence nach dem vollgesogenen Naturschwamm in der halb gefüllten Wanne und erreichte mit der angedeuteten Drohung, dass Martin zügig in die Küche flüchtete.

Eine halbe Stunde später schleppte Florence eine frisch gebadete und in einem Spiderman-Pyjama steckende, ziemlich müde Zoé in den Wohnraum. Der verkohlte Geruch hing hier noch immer am stärksten, wurde jetzt jedoch von dem herrlichen Duft eines Pestos mit reichlich Knoblauch überlagert. Ob Martin sehr bewusst zu der geruchsintensiven Knolle gegriffen hatte? Weil er ihr helfen wollte, den Gestank zu übertünchen und Claires Vorwürfe abzumildern?

Sie ließen sich an dem hübsch gedeckten Tisch nieder, und Florence tauschte heimlich, während Martin die soeben abgegossene Pasta vom Herd holte, die Messer und Löffel nach rechts und die Gabeln nach links. Zoé beobachtete ihr Tun unkommentiert, ein Zeichen ihrer Erschöpfung nach einem aufregenden Tag und viel Bewegung an der frischen Luft.

Martins Pesto schmeckte großartig, sodass Florence nicht an lobenden Worten sparte, was ein zufriedenes Grinsen auf sein Gesicht lockte. Während sie Zoé beim Zähneputzen anleitete und mit ihr ein Nachtgebet sprach, hörte sie Martin in der Küche hantieren. Zoé schlief fast im selben Augenblick ein, kaum, dass sie den Kopf auf ihr Kissen gebettet hatte. Liebevoll strich Florence ihr einige der dunklen Haarsträhnen aus dem friedlichen Kindergesicht. Eine tief empfundene Zärtlichkeit führte dazu, dass sie sich nach vorn beugte und das Mädchen auf die Wange küsste. Dabei spürte sie eine Regung in ihrem Bauch. Erstaunt richtete sie sich auf und legte beide Hände auf die Rundung, schloss die Augen und hoffte auf eine Wiederholung des deutlichen Lebenszeichens. An den letzten Abenden hatte sie, sobald sie sich ins Bett gelegt hatte, gelegentlich eine Art Flattern verspürt und vermutet, dass dies Kindsbewegungen sein könnten. Doch heute, während sie Zoé mit all der für sie empfundenen Liebe betrachtet hatte, war die Bewegung eindringlich ausgefallen. Ein Wink ihres Kindes. Ein Einfordern desselben Gefühls auch für sich? Die Suche nach derselben Zärtlichkeit und Liebe?

Alles blieb ruhig, als wolle das Kind sich keinesfalls aufdrängen. Florence atmete bewusst in den Bauch, die Augen noch immer geschlossen, gefangen in dem Gefühlschaos aus Freude und Angst. Sie hatte in den vergangenen Wochen häufiger Internetseiten aufgesucht, in denen das Thema Adoption behandelt wurde. Sie wusste, dass es genügend kinderlose Paare gab, die sich verzweifelt ein Kind wünschten. Das wäre eine Möglichkeit für sie, für das kleine Leben in ihr.

Eine Tür fiel ins Schloss und ließ Florence hochschrecken. Hatte Martin das Haus verlassen, sobald er die Küche aufgeräumt hatte? War sie zu lange bei Zoé geblieben? Der leise

Schmerz, dem sie nichts entgegensetzen konnte, machte sie ein weiteres Mal gnadenlos darauf aufmerksam, wie sehr sie Martins Gegenwart genoss. Das zweite widerstreitende Gefühlsduo in ihr – mit denselben Fragen wie bei jenem, bei dem es um das Ungeborene ging: Liebst du mich? Kannst du meine Liebe ertragen, aushalten und erwidern?

Wie sollte sie jemals Antworten finden, wenn sie es nicht versuchte? Sie hatte dem Kind eine Chance gegeben, konnte sie dann nicht auch Martin eine einräumen?

Florence erhob sich eilig, floh vor ihren Überlegungen und prallte im Flur in den Mann, der diese hervorgerufen hatte. Beschützend legte er die Arme um sie, wollte sie vor einem Sturz oder einem Stoß gegen Türrahmen oder Kommode bewahren.

»Hallo, Wirbelwind«, rief er lachend und ließ sie los, ehe sie sich wegen seiner Berührung zur Wehr setzen konnte. Die in Habachtstellung wartende Panik kam nicht zu ihrem Einsatz. Martin verhinderte dies, indem er sofort auf Distanz ging. Wenn Florence gekonnt hätte, wäre sie ihm vor Dankbarkeit um den Hals gefallen. Dieser verquere Wunsch verstärkte ihre Verwirrung nur noch, ließ sie in Zoés Zimmer zurückweichen. Schutzraum suchend, Gefühle sortierend, Emotionen niederdrückend.

»Dem Kerl würde ich am liebsten –« Der sonst so besonnene Martin brach ab, die grimmig ausgestoßenen Worte wurden vom Gestank des Verbrannten und dem betörenden Duft von violettem Flieder aufgesogen. Martin hatte die Zweige geschnitten, in Trinkgläser gestellt und in der Wohnung verteilt. Er war ihr Held. Jeden Tag ein wenig mehr.

In diesem Moment flog die Tür auf und knallte gegen die rückwärtige Wand. Claire taumelte mehr herein, als dass sie ging. Sie starrte Martin an, wie sie es wohl auch bei einem fremden Eindringling getan hätte, entdeckte Florence und stürzte sich aufschluchzend in ihre Arme. Florence vollführte einen Ausfallschritt nach hinten, entsetzt und um ihr Gleichgewicht ringend zugleich. Sie umschlang den zitternden Körper der Frau, der sich zerbrechlicher anfühlte als der eines Kolibris, spürte ihre Tränen an der eigenen Wange hinabrinnen. Der Kloß in Florence' Hals schwoll in Sekundenschnelle zu einem Felsbrocken an. Kalt, hart und zerstörerisch.

Zoé regte sich in ihrem Bett und ließ einen kurzen Laut hören. Sofort drängte sich Martin an ihnen vorbei, legte dafür seine Hände auf Florence' Schulterblätter und schob beide Frauen energisch in das Wohnzimmer. Seltsamerweise hielt Florence die Berührung aus. Denn sie war notwendig. Für Claire und Zoé.

Die Tür schloss sich leise hinter ihnen, und nun ergriff Martin Claire an den Schultern und dirigierte die Frauen bis zur Couch, wo sie sich fallen ließen, überreifem Obst nicht unähnlich. Claire rollte sich ein, den Kopf in Florence' Schoß vergraben, mit zuckenden Schultern, tief aus ihrer Seele stammenden Schluchzern und völlig entkräftet. Florence fragte sich unwillkürlich, wie Claire die Autofahrt bis hier herauf zustande gebracht hatte. Wo war Lysann? Im Krankenhaus? Was war dort geschehen und gesagt worden, das diese starke Frau dermaßen ausgezehrt hatte?

Der verbrannte Geruch, übertüncht von Knoblauch, Salz, Essig und Flieder, war nichts, was ihre Aufmerksamkeit fesseln konnte. Was an einem anderen Tag womöglich Vorwürfe ausgelöst hätte, verflüchtigte sich in nebensächlicher Bedeutungslosigkeit. Wichtig war nur Claires Liebe zu Lysann – und deren Leben. Das eine würde wohl für immer Bestand haben, das andere drohte zu entschwinden. Wie Darsteller auf der Bühne, im Schlussbild zu Silhouetten erstarrt, während die Scheinwerfer erloschen.

Martin bereitete Tee zu. Seine Bewegungen waren dabei ebenso behutsam wie Florence', die Claire über den Rücken streichelte. Dies war seine trostbietende Streicheleinheit, seine beschützende Umarmung aus der Distanz. Darin war er inzwischen ein Meister.

»Sie steht jetzt auf der Transplantationsliste. Ohne ein neues Herz geben sie ihr noch sechs Monate, höchstens neun.« Claires Worte tropften über ihre Lippen, fielen tief in Florence' Seele und wollten diese ertränken.

Draußen hatte die Nacht den Tag vertrieben, die Dunkelheit lag schwer und undurchdringlich über dem Land wie die Schwärze, die Florence umschmeichelte, um in ihr Herz einzudringen und all die Farben daraus zu verbannen. Florence wusste, dass sie das nicht zulassen durfte. Nicht um Claires, Lysanns und Zoés willen, nicht, wenn sie an das Kind in sich dachte, an Martin, und um ihrer selbst willen! Für einen Augenblick rief sie sich die warmen Sonnenstrahlen des vergangenen Tages in Erinnerung, ebenso Zoé mit ihrem Tanz über den Uferweg, das Lachen der Kinder auf dem Spielplatz und das Aroma der Blüten. Sie atmete bewusst den Duft des Flieders ein und beschloss, dass sie für Claire genau wie dieser Zweig in der Vase auf dem Tisch sein wollte: Selbst dann noch duftend, wenn die Blätter kraftlos nach unten hingen, die Blüten am Verwelken waren und dazu übergingen, unansehnlich braun zu werden. Sie wollte für diese wunderbare kleine Familie, die momentan auf Eis tanzte, das gefährliche Risse aufwies, alles geben!

Martin stellte drei Tassen mit dampfendem Tee auf den Tisch und setzte sich in den Sessel. Als sei das ihr Stichwort, richtete Claire sich auf. Mehrmals strich sie sich mit der Hand über das tränennasse Gesicht, ehe sie nach ihrer Tasse griff, jedoch nicht trank, sondern nur die rot schimmernde Flüssigkeit betrachtete, wie in der Hoffnung, darin Antworten auf die vielen Fragen zu finden, die vermutlich in ihren Gedanken Fangen spielten. Jedenfalls wirbelten Florence' so wild herum wie bei einer Polka.

»Lysann bleibt für einige Tage in der Klinik?«, erkundigte sich Martin, ruhig wie ein Fels in der Brandung.

Claire nickte. »Es stehen Untersuchungen und Tests an. Andere Medikamente, ach, ich weiß nicht, ich habe nicht alles mitbekommen.«

»Verständlich«, beteuerte Martin. »Wenn du Fragen hast: Du kannst mich jederzeit aufsuchen oder anrufen. Tag und Nacht. Immer!«

»Danke«, hauchte Claire und lehnte den Kopf an Florence' Schulter. Sie schien unendlich müde zu sein.

»Willst du zu Bett gehen?«, fragte Florence.

»Ich weiß nicht. Doch, ja.«

»Falls du nicht schlafen kannst, ruf mich einfach an, dann komme ich wieder.«

»Gut. Das ist gut.«

Florence erhob sich, nahm Claire die Tasse aus der Hand und half ihr auf die Beine. Ohne viele Worte zu verlieren, verließen Martin und Florence die Wohnung, zurück blieben drei unberührte Tassen Tee.

Die Nächte im April waren noch kalt, und so fror Florence bereits erbärmlich, kaum dass sie die verwaiste Uferstraße erreicht hatten.

»Leider habe ich keinen Pullover bei mir, den ich dir geben könnte«, sagte Martin leise, und sie lächelte ihn dankbar an. »Und ich wage es nicht, den Arm um dich zu legen, um dich ein wenig zu wärmen.«

Dieses Mal nickte sie nur, ohne den Blick von den glitzernden Sternbildern über ihnen zu nehmen. Sie bedauerte das ebenso. Wie gern hätte sie sich jetzt in wärme- und trostspendende Arme geschmiegt. Der Mann in Paris hatte ihr so vieles gestohlen. Einen Teil ihrer Unbekümmertheit. Ihren Traum von einem Engagement am Broadway. Große Stücke ihrer Selbstsicherheit, mit der sie auch immer behauptet hatte, dass sie sich niemals wegen eines Vertrages auf eine Liaison einlassen würde. Ihre Unschuld, denn eigentlich hatte sie sich für den Mann aufheben wollen, mit dem sie den Rest ihres Lebens verbringen wollte, auch wenn ihre Freundinnen, die davon gewusst hatten, sie deshalb gern verspottet hatten. Dazu die Chance, Martin näher kennenzulernen? Die Möglichkeit, ihr Kind vorbehaltlos zu lieben? Einen Teil ihres Lebens?

Sie straffte die Schultern, die sie selten einmal hängen ließ, wusste sie doch um die Effektivität und Bedeutung einer guten Haltung, zudem war ihr diese längst in Fleisch und Blut übergegangen.

Lysann kämpfte um ihr Leben. Das war so viel größer, schwieriger, gewichtiger. Florence wollte all ihre Kraft aufwenden, um ihr dabei zu helfen. Und um für sich selbst zu kämpfen.

~ ~ ~

Obwohl sein Herz schwer in seiner Brust lag, beobachtete er aufs Neue fasziniert, mit welcher Eleganz Florence so alltägliche Dinge meisterte wie das Hochsteigen einer Treppe. Er folgte ihr, nicht, weil er es als seine Pflicht ansah, sie sicher bis vor die Haustür zu begleiten, sondern weil er so noch einige wenige Augenblicke in den Genuss ihrer Nähe kam. Mit der Hand an der Klinke drehte sie sich zu ihm um. Eigentlich hatte er sie fragen wollen, was es mit diesem Mann auf sich hatte, mit dem sie im Winter über das Eis getanzt war und der sich, so sagte es die Gerüchteküche, einmal in der Woche mit ihr traf. Zudem hätte ihn interessiert, ob ihr bewusst war, dass derselbe Mann sich häufiger mit Claires Mädchen unterhielt, und zwar offenbar immer dann, wenn sonst niemand zugegen war, und dass er das Weite suchte, sobald sich ihm jemand näherte – zumindest, sobald er Sophie auf sich zukommen sah. Aber dieser Abend war dafür nicht geeignet. Er würde ihre Gefühle verletzen, wenn er sie heute, nach all dem, was sie über Lysann erfahren hatte, mit derart misstrauischen, ja eifersüchtigen Fragen bedrängte.

Außerdem war der nächste Tag ein Dienstag. Er würde sich persönlich vom Wahrheitsgehalt der Behauptung überzeugen und dann, davon ging er aus, Sophies an den Haaren herbeigezogene Warnung in den Wind schlagen können.

Eine leichte, um Aufmerksamkeit bittende Berührung an seiner Schulter ließ ihn die Augen heben. Ein Schauer rieselte durch ihn hindurch, hatte Florence ihn doch nie zuvor von sich aus berührt.

»Kann ich irgendetwas für Lysann tun?«, fragte sie mit beinahe völlig erstickter Stimme. Ihre Arme bewegten sich unruhig, ihre Füße standen nicht mehr still. Wie eine Aufziehfigur, deren Feder überspannt war, jedoch nicht losgelassen wurde, um die Spannung in Bewegung zu übertragen.

»Nicht mehr und nicht weniger, als du ohnehin tust, Flo.«

»Das ist nicht viel.«

Martin lachte trocken auf, hob die Hände, um ihre Oberarme zu ergreifen, ließ sie allerdings schnell wieder fallen. Wie nutzlose Werkzeuge, die eigentlich ein unfertiges Werkstück veredeln wollten, hingen sie herunter. Doch dieses vor ihm stehende Schmuckstück gab sich dem nicht preis.

»Manchmal hast du eine extrem schräge Sicht auf die Dinge. Ich denke, ich kenne keine Frau, die für eine Familie, die sie erst vor einigen Wochen kennengelernt hat, mehr Verantwortung übernimmt, Liebe verschenkt und Hilfestellung leistet als du.« Und er liebte sie dafür. Aber das behielt er tunlichst für sich.

»Vielleicht beruht das auf Gegenseitigkeit.« Florence' Lächeln war schüchtern, ihre Augen blickten ungewohnt verstört drein und hilflos. Vorsichtshalber vergrub er seine Hände in den Taschen seiner Jeans und trat zurück. Die Gefahr, dass er sie in seine Arme zog, war entschieden zu groß. Sie wippte in den Knien, griff erneut nach der Klinke und ließ sie wieder los, um sich eine Strähne des schulterlangen Haars hinters Ohr zu streichen. Er wich einen zweiten Schritt nach hinten aus. Ihr schlanker Hals, weiß vom Sternenlicht beschienen, wurde zu einer Verlockung, ihn mit seinen Küssen zu bedecken, sich in Richtung ihres Mundes vorzuarbeiten …

Er musste das Weite suchen. Sofort!

»Ich setze mich noch etwa eine Stunde in einen Gartenstuhl und genieße die frische Luft, die Stille und die Aussicht.«

Fragend hob sie die Augenbrauen. Wie gern würde er genau diese sanft geschwungenen Linien mit den Fingerspitzen nachfahren, dann hinunter über ihre Wangen … Ein weiterer Schritt zurück. Beinahe wäre er über die leicht erhabene erste Stufe der Treppe gestolpert. Dafür stolperte sein Herz über seinen rasenden Pulsschlag.

»Geh tanzen«, forderte er sie auf.

Als Antwort erhielt er ein Lächeln, das irgendwo in der Mitte zwischen dem schüchternen von zuvor und ihrem absolut frechen Grinsen lag.

»Solltest du mir nach einer Stunde noch immer auf dem Kopf herumtanzen, werde ich hochkommen und dir Einhalt gebieten.« Wen wollte er damit warnen? Florence oder sich selbst?

»Wir schaffen das, nicht?«

Wie gern hätte er ein begeistertes Ja ausgerufen. Da er jedoch annehmen musste, dass sie nicht von ihrer gegenseitigen Annäherung sprach, sondern von Lysann und ihrer Familie, nickte er lediglich und setzte das in die Tat um, was er sich vorgenommen hatte, wogegen allerdings alles in ihm protestierte.

13. Kapitel

2. Mai

Ihre Schritte waren synchron, die Armbewegungen parallel, obwohl Florence um einiges größer war als Jannik. Snowboarder Freddy hatte den Dreizehnjährigen vor zwei Wochen zu ihr begleitet und dem in sich gekehrten pickeligen Jungen mit dem strähnig abstehenden braunen Haar mehr dazu überreden müssen, bei Florence ein Training zu beginnen, als dass sie die Lehrerin gebeten hatten, es zu übernehmen. Inzwischen liebte Jannik die Stunden bei Florence. Seine zuvor schlaksige, leicht geduckte und spannungslose Körperhaltung war jetzt aufrecht, seine Bewegungen dynamisch – und das nicht nur, wenn er Hip-Hop tanzte, so wie im Augenblick mit seiner Lehrerin. Diese lachte vergnügt, während Jannik bereits kräftig ins Schnaufen geriet. Aber er hatte Spaß am Hip-Hop, und seit er sich davon hatte überzeugen lassen, dass er mit den Moves seinen Mitschülern imponieren und die Aufmerksamkeit der Mädchen auf sich ziehen könnte, war er übereifrig bei der Sache. Aus dem Reptiliennerd war ein lockerer Hip-Hopper geworden und das, ohne dass er seine angenehme Zurückhaltung und seine Höflichkeit Älteren und Frauen gegenüber über Bord geworfen hatte.

Florence mochte Jannik, und seine eigentümlich grauen Augen faszinierten sie. Beides hatte sie dem Jungen nach ihrer ersten Trainingswoche gesagt, woraufhin sein Gesicht erst einmal beschämt rot angelaufen war, dann hatte er sich bedankt, nachgedacht – eine große Stärke von ihm – und verstanden. Er fand sich selbst unansehnlich, doch er hatte einen liebenswerten Charakter und wunderschöne Augen mit auf seinen Lebensweg bekommen. Das war ein Geschenk.

Florence blieb bei den schnellen Schrittfolgen, während Jannik, der ehrgeizig trainiert hatte, einen perfekten James Brown Shuffle hinlegte. Sie hatten nie wieder über ihr Kompliment gesprochen, auch deshalb, weil Florence sich sicher war, dass Jannik, sobald er seine Pickel loshatte, gewachsen war und durch regelmäßiges Tanztraining ordentlich an Muskeln zugelegt hatte, ein Mädchenschwarm sein würde. Das brauchte sie dem immer selbstbewussteren Jungen jedoch nicht auf die Nase zu binden. Jedenfalls war sie froh, dass sie dem Jugendlichen in den zwei Wochen, die er mit seinem Vater hier verbracht hatte, ein wenig hatte auf die Beine helfen können. Auf ihr Anraten hin hatte er sich über das Internet in seiner Heimatstadt Bielefeld bereits eine Tanzschule gesucht, an der er weiter trainieren und lernen wollte.

Florence erhaschte aus dem Augenwinkel eine Bewegung an der Tür, als sie gerade beim Funky Walk waren. Sie drehte sich um, blieb aber mit Jannik in der gemeinsam einstudierten Formation und lächelte Martin an, ohne das bewusst zu steuern. Sie freute sich immer, ihn zu sehen. Allerdings war er früher zu Hause als gewöhnlich, denn sie achtete darauf, dass sie die Stunden während seiner Praxiszeiten abhielt. Vermutlich hatte er geklopft, doch die lauten Beats und das Hämmern der Bässe, zu denen sie sich bewegten, übertönten so ziemlich alles.

»Mach weiter!«, rief sie Jannik überflüssigerweise zu, denn der Junge war kaum zu bremsen. Mit federnden Schritten eilte sie zu Martin, der sie nicht aus den Augen ließ, wenngleich der Tänzer hinter ihr sicher interessanter anzusehen gewesen wäre. Florence wusste, dass vielen Männern die einer Tänzerin eigenen grazilen Bewegungen gefielen – und dass Martin ohnehin sehr viel für sie empfand, war ja kein Geheimnis.

»Du bist früh da«, begrüßte sie ihn und drehte sich um, weil sie Jannik im Blick behalten wollte.

»Der Junge ist gut.«

»Leider reisen er und sein Vater morgen ab. Ich könnte stundenlang mit ihm tanzen.«

»Vielleicht solltest du mir das auch beibringen.«

Florence lachte, obwohl sie den Hintergrund seiner Worte sofort durchschaute: Mehr Zeit mit ihr, mehr Nähe, selbst wenn dies eine völlig berührungsfreie Art zu tanzen darstellte.

»Ich halte dich eher für einen Stepptänzer.«

»Gut, dann das. Du wirst sehen, ich werde der neue Fred Astaire!«

»An Selbstbewusstsein mangelt es dir nicht.«

»Ich bin dankbar, dass du nicht Selbstüberschätzung gesagt hast.«

»Na ja, das habe ich nur gedacht.«

»Ich mag deine Ehrlichkeit.«

»Und weshalb bist du hier?« Sie warf ihm einen prüfenden Seitenblick zu. Hatte er tatsächlich angenommen, dass sie am Vortag nicht beobachtet hatte, wie Adeline und Sophie auf ihn einredeten, wobei sie, Florence, ganz offenkundig das Gesprächsthema gewesen war? Meinte er wirklich, sie bekam den kursierenden Tratsch über die geheimnisvolle Tänzerin, die seltsame Betreuerin von Claires kleiner Tochter, die viel zu junge Schwangere nicht mit? In den nächsten Minuten erwartete sie ihren ältesten Tanzschüler. Er war Jahre zuvor ebenfalls als Fremder in die kleine Dorfgemeinschaft eingedrungen und galt als sonderlich. Er lebte sehr zurückgezogen, ja einsam und war häufig frühmorgens oder spätabends und oft genug auch mitten in der Nacht unterwegs, Zeiten, in denen er den Menschen aus dem Weg gehen konnte. Bestimmt hatte inzwischen jemand bemerkt, dass er regelmäßig zu ihr in die Wohnung kam … Wollte Martin diese Tatsache überprüfen? Aus Sorge um ihre Sicherheit, zumal er jetzt nicht mehr Abend für Abend am zugefrorenen See über sie wachen konnte. Ihr freches Grinsen schlich sich auf ihr Gesicht, was ihn offenkundig verwirrte, denn er klappte den Mund zu und verzichtete auf eine Antwort. Dafür sagte sie laut, damit er sie über das Crescendo des Musikstücks überhaupt verstehen konnte: »Er kommt gleich.«

In sich hinein lachend tanzte sie zu Jannik hinüber, für einige wenige Sekunden vollführten sie die gleichen Schritte und Bewegungen, ehe das Lied zu Ende war. Florence strahlte und schlug dem schwer atmenden Jungen begeistert auf die Schulter.

»Abschlussprüfung bestanden, Jannik. Ich werde dich sehr vermissen.«

»Ich dich auch, Flo. Vielleicht kann ich meinen Vater überreden, dass wir im Herbst noch mal für eine Woche herkommen.«

»Das wäre toll«, sagte sie und sah sich dabei in dem blauen Sessel sitzen, ein Baby auf dem Arm, während sie Jannik unterrichtete … Dann würde er tanzen. Sie nicht.

Martin musste beiseitetreten, als die Tür hinter ihm aufschwang. Der Einsiedler trat ein und die beiden Männer musterten sich. Dies glich einem Abtasten zweier Personen, die sich flüchtig kannten, die eine gemeinsame Bekannte hatten und einzuschätzen versuchten, wie genau die Beziehung des jeweils anderen zu ihr war – was den anderen in ihre Nähe lockte. Sie nickten sich grüßend zu. Reserviert und extrem zurückhaltend, zumindest was den lebensfrohen und zugänglichen Martin anbelangte. Das rief in Florence die Frage wach, was das Dreigestirn Martin wohl erzählt haben mochte.

»Ich habe mich nicht früher hereingetraut«, erklärte der Neuankömmling und zwinkerte Florence zu. »Bei dem Lied hatte ich befürchtet, mich würde es rückwärts wieder hinauskatapultieren.«

Jannik grinste, während er eine Jogginghose über die kurze Hose zog und in die Straßenschuhe schlüpfte. Schweißperlen rannen ihm über die Stirn, sein T-Shirt wies Schweißflecken auf – die Auszeichnung für diejenigen, die die Entscheidung getroffen hatten, dass es ihnen guttat sich auszupowern.

Nachdem Florence den Jungen verabschiedet hatte, ignorierte sie Martin und legte eine andere CD ins Laufwerk ein. Auch ihr Gast tat, als sei Martin nicht da. Er knöpfte sich sein Jackett auf, hängte es über die Sessellehne und kramte Tanzschuhe aus einem Stoffbeutel. Florence, bisher barfuß, zog halbhohe Tanztrainingsschuhe an, befestigte einen schwingenden cremefarbenen Wickelrock um ihre Hüfte und startete die Musik. Geduldig wartete sie, bis ihr Tanzpartner sich zu ihr gesellte, sich verbeugte und ihr dann die Hand hinhielt. Die alte Schule. Respekt und Bewunderung. Türe aufhalten, Stuhl zurechtschieben, die Dame vorgehen lassen … Florence mochte das, vermutlich, weil es so weit weg war von fordernden, viel zu schnellen Beziehungen – und ihren oftmals wenig erfreulichen Folgen. Die CD spielte einen Walzer, daraufhin einen Foxtrott und wechselte zu einem deutlich schwungvolleren Tango. Florence schwebte über den Boden, genoss, blühte auf. Ihr Gast war ein hervorragender Tänzer, wenngleich ihn das Alter etwas steifer und langsamer gemacht hatte, als er früher gewesen war. Die Frau, die damals in seinen Armen getanzt hatte, war sicher ebenfalls eine hingebungsvolle Tänzerin gewesen – und mit ihm als Partner sehr glücklich. Obwohl die meisten Tänze Körperkontakt verlangten, schien er instinktiv zu spüren, wie nahe er ihr kommen durfte und wie zurückhaltend er sie berühren musste. Bei ihrer ersten Tanzstunde – sie war ihm gegenüber nie als Lehrerin aufgetreten – war sie oft genug zurückgeschreckt, sodass er bemerkt hatte, wie schwer ihr seine Berührungen fielen. Gesprochen hatten sie darüber nie. Der Einsiedler trug seine Narben schweigend mit sich herum, Florence die ihren. An diesen Dienstagabenden jedoch fanden sie einen Raum, um sie zu überbrücken, um sie für eine Stunde auszusperren. Manchmal spickten sie heimlich durch einen Türspalt herein, verzogen sich dann aber, da unbeachtet, beleidigt wieder nach draußen. Inzwischen vertraute Florence dem galanten Tanzpartner, und er überforderte sie nie. Sie hingegen forderte keine Gespräche ein, hielt sein anhaltendes Schweigen spielend aus.

Das nächste Lied verlangte eine Salsa, und das Paar wirbelte dicht an Martin vorbei, der es sich mit an den Knöcheln überkreuzten Beinen auf dem blauen Sessel bequem gemacht hatte und sie nicht aus den Augen ließ. Für Florence war sein Blick nicht zu deuten. Lag Eifersucht darin? Weil der ältere Herr sie im Arm halten, sie berühren und ihr näher sein durfte, als sie ihm jemals erlaubt hatte? Oder war es Bewunderung für ein Tanzpaar, das selbstbewusst das Parkett eroberte, Leichtigkeit und Frohsinn zeigte, wo zuvor hartes Training, blutende Zehen und schmerzende Muskeln gestanden hatten? Womöglich war es eine Mischung aus beidem.

»Pause, meine Liebe«, raunte ihr der atemlose Tänzer nach dem sechsten Tanz zu. Sie knickste leicht, er verbeugte sich und bot ihr seinen Arm. Gemeinsam schlenderten sie zu dem kleinen Tisch, auf dem Florence Gläser und Wasser für ihre Tanzschüler bereithielt.

»Meine alten Knochen können mit dem jungen Hüpfer nicht mehr konkurrieren«, wandte sich der Einsiedler an Martin.

Der zuckte zusammen, überrumpelt, da ihm nun doch Aufmerksamkeit zuteilwurde. »Davon sieht man allerdings nichts«, gab er verwirrt, aber höflich zurück, erhob sich und gesellte sich zu Ihnen.

»Ich danke für das Kompliment, Herr Doktor.« Der ältere Herr hob grüßend sein halb volles Wasserglas. Offenbar wusste er genau, wer ihr heutiger Gast war.

Florence lächelte, fragte sich jedoch, was ihr Tanzpartner wohl über Martins Anwesenheit dachte. Jedenfalls störte Martin ihn nicht, was sie beruhigend fand. Ungern wollte sie auf diese Tanzstunden verzichten, in denen sie einfach nur dahingleiten und Bilder auf den Parkettboden malen konnte, ohne ständig korrigieren und erklären zu müssen. Bezahlt wurde sie dennoch – und das überaus gut. Es wäre ihr nicht recht gewesen, wenn Martins plötzliches Auftauchen den Mann vergrault hätte.

»Wie wäre es, Herr Doktor. Ich bin heute etwas müder als sonst. Gern trete ich ihnen eine Viertelstunde meiner Zeit ab.«

»Er tanzt nicht!«, fuhr Florence schneller und energischer dazwischen, als sie die Worte denken konnte.

»Ich vermute, der Herr Doktor könnte Begeisterung dafür entwickeln, wenn Sie es ihm erst einmal beigebracht haben.«

Florence starrte den älteren Herrn fassungslos an. Wohin war sein Feingefühl verschwunden, sein Gespür, zu erkennen, wann bei ihr eine Grenze erreicht war? Das war doch eine Tugend, die ihn bisher ausgezeichnet, ihn ihr sympathisch und zugänglich gemacht hatte.

»Nun schauen Sie nicht so mutlos drein, junge Dame. Der Herr Doktor sieht nicht so aus, als könnte er nicht zumindest die Grundschritte eines Langsamen Walzers erlernen.« Er lachte tief und unaufdringlich und machte sich mit dem Glas in der Hand auf den Weg zum Sessel.

Hilflos ließ Florence die Schultern hängen. Was ging hier nur gerade vor sich? Prüfend sah sie Martin an. Er hatte die

Stirn in Falten gelegt. Nachdenklich und unentschlossen, etwas, das sie an ihm noch nie gesehen hatte. Er kämpfte mit sich selbst, vermutlich mit seinem Wunsch, der Aufforderung nachzukommen, und dem Verdacht, dass er es sich mit ihr verderben könnte.

»Komm, wir wagen einen Versuch«, raunte er ihr leise zu. »Du bist die Lehrerin, ich der Schüler. Wie Jannik.«

Er schlug ein Täuschungsmanöver vor, wollte ihre Angst austricksen. Dieses irrationale Etwas, das mit Gewalt und Überheblichkeit, mit Egoismus und Lieblosigkeit in ihr Leben gestoßen worden war und ihr Herz zum Rasen brachte, ihr den Atem raubte und sie wie ein Reh zurückschrecken ließ. Ein Monster, geboren innerhalb weniger Augenblicke, das sie nun bereits viel zu lange mit sich herumschleppte, ohne es vertreiben zu können.

»Stell dich hierhin.« Ihre Stimme klang rau, die Worte harsch. Martin nahm es kommentarlos hin. Er gesellte sich zu ihr, und sie stellte sich neben ihn, darauf bedacht, dass ihre Schultern und Arme sich nicht berührten.

»Ein Langsamer Walzer also, Dreivierteltakt, Stolz und Eleganz, die Betonung auf dem ersten Takt, gleichmäßig, ja gemütlich«, rezitierte sie stichwortartig, da ihre Gedanken wie Schwalben emporflogen.

Dann atmete sie tief ein und hielt einen Moment die Luft an, ehe sie fortfuhr: »Die Schritte des Mannes: rechts vorwärts, links seitwärts, rechts schließen, links rückwärts, rechts seitwärts, links schließen.« Pure Sachlichkeit, sie die Lehrerin, er der Schüler. Sie hatte sich immer vorstellen können, eines Tages zu unterrichten. Irgendwann einmal, wenn sie genug von der Bühne hatte, zu alt war, um noch mit den jungen Hüpfern, wie der Einsiedler sie genannt hatte, mitzuhalten …

Martin und sie bewegten sich zu ihren Ansagen. Seine Schritte waren genau richtig, nicht zu ausfallend, nicht zu zögerlich. Normal, ohne ein Schleifen, ohne ein zu künstliches Aufsetzen. Perfekt. So wie er auch für sie perfekt war? Weil er sie mit schier unendlicher Geduld einhüllte, mit zurückhaltender Liebe umarmte und mit Respekt liebkoste? Ein Märchenprinz wie der Königssohn für Cinderella, wie Siegfried für Odette, wie das Biest für die Schöne …

»Gut so, mach weiter«, wies sie ihn an, freundlicher nun, begeistert über seine schnelle Auffassungsgabe, die eleganten Bewegungen. Nicht zu hart, nicht zu weiblich. Ein Mann, der wusste, was er wollte, und in seinem Streben einen Schritt nach dem anderen machte, nichts überstürzte, dabei jedoch das Ziel nicht aus den Augen verlor. Sie …?

Ihr Herz flog ihm zu, ohne dass sie das beeinflussen oder stoppen konnte – geschweige denn wollte. Dennoch warnte sie eine Stimme in ihrem Kopf, sie müsse vorsichtig sein, immer auf Abstand bedacht.

Florence drehte sich, stellte sich ihm gegenüber. Mit Distanz, allerdings nahe genug. Ihre Schritte fügten sich in seine ein. Ein Paar in Harmonie, ohne einander zu führen oder sich dem anderen zu überlassen.

»Du bist begabt.« Sie lachte, etwas gezwungen noch, aber zufrieden. Glücklich?

Sein Grinsen war unverschämt, selbstbewusst und siegessicher, beinahe so, als lache er sie aus. Das führte dazu, dass sie zurückwich, woraufhin das Lächeln auf seinem Gesicht förmlich einfror. Sie hatte Kälte vermittelt, er hatte diese sofort gespürt. Eiskalter Gegenwind. Daraufhin senkte er schnell den Kopf und konzentrierte sich ganz auf seine Füße. Eigentlich sollte sie das unverzüglich unterbinden, schließlich war er einer der wenigen Anfänger, der genau das nicht getan hatte: die Füße anschauen. Für viele bedeutete es eine gehörige Anstrengung, sich darauf zu verlassen, dass die eigenen Beine das taten, was man von ihnen verlangte, sogar dann, wenn man sie nicht kontrollierte. Aber sie ließ ihn gewähren, weil das für sie Sicherheit bedeutete.

Ihr Zuschauer räusperte sich, sie schaute zu ihm hin, sah seine gerunzelte Stirn, das leichte Kopfschütteln. Sie reagierte mit einem Schulterzucken, er lächelte aufmunternd. Die nonverbale Konversation zweier Menschen, die die gemeinsame Liebe zum Tanz verband, die darüber kommunizierten und sich gegenseitig die Dämonen ihrer Seele offenbarten. Er suchte die Einsamkeit, sie versuchte, der ihren zu entkommen.

»Kopf hoch, junger Mann. Flo ist eine wunderschöne Frau. Ihr Gesicht ist eine gelungene Zeichnung Gottes. Und selbst wenn er auch ihre Füße reizend gestaltet hat, so denke ich, ist ihr Gesicht doch ansehenswerter.«

Martin gehorchte, leise vor sich hin lachend, Florence wagte ein Lächeln. Sie mochte diesen alten Mann, obwohl sie ihn für seine Idee, Martin einige Minuten seiner Tanzzeit zu schenken, am liebsten etwas an den Kopf werfen wollte.

Sie kramte all ihren Mut zusammen und nahm die Hände von ihren Hüften. Sie zögerte, dann ergriff sie seine Rechte und legte sie auf ihre Schulter. Nicht auf ihr Schulterblatt, das wäre zu intim, zu nah. Obwohl er sie am Vortag genau da berührt hatte. Aber das war aus der Not geboren gewesen. Eine andere Situation.

Florence unterdrückte die aufkeimende Panik. Konnte sie den Dämon tatsächlich austricksen? Gestern, weil sie sich einzig auf die verzweifelte Claire konzentriert hatte. Heute, da sie vor sich einen Schüler sah.

»Greif meine Hand so«, flüsterte sie, kaum glaubend, dass sie die Worte aussprach und ihre Hand in die seine schob. Er gehorchte. Seine Hände waren angenehm warm, wie die ersten Sonnenstrahlen am frühen Morgen, während ihre aus Eis bestanden. Ein kurzer, fester Händedruck, wie ein Versprechen, sie nicht zu überfordern, ein Dankeschön für die geschenkte

Chance, Bewunderung für ihren Mut. Dann lockerte er den Griff, gestattete ihr die Freiheit, ihm jederzeit ihre Hand zu entziehen. Der größte Beweis seiner Zuneigung, die er ihr in diesem Augenblick schenken konnte.

Sie behielten den größtmöglichen Abstand bei, sie zählte und gemeinsam absolvierten sie die Schrittfolge. Plötzlich erklang das erste Lied auf ihrer CD. *All Cried Out.* Ihr Zuschauer hatte den Player eingeschaltet. Sie hielt den Atem an, doch alles blieb wie zuvor. Lehrerin und Schüler. Zählen, ein lobendes Nicken, seinem Blick ausweichen.

»Ich tanze gern mit dir«, sagte Martin irgendwann.

»Herr Doktor, das ist noch weit entfernt von einem Tanz«, lachte der Ältere.

»Aber es ist das, was Flo und ich heute hinbekommen. Mehr Tanz als gestern.«

»Ihr Erfolg. Ich gratuliere.«

Florence trat zurück, froh darüber, dass die Melodie endete. Ihr war nicht so ganz klar, ob die beiden tatsächlich über Martins erste Tanzstunde sprachen.

»So, jetzt bin ich wieder an der Reihe, Herr Doktor. Schließlich ist das meine Tanzstunde. Vereinbaren Sie mit der Lehrerin am besten einen eigenen Termin.«

»Sagen Sie doch bitte Martin zu mir.« Die Männer gingen aufeinander zu, weil sie die Plätze tauschen wollten. Im Vorbeigehen drückten sie sich die Rechte, Florence hörte, wie der Einsiedler, den sie nur als Herrn Schneider kannte, ihm seinen Vornamen nannte. Harald.

Unwillkürlich schnappte sie nach Luft. Ihr Herr Schneider war Zoés und Lysanns Harald? Sie hegte dahin gehend keine Zweifel; es passte einfach. Der Mann, der sagte, dass Gott ihr Gesicht wunderschön gezeichnet und sie mit einer besonderen Gabe beschenkt habe. Er war derjenige, von dem Zoé ihre Zitate aus der Bibel gelernt hatte. Zum ersten Mal überhaupt fragte sich Florence, wer dieser Mann wirklich war. Wer steckte hinter dem Einsiedler, der nachts durch die Landschaft spazierte, gern und gut tanzte, den Menschen aber lieber aus dem Weg ging?

»Darf ich?« Harald verbeugte sich, bot ihr seine alte, runzelige und von Altersflecken überzogene Hand an, die jedoch Kraft hatte und zu führen verstand. »Martin, Lied Nummer sieben bitte. Ein Jive. Auf den freue ich mich schon die ganze Woche. Meine frühere Tanzpartnerin hat den Jive am liebsten getanzt.«

Die ersten Klänge füllten den Raum und Florence' Herz. Sie packte all ihren Kummer und ihre Zweifel in den Tanz. Es war ihre Art des Gebets, hatte Harald einmal zu ihr gesagt. Als das Stück endete, waren sie allein. Martin hatte sich heimlich aus der Wohnung geschlichen, beruhigt über das, was sie hier tat, erleichtert darüber, sie bei Harald in guten Händen zu wissen.

Bereits nach dem nächsten Tanz war die Stunde vorbei. Florence bedankte sich bei Harald, er sich bei ihr, und wie immer legte er ihr den Umschlag mit dem Honorar auf den Sessel. An diesem Tag drehte er sich an der Tür noch einmal zu ihr um und sagte: »Martin wird eines Tages ein sehr guter Tänzer sein.«

Florence sah dem geheimnisvollen Alten nach, der nicht wie die anderen die Treppe hinunterstieg, sondern etwas schwerfällig über den schmalen Fußpfad den Hügel in Angriff nahm. Hatte er tatsächlich vom Tanzen gesprochen? Oder wollte er ihr sagen, dass Martin ein guter Mann war? Perfekt für sie?

~ ~ ~

Florence legte das Staubtuch auf das Fensterbrett und trat langsam und leise zurück, da sie nicht bemerkt werden wollte. Auf einem Liegestuhl im Schatten eines roten Sonnenschirms, dessen abgerundete Stoffenden sanft im Wind flatterten, lag Lysann. Ihre jüngere Schwester saß neben ihr und malte mit Wachsmalstiften. Auf dem dritten Stuhl, den die rastlose Florence verlassen hatte, um sich in Claires Wohnung nützlich zu machen, hatte Harald es sich bequem gemacht. Untermalt vom Zirpen der Grillen und entferntem Kinderlachen, sprach er mit Lysann oder hörte ihr aufmerksam zu. Das erste Lächeln dieses Tages huschte über das schmal gewordene Gesicht des Teenagers, das in einem seltsamen Gegensatz zu ihren aufgequollenen Beinen stand. Gleichgültig, was die Leute darüber denken mochten, Haralds Gespräche mit Lysann über Gott und die Welt waren eine Wohltat für die Jugendliche. Ein Anker in dem aufgewühlten Meer, in dem sie trieb.

Florence lehnte sich an die Wand, schloss die Augen und versuchte zu verstehen, was die beiden sich zu sagen hatten.

»Manchmal denke ich, dass das schon irgendwie wieder gut werden wird, so wie Mama es sagt«, meinte Lysann soeben leise.

Tiefe Traurigkeit ergriff Florence. Lysann war sechzehn Jahre jung. Ein Mädchen, das ihr ganzes Leben noch vor sich hatte, das noch in bunten Farben träumte und deren Träume sich mutig, ehrgeizig und voller Energie hoch hinaufschwingen müssten. Auf die höchsten Gipfel, von denen sie dann – mit einem übermütigen, lauten Jauchzen – auf ihren Skiern hinunterwedeln sollte. Ein Wettlauf gegen den Wind, geküsst von der Wintersonne, eingehüllt im auffliegenden Schnee. Kraftvolle Bewegungen gehörten zu einem Mädchen wie Lysann, Atemlosigkeit vor Anstrengung, sobald sie unten angekommen war. Nicht jedoch, sobald sie sich aus ihrem Stuhl erhob und einige Schritte zurücklegte …!

»Du weißt, dass nach menschlichem Ermessen nicht immer alles gut ausgeht?«, fragte Harald, was Florence nach Luft schnappen ließ.

War es richtig, den ohnehin oft mutlosen Teenager darauf hinzuweisen? Lysann jegliche Hoffnung auf ein passendes Spenderherz zu nehmen? Unwillkürlich trat sie nach vorn. Sie musste Lysann beschützen! Mit ihrem Bauch blieb sie an der Sessellehne hängen, als ob sich ihr das Möbel in den Weg stellen wollte – oder das ungeborene Kind sie aufhalten?

»Ja, das weiß ich. Ein Spenderherz wäre großartig. Dass Ärzte diese Operationen heutzutage machen können, ist toll.« Lysann zögerte und fuhr dann weiterhin mit erstaunlich fester Stimme fort: »Trotzdem kann es sein, dass sich keines für mich findet. Oder falls doch, dass mein Körper es abstoßen wird.«

»Es gibt keine Garantien«, stimmte ihr Harald erneut überaus unverklärt zu. War es genau diese ungeschönte Ehrlichkeit, die Lysann brauchte, die ihr guttat? Jemand, der nicht bei jedem Gespräch sofort in Tränen ausbrach, wie es bei Claire der Fall war?

»Nie!«, seufzte Lysann und klang dabei um Jahre gealtert.

»Aber über eines darfst du dir gewiss sein: Jeder einzelne deiner Herzschläge wird im Himmel gehört.«

»Das klingt … gut.«

»Wenn dein Herz stolpert, stolpert dein Schutzengel«, warf Zoé ein und brachte Lysann und Harald zum Lachen, wobei Lysann erschreckend rasch nach Luft rang.

»Du sollst mich doch nicht immer zum Lachen bringen«, rügte sie ihre jüngere Schwester liebevoll, sobald sich ihr Atem wieder beruhigt hatte.

»Ich habe ein Herz für dich.«

Florence hörte das Rascheln von Papier. Vermutlich hatte Zoé ihrer Schwester ein großes rotes Herz aufgemalt.

»Das ist super. Ich gebe es den Ärzten, damit sie es mir einpflanzen.«

»Das geht nicht!« Zoé klang vorwurfsvoll, sie wollte nicht für blöd verkauft werden. »Ich gebe dir mein Herz.«

Diesmal war es an Florence, nach Atem zu ringen. Dieses wunderbare, liebe, großherzige Mädchen.

»Danke, Zoé. Aber das geht noch viel weniger. Ich möchte dir nicht dein Herz wegnehmen. Du brauchst es selbst.«

»Damit mein Herz im Himmel schlägt?«

»Das soll dort auch gehört werden, ja«, wandte Harald ein. Seine leise, brüchig klingende Stimme ließ Florence vermuten, dass er ebenso schmerzlich ergriffen war wie sie. Sicher erfasste Zoé die Zusammenhänge nicht vollständig, doch dass sie viel zu verschenken, zu geben bereit war, trieb nicht nur der heimlichen Lauscherin die Tränen in die Augen.

»Mein halbes Herz?«, bot Zoé nun an und klang weinerlich. Weil ihr Geschenk zurückgewiesen wurde? Oder weil sie ahnte, dass Lysanns Herzschlag womöglich bald nur noch im Himmel zu hören sein würde?

Herzen im Gleichklang. Geschwisterliebe. Zoés Herz war jedenfalls groß genug, um zumindest gedanklich den von ihr angebotenen Schritt zu vollziehen.

»Du bist ein Goldstück«, murmelte Harald.

»Zoé …« Lysann brach ab, kämpfte, so vermutete Florence, mit den Tränen. Dann sprach sie aus, was sie der Kleinen vielleicht niemals zuvor gesagt hatte: »Ich liebe dich.«

Stille kehrte ein, einzig unterbrochen vom zurückhaltenden Knattern des Sonnenschirmtuchs, in dem sich der Wind verfing, dem Lachen und Rufen der Touristen am Seeufer und auf dem Wasser sowie dem unermüdlichen Zirpen der Grillen, gelegentlich begleitet vom heiseren Schrei eines kreisenden Raubvogels.

Auf all diese leisen, nebensächlichen Alltagstöne lauschend, stand Florence reglos und mit einer Hand auf ihrem gewölbten Leib da und fühlte ihrem eigenen Herzschlag nach, der zugleich den lebenswichtigen Impuls für ihr Kind lieferte.

»Habt ihr Freude daran, ein neues Zitat zu lernen?« Mit seiner Frage durchbrach Harald schließlich die gedankenschwere Stille. Jemand klatschte begeistert in die Hände; Zoé, vermutete Florence.

»Etwas mit einem Herzen?«

»Es soll um das Herz gehen? Lass mich überlegen.« Kurze Zeit kehrte Ruhe ein, dann war wieder Haralds angenehm tiefe Stimme zu hören: »Er heilt, die zerbrochenen Herzens sind, und verbindet ihre Wunden.«

Während Zoé das Zitat leise wiederholte, schloss Florence die Augen und spürte dem in den Worten enthaltenen Trost nach.

Bei Lysann hingegen kam der aufmüpfige Teenager zum Vorschein: »Gibt es auch etwas weniger Schmalziges?«

Haralds Auflachen zeigte Florence, dass er das ebenso erleichternd fand wie sie.

»Du kannst deine Augen schließen, wenn du etwas nicht sehen willst, aber du kannst nicht dein Herz verschließen, wenn du etwas nicht fühlen willst.«

»Das kenne ich. Wer hat das gesagt?« Lysann hatte – wie ihre Mutter es häufig tat – den Kopf fragend zur Seite geneigt.

»Johnny Depp – angeblich.«

»Angeblich?«

»So, ihr beiden, ich muss los.«

Erstaunt runzelte Florence die Stirn. Harald klang, als habe er es plötzlich sehr eilig, von den Schwestern fortzukommen.

»Lysann!« Die Reibeisenstimme gehörte unverkennbar Sophie. Die heimliche Lauscherin zuckte zusammen, als sei sie entdeckt worden.

»Wo ist dieses Mädchen, das auf dich und deine Schwester achtgeben soll. Weiß deine Mutter, wie schändlich sie ihre Pflicht vernachlässigt? Und Sie, Herr Schneider, was tun Sie überhaupt hier? Ich wage zu sagen, dass es mir nicht gefällt, wie Sie ständig um die Mädchen herumschleichen.«

»Er geht ganz normal«, berichtigte Zoé die aufgebrachte Frau. »Er muss nicht so trampeln wie du.«

Florence umrundete den Sessel und eilte ans Fenster. »Es ist alles in bester Ordnung«, sagte sie, konnte ein Grinsen jedoch nicht unterdrücken.

Sophies Blick war völlig entgeistert auf Zoé gerichtet, die gutmütig zu der Frau aufsah, der sie soeben ins Gesicht gesagt hatte, dass sie trampelt.

»Das wage ich zu bezweifeln. Ich sah ihn mit euch reden«, stammelte die Frau schließlich an Florence gewandt und taxierte erneut Harald. Er hatte sich mittlerweile einige Schritte entfernt. Ein gestandener, groß gewachsener Mann, der klammheimlich den Rückzug antrat.

»Reden ist Silber, Schweigen ist Gold«, murmelte im gleichen Augenblick Zoé. Ob sie mehr von den zwischenmenschlichen Schwingungen mitbekam, als manche vielleicht annehmen mochten?

»Was macht dieser Mann hier?«, fuhr Sophie nun Florence an. Ihre blauen Augen blitzten, und ihr Mund war verkniffen. Dabei traten die Mundfalten über ihrer Oberlippe überdeutlich hervor.

Florence runzelte die Stirn. Hatte sie nicht irgendwo gelesen, dass ausgeprägte Mundfalten auf eine durchgemachte Abtreibung hindeuteten?

Bühnenreif hob Florence die Augenbrauen und rief dem Flüchtenden nach: »Kennen Sie noch ein weiteres Bibelzitat zum Thema Herz?«

»Bibelzitat?« Sophies Mundwinkel zuckten.

Ohne Eile drehte sich Harald zu ihnen um. Sein trauriger Gesichtsausdruck hellte sich auf, ein belustigtes Zwinkern folgte. »Ich will ihnen ein anderes Herz geben und einen neuen Geist in sie geben und will das steinerne Herz wegnehmen aus ihrem Leibe und ihnen ein fleischernes Herz geben.« Kaum hatte er ausgesprochen, verstärkte er seine Bemühungen, schnellstmöglich zu verschwinden.

14. Kapitel

10. Mai

»Und du bist auf Flos Herausforderung eingegangen, Sophie mit einem Vers aus der Bibel zum Schweigen zu bringen?«

Martin schüttelte lachend den Kopf, während Harald eher hilflos die Schultern hochzog und verlegen grinste.

»Es überkam mich einfach so.«

»Euch beiden ist aber schon bewusst, dass Sophie eines der führenden Mitglieder der hiesigen Kirchengemeinde ist?« Martin lachte erneut auf, mehr noch, als er sah, wie Florence, die wirklich keine Ahnung gehabt hatte, mit Harald einen betretenen Blick wechselte.

»Man sollte nie den Fehler begehen, die Kraft des Glaubens an den Menschen zu messen, die zu Gottes Bodenpersonal gehören«, murmelte Harald vor sich hin.

Florence war gerade dabei, ihre CDs durchzusehen, warf den Männern jetzt aber einen kurzen Seitenblick zu. Sie hatte sie in der vergangenen Woche zweimal spätabends bei einem gemeinsamen Spaziergang gesehen. Offenbar hatten sie sich viel zu sagen oder genossen ihr einmütiges Schweigen, das war ihr nicht so ganz klar. Jedenfalls schienen sie sich trotz ihres Altersunterschieds gut zu verstehen.

Lächelnd konzentrierte sie sich wieder auf die Musikauswahl für Haralds Tanzstunde und legte schließlich eine der im Licht der kahlen Glühlampen silberblau schimmernden Scheiben ein. Die ersten Klänge eines Foxtrotts erklangen, also richtete sie sich auf und wartete, bis Harald zu ihr kam und sie um einen Tanz bat. Dabei wurde ihr bewusst, dass nicht nur Martin Harald beim Vornamen nannte, sondern Lysann ihn ebenfalls duzte. Zoé machte das wie selbstverständlich bei jedem, mit dem sie sprach. Gelegentlich fragte sich Florence, ob das aufgeweckte Mädchen wirklich nicht zwischen der persönlichen und der höflich-zurückhaltenden Anrede unterscheiden konnte oder ob es das schlicht nicht wollte. In Zoés Augen waren die Menschen alle gleich. Jung und Alt, Reich und Arm, hochintelligent oder ein wenig einfältig …

Ihr jedoch hatte Harald noch nicht das Du angeboten. Woran das liegen mochte? Sie sah zu, wie der ältere Herr Martin kräftig auf den Rücken klopfte und auf sie zukam, sich knapp verbeugte und ihr einladend den Arm anbot. Ihr Lächeln transportierte all die Zuneigung, die sie inzwischen für den Charmeur empfand, gleichzeitig offenbarte sich ihr eine Antwort auf ihre Frage. Er hielt Distanz, sogar, was ihre Gespräche anbelangte. Auch in dieser Hinsicht wollte er keine unsichtbare Grenze überschreiten und signalisierte damit, dass er sie respektierte und auf ihre zurückhaltende Art Rücksicht nehmen wollte.

Sie tanzten mehrere Melodien durch, dann zog sich Harald für eine Pause auf den blauen Sessel zurück und überließ Martin das Parkett – und Florence.

Die Wiederholung dessen, was sie dem Arzt in der vorigen Woche beigebracht hatte, brach Florence zügig ab. Der Mann war ein Naturtalent, und sie bedauerte seine Mutter, die es nie geschafft hatte, ihn zum Tanzen hinzuführen. Er hätte einen tollen Tanzpartner für sie abgegeben.

Für Florence jedoch sprang er über seinen Schatten. Weil er ihr damit nahe sein konnte. Er wollte sich in ihr Herz tanzen, und das, so musste sie zugeben, gelang ihm mit seinem respektvollen Einfühlungsvermögen bislang sehr erfolgreich.

Florence hob den Kopf und nickte ihm zu. Daraufhin legte er die Hand auf ihre Schulter, genau so, wie sie es ihm am vergangenen Dienstag erlaubt hatte, und umfing ihre Finger mit seiner Hand, locker genug, dass sie ihm ihre sofort entziehen konnte.

»Können wir?«, fragte Harald mit fröhlichem Unterton und wartete weder eine Antwort noch ein zustimmendes Nicken ab. Er schaltete die Walzermelodie ein, und die Lehrerin zeigte ihrem Schüler eine Rechtsdrehung aus der Vierteldrehung und die Übergänge von rechts nach links und links nach rechts, die er innerhalb kürzester Zeit so verinnerlicht hatte, dass er sie völlig entspannt ausführte.

»Du entwickelst dich zu meinem Musterschüler«, lobte Florence.

»Entschuldigt bitte, aber so war das nicht ausgemacht«, protestierte Harald. Er hatte es sich in dem blauen Sessel gemütlich gemacht und trommelte mit beiden Füßen im Takt auf den Boden. Florence lachte und lenkte Martin in Richtung des Sessels.

»Führt für gewöhnlich nicht der Mann?«, erkundigte er sich.

»Überlass das ruhig noch eine Weile deiner Lehrerin.«

»Du hast Angst, dass ich übermütig werde?«

»Ich fürchte um meine Zehen.«

»Ich war immer sehr behutsam zu deinen Zehen.«

»Zugegeben!«

Sie erreichten den Sessel, und Harald klatschte ihnen begeistert zu.

»Ich lerne von Ihnen, Harald, nicht Sie von mir«, sagte Florence zu ihrem Zuschauer in Anknüpfung an das kurze Geplänkel zuvor.

»Ist es nicht immer ein Geben und Nehmen?«

»Nein.« Ihr Widerspruch war laut. Zu laut. Sie hatte diesem Mann in dem dunklen, schmutzigen Raum nichts, aber auch gar nichts geben wollen. Er hatte sich einfach nur genommen. Ihre Schritte stoppten, sie trat zurück, fort von Martin.

»So sollte es aber sein. Nur so bleibt das Leben im Gleichgewicht.« Harald klang bedauernd und vorwurfsvoll zugleich.

Florence stimmte ihm zu, wenn auch lediglich in Gedanken. Ihr Gleichgewicht war erheblich ins Wanken geraten, hatte sie beinahe stürzen lassen. Doch wo befand sie sich nun? Noch immer am Rudern mit den Armen, am Ausgleichen? Im freien Fall, irgendwo zwischen dem Sturz und dem Aufprall? Oder war sie bereits von jemandem aufgefangen worden? Von Martin, der sie geduldig umwarb? Von Claire, die sich um sie gekümmert hatte? Von Zoé, die sie zum Staunen und Lachen brachte? Von dem Kind in ihr, für das sie Verantwortung übernommen hatte? Von Harald, der ihr beibrachte, wie christliche Nächstenliebe funktionierte?

Martin hatte sich halb von ihr abgewandt. Vielleicht, weil er sie nicht merken lassen wollte, wie groß seine Enttäuschung über diesen Rückschritt war, wie weh es ihm tat, dass sie sich mitten im Tanz ruckartig von ihm entfernt hatte? Oder schenkte er ihr schlicht die Freiheit, zu entscheiden, ob sie die Übung fortsetzen konnte oder nicht?

Diese in ihr fließende Energie, der Überschwang ihrer Gefühle, das Talent des Schauspiels begehrten gegen die Erinnerung und den Schmerz auf, wurden zu etwas, das einer trotzigen Wut gleichkam. Ob ihre Augen ebenso ungezähmt blitzten, wie sie sich fühlte? Energiegeladen, kämpferisch?

»Damenwahl«, verkündete sie.

Martin drehte ihr den Rücken zu, wohl in der Annahme, dass sie von ihm weg zu Harald gehen wollte, bei dem sie sich sicherer fühlte.

Florence zwang ihre Schritte auf Martin zu. Es kostete sie unglaublich viel Kraft, ihre Hand zu heben und auf seinen Arm zu legen. Er wirbelte herum und trat ihr prompt auf den Fuß. Eine Entschuldigung kam nicht über seine Lippen. Dafür war er offenbar zu verwirrt. Und mehr …!

Sie nickte ihm zu, bot ihm ihre Hand. Er nahm sie in seine. Zu fest. Viel zu fest! Kälteschauer jagten wie Raubtier und Beute über ihren Rücken, stellten die Härchen in ihrem Nacken auf. Den Fluchtinstinkt zu unterdrücken, war für sie Schwerstarbeit. Aber nur einen Augenblick später hatte Martin sich wieder unter Kontrolle, berührte sie kaum, ließ sich von ihr führen. Das Lied endete bereits nach wenigen Schritten, und Martin entzog ihr die Hand, die andere nahm er von ihrer Schulter. So viel Freiraum, so viel Weite, so viel Luft zum Atmen. Florence kostete sein Geschenk an sie aus, dann wandte sie sich zu dem abwartenden Harald um.

»Ich weiß nicht, ob ich mit diesem Vulkan mithalten kann«, sagte der prompt, erhob sich aber dennoch und kam mit sicherem Schritt auf sie zu. Wie immer, wenn er tanzte, war kaum etwas von seiner sonst eher behäbigen Gangart zu sehen. Darauf angesprochen, hatte er ihr verraten, dass ihre Tanzstunden für ihn ein Vorgeschmack auf den Himmel seien. Ein kleines Fenster, das ihn schon einmal hinüberblicken ließ auf das, was ihn dort erwartete: Freisein von Altersbeschwerden, von Schmerzen, von der Schwere, die sich auf einen Menschen legen und ihn niederdrücken konnte.

»Welches Lied soll ich auswählen?«, fragte Martin und beugte sich über den CD-Spieler.

»Zwölf«, lautete Florence' Antwort.

»Das habe ich befürchtet«, kommentierte Harald, sobald

die ersten Takte erklangen, zog sie jedoch strahlend etwas näher zu sich. Einen Paso doble ausschließlich auf Abstand zu tanzen, war trotz Soloschritten nahezu ein Ding der Unmöglichkeit.

Florence presste die Lippen zusammen, kämpfte, siegte. Innerhalb von Sekunden – während Harald sie in einer für ihn waghalsigen Schrittfolge über das Parkett führte – vergaß sie alles um sich herum. Sie liebte den Paso doble, wollte mit dem, was er symbolisierte – den Stierkampf –, das bezwingen, was sie angegriffen hatte.

Mit dem Schlussakkord trat sie zurück, was Harald ihr wie selbstverständlich gewährte, obwohl die letzten Schritte ungetanzt blieben. Er keuchte und schwitzte, sie spürte Bedauern in sich. Sie hatte ihn zu sehr gefordert.

»Entschuldigen Sie sich bloß nicht«, sagte er, um Atem ringend. »Das war großartig!«

Ob er von ihrem kleinen Sieg über ihre Angst vor zu viel Nähe sprach? Ein Blick in seine alten, weisen Augen verriet ihr die Antwort. Er war stolz auf sie! In Martins Augen las sie das Gleiche.

»Ich kann nicht mehr!« Harald wankte förmlich auf den Sessel zu, aus dem Martin sofort aufsprang.

Als Florence, die ähnlich erschöpft war, wenngleich aus einem anderen Grund, sich auf ihr Bett fallen ließ, wählte Martin das Nachttischchen als Sitzgelegenheit.

»Können Sie steppen?«, wandte sich Florence an Harald.

Der Mann wischte sich mit den Ärmeln seines Hemds wiederholt die Schweißperlen aus dem Gesicht. »Nein«, meinte er an sie gewandt; und an Martin: »Sie ist ein Vulkan, in dem ein Wirbelsturm tobt.«

»Sie haben noch eine Viertelstunde gut«, erklärte Florence schulterzuckend ihr Angebot, ihm die Grundlagen des Steppens beizubringen, was zu Beginn auch im Sitzen gut funktionieren würde.

»Die werde ich brauchen, um mich zu erholen.«

Besorgt sprang Florence auf und brachte ihm ein großes Glas Wasser, das er ihr aufseufzend abnahm. Sie war Harald überaus dankbar, dass er den Vorschlag unterließ, sie könne in der verbliebenen Zeit mit Martin tanzen. Auch sie brauchte ihre Auszeit.

Martin versuchte das drohende Schweigen mit einer Frage an Harald zu überbrücken: »Was ist das eigentlich, zwischen dir und dem Dreigestirn?«

»Dem Dreigestirn?« Harald schaute Martin mit gerunzelter Stirn an. Er schwitzte noch immer aus allen Poren, wenngleich sich seine Atmung allmählich normalisierte.

»Zoé und Flo nennen Sophie, Adeline und Michelle, so heißen die Damen, soweit ich weiß, das Dreigestirn.«

Martins Erklärung animierte Harald zu einem Auflachen und zu der Aussage: »Ich wusste gar nicht, dass Sie so … frech sein können, Sie Floh.«

Der Floh zog nur die Schultern hoch.

»Genügt nicht schon ihr unsagbar flegelhaftes Lächeln, um zu verraten, wie viel Schalk in dieser Person steckt?«, neckte Martin sie.

Mit dem unschuldigsten Gesicht, das sie aufzusetzen verstand, zuckte Florence erneut überdeutlich mit den Achseln. Sie enthielt sich jeden Kommentars, war sie doch viel zu gespannt, ob Harald die äußerst private Frage von Martin beantworten würde. Sie wollte so gern etwas mehr über den charmanten, jedoch sehr zurückgezogen lebenden Mann erfahren neben dem wenigen, das sie bereits über ihn wusste: Er war ein überaus begabter Tänzer, rezitierte gern Bibelverse und liebte die Einsamkeit.

Harald betrachtete seine Finger, deren Altersflecken, Narben und leichte Verkrümmungen Zeugen eines langen, sicher nicht immer einfachen Lebens waren. Seine Stimme war leise und gewohnt tief, als er zu sprechen begann: »Ich hege keinen Groll gegen das Dreigestirn oder gegen die hier ansässigen Menschen im Allgemeinen, noch fürchte ich mich vor ihnen. Mein Problem mit ihnen ist vielmehr, dass ich sie … nicht verstehe.«

Florence rutschte auf ihrem Bett ganz nach hinten, sodass sie sich mit dem Rücken an die Wand lehnen konnte, Martin verließ seinen Platz auf dem Nachttisch und machte es sich auf dem Fußboden bequem, wobei er sich an den Bettrahmen lehnte. Versonnen lächelte Harald vor sich hin. Er schien sich zu freuen, dass es endlich einmal jemand gewagt hatte, ihn nach seinen Beweggründen zu fragen. Dennoch wählte er seine Worte mit Bedacht, sprudelte nicht über, sondern schloss die Augen und trat eine Reise in die Vergangenheit an, die niemals von der Gegenwart getrennt werden konnte. Florence spürte Tritte in ihrem Bauch, als wolle auch ihr Kind mitreisen, teilhaben an dem, was hier draußen vor sich ging.

»Den Großteil meines Lebens, fast fünfundvierzig Jahre lang, habe ich in den peruanischen Anden gelebt. Ich zog dorthin, nachdem ich meine große Liebe, mit der ich eigentlich durch ein langes, glückliches Leben habe tanzen wollen, bei einem Zugunglück verloren hatte. Ich war innerlich tot, stand kurz davor, meinem Leben selbst ein Ende zu setzen, also vollzog ich einen Kurswechsel.«

Wieder ein kleiner, leichter Tritt, ein Beweis für neues Leben, ein Jubeln. Mit Harald, Florence und dem ungeborenen Kind befanden sich in diesem Raum drei Menschen, die dem Tode nahe gewesen waren. Jedes Mal hatte das Leben gesiegt.

»Lange Zeit arbeitete ich für ein theologisches Seminar in der Region Huánuco. Etwa zwanzig Prozent der Peruaner gelten als sehr arm, sodass viele Kinder arbeiten müssen, um der Familie das Überleben zu sichern. Sie helfen in der Landwirtschaft oder verdingen sich in der Stadt als Schuhputzer oder Süßigkeitenverkäufer. Es gibt soziale Einrichtungen, die sich um das

Wohl der Kinder bemühen, dennoch können nicht alle aufgefangen werden. Aber es ist erstaunlich, was die Hoffnung auf eine Zukunft bei ihnen bewirken kann. Die indogene Bevölkerung, die Menschen, mit denen ich zusammenlebte, war also nach unseren Maßstäben extrem arm, doch …«

Harald brach ab und öffnete die Augen. Er schaute erst Martin an, dann Florence, ehe ein flüchtiges Lächeln über sein ernstes, runzeliges Gesicht huschte. Dem Flügelschlag eines Schmetterlings gleich; dem eines Engels?

»Nachdem ich in meine alte Heimat zurückgekehrt war, kam ich mit dem Leben hier nicht zurecht. Diese ständige Hektik. Ich stellte mir die Frage, was genau wir zu gewinnen versuchen, indem wir mehr in einen Tag packen, als wir eigentlich leisten können. Nicht nur ab und zu, nicht nur in Ausnahmesituationen, nein, es ist uns zur Gewohnheit geworden. Verliert man dadurch nicht mehr, als man gewinnt?« Er holte Luft, schüttelte den Kopf und fuhr fort: »Zeit für … Freundschaften. Jemanden, der uns zuhört, jemanden, dem wir zuhören?« Erneut folgte ein Kopfschütteln.

»Ich habe nach meiner Rückkehr nichts als Hektik vorgefunden. Die Jagd nach Erfolg, Geld, makelloser Schönheit, dem hübschesten Vorgarten, der saubersten Wohnung, den erfolgreichsten Kindern. Was ich vergeblich suchte, war Zufriedenheit. Menschen, die das Leben lieben, die glücklich sind. Niemand jubelt hier, wenn endlich Regen fällt oder die Sonne wieder scheint und die Ernte reifen lässt. Ich finde keine Dankbarkeit für den Frieden und Wohlstand im Land, für ein Haus, das im Winter geheizt werden kann, für einen satten Magen, wenn man sich abends schlafen legt. So viel Unzufriedenheit inmitten von … Überfluss.« Harald seufzte tief und betrachtete erneut seine verkrümmten, abgearbeiteten Finger; Zeugen eines erfüllten Lebens? »Ich frage mich, wer ärmer ist. Die Indios in den Anden in ihren baufälligen Hütten, die Bergziegen hüten,

Decken weben, unter Mühen ihre Felder bestellen, oder wir hier? Weil wir das, was wir haben, nicht wertschätzen. Ihr wollt wissen, weshalb ich gern allein bin, warum ich Menschen wie Florence' Dreigestirn aus dem Weg gehe? Ich will das Jammern nicht mehr hören, weil ich die Frustration und den Neid nicht verstehe, zumal dies die Damen ja … nicht glücklich macht.« In einer entschuldigenden Geste hob Harald die Schultern. Bestimmt wollte er niemanden verurteilen, das lag nicht in seiner Natur. Vermutlich ahnte er, dass die Unzufriedenheit in den Herzen mancher Menschen in einem langen Entwicklungsprozess wuchs, jedoch ansteckend war wie eine Viruserkrankung.

»Schaut euch Zoé an. Sie hat das Leben verstanden. Sie kennt Kummer und Entmutigung, aber in ihrem Herzen wohnt die Freude und sehr viel Liebe. Beides bewahrt sie davor, zu lange in einer für sie und ihre Umwelt niederdrückenden, unproduktiven und schwarzseherischen Stimmung zu verweilen. Sie streckt sich wieder der Sonne entgegen, verbreitet Frohsinn, genießt das Leben, das ihr geschenkt ist und das viele für eingeschränkt halten. Lysann … das Mädchen ist an einem Punkt angelangt, an dem sie zu verstehen lernt, was wahrhaftig zählt und was eine absolut unwichtige Nichtigkeit ist. Sie regt sich nicht mehr darüber auf, dass von einem Sockenpaar nur noch einer zu finden ist … Ihr versteht schon, was ich sagen will, nicht?« Plötzlich kam wieder der schweigsame Mann zum Vorschein, als schäme er sich seiner vielen Worte.

Florence schwieg, Martin rutschte auf der Suche nach einer bequemeren Haltung ein Stück nach vorn. Und doch war es erneut Harald, der sprach: »Ich liebe meine Dusche mit dem fließend heißen Wasser, die Auswahl an Lebensmitteln und die Möglichkeit, diese sogar anliefern zu lassen. Ich bin glücklich über meine Matratze. Sie trägt meine alten Knochen besser als jede, die ich zuvor hatte, und ich genieße Eiscreme, Rotwein und ab und zu einen guten Whiskey. Musik aus dem CD-Spieler ist ein Hochgenuss, mein Notebook eine Tür zur Welt. Wir dürfen das alles besitzen! Wir dürfen aber auch dankbar dafür sein. Zumal ich mir sicher bin, dass ein dankbarer Mensch sein Leben weitaus mehr genießt. Er ist bereit, mehr zu verschenken, und wird dadurch glücklicher und zufriedener.«

»Du wünschst dir unter anderem, dass wir uns mit mehr Aufmerksamkeit und Freundlichkeit begegnen?«, hakte Martin nach und klang in Florence' Ohren eigentümlich zurückhaltend.

Harald sah ihn mit gerunzelter Stirn abwartend an.

»Du gehst dem Dreigestirn aus dem Weg, weil ihre Unzufriedenheit und ihre verletzenden Worte über andere dich aufregen?«

Ein Brummton kam vonseiten des älteren Mannes, gleichzeitig strich er sich über die Mundpartie. Hinter seiner Hand kam ein Lächeln zum Vorschein. »Du hast mich durchschaut, Herr Doktor. Und genau das meinte ich, als ich vorhin sagte, dass wir Zeit füreinander brauchen. Nur durch dieses Gespräch, durch die Zeit, die ihr euch fürs Zuhören genommen habt, gab es für dich die Möglichkeit, mir einen Spiegel vorzuhalten. Und ich denke, das ist gut, zugleich aber auch herausfordernd für mich.«

»Ich hoffe, du weißt, dass ich nicht –«

Harald hob abwehrend die Hand. »Mit aufrichtiger und gut gemeinter Ehrlichkeit verletzt du mich nicht. Du meinst also, ich sollte, anstatt zu fliehen, vielmehr meine Verantwortung wahrnehmen? Wie Claire für ihre Kinder, wie Florence für ihr Baby, wie du für deine kleinen Patienten?«

Martin zog die Beine an und legte die gefalteten Hände auf seine Knie. »Du brauchst nicht bis nach Peru zu reisen, um Menschen zu finden, die deine Aufmerksamkeit benötigen.«

Haralds Nicken fiel gewichtig aus, wohl, weil er die von Martin in Worte gekleidete Tatsache bereits selbst entdeckt hatte.

»Ich fürchte, ich habe mir viel zu lange keine Zeit mehr dafür genommen, mich mit jemandem zu unterhalten. In Teilen habe ich das, was ich nicht verstehen konnte, übernommen und ebenfalls praktiziert.« Harald schlug sich auf die Oberschenkel. »Das Leben ist ein ewiges Lernen. Und, liebe Florence, ein Geben und Nehmen.« Er zwinkerte ihr vergnügt zu.

Florence lachte, sah sie Harald doch schon auf einer neuen Mission. Es könnte spannend werden, zu beobachten, wie sein Umfeld, allen voran das Dreigestirn, darauf reagieren würde.

~ ~ ~

Martin hielt inne und konnte sich ein Grinsen kaum verkneifen. Harald trug in seinen Händen zwei prall gefüllte pinkfarbene Taschen. Ihm folgte Sophie, eine der Frauen des Dreigestirns. Diese rang die Hände, wohl, weil sie nicht recht wusste, was ihr geschah. Der Einsiedler schleppte für sie ihren Einkauf nach Hause! Und dabei unterhielt er sich auch noch angeregt mit ihr! Zumindest versuchte er es, denn Sophie wirkte auf Martin ungewöhnlich kleinlaut. Entweder glaubte sie, Teil eines sich gerade ereignenden Wunders zu sein, oder sie befürchtete, dass der Mann sich mit ihren Taschen aus dem Staub machen könnte.

Da er nicht gesehen werden wollte, wich Martin einen Schritt zurück. Er gewann den Eindruck, als sei Harald bei Weitem entspannter als die Frau, der er einen Gefallen tat. Das lag sicher nicht darin begründet, dass sie wegen ihrer kurzen Beine Mühe hatte, mit dem plötzlich erwachten Gentleman mitzuhalten. Schließlich ging er eher schwerfällig – es sei denn, er tanzte, was Martin aus medizinischer Sicht überaus faszinierend fand.

Interessiert und amüsiert zugleich sah der heimliche Beobachter zu, wie Harald einen kleinen Vorgarten betrat und die Taschen auf der Schwelle zur Haustür abstellte. Die vielmehr verlegen ausfallenden Dankesworte von Sophie nahm er mit einem Lächeln hin, ehe er das Grundstück verließ. Er trat – gleich gegenüber – zu einem zweiten Mitglied des Dreigestirns. Michelle. Die Frau mit der prominenten Nase streckte den Rücken durch, als Harald sie ansprach, war sie doch damit beschäftigt, ihren Holzgartenzaun zu streichen. Martin, der sich wie ein Dieb zwischen einigen gelb blühenden Forsythienästen versteckte, konnte nicht verstehen, was sie miteinander sprachen, doch ihn freute das sanfte Lächeln, mit dem Michelle Harald bedachte, als der sein Jackett auszog, es über den ausladenden Ast eines Apfelbaums hängte und den Pinsel übernahm. Offensichtlich war sie weitaus weniger schockiert darüber, dass der Einsiedler plötzlich am helllichten Tag in den Straßen des Dorfes auftauchte und, statt vor ihr zu fliehen, Handlangerdienste anbot und Interesse an ihr zeigte. Aber vielleicht waren die beiden sich in den vergangenen Tagen bereits mehrfach begegnet. Jedenfalls unterhielten sie sich eine Weile angeregt, wie Martin beobachtete, dann ging Michelle ins Haus, während Harald den restlichen Zaun mit weißer Farbe bestrich. Dabei griff er sich mehrmals mit der Hand in den Rücken. Anscheinend war er bei dieser ungewohnten Tätigkeit nicht ganz schmerzfrei.

Martin, der zu einem Hausbesuch unterwegs war, ließ Harald mit dem Farbeimer allein und setzte unentdeckt seinen Weg fort. Ein Lächeln lag auf seinem Gesicht. Offenbar war Harald mehr ein Mann der Tat, als er, Martin, vermutet hatte. Die Veränderung in seinem Tagesrhythmus und Verhalten würde das Dorf vermutlich in Aufruhr versetzen. Ob Harald auch nur im Entferntesten ahnte, dass er mit der Aufgabe der selbst gewählten Einsamkeit und seiner wiederentdeckten, tatkräftigen Nächstenliebe eine kleine Revolution auslösen könnte?

~~~
~~~

Martin konnte einfach nicht anders – er musste auf dem Rückweg unbedingt an Michelles Haus vorbeigehen. Der Geruch von frischer Farbe hing in der Luft, der Zaun leuchtete weiß vor dem frischen Grün des Grases und den sorgsam gestutzten Büschen. Waren diese zuvor schon so akkurat geschnitten gewesen oder hatte Harald sich nach der Berufung zum Maler noch in einen Gärtner verwandelt? Eine Verwandlung nach der anderen … Was das wohl bei dem Dreigestirn auslösen würde? Martin hoffte, dass es weit mehr war als ein hämisches Lächeln, ein Ausnutzen der Hilfsbereitschaft, ein Lästern hinter vorgehaltener Hand über einen einsamen Mann, der plötzlich die Nähe zu diversen Dorfbewohnern suchte. Ob jene erkannten, dass er das Eis brechen wollte? Diese kalte Mauer, die zwischen ihnen entstanden war, da niemand etwas vom andern wusste, sie sich im Grunde nicht füreinander interessierten, dem Nächsten keinen Vertrauensvorschuss schenken konnten, weil die Angst vor der Andersheit sie gehemmt hatte?

»Feierabend, Herr Doktor?«

Haralds belustigte Stimme – er verließ gerade Michelles Flur und zog die Tür fest hinter sich ins Schloss – riss Martin aus seinen Überlegungen. Er fühlte sich beim Spionieren ertappt.

»Gute Arbeit!«, gab er zurück, womit er eine von Haralds seltenen Lachsalven hervorrief.

»Was genau meinst du? Den Zaun oder die Büsche? Meine Einladung zum Tee oder die Tatsache, dass ich noch immer auf Menschen zugehen kann?«

»Alles!«

Harald schloss hinter sich das ebenfalls weiß gestrichene Gartentürchen und deutete mit der Hand in die entgegengesetzte Richtung, in die Martin eigentlich unterwegs gewesen war. Es war nicht das erste Mal in diesen Tagen, dass sie gemeinsam einen Spaziergang unternahmen, und Martin schätzte Haralds Weitsicht und Weisheit inzwischen sehr.

»Und, wie läuft es mit Florence? So sagt ihr jungen Leute doch, oder?«

Martin nickte, während er sich der eher gemütlichen Gangart seines Begleiters anpasste. Ja, wie lief es denn nun mit Florence? Sie ging ihm durch Mark und Bein, tanzte durch seine Träume, jedes Lächeln von ihr war wie eine Liebkosung – aber dennoch hielt sie ihn weiterhin von sich fern. Ihm war, als reiße er jeden Tag eine Mauer ein, die sie viel schneller wieder aufzurichten verstand – obwohl er immer häufiger das Gefühl hatte, dass sie ihm zuvor von der anderen Seite beim Abtragen der kalten, rauen Steine geholfen hatte. Diese Widersprüchlichkeit spiegelte ihr Inneres wider, ihren Tanz auf dem Eis, umgeben von feuriger Lava; ein Herz, das so liebenswert war und Liebe verschenken wollte, jedoch zutiefst verletzt worden war.

»Ich würde diesem Kerl am liebsten den Hals umdrehen.« Der Satz war ausgesprochen, ehe Martin darüber nachdenken konnte.

»Ihretwegen oder deinetwegen?«

Martin schloss kurz die Augen, aufgewühlt und doch dankbar für den analytischen Verstand seines Gesprächspartners. Er forderte ihn heraus, seine Beweggründe zu überdenken.

»Ihretwegen, weil sie leidet und in einem Kokon gefangen ist, der sie am Fliegen hindert. Und ja, auch meinetwegen. Weil ich befürchte, dass sich niemals etwas ändern wird.«

»Oder weil dir die Geduld ausgeht?«

»Ich bin auch nur ein Mensch. Ein Mann.« Er zog die Schultern hoch und offenbarte damit seine empfundene Hilflosigkeit. Manchmal war er mit der Situation schlicht überfordert, aber weiterhin nicht bereit, einfach aufzugeben. Florence ging ihm zu sehr unter die Haut. Und er bewunderte sie, wie sie nach all dem, was sie erlebt hatte, dennoch weitermachte.

Einen Tag nach dem anderen, mit Energie und Freude. Und das, obwohl diese grauenhafte dunkle Hand sie gelegentlich ohne Vorwarnung packte und schüttelte, als versuchte sie all das, was gut in ihrem Leben war, aus ihr herauszuwringen.

»Darf ich dir etwas sagen?«, fragte Harald.

»Ich schätze deine Meinung sehr.«

»Auch dann, wenn sie herausfordernd ist?«

Martin nickte, unsicher darüber, was nun kommen würde. Harald war ein herzensguter Mensch. Er hatte selbst genug gelitten, kannte Schmerz und Verzweiflung. Gerade das machte ihn zu einem weisen Ratgeber. Aber es war nicht immer einfach, in seinen Worten sofort Trost oder Hilfestellung zu finden. Seine Sicht auf das Leben war geprägt durch seinen Glauben – etwas, das in dieser Welt oft nicht angenommen, sondern verlacht wurde. Kein Wunder, zeigte doch die Welt – oder vielmehr zeigten die Menschen – viel zu oft ihre hässliche Fratze. Womöglich, weil sie verlernt hatten, auf das zu hören, was Harald wusste …?

»Was unserer Florence angetan wurde, war verwerflich, zerstörerisch und schrecklich. Die Sklaven der Finsternis haben einmal mehr gesiegt. Belassen wir es dabei, ist die Welt ein grausam dunkler Ort. Die Frage ist jedoch, wer aus der Schlacht um Florence als Sieger hervorgehen wird. Nicht doch die Himmelskrieger?«

Martin strich sich über das Kinn. Manchmal neigte Harald zu Theatralik, ganz ähnlich wie Florence. Vielleicht verstanden sich die beiden deshalb so gut – auch ohne viele Worte. Im Augenblick fragte er sich allerdings, worauf der Mann hinauswollte. Was an seinen Worten hatte er nicht durchschaut? Schweigend gingen sie weiter, verließen den Ort und betraten den bewaldeten Uferweg. Der Kies knirschte unter ihren Schritten, ein schwaches Brausen lag in der Luft, hervorgerufen vom leichten Wind, der durch die Laub- und Nadelbäume schlich.

Es klang wie ein Flüstern aus einer anderen Welt. Wollte es Martin dazu animieren, genau hinzuhören und gut nachzudenken?

Harald fuhr fort, leiser nun, sanfter: »Du verdankst dem Kerl, dass sie in dein Leben getanzt ist. Ohne das, was ihr angetan wurde, würde sie jetzt am Broadway in New York über eine Bühne wirbeln und nicht dein, mein und das Leben von Claire und ihrer Familie durcheinanderwerfen. Diese Sichtweise ist für sie kein Trost, macht nichts ungeschehen, aber es ändert die Blickrichtung. Und ich glaube fest daran, dass Liebe die größte Macht auf Erden ist. Liebe heilt.«

Florence

In einer von Egoismus, von mangelndem Respekt und Lieblosigkeit geprägten Welt, so wie ich sie erlebt hatte, waren Menschen, die mich vorbehaltlos liebten, eine Wohltat. Sie waren ein Geschenk, denn sie vermittelten mir, dass das Gebot der Nächstenliebe noch nicht ganz zu Grabe getragen worden war. Geschenkte Liebe generiert Liebe. Irgendwann läuft diese über und will ebenfalls verschenkt werden. So zumindest erging es mir.

Aber heißt das im Gegenzug dann nicht, dass wir, wenn wir Veränderungen herbeiführen wollen – sei es in unserem direkten Umfeld oder in dieser Welt –, zuerst Liebe, Vergebung, Aufmerksamkeit … verschenken müssen? Doch wie soll das gehen, wenn ich verstört, ausgebrannt und verletzt bin, ja am Boden liege? Eigentlich wollte ich damals viel lieber um mich schlagen und treten. Dennoch stellte ich mir die Frage: Was sollten irgendwelche verbalen oder physischen Übergriffe mir einbringen, abgesehen von noch mehr Hass, Verzweiflung und Verletzungen? In meinem eigenen Herzen und in dem der Menschen, die ich treffen würde.

Wie also konnte ich die Spirale der Gleichgültigkeit, der Herzlosigkeit und des Egoismus durchbrechen, die unser aller Miteinander bedroht? Indem ich die Dämonen der Rache, der Selbstgefälligkeit und auch der Angst – womöglich unsere größte

Triebfeder – von mir wies und dagegen aufbegehrte? Welch ein Kraftakt! Welch revolutionärer Gedanke! Zumal die Welt uns doch das Gegenteil zu lehren scheint. War das nicht eine zum Scheitern verurteilte Idee?

Ich fragte mich, ob unserer kleinen Gruppe, die das Schicksal – oder Gott – so bunt zusammengewürfelt hatte, das nicht gelingen könnte. Erst im kleinen Kreis, dann in jenem Dorf am See, anschließend sogar darüber hinaus. Ich träumte davon, dass wir wie diese aufgereihten Dominosteine sein würden: Wir berühren unsere Mitmenschen mit Vergebung, Respekt und Liebe und diese dürfen heilen und das Geschenkte weiterreichen. In meiner Vorstellung wuchs daraus eine niemals endende Perlenkette … So könnten wir uns in stürmischen Zeiten – die im Leben doch schon oft genug über uns hinwegbrausen, auch ohne dass wir uns gegenseitig mit Lieblosigkeiten verletzen – aneinander festhalten.

Ich durfte erleben, dass es heute noch immer Menschen gibt, die genau dieses Wagnis eingehen. Mutig, entgegen dem Trend, selbst wenn sie dafür verlacht und manches Mal ausgenutzt werden. Und ich weiß genau: Eines Tages wird es ihnen vergolten werden. Eines Tages werden auch diejenigen, die sich nicht dafür erwärmen konnten, auf der Suche nach Liebe, Heilung und Vergebung sein. Ist es nicht viel besser, das alles so schnell wie möglich zu suchen und zu finden? Nicht erst, wenn dies und das erledigt und erreicht ist, sondern sofort!

Ich jedenfalls sehnte mich von ganzem Herzen danach.

15. Kapitel

15. Mai

Eine innere Unruhe trieb Florence zu später Nachtstunde hinaus ins Freie. An diesem Tag hatte sie sich entschieden zu wenig bewegt, stellte sie fest und hüpfte die Stufen hinunter. Claire hatte eine volle Schicht gearbeitet, Lysann ausschließlich im Bett gelegen, bis auf die unzähligen Male, wenn sie zur Toilette hatte gehen müssen. Zoé hatte sich an dem warmen Tag von ihrer faulsten Seite gezeigt und war kaum dazu zu bewegen gewesen, wenigstens ein paar Schritte am Ufer entlangzuspazieren, das vor Touristen förmlich übergequollen war. Ein sonniger Sonntag hatte Wanderer, Spaziergänger und Sonnenhungrige an den Bergsee gelockt, und zumindest letztere verteilten sich nicht, wie sonst die Skifahrer, an den verschiedenen Berghängen, sondern bevölkerten die Ortschaft, das Seeufer und den See selbst. Ein Sprachgemisch, größtenteils Französisch und Deutsch, darunter aber auch Italienisch, Japanisch und Russisch, hatte wie Nebel zwischen den Bergen gehangen und sich erst gegen Abend wieder verflüchtigt, um endlich jener friedlichen Stille Platz zu machen, die Florence nun mit geschlossenen Augen genoss. Sie erreichte die unterste Stufe. Die Hand am Geländer, ging sie langsam in ein *grand-plié*. Tief atmete sie die abgekühlte, klare Luft ein, spürte, wie neue Energie durch sie hindurchfloss und ihren Körper zur Bewegung drängte. Mit einem großen Satz sprang sie die letzte Stufe hinunter, landete in der Hocke und schlich wie Mungojerry aus *Cats* über den freien Platz, wobei sie die Nähe des Bewegungsmelders für das Außenlicht mied. Da sie sich nicht aufgewärmt hatte, war sie behutsam mit ihren Drehungen und Sprüngen, steigerte aber die Intensität, als sie den ausschließlich vom fahlen Mondlicht beschienenen Weg in Richtung See entlangtanzte. Auf dem Uferweg angekommen, bewegte sie sich auf leisen Tatzen zwischen Birken und Weiden hindurch, hüpfte über einen niedrigen Haselstrauch und kletterte auf einen Wurzelballen. Dieser wurde von glucksenden Wellen umschmeichelt, wie die Hand eines Liebhabers den Körper seiner Angebeteten berührt.

Der Mond, weiß und längst noch nicht voll zu sehen, stand stoisch gelassen am schwarzen Nachthimmel, eingerahmt von silbernen Sternen, die sich jedoch häufig hinter schnell ziehenden Wolken versteckten, als wehe Gaze vor einem Meer von Kerzen. Der See bildete eine einzige dunkle Fläche, die Hügel verschwammen im Grau, die Berge im Dunkelblau. Dagegen schimmerten ihre Gipfel in einem deutlich helleren Blau, dort, wo Schnee lag, nahezu fluoreszierend. Es war angenehm still. Eine beinahe greifbare Stille, fast ohrenbetäubend, so verwirrend der Eindruck auch war. Florence verharrte jetzt reglos und ließ den friedlichen Anblick tief in ihre Seele fallen, zuckte aber zusammen, als irgendwo ein Ast brach. Der Flügelschlag eines Nachtvogels rauschte über sie hinweg, sehen konnte sie das Tier nicht. Zur selben Zeit, wie eine Herausforderung an das bereits verklungene leise Geräusch, fegte eine Windbö durch die Ebene, brachte die Blätter der Bäume und Büsche zum Rauschen und kräuselte die Wasseroberfläche, sodass darauf ein Mosaik aus schwarzen, silbernen und blauen Mustern entstand. Sekunden später verflüchtigte sich der Wind, schwiegen die Blätter und glättete sich das Wasser wieder. Umso deutlicher vernahm Florence das Rascheln des Haselstrauchs hinter sich. Sie wirbelte herum.

»Ich bin's nur«, gab sich Martin schnell zu erkennen.

Florence' Herzschlag beruhigte sich sofort. Ihr heimlicher Wächter wurde es offenbar auch in den wärmeren Monaten nicht müde, auf sie achtzugeben.

»Ich habe auf der Veranda gesessen, als eine Katze an mir vorbeigeschlichen ist.«

»Miau!«, erwiderte Florence und beschloss, dass sie die Krallen nicht ausfahren wollte.

Er trat neben sie auf die verzweigten Wurzeln, jedoch mit genügend Abstand, um sie nicht zu berühren, und blickte wie sie zuvor über das Wasser und auf die in ein blaues Tuch gehüllten Berge.

»Hast du keine Angst so allein hier draußen? Solange du im Winter auf dem Eis getanzt hast, hattest du immer ein paar Zuschauer. Aber hier …«

Nachdenklich legte Florence den Kopf in den Nacken und schaute zum Himmel hinauf. Erneut versteckte sich ein Großteil der Sterne hinter Wolkentüll, der Mond war für einen kurzen Augenblick nur als verwaschener heller Fleck zu erahnen. Martins Sorge um sie tat ihr gut. Also gestattete sie ihm einen kleinen Einblick in ihre Seele.

»Ich habe große Häuser voller Menschen und den damit verbundenen Lärmpegel mitsamt der Anonymität einer Menschenmenge mehr zu fürchten gelernt.«

Sie hätte es nicht aussprechen dürfen! Sofort waren sie wieder da, diese Bilder in ihrem Kopf. Die Enge zwischen den Requisiten, der schmale Lichtschein durch die verbogene, dennoch verschlossene Tür, eine schwarze Gestalt über sich. Der Geruch von Mottenkugeln und Reinigungsmitteln, Schweiß und Alkohol. Gespräche, Gelächter und Schritte, die sich näherten, vorübergingen, verhallten. Das Gefühl zu ersticken; Schmerz, Scham und Schuldgefühle, die sich wie Gift in ihrem Körper ausbreiteten. Und dann: Leere.

Sie stieß den angehaltenen Atem aus, als könne sie so das Gift in sich endlich loswerden.

Martin drehte sich zu ihr um. Nein, sie wollte nicht tröstend in den Arm genommen werden. Und doch, genau das hätte sie jetzt so dringend nötig. Sie ahnte, dass er viele Fragen an sie hatte, die er nicht zu stellen wagte, ebenso, wie er auch seinen Wunsch unterdrückte, sie zu berühren. Es musste schwierig für ihn sein, in dieser disziplinierten Zurückhaltung zu verharren. Wie lange er sie wohl noch aufrechterhalten konnte? Ob er nicht irgendwann genug gewartet, gekämpft und gegeben hatte? Die Angst, Martin zu verlieren, schnürte ihr den Hals zu. Jede Minute in seiner Nähe war kostbar, und sie machte Fortschritte, konnten sie doch mittlerweile in vorsichtiger Distanz miteinander tanzen. Aber ob ihnen nicht die Zeit davonlief, ob Martins Geduld nicht bald ihre Grenze erreichte?

»Was hältst du von einem Spaziergang um den See?«, fragte er so leise, dass sie ihn über dem erneuten Tanz der Wellen zur Melodie des Windes und dem Beifall der Blätter kaum verstehen konnte.

Florence ballte die Hände zu Fäusten. Es war ihr schon mehrfach gelungen, ihre unbändige Wut auf den Vergewaltiger in positive Energie umzuwandeln: den Mut, einen weiteren Schritt zu wagen. Sie schickte ein Stoßgebet gen Himmel mit der Bitte, dass weder Martin noch sie in dieser Frühlingsnacht einen Schritt machten, den sie später bitter bereuen könnten, ehe sie nickte.

Martin deutete einladend in Richtung Uferweg, und so ging sie voraus, bis sie den geschotterten Spazierweg erreichten.

»Kein Schleichen oder Hüpfen? Kein Sprung, keine Drehung? Kannst du tatsächlich wie ein normaler Mensch gehen?«, hörte sie ihn hinter sich spotten.

Sie grinste. Er verstand es, Situationen zu entschärfen und ihr die Furcht zu nehmen. Am liebsten wäre es ihr, wenn er ihre panische Angst einfach packen und im See versenken könnte. »Gegenfrage: Hast du keine Angst im Dunkeln?« Ihre Stimme klang nicht ganz locker und fröhlich, dennoch war dies schon mal ein guter Anfang.

»Nein, schließlich bin ich in Begleitung einer Raubkatze.« Martin spazierte mit großen, flotten Schritten los, um zu verhindern, dass sie es sich womöglich anders überlegte.

Sie eilte ihm nach und gesellte sich an seine Seite. »Raubkatze?«

»Eigentlich wollte ich Wildkatze sagen. Aber da du mir mein Herz geraubt hast …« Er hob in einer hilflosen Geste beide Hände. »Die Zähmung dauert nur etwas länger als gedacht.«

»Ich frage mich, ob der Dompteur nicht irgendwann die Geduld verlieren wird.«

Martin strich sich mit einer Hand über das Gesicht und versenkte sie dann, wie die andere, tief in der Hosentasche. »Für die wirklich wichtigen und wertvollen Dinge im Leben lohnt es sich zu kämpfen. Mit Ausdauer und Hingabe, mit Geduld und Liebe. Achten wir die Geschenke, die uns nicht einfach in den Schoß gefallen sind, sondern für die wir uns ordentlich ins Zeug legen mussten, nicht viel mehr? Hat nicht die Freude an ihnen länger Bestand? Hegen und pflegen wir sie nicht intensiver und mit viel mehr Hingabe?«

Während Florence' Beine kräftig ausschritten, damit sie mit ihrem Begleiter Schritt halten konnte, schlug ihr Herz Saltos. Gleichzeitig wollte sich ihr der Magen umdrehen. Was würde mit ihr und Martin geschehen, wenn sie niemals lernte, sich ihm vorbehaltlos anzuvertrauen und hinzugeben?

Er musterte sie durchdringend, woraufhin sie ihm ein eher verzweifeltes Lächeln schenkte.

»Meine Angst, dass das Raubtier eines Tages mit der Tatze nach mir schlägt, sich umdreht und davonspringt, ist nicht sehr groß. Und falls das doch geschehen sollte, habe ich zumindest nichts unversucht gelassen.«

Mehr als ein Nicken brachte Florence nicht zuwege. Dass das viel zu wenig war, wusste sie selbst, spürte sie tief in ihrem Herzen, sah sie, weil Martin plötzlich die Schultern hängen ließ. Es schmerzte sie, ihn so zu entmutigen, ja zu demütigen. War sie denn wirklich nicht in der Lage, mehr zu wagen und zu verschenken? Sie hatte jeden Tag neue, teilweise spektakuläre und nicht ungefährliche Sprünge und Moves gewagt und dem Publikum damit fantastische Augenblicke geschenkt. So schwer konnte es doch nicht sein, Neuland zu betreten, etwas zu riskieren für das, was einem wichtig war!

Florence streckte den Arm aus, sagte sich, dass ihr nichts passieren würde, weil sie bei Martin sicher war. Ganz sanft berührte sie ihn am Oberarm, zog die Hand jedoch zügig zurück.

Er reagierte auf ihre Berührung nicht, nicht einmal mit einem Zucken. Aber sie durfte beobachten, wie sich einen Moment später seine Schultern strafften, seine Haltung wieder aufrecht wurde.

Warme, samtige Glücksperlen purzelten durch ihre Adern und stupsten gegen ihr Herz, als wollten sie es antreiben, endlich bedingungslos zu lieben.

Sie unterhielten sich mit gedämpften Stimmen, um der im Schlaf liegenden Natur die nach einem turbulenten und lauten Sonntag nötige Ruhe zu gönnen. Florence erzählte von Zoés Fortschritten beim Tanzen, von Claires immer noch anhaltender Freude, dass sie so erstaunlich einfach eine neue Arbeit gefunden hatte, von Lysanns tapferen Versuchen, andere zum

Lachen zu bringen, und wie sie in den Gesprächen mit Harald Halt und Trost fand. Martin hingegen berichtete von der Frau in seiner Praxis, die ihn versucht hatte auszufragen, während er ihre Tochter untersuchte: Warum er in letzter Zeit öfter mit dem Einsiedler gesehen wurde. Und weshalb der plötzlich Sophie die schweren Einkaufstaschen nach Hause trug. Wie es komme, dass der Einsiedler Michelle seine Hilfe beim Streichen ihres Holzzauns angetragen und sogar die Einladung auf einen anschließenden Tee auf der Terrasse angenommen habe …

»Und was hast du ihr geantwortet?«, fragte Florence.

»Dass es keinen Grund zur Sorge gebe. Ihre Tochter habe lediglich eine leichte Bronchitis.«

Florence' Lachen drang durch die Bäume des Waldes über den See und schien von den Bergen zurückgeworfen zu werden. Erst als sie sich mit flatterndem Zwerchfell und begleitet von einem seltsamen Aufschluchzen endlich wieder beruhigte, bemerkte sie, dass sie sich die ganze Zeit über an Martins Unterarm festgehalten hatte. Langsam hob sie den Kopf und sah ihn an. Das Mondlicht beschien seine entspannten Gesichtszüge, zeigte das Braun seiner Augen in einem ungewöhnlich hellen Ton. Muskatfarben. Sie verlor sich in dem Gewürz, spürte die Wärme seiner Haut, die Härchen auf seinem Arm, das Pulsieren ihres Körpers, das an Intensität zunahm. Martin beugte sich über sie, als wollte er ihre Augenfarbe ergründen, entdecken, ob darin mehr als die Farbe eines Eissees zu finden war. Ein Zittern rollte durch sie hindurch, gefolgt von einer Welle der altbekannten Furcht, die sie zu überschwemmen drohte. Die Angst davor, in Erinnerungen zu ertrinken. Vor der Atemnot, dem Schmerz.

Zögernd, widerstrebend und mit einem Stirnrunzeln richtete Martin sich wieder auf. Er hatte die Veränderung in ihr bemerkt und zog sich zurück, gewährte ihr Freiraum und Weite,

Luft und Licht, selbst wenn es nur der kalte, fahle Lichtschein des Mondes war.

~~~

Wenn sie nur nicht so überaus faszinierend wäre … Martin wandte sich ab, verlor den Kontakt zu ihr, weil er ihr seinen Arm entzog. Es war kaum mehr auszuhalten, ihre Berührung zu spüren und zu wissen, dass dies eine Ausnahme war. Ein winziger Schritt nur auf einem langen Weg, der noch vor ihnen lag. Sehnsucht und Vernunft trugen in seinem Inneren eine Schlacht aus, wühlten ihn auf, hinterließen ein Trümmerfeld der Verwüstung. Wie lange noch …?, fragte er sich und setzte mechanisch einen Fuß vor den anderen. Sie eilte ihm nach. Leichte Schritte, spielerisch auf einem unruhigen Untergrund. Sie spielten mit seinem Herzen.

Wie gern wollte er ihr zusehen. Allein ihr Gang war Eleganz und Faszination pur. Dennoch drehte er sich nicht um, sondern hielt den Kopf gesenkt. Sie anzusehen würde die Sehnsucht mehren, sie endlich in den Armen halten zu dürfen. Die Versuchung, zu erforschen, ob ihre Haut sich so samtig anfühlte, wie sie aussah, war zu groß, die Möglichkeit, einen ersten Kuss zu schmecken, das Gesicht in ihrem Haar zu vergraben und dessen Duft tief in sich aufzunehmen, zu verlockend.

Die Idee zu diesem Spaziergang, die Gelegenheit, sie ganz für sich allein zu haben, wurde zur puren Anfechtung. Eine schlechte Idee. Oder womöglich doch nicht? Wenigstens hatte sie ein klein wenig mehr von sich offenbart, hatte eine Berührung gewagt. Zwei! An seiner Schulter, um ihm Trost zu spenden, und die Hand auf seinem Arm aus fröhlicher Unbekümmertheit heraus.

In Florence steckte so viel überschäumendes Leben und trotzdem war sie … leer. Ausgehöhlt? Dürstend?
~~~

Erst gestern hatte er zu Harald gesagt, dass er diesem Kerl, der ihr das angetan hatte, am liebsten den Hals umdrehen wollte. Seine Antwort hatte Martin zum Nachdenken gebracht, nicht nur, weil er so drastisch von Sklaven der Finsternis und Himmelskriegern gesprochen hatte.

Auf Martins Vorschlag, ob Harald nicht vielleicht ein dramatisches Musical schreiben wollte, hatte der Mann lediglich vergnügt gelacht. Dennoch hatten seine Worte in Martin etwas zum Leben erweckt: neue Hoffnung. Jetzt benötigte er nur noch die Geduld, an ihr festzuhalten.

Schweigend setzten Florence und Martin ihren Weg fort, passierten schließlich die verwaisten Straßen der kleinen Ortschaft, verließen hinter den letzten Häusern den Seeweg und stiegen dann die Stufen zu Florence' Wohnungstür hinauf. Dort angekommen, wünschte Martin Florence eine gute Nacht, drehte sich abrupt um und ließ sie allein. Wenig später hörte er sie tanzen. Als er zu Bett ging, hatte sie noch nicht aufgehört, also starrte er mit im Nacken verschränkten Händen an die Decke, bis ihm die Augen zuzufallen drohten.

»Ich liebe dich«, flüsterte er. Im gleichen Moment wurde es oben still. Als hätte sie ihn gehört, als hätten seine Worte ihre Seele besänftigt.

~ ~ ~

Martin öffnete die Tür und streckte sich. Er inhalierte tief die kühle Bergluft, der sich ein leicht fauliger Geruch beimischte, wie so oft, wenn es nachts geregnet hatte. Silberglitzernde Regentropfen saßen wie Perlen auf den Grashalmen, hatten sich in Spinnweben verfangen und reflektierten die ersten Strahlen einer Sonne, die sich eher behäbig über die Berggipfel schob. Knapp oberhalb der Wasserfläche waberte ein dichter Nebel, das gegenüberliegende Ufer lag irgendwo im Nichts. So wie seine Zukunft mit Florence hinter träge ziehenden weißgrauen Nebelfeldern verborgen lag? Eines Tages, so sagte er sich, würden die Sonnenstrahlen den Nebel auflösen und sie zueinander finden.

Einen ersten dieser Strahlen fand er, als er sich umdrehte. Von ihm bisher unentdeckt, hing an der Türklinke eine Stofftasche mit einem applizierten Eiffelturm darauf. Zwischen den Schlaufen schaute ein üppig blühender Zweig weißer Flieder hervor. Vorsichtig spähte er in die Tasche. Eingehüllt in den Duft des Flieders, entdeckte er darin drei frische Vollkornbrötchen und eine Flasche Orangensaft von seiner bevorzugten Biosorte. Ganz offensichtlich beobachtete Florence ihn aufmerksam und kannte inzwischen seine Vorlieben. War die kleine Überraschung an seiner Tür für sie ein Weg, sich bei ihm für seine Geduld zu bedanken, ihm zu zeigen, dass sie ihm zugeneigt war?

Er frühstückte genussvoll, nahm das dritte Brötchen und den Orangensaft mit in die Praxis, und als er abends müde und auch ein wenig verärgert wiederkam, weil Chantal sich unmöglich benommen hatte, fand er vor seiner Tür zwei Aufbewahrungsboxen in einer Kühltasche vor, in der sich eine fertige Mahlzeit zum Aufwärmen befand. Florence war nicht die begabteste Köchin, aber das war Martin gleichgültig. Was zählte, war ihre leise, verwöhnende Geste.

Am nächsten Morgen, einem Dienstag, wurde er wiederum mit frischen Brötchen und dieses Mal mit einer Flasche Traubensaft überrascht, und bei seiner frühen und eiligen Rückkehr, da er auf eine Tanzstunde mit Florence und Harald hoffte, teilte ihm eine kleine Notiz an der Tür mit, dass er zum Tanzen erwartet wurde.

Innerhalb von zehn Minuten hatte er sich umgezogen und stürmte in Florence' Wohnung. Dort wurde er nicht nur von der jungen Frau und Harald begrüßt, sondern auch von einem Mitglied des Dreigestirns, der Frau mit der Hakennase. Die Frau mit den weißen Locken reichte ihm die Hand und sagte, wenngleich mit unsicherer Stimme, dass sie gern Michelle genannt werden wolle. Währenddessen wippte sie aufgeregt mit den Füßen, einem Kind vor einem Berg hübsch eingepackter Geburtstagsgeschenke nicht unähnlich.

Martin warf Florence einen fragenden Blick zu. Sie verdrehte erst einmal die Augen, setzte daraufhin dieses herrlich freche Grinsen auf, wobei sie in einer großen Geste mit der Schulter zuckte. Offenbar wusste sie ebenfalls nicht, was da gerade vor sich ging. Demnach hatte Harald Michelle mitgebracht? Der Mann war wirklich erstaunlich.

Martin verbot es sich, sich in vorfreudiger Erwartung die Hände zu reiben. Eine weitere Tänzerin bedeutete, dass er womöglich die ganze Stunde über in den Genuss kommen würde, mit Florence zu tanzen! Allerdings hatte er die Rechnung ohne Harald gemacht. Dessen Beschützerinstinkt für Florence machte all seine Hoffnung zunichte.

»Fangen wir mit Walzer an, da kann unser Nachwuchstänzer bereits mithalten«, schlug Harald mit einem Augenzwinkern in seine Richtung vor und ging zielstrebig auf Florence zu. Ihr Schmunzeln ließ Martin beinahe aus den Schuhen kippen, so frech fiel es aus. Kaum, dass sie den CD-Spieler eingeschaltet hatte, schenkte sie ihm ein Lächeln, das wohl irgendetwas zwischen Mitleid und Entschuldigung transportieren sollte. Martin erwiderte es so unschuldig wie möglich. In ihm tanzte jetzt schon Frau Vorfreude mit Herrn Schalk. Florence würde das Grinsen bald vergehen, obwohl er sein kleines Geheimnis eigentlich gern noch ein bisschen länger gehütet hätte.

Er reichte der verlegen lächelnden Michelle den Arm. Sie war eine gute Tänzerin, wenngleich deutlich verunsichert, vielleicht, weil sie lange nicht mehr getanzt hatte. Martin übernahm die Führung und spürte, wie sich die Frau allmählich entspannte, gleichzeitig aber auch einen irritierten Blick auf das zweite Paar warf, das in perfekter Harmonie dahinschwebte. Martin wusste, weshalb. Die beiden hatten ihn sicher als einen blutigen Anfänger beschrieben.

»Für einen Anfänger tanzt du sehr gut«, raunte Michelle ihm prompt zu.

Er beugte sich vor und flüsterte ihr ins Ohr: »Wer hat denn behauptet, dass ich nicht tanzen kann?«

Michelles grüne Augen blitzten auf, und ihrer Kehle entfuhr ein Kichern, das sich anhörte, als habe Martin einen Teenager im Arm.

»Ich verstehe das zwar nicht, bin allerdings überaus gespannt darauf, was gleich passiert.«

Und somit hatte Martin völlig unkompliziert eine Verbündete gewonnen. Wieder beugte er sich zu ihr hinunter und sagte leise: »Das nächste Stück auf der CD ist ein Foxtrott.«

»Ich bin zwar außer Übung, aber das dürfte klappen«, gab sie zurück, abermals begleitet von diesem jugendlichen Kichern. Es klang weder albern noch nervig, sondern vielmehr, als sei die Frau aus einem lange währenden Schlaf geweckt worden. Dornröschen. Und Harald hatte sie wachgeküsst? Und das nur, indem er ihr seine höfliche Aufmerksamkeit geschenkt hatte. Durch ein Gespräch, durch die Hilfe beim Streichen ihres Gartenzauns. War das Leben nicht einfach erstaunlich?

»Solltest du dich nicht besser auf deine Haltung konzentrieren?«, kam es von der Lehrerin, und Martin richtete sich auf, straffte die Schultern und erwiderte ihre Rüge mit demselben Lächeln, mit dem er früher seine Kunstlehrerin bedacht hatte, wenn die ihn beim Schießen mit Papierkrampen erwischt hatte. Michelles unterdrücktes Lachen machte es ihm schwer, ernst zu bleiben.

Der Walzer verklang, und die beiden Herren bedankten sich bei ihren Tanzpartnerinnen. Noch ehe Florence durch den

Raum eilen und das Gerät abstellen konnte, erklangen die ersten Takte des nächsten Musikstücks. Martin warf Michelle einen fragenden Blick zu. Sie nickte und gleich darauf wirbelten sie im Quickstepp über den penibel gekehrten weißen Boden. Aus dem Augenwinkel sah Martin, dass Harald überrascht die Hände in die Hüfte stemmte und den Kopf schüttelte, wohingegen Florence ihn regelrecht anstarrte. Er versuchte, so zu tun, als bemerke er dies nicht, was nicht ganz einfach war, da ihr Gesichtsausdruck überdeutlich ihre Verwunderung widerspiegelte. Er sah, wie Harald sich ihr näherte, jedoch einen Korb kassierte. Sie wollte nicht tanzen. Das wiederum war bedenklich.

»Hoffentlich kippt der Spaß nicht in die falsche Richtung«, flüsterte Michelle beunruhigt, da sie offenbar ebenfalls Zeugin des kurzen Schauspiels am Rande der Tanzfläche geworden war.

»Keine Angst, ich bin es gewohnt, eine Abfuhr zu kassieren«, gab er zurück. Ihre Augen richteten sich fragend auf ihn, er schwieg aber, was sie mit einem leichten Nicken hinnahm. Michelle hatte mehr Taktgefühl, als sie auf den ersten Blick offenbarte, und das nicht nur, was ihren Tanzstil anbelangte.

Mit zusammengekniffenen Augen, gleich dem Impresario einer Ballett-Truppe, beobachtete Florence jede seiner Bewegungen, kontrollierte seine Schritte mit Argusaugen. Michelle und Martin ließen weder die Eleganz noch die Sicherheit erkennen, die Florence und Harald beim Tanzen zeigten. Allerdings war Martin sich gewiss, dass er die Prüfung bestehen würde. Bei der, die später folgen könnte, war er sich weitaus weniger sicher. Dennoch hatte er seinen Spaß, vor allem, weil Harald den Mund nicht mehr zubekam.

Das Stück endete früher als erwartet, denn Florence schaltete das Gerät einfach aus. Michelle zeigte darüber Erleichterung, ging ihr Atem doch inzwischen überaus schnell. Ihr Gesicht war gerötet, aber sie strahlte. »Das hat Spaß gemacht, junger Mann. Vielen Dank!«

Florence kam auf ihn zu. Nicht schwebend oder tänzelnd, sondern mit festem Schritt und gesenktem Kopf. Eher wie der Stier in der Arena, nicht wie die tanzende Carmen in der Taverne.

»Du hast zu mir gesagt, dass du nicht tanzen kannst!« Mit in die mittlerweile runde Taille gestemmten Händen baute sie sich vor ihm auf. Michelle entfernte sich, zuvor hatte sie ihm allerdings kurz den Arm gedrückt. Höchstwahrscheinlich verstand sie nicht, was da gerade vor sich ging.

»Moment!«, sagte Martin und fasste damit den Stier bei den Hörnern, verschränkte dafür aber die Hände im Rücken, um Florence nicht an den Oberarmen zu ergreifen. »Ich habe nur gesagt, dass meine Mutter mich nie fürs Tanzen begeistern konnte, sondern dass ich Eishockey vorgezogen habe. Übrigens ist Tanzen eine prima Trainingseinheit –«

»Das …!« Florence fuchtelte mit den Händen durch die Luft, trat zurück, wieder vor, drehte sich weg, als wollte sie aufgebracht davonlaufen, und wirbelte doch erneut zu ihm herum. Dann brach sie in schallendes Gelächter aus. Ihr Lachen füllte den Raum mit Leichtigkeit und Freude, ließ Michelle einstimmen, Harald endlich den Mund schließen und Martin vor Erleichterung aufseufzen. Sie boxte ihm kräftig vor die Brust. Eine weitere Berührung! Ein weiterer Sieg!

»Du … Filou!«, schimpfte sie, noch immer lachend.

»Zur Strafe wird er jetzt mit dir einen Tango tanzen müssen!« Harald, der Ränkeschmied, stand schon am CD-Spieler, als Florence' Lachen zusammenfiel wie ein Kartenhaus im Windhauch. Ihr Blick wanderte zweifelnd und vorsichtig wie der eines Rehs, das im Unterholz ein Geräusch vernommen hat, zu ihm. Er zwinkerte ihr zu, weil er gar nicht erst irgendwelche Spannungen zwischen ihnen aufkommen lassen wollte.

What Now My Love erklang, und während Harald und Michelle bereits tanzten, wartete Martin ab. Er benötigte Florence' Einverständnis. Ihre Stirn glättete sich, er sah an dem leichten Wippen ihres Haars, dass ihre Füße nicht mehr still standen. Daraufhin ging so etwas wie ein Ruck durch ihren Körper, und für einen Moment glaubte er, in ihren momentan ungewöhnlich dunkelblauen Augen so etwas wie Widerborstigkeit zu erkennen. Schließlich trat sie einen Schritt auf ihn zu, gleich darauf einen zweiten. Ein Nicken folgte, das leichte Heben ihrer Arme. Das war Einladung genug, allerdings ließ ihn ihr scharfes Ausatmen sofort mehr Abstand zu ihr einnehmen. Viel zu viel für einen Tango – und für sein Herz –, doch damit kam er klar.

Sie tanzten an Harald und Michelle vorbei, die so taten, als seien sie gar nicht anwesend. Die beiden bildeten ein schönes Paar, weniger äußerlich, denn sie waren nicht im herkömmlichen Sinne als attraktiv zu bezeichnen und es vermutlich auch in jungen Jahren nicht gewesen, aber sie harmonierten gut. Der groß gewachsene Mann mit dem gepflegten Äußeren, die etwas mollige weißhaarige Dame mit einer Körpergröße, die annähernd an die von Florence herankam.

Florence war eine hervorragende Tanzpartnerin, und obwohl sie eher angespannt wirkte und ihr Temperament spürbar gebremst war, ließ sie ihn zunehmend mehr führen, womit sie ihm ein Stück weit die Kontrolle – auch über sich – überließ. Martin verbuchte dies ebenfalls auf der Gewinnseite. Er jubelte innerlich, doch je länger das Stück dauerte, umso unerträglicher wurde für ihn der respektvolle, viel zu große Abstand zwischen ihnen. Die Wärme ihres Körpers übertrug sich auf seinen Arm in ihrem Rücken und von ihrer Hand auf seine. Heiße Wellen schienen von ihr auszugehen, befeuerten seine Sehnsucht nach ihr und drohten ihn zu verbrennen. Und er wollte mehr davon. Mehr von ihrem Körper, mehr von ihrem Lächeln, mehr von ihrem Vertrauen. Er trat ihr auf den Fuß, sie hob die Augenbrauen. Fragend schaute sie zu ihm auf, weshalb er überhaupt nur mitbekam, wie ihre angespannten Gesichtszüge plötzlich Angst widerspiegelten und dann … Verständnis. Trauer? Sie rückte noch weiter von ihm ab, was es beinahe unmöglich machte, den Tanz halbwegs ordentlich zu Ende zu bringen. Sobald der Schlussakkord erklang, war sie auch schon auf und davon. Dabei war es jetzt gar nicht mehr nötig, den CD-Spieler zu bedienen. Sie hätten einfach weitertanzen können – wenn sie es denn gekonnt hätten.

»Ich bin dafür, dass wir jetzt alle erst einmal etwas trinken«, schlug Florence vor. Ihre Stimme klang ruhig, frei von jeder Emotion. Die Musicaldarstellerin in ihr machte das möglich. »Und dann erfüllen wir Michelle einen Tanzwunsch.«

Michelle bat um einen Cha-Cha-Cha, den sie mit Martin tanzte, da Harald, wieder ganz der fürsorgliche Gentleman, Florence eine Pause von Martin gönnte. Das zumindest nahm Martin an, wenngleich Harald den Cha-Cha-Cha sicher gern mit der versierteren und ausdauernderen Tänzerin tanzte.

Michelle wirkte im ersten Moment überfordert, als Florence den Steppunterricht fortsetzen wollte, allerdings stellte sich schnell heraus, dass die Frau dafür eine natürliche Begabung besaß.

»Vermutlich habe ich mein Leben lang oft genug mit dem Fuß aufgestampft«, kommentierte sie Florence' Lob. Daraufhin mussten sie die begonnene Übung abbrechen, da die Schüler nicht gleichzeitig lachen und sich auf die Abfolge an *toes*, *heels* und *leaps* konzentrieren konnten.

»Ich bitte um ein wenig mehr Disziplin«, bat Florence völlig ernst, mit einem grollenden Unterton und russischem Akzent, was nicht eben förderlich war, um die geforderte Ordnung wiederzuerlangen.

»Das war ein wundervoller Abend!« Mit diesen Worten, einer flüchtigen Umarmung und Küsschen links und rechts verabschiedete sich Michelle von Martin und Florence. Im

Hinausgehen erklärte sie Harald, der darauf bestand, sie nach Hause zu begleiten, dass sie das Honorar für die Tanzstunde am nächsten Dienstag mitzubringen gedachte. Martin hörte die beiden noch darüber diskutieren, als die Dunkelheit sie bereits verschluckt hatte.

Er ließ die Tür zum Lüften weit geöffnet und sah sich nach Florence um. Sie stand mit dem Rücken zu ihm vor der Fensterfront. Es war ein langer Weg bis dorthin, was er wiederum sehr symbolisch für ihre Beziehung fand, und sie drehte sich nicht um, obwohl sie ihn sicher näher kommen hörte. Leicht versetzt hinter ihr blieb er stehen und schaute ebenfalls auf den See hinaus, in dem sich der Mond als lächelnder Abglanz spiegelte.

»Bist du okay?«, fragte er leise.

»Ja. Obwohl du mich ganz schön an der Nase herumgeführt hast.«

»Du hast geglaubt, was du glauben wolltest.«

»Und du hast das ausgenutzt.«

»Zugegeben, ein kleines bisschen.«

»Du bist ein guter Tänzer. Ich bedauere deine Mutter, dass du ihr nie den Gefallen getan hast, sie auszuführen.«

»Mir tut das inzwischen auch leid. Bei meinem nächsten Besuch werde ich das ändern.«

»Sie wird sich sicher sehr darüber freuen.«

»Eher wundern!«

»Wir verändern uns in einem fort, nicht wahr? Jede Begebenheit, jede Begegnung und jedes noch so kleine Wort kann uns und unser Leben beeinflussen«, sinnierte Florence.

»Im Guten wie im Negativen«, stimmte Martin zu.

»Der heutige Abend war ein guter Abend. Ich hatte schon immer den Verdacht, dass Michelle im Dreigestirn eher eine Mitläuferin ist. Sie war meist sehr ruhig, reagierte bedachter als die beiden anderen.«

»Der Mensch ist ein soziales Wesen. Wenn du nicht viel Auswahl hast, mit wem du dich anfreunden kannst, bleibt dir manchmal keine andere Chance, als dich ein Stück weit anzupassen.«

»Sofern man nicht die Energie aufbringt und versucht, Einfluss auf die anderen Personen auszuüben?«

»Offenbar gelingt Harald das ausgezeichnet.« Martin lachte leise auf.

»Es ist erstaunlich, was so ein bisschen Hilfsbereitschaft ausmacht. Der Blick für die Nöte der Mitmenschen, ein klein wenig investierte Zeit …«

Martin nickte. Seine Augen ruhten inzwischen nicht mehr auf der in blaue Farben getauchten Landschaft draußen, sondern auf Florence' Schultern und Nacken.

»Du hast dich heute tapfer gehalten, Flo«, sagte er leise und mit unüberhörbar belegter Stimme.

Sie schwieg lange. In ihm keimte die Vermutung auf, dass sein Lob eher das Gegenteil von dem ausgelöst hatte, was er eigentlich hatte bezwecken wollen. Schließlich drehte sie sich zu ihm um, sodass sie unglaublich nah vor ihm stand, beinahe noch näher als beim Tango.

»Tapfer genug?«, fragte sie, blickte ihn dabei allerdings nicht an.

Er zögerte, legte dann sachte eine Hand unter ihr Kinn, und sie folgte sofort dem leichten Druck, den er ausübte, damit sie ihm in die Augen sah. Natürlich tat sie das, denn umso schneller musste er seine Hand zurückziehen. Er tat das nur widerwillig. Ihre Haut war so betörend weich und warm …

»Für heute, ja.« Er löste die wenig versteckte Forderung mit einem Zwinkern auf. »Gute Nacht, Flo.« Martin blieb an Ort und Stelle. Erst als sie ihm ebenfalls eine gute Nacht gewünscht hatte, wandte er sich von ihr ab und ging. Mit sich nahm er sein blutendes Herz. Dieses wurde jedoch von der Hoffnung getragen, dass dieser Abend vielleicht dazu beigetragen hatte, Florence' gestutzte Flügel ein beträchtliches Stück heilen zu lassen.

Am folgenden Morgen fand er erneut eine Tasche mit Brötchen und Orangensaft vor, anstelle eines Blütenzweigs hing ein Zettel dabei mit den Worten: *Ich mag dich sehr!*

Auf der ganzen Fahrt zur Praxis zeigte sich auf seinem Gesicht ein vermutlich eher dümmlich aussehendes Grinsen.

16. Kapitel

18. Mai

Der Anruf kam um kurz nach neun.

»Ein Privatgespräch!«, keifte Chantal, bevor sie durchstellte.

Noch ehe Martin sich melden konnte, rief Florence: »Sie holen Lysann mit dem Hubschrauber!«

Martin ließ den Stift fallen und drehte sich mit dem Drehstuhl herum. So wich er dem ungeduldigen Blick der Großmutter mit dem greinenden Kleinkind auf dem Schoß aus.

Für Lysann war ein passendes Spenderherz eingetroffen?! Freude und Begeisterung breiteten sich in ihm aus. Bis er Florence weinen hörte. Das klang nicht nach Freudentränen. Vielmehr nach abgrundtiefer Verzweiflung. Nach Panik.

»Sie ist im Bad einfach umgekippt.« Florence' Stimme kippte ebenfalls. »Ich habe das schon mal erlebt. Beim Training!«, fügte sie hinzu. Sie hörte sich wirr an.

Martin ballte die freie Hand zur Faust. Der kleine Junge auf dem Schoß der älteren Frau schrie jetzt, ohne dass diese Anstalten machte, ihn abzulenken, zu beruhigen. Er wollte es dem Kind am liebsten gleichtun.

»Der Mann ist gestorben. Vor unseren Augen«, keuchte Florence, offenbar von viel zu intensiven Erinnerungen übermannt.

»Bist du bei Lysann?«, fragte er in dem Bemühen, sie aus ihren fliehenden Gedanken zu reißen, ihre Aufmerksamkeit auf das zu lenken, was im Augenblick zählte.

»Ja. Sie atmet, aber flach und –«

Martin schloss die Augen. »Es ist wichtig, dass du ruhig bist, Flo. Du kannst das, selbst wenn du schauspielern musst.«

»Ja, gut.« Tapfer bemühte sie sich um einen beherrschten Tonfall, der jedoch zittrig klang. »Sie atmet. Aber sie reagiert nicht, wenn ich sie anspreche, obwohl sie Zoé und mich anschaut.«

»Geh einfach davon aus, dass sie alles mitbekommt. Deshalb ist es wichtig, ihr Mut zuzusprechen. Fordere sie zum regelmäßigen Ein- und Ausatmen auf.« Martin erhob sich, öffnete die Schranktür und warf seinen Autoschlüssel und das Handy auf die Schreibtischplatte.

Die Großmutter starrte ihn entsetzt an. Böse, wie er fand.

Er hörte mit, wie Florence Zoé anwies, mit ihrer Schwester zu sprechen. Sie traute dem kleinen Mädchen viel zu. Doch zu Recht, denn nun hörte er Zoés hohe Stimme gewohnt langsam irgendwelche Zitate aufsagen. Aus *Der Herr der Ringe*, aus *Star Wars* und etwas, das er nicht zuordnen konnte, schließlich einer von Haralds Bibelversen.

»Die Verse gefallen Lysann. Hast du gesehen? Da war ein Lächeln. Kennst du noch mehr?«, feuerte Florence Zoé an. »Wie lange dauert das noch?«, sprach sie dann flüsternd ins Telefon.

»Dir kommt es länger vor, als sie wirklich brauchen. Ist die Tür offen? Können die Rettungsassistenten und der Notarzt zu euch?«

»Ich war draußen, als Zoé losgeschrien hat. Die Tür steht auf.«

»Gut gemacht!«, lobte er, gleich darauf hörte er im Hintergrund Männerstimmen. Florence beendete das Telefonat.

Auch Martin legte auf und wandte sich an seinen kleinen Patienten. »Dir geht es bald besser, Cédric.« Hastig notierte er ein Antibiotikum und drückte der verdutzten Frau den Zettel in die Hand.

»Ich muss zu einem Notfall. Falls das Fieber in drei Tagen nicht weg ist, bringen Sie Cédric bitte wieder her.« Schon war er aus der Tür und rief Chantal zu, dass er nicht wisse, wann er zurück sei und dass sie dringende Fälle wie üblich an die nächste Ambulanz verweisen solle. Daraufhin schlug die Tür hinter ihm zu, und er rannte zu seinem Wagen, getrieben von der Angst um Lysann.

~ ~ ~

Martin eilte durch die Eingangstür der Kardiologie und bremste abrupt ab. Das Bild, das sich ihm bot, sah so friedlich und fröhlich aus, dass es überhaupt nicht zu seiner angespannten, besorgten Stimmung passen wollte. Florence hatte fünf Kinder, dazu Zoé und zwei Jugendliche um sich geschart und erzählte ihnen etwas, wobei sie ihre Worte mit großen Gesten unterstrich. Dann sprang sie auf und tanzte den Wartenden im vorderen Bereich eine Szene aus *Cats* vor. Die Kinder klatschten, die älteren Anwesenden nickten, lächelten und schauten die Tänzerin verträumt an.

Florence entdeckte ihn, und im gleichen Moment sackten ihre Schultern nach unten, in ihre Augen traten ungeweinte Tränen. Die Realität hatte sie eingeholt. Mit riesigen Schritten stürmte sie auf ihn zu, alles an ihr schien nach einer trostbietenden Umarmung zu schreien. Dennoch blieb sie einen guten Meter vor ihm abrupt stehen. Ihre langen, dunklen Wimpern über den hellen, in Tränen schwimmenden Augen zitterten, ihr Atem ging für eine so kurze Tanzeinlage ungewohnt stoßartig, eine Hand hatte sie, vielleicht unbewusst, auf ihren vorgewölbten Bauch gelegt. Er ergriff diese, ebenso die Hand, mit der sie sich nervös eine Haarsträhne aus dem Gesicht hinter das Ohr strich. Sie beließ ihre Hände in den seinen. Ihr Griff war kräftig, kam vielmehr einem Festklammern gleich.

»Ich darf nicht zu ihr«, flüsterte sie. »Claire ist da drin verschwunden und seitdem habe ich nichts gehört …«

»Ich werde mal sehen, ob ich an Informationen herankomme, okay?«

Florence nickte, drehte den Kopf und warf einen Blick auf Zoé und die anderen Mädchen, die allesamt wartende Geschwister, Töchter oder Enkelinnen waren.

»Ist es unangemessen, wenn ich …?« Sie sprach stockend und mit stolpernder Stimme. Was ihren Beinen offenbar niemals passierte, tat sie mit Worten.

»Es hilft dir. Und den Kindern überbrückt es die lange Wartezeit, also kann daran nichts Falsches sein.« Er tippte ihr kurz auf die Nase und drehte sie an der Hand um, wie bei einem Promenadenschritt mit Damensolo beim Paso doble, sodass er sie in Richtung der Kinder schieben konnte, die ihr erwartungsvoll entgegensahen.

Zoé stand jetzt auf und kam auf sie zu. Ihre Bewegungen, ohnehin eher behäbig, wirkten schwerfällig. Obwohl sie sich mühelos von Florence ablenken ließ, wusste sie, dass es ihrer geliebten großen Schwester sehr schlecht ging. Wortlos schmiegte sie sich an Martins Beine und schlang die Arme um ihn. Ihre Art, ihn zu begrüßen und zugleich ihre Furcht auszudrücken. Betroffen legte er ihr die Hände auf den Rücken und streichelte diesen fest. Schließlich löste sie sich von ihm, nahm Florence bei der Hand und zog sie zurück zu ihren neuen Freundinnen. Mit weit in den Nacken gelegtem Kopf sagte sie dabei zu Florence: »Weinen hat seine Zeit. Und das Lachen. Klagen hat seine Zeit. Und auch das Tanzen.«

Martin war sich sicher, dass der alte hebräische König Salomo nicht unbedingt den rasanten Wechsel gemeint hatte, den Zoé vollziehen konnte und den Florence jetzt übernahm; aber was machte das schon. Es half den beiden, demnach war es gut für sie, sich daran festzuklammern.

Einige Minuten lang blieb er stehen und sah zu, wie sich Florence' Schultern strafften, ihr langer Hals sich leicht neigte und sie ihre Erzählung wiederaufnahm. Er konnte ihre Worte nicht verstehen, doch als die Mädchen kicherten, hellte sich auch ihr Gesicht auf.

Florence bereitete anderen Menschen Freude, und das machte auch sie glücklich. Oftmals waren die kleinsten Dinge die größten.

Martin schritt hinter Florence' Stuhl vorbei, widerstand jedoch der Versuchung, ihr dabei kurz über die Schulter zu streichen, weniger, weil er eine heftige Reaktion von ihr befürchten musste, als vielmehr, weil er sie nicht ablenken wollte. Sie ging in der Rolle der lehrenden und tanzenden Erzählerin restlos auf, weshalb ihm eine Unterbrechung seinerseits wie ein Frevel vorgekommen wäre.

Er betrat die Nische, in der sich die Anmeldung befand, und erkundigte sich nach Peter. Die ältere Dame mit dem knallroten Brillengestell rollte mitsamt ihrem Stuhl ein Stück zurück, um durch die Tür in einen Nebenraum zu sehen, und winkte jemanden zu sich. Gleich darauf trat Peter, mit einer weißen Hose und einem langen weißen Kittel bekleidet, zu ihm und betrachtete grinsend Martins Praxisoutfit. Dieses bestand aus einer weißen Jeans und einem aquamarinfarbenen Shirt mit einem riesigen Smiley vorn und hinten, wobei das Smiley auf dem Rücken zwinkernd ein Auge zudrückte.

»Kleidet deine Frau dich so ein?«, spottete Peter, dabei blieb sein Blick zielgerichtet an Florence hängen.

Sie sprang in diesem Moment auf und führte einer etwa Fünfzehnjährigen eine rasante Abfolge von Hip-Hop-Schritten vor.

Martin kam nicht dazu, die beglückende Regung auszukosten, die ihn bei der Titulierung »deine Frau« überrollte, denn Peter schlug ihm derb auf die Schulter. »He, du wirst ja Vater! Herzlichen Glückwunsch.«

»Danke«, stammelte er perplex und für einen Augenblick völlig überfordert, zumal sich seinem besitzergreifenden, warmen Glücksgefühl nun auch noch Stolz beimischte. Stolz auf das Kind?

Hegte er womöglich väterliche Gefühle? Darüber sollte er vielleicht einmal nachdenken, vor allem, da ihm seit einigen Wochen bewusst war, dass es Florence nur im Paket mit dem Kind gab …

Sein Blick hing ebenfalls an der Tänzerin, die soeben die Schrittfolge für das Mädchen wiederholte und dabei nicht nur unglaublich energiegeladen und jung aussah, sondern zugleich diese ihr eigene Eleganz ausstrahlte.

»Ich habe noch nie eine Frau mit einem Brot im Backofen gesehen, die so …« Peter brach ab, warf Martin einen entschuldigenden Seitenblick zu und behielt den Rest seines Satzes lieber für sich. Er wagte einzig hinzuzufügen: »Außerdem ist ihr Akzent absolut hinreißend.«

»Sprechen wir über Lysann.« Martin kehrte den Mediziner hervor, wobei er nicht sofort bei der Sache war. Zum ersten Mal fragte er sich, wie viele Männerblicke Florence wohl tagtäglich auf sich zog, zumal sie sich nicht gerade versteckte. Ihr Temperament und ihr Überschwang brachten es mit sich, dass sie einfach lostanzte, wenn ihr danach zumute war.

Peters heiteres Lächeln wich einer steilen Stirnfalte und

einem beinahe versteinerten Gesicht hinter dem rötlichen Vollbart. »Komm mit.«

Martin folgte Peter zu einer der abgehenden Türen, doch ehe er eintrat, warf er einen letzten Blick durch den langen Flur. Florence beugte sich gerade über eine etwa Siebenjährige und korrigierte ihre Haltung, dabei schaute sie ihn an. Obwohl sie weit voneinander entfernt waren, glaubte er, Angst in ihren Augen zu lesen. Sein Lächeln, das aufmunternd sein sollte, fiel reichlich schief aus.

»Lysann hat von uns eine Kombination aus ICD und CRT implantiert bekommen, damit ihre fehlende Herztätigkeit von den Geräten unterstützt wird.« Peter räusperte sich. »Die Alternative wäre eigentlich eine ECMO gewesen, doch wie du weißt, müssten wir die Patientin dafür ins künstliche Koma versetzen …« Wieder sein Räuspern. »Diese letzte Therapiemöglichkeit haben wir als … nicht mehr vorteilhaft ausgeschlossen.«

Martin nahm die Worte seines Kollegen zwar wahr, und sie setzten sich irgendwo in der Nähe seines Herzens fest, doch er sah plötzlich wieder den kleinen Jungen seines Freundes vor sich, spürte erneut die Qual des Verlustes, hörte das Weinen des Elternpaares und sah die leidenden Augen des Vaters auf sich gerichtet, wobei er bis heute nicht so recht wusste, was sie ihm mitgeteilt hatten. Seine Kehle war wie zugeschnürt, seine Beine fühlten sich seltsam schwach an. Er rief sich selbst zur Vernunft, schließlich war er kein Familienangehöriger, den dieses Schicksal traf. Er war Arzt und kannte derlei schwerwiegende und endgültige Entscheidungen. Trotzdem jagten die Erinnerungen wie Fledermäuse durch seinen Kopf. Fühlbar und doch nicht greifbar. Graue Schatten vor dem kalten und unwirtlichen Hintergrund abgrundtiefer Verzweiflung.

Gemeinsam betraten sie einen Raum mit einer Glaswand. Auf der anderen Seite der Scheibe befanden sich blinkende Apparaturen, sterile Einrichtungen, und diese waren in das kalte, viel zu helle Neonlicht getaucht, das Martin nach vielen Stunden Dienst häufig Kopfschmerzen verursacht hatte. Dort lagen die in ihre Betten eingesperrten Menschen, deren Herzen und Seelen sich sicher nichts sehnlicher wünschten, als frei zu sein.

Eine Intensivkrankenschwester, mollig und mit streng nach hinten gebundenem, dickem braunem Haar lächelte sie im Vorübergehen grüßend an. Sie strahlte Gelassenheit und Ruhe aus, Menschlichkeit inmitten von Technik, die Menschenleben retten konnte – jedoch nicht jedes.

»Ich habe noch immer nicht verstanden, in welchem Verhältnis ihr zueinander steht«, riss Peter Martin aus seinen Beobachtungen. Der hatte einer älteren Frau zugesehen, die ihrem Mann fortwährend über das Gesicht streichelte. »Du bist für einen Kinderarzt zu involviert, zumal ich inzwischen weiß, dass die Kleine gar nicht mehr hier in der Gegend wohnt.«

»Familie«, erwiderte Martin nur, sah die gerunzelte Stirn des Älteren und wie dieser schließlich nickte. Er nahm die vage Erklärung einfach hin.

Claire sprang auf, sobald sie Martin entdeckte. Er beobachtete, wie sie Lysann auf die Stirn küsste und rückwärtsgehend, als könne sie allein durch ihre Willenskraft – indem sie das Mädchen bloß nicht aus den Augen ließ – ihr Herz am Schlagen halten. Sie trat durch die Tür und wollte den sterilen blauen Kittel loswerden, was ihr nicht gelang. Rasch ging Martin auf sie zu, um ihr zu helfen, doch Claire warf sich in seine Arme.

»Ich kann gar nichts für sie tun!«, weinte sie. »Nichts. Überhaupt gar nichts!« Sie krümmte sich in seinem Arm, nässte sein T-Shirt, schluchzte herzzerreißend und begann am ganzen Körper zu zittern. Martin hielt sie wortlos fest, bot ihr seine Schulter zum Weinen an. Denn auch er konnte nicht mehr für Lysann, Claire und Zoé tun.

»Sie haben mir gesagt, dass sie Lysann kein Spenderherz mehr geben wollen. Sie hat sich einen Infekt zugezogen, obwohl wir so aufgepasst haben.«

Martin strich Claire sanft über den Rücken, dann rang er sich dazu durch, ihr zuzuflüstern: »Du weißt genau, dass sie das so nicht gesagt haben, Claire.«

Wild schüttelte sie den Kopf, wollte nicht erneut hören, was sie bereits zu verdrängen versucht hatte. Ihr Griff wurde kräftiger, der Druck ihrer Stirn an seiner Brust war beinahe schmerzhaft.

»Bitte, Martin. Bitte mach etwas. Irgendetwas! Hilf meinem kleinen Mädchen!«

Mit zusammengepressten Lippen schaute Martin durch die Glastrennwand auf die reglose und zwischen Gerätschaften, Kabeln und Schläuchen beinahe unauffindbare Lysann. Sein Magen wollte rebellieren. Dieses humorvolle, freche und sportliche Mädchen war innerhalb von Wochen zu einem körperlichen Wrack geworden. Ihr Leben hing an seidenen Fäden, Fäden, die von einem elektronischen Gerät unterhalb ihres Schlüsselbeins in ihr Herz führten, um es für seine Bestimmung zu animieren.

»Claire, Lysanns Zustand ist zu schlecht. Sie kann einfach nicht operiert werden, falls ein passendes Spenderherz auftauchen sollte«, stellte Martin nochmals klar.

»Ich habe verstanden«, knurrte Claire. Die Löwin, die um ihr Junges kämpft. »Aber sobald es ihr wieder besser geht, würde sie es doch bekommen, nicht?« Claire rückte ein Stück von ihm weg, Martin ließ die Arme sinken. Ihr Blick war nicht fragend, sondern fordernd auf ihn gerichtet. Wollte sie, dass er ihre Aussage in jedem Fall bestätigte, gleichgültig, ob sie dem widersprach, was die hier arbeitenden Herzspezialisten ihr gesagt hatten? Das konnte und durfte er nicht. Und er wollte es nicht. Claire musste wissen, wie es um ihre Tochter stand, selbst wenn ihr das bereits erklärt worden war und sie es zu verdrängen versuchte.

Ihr tränennasses Gesicht glänzte im Licht der blauweißen Deckenlampe, irgendwo piepste eine Apparatur, aus einem Schwesternzimmer erklang ein Lachen. Ein Fremdkörper in Claires neuer Wirklichkeit.

Innerlich seufzend ergriff er Claire fest bei den Oberarmen, zwang sie, ihn anzusehen. Leicht vornübergebeugt, als hoffte er, dass sie ihn so besser verstehen könne, sagte er: »Lysanns Zustand ist für eine erfolgreiche Herztransplantation zu schlecht. Verstehst du –«

»Du verstehst nicht. Du und die anderen! Lysann ist eine Kämpfernatur. Sie wird sich aufrappeln. Und dann muss ein Herz für sie zur Verfügung stehen!«

»Claire …« Martin wollte die verstörte, leidende Frau an sich ziehen, doch sie sträubte sich dagegen, nahm ihn vielmehr bei der Hand und zog ihn einige Schritte hinter sich her. Als solle Lysann nicht hören, was sie ihm sagen wollte. Oder das Pflegepersonal? Martin war sich sicher: Er wollte das Folgende ebenfalls nicht hören.

Claires Augen, sonst meist liebevoll und fürsorglich, gelegentlich auch mal streng blickend, flackerten unruhig, wirkten seltsam berechnend, fast kalt. »Wir müssen testen, ob mein Herz passen würde.«

»Claire!«

»Du kannst das doch«, stieß sie hastig und drängend hervor. »Du kannst das in die Wege leiten. Und sobald es Lysann besser geht –«

»Claire!« Martin packte sie nun derb an der Schulter, schüttelte sie leicht. Er wollte kein weiteres Wort mehr hören.

»Es geschehen so oft Unfälle. Ein unbedachter Schritt auf die Straße oder an einem felsigen Abgrund … Du musst nur in der Nähe sein, damit ich schnell genug gefunden werde.«

»Hör sofort auf!«, knurrte Martin Claire an. In seinem Nacken hatten sich die Härchen aufgestellt, sein Herz raste.

»Martin!« Sie schluchzte. Seelenschmerz paarte sich mit Hilflosigkeit, riss an der liebenden Mutter wie ein Sturm an den Ästen einer schlanken Birke. »Ich wüsste Zoé bei dir und Flo gut aufgehoben. Und Lysann würde euch nicht mehr lange brauchen. Sie ist sehr selbstständig, bald erwachsen.«

»Ich will davon nichts mehr hören!« Martin umgriff Claires Gesicht mit festem Griff. »Ich weiß, dass du Lysann unendlich liebst, dass du –«

»Nichts weißt du!«, weinte Claire und wurde dabei laut. Die Tränen flossen ungehindert, rannen zwischen Martins Fingern hindurch, Perlen der Verzweiflung auf seiner Haut. Jetzt blitzte sie ihn wütend an. »Hab du erst mal ein Kind. Dann kannst du vielleicht verstehen, wie ich mich fühle.«

Martin schob das Bild seines Freundes von sich, der seinen toten Sohn in den Armen wiegte und dabei ein Meer aus Tränen vergoss. So, wie er es später selbst getan hatte – zurück in seinen eigenen vier Wänden, wo ihn niemand hatte sehen und hören können. Ebenso verdrängte er den Gedanken an Florence, an die deutliche Wölbung ihres Bauches.

Mittlerweile war Claire zurückgewichen, sodass er sie losgelassen hatte. Sie lehnte an der Wand, leicht vornübergebeugt, kopfschüttelnd. Womöglich über sich selbst?

»Ich liebe sie so sehr«, flüsterte sie mit einer Stimme, die zerbrechlicher klang als der Flügelschlag einer Libelle.

»Das weiß sie. Und genau das ist das Wichtigste, was du ihr bisher hast geben können und weiterhin geben kannst: deine Liebe zu ihr und deine Liebe zu Zoé.«

»Ich will sie nicht verlieren.«

»Das weiß ich.«

»Aber ich werde sie verlieren?«

Martin atmete tief durch. Was sollte er ihr nur sagen? Dass

Lysann noch eine Chance hatte, falls sie sich wirklich nochmals aufrappeln würde? Sofern die Medikamente anschlugen und dann noch rechtzeitig ein Spenderherz für sie eintraf?

Ein Kloß saß in seinem Hals, drückte auf sein Herz und trieb ihn dazu, den Kopf zu senken. Claire sollte die Tränen in seinen Augen nicht sehen. Dennoch musste er ihr eine Antwort geben. Dieses eine Wort, das er am liebsten an die Wand schleudern wollte, in einem mit Steinen gefüllten Sack im Meer versenken, in ein loderndes Feuer werfen. Denn es drohte ihn gegen eine Wand zu werfen, zu ertränken, zu verbrennen. Was würde es dann erst bei Claire auslösen?

»Ja.«

~ ~ ~

Da Claire, wie nicht anders zu erwarten gewesen war, im Krankenhaus blieb, fuhr Florence mit Zoé allein zurück. Martin folgte ihrem kleinen alten Peugeot, bog jedoch in der Ortschaft ab, in der seine Praxis lag. Seltsamerweise überkam Florence daraufhin ein Gefühl des Verlassenseins, zumal Zoé zwar nicht schlief, aber auch kein Wort sprach. Vielmehr starrte das Mädchen ununterbrochen ans Autodach, als fände sie dort Antworten auf ihre unausgesprochenen Fragen. Schweigend erreichten sie das Bergdorf. Ein graues Wolkenmosaik hing tief über den Bergen, um die Gipfel herum bauschte sich weiße Watte, und beides gab dem See eine unwirtliche schwarze Farbe. Wollte sich die Landschaft der hilflosen Niedergeschlagenheit angleichen, die Florence in sich spürte?

Sie parkte ihr Auto in einer steil aufwärts führenden Nebenstraße, schnallte Zoé los und nahm sie fest bei der Hand. Es war gut, das Kind und seine wiedererwachte Lebendigkeit zu spüren, denn Zoé begann in ihrer verlangsamten, etwas tollpatschig wirkenden Variante im Wechselschritt zu hüpfen.

»Mama sagt, du schläfst heute bei uns.«

»Ja, das mache ich.«

»Okay. Dann machen wir eine Mitternachtsparty. Mit Ananas, Dosenmilch und Thunfisch.«

Florence lachte, gleichzeitig schossen ihr die Tränen in die Augen. Sie wusste zwar nicht, wie Zoé auf so eine Idee kam – und aus welchem Film oder Buch sie stammen könnte –, aber ihr stand deutlich vor Augen, dass sie ihre erste Mitternachtsparty überhaupt ohne Lysann abhalten würden. Dass Lysann niemals mehr an einer solchen würde teilnehmen dürfen ... Ihre Finger zitterten, als sie nach dem Hausschlüssel griff und diesen ins Schloss steckte.

Plötzlich vernahm sie hinter sich mehrere Frauenstimmen, darunter die Reibeisenstimme Sophies, gleich darauf sprach Adeline mit ihrem starken Dialekt, den Florence nur so schwer verstehen konnte. Sie wollte Zoé so gern zur Eile anhalten, weil sie keine Lust verspürte, ausgerechnet jetzt auf die beiden Frauen zu treffen, doch Zoé hatte wieder einmal anderes im Sinn. Sie betrachtete einen Feuerkäfer, der die Hauswand hinaufkletterte, umdrehte, gleich darauf erneut die Richtung änderte und so verloren wirkte, wie Florence sich fühlte. Ob es Zoé ebenso erging? Beobachtete sie deshalb voll Hingabe das Bemühen des Käfers, den richtigen Weg, das Ziel zu finden?

»... und wenn dann sogar die Luftrettung kommen muss! Es würde mich nicht wundern, wenn das verantwortungslose Mädchen einen Fehler begangen hätte. Hoffentlich wird Claire daraus endlich schlau und schickt sie weg. Schwanger hin oder her.«

Florence ergriff Zoé am Arm, aber die sträubte sich, von ihren intensiven Beobachtungen abzulassen. Für Zoé war das, was andere als unwichtig abtaten, erst recht interessant. Oft genug weckte gerade das Kleine, Unscheinbare ihre Aufmerksamkeit. Dennoch wollte Florence im Haus sein und die Tür fest verrammelt haben, ehe die beiden Frauen sie erblicken konnten. Bis jetzt ragten zwischen ihnen noch die Zweige eines duftenden Jasmins in die Höhe. Seine Blüten wirkten, als wollten Tausende von Schneeflocken den Sommer über auf dem Busch verweilen.

Michelle, die bis jetzt geschwiegen hatte, kam zuerst in Florence' Blickfeld. Die Frau hob die Augenbrauen, als sie Florence und Zoé sah, dann drehte sie sich reaktionsschnell um und sagte: »Da fällt mir ein, dass ich noch …« Den Rest des Satzes konnte Florence nicht verstehen, denn anscheinend setzte das Dreigestirn seinen Weg in eine andere Richtung fort. Dankbar atmete Florence auf, und endlich ließ sich Zoé dazu bewegen, die Wohnung zu betreten.

»Haben wir Thunfisch?« Zoé war von ihrer spontanen Idee, eine Mitternachtsparty abzuhalten, offenbar nicht mehr abzubringen.

»Schau am besten nach«, schlug Florence vor, die Lysanns Trolley unter deren Bett hervorzog und für das Mädchen und seine Mutter das Nötigste zusammenpackte, von dem Claire behauptet hatte, sie brauche es erst am nächsten Morgen.

»Thunfisch ist da. Ananas auch. Aber keine Dosenmilch.«

Florence, darüber nicht unbedingt bekümmert, rief zurück: »Wir können doch normale Milch nehmen!«

»Sahne!«

»Oder das.« Florence klopfte leicht auf ihren Bauch und erhielt als Antwort einen Tritt. Wie es aussah, war auch diesem Kind fette Sahne lieber als Milch. Die beiden würden sich sicher gut verstehen.

»Zoé, ich habe gleich einen Tanzkurs.«

»Mit mir!«

»Ja, mit dir. Allerdings kann ich mich dabei nicht so viel um dich kümmern. Die Leute, die kommen, haben dafür bezahlt, dass ich ihnen das Tanzen beibringe.«

»Ich habe ein Sparschwein.«

Ein Lächeln stahl sich auf Florence' Gesicht, gleichzeitig zog sie den Reißverschluss des Trolleys zu und deponierte das Gepäckstück unweit der Eingangstür.

Zoé begleitete Florence zu ihrem Zuhause und saß während der Stunde, in der Florence vier Paaren und einer Frau die Grundschritte des Foxtrotts beibrachte, Beine baumelnd auf der Bettkante und gab ihre Kommentare ab. Zu Beginn fürchtete Florence, Zoé zum Schweigen verdonnern zu müssen, bevor sie zu ehrlich wurde, allerdings war das nicht nötig. Zoé lobte großherzig und brachte lediglich einmal Kritik an, mit der sie auch noch recht hatte. Einer der männlichen Tanzschüler glaubte, die Schritte hüpfen zu müssen. Da alles Erklären nicht fruchtete und die Ehefrau allmählich ungeduldig wurde, tanzte Florence schließlich mit dem Hüpfer, um ihn in seinem Überschwang zu bremsen. Dabei stellte sie erfreut fest, dass sie seine Berührungen aushalten konnte – vermutlich, weil sie in ihm wiederum nur einen Schüler sah. Sie machte Fortschritte, kleine zwar, aber auch diese winzigen Erfolgserlebnisse schrien nach einem Fest – einer Mitternachtsparty!

~ ~ ~

Zum wiederholten Male fragte sich Martin, warum er bei der völlig überdrehten Sache überhaupt mitmachte. Und dabei war die Antwort eigentlich ganz einfach: Weil Zoés sprühende Begeisterung ihn entwaffnet hatte und er Florence nichts abschlagen konnte, wenn sie ihn auf ihre ganz bestimmte Weise anlächelte – ein Lächeln, von dem er sich sicher war, dass sie es sich einzig und allein für ihn aufhob.

»Ich muss übergeschnappt sein«, murmelte er vor sich hin, während er die gut gefüllte Plastikklappkiste kräftiger umgriff. Er schlich hinter Zoé, die ununterbrochen kicherte, und Florence, die das Kind erfolglos ermahnte, doch etwas leiser zu sein, durch einen dank der Notbeleuchtung in Dämmerlicht getauchten Krankenhausflur, immer in der Hoffnung, ja nicht entdeckt zu werden.

Florence drehte sich um und schaute ihn fragend an.

»Es ist nichts, geh schnell weiter.«

Ihr Grinsen, dieses umwerfende Lausbubengrinsen, verriet ihm, dass sie seine Worte sehr wohl verstanden hatte. Aber offenbar fand das verrückte Mädchen nichts dabei, mitten in der Nacht heimlich in eine Klinik einzudringen, um eine Freundin zu besuchen. Es blieb nicht einmal dabei, dass sie gegen die Regeln des Krankenhauses verstießen und sich unerlaubt Zutritt verschafft hatten, vielmehr hintergingen sie auch Claire, die von der nächtlichen Aktion selbstverständlich nichts wusste. Und er machte den Blödsinn auch noch mit! Ohne Frage war er nicht mehr ganz bei Trost! Oder rettungslos verliebt. Ob das eine das andere bedingte – in welcher Reihenfolge oder Gewichtung auch immer?

Wie Claire es Florence am Telefon beschrieben hatte, damit diese ihr nach zwei Tagen Aufenthalt in der Klinik erneut ein paar wichtige Kleinigkeiten vorbeibringen konnte, schlugen sie den Weg zur Kinderkardiologie ein, wo Lysann inzwischen in einem Zweibettzimmer lag. Vor der Zimmertür angekommen, bestand Martin resolut auf die von ihm eigens mitgebrachten Atemschutzmasken.

Florence legte sie anstandslos an. Sie kannte keine Scheu oder Vorbehalte, und sie fürchtete auch nicht, albern auszusehen. Oft genug war sie verkleidet und geschminkt, mit Masken versehen und mit mehr oder weniger hübschen oder hässlichen Kostümen ausgestattet worden. Vielleicht wusste sie aber auch, dass nichts den besonderen Zauber zerstören konnte, der von ihr ausging – zumindest für Martin.

Zoé hingegen weigerte sich, die Maske zu tragen, bis Florence ihr mit einer neu gewonnenen Autorität erklärte, dass sie dann während der Mitternachtsparty draußen im Flur würde bleiben müssen. Das Mädchen schmollte so lange hinter der Vermummung, bis sie Lysann sah. Das Zusammenziehen ihrer ohnehin schmalen Augen zeigte deutlich, wie sehr sie sich über ein Wiedersehen mit ihrer Schwester freute. Lysann war wach und riss erst erschrocken die Augen auf, ehe sie loslachte.

»Ihr seid verrückt!«, sagte sie glucksend. Da sie dabei Martin ansah, war er sich sofort im Klaren darüber, dass sie vor allem ihn meinte – und dass sie ihm diese Aktion nicht zugetraut hätte. Also verschränkte er gespielt gelassen die Arme vor der Brust, nachdem er die Klappkiste mit dem, was Florence und Zoé hatten mitnehmen wollen, auf dem Boden abgestellt hatte.

»Wir machen eine Mitternachtsparty!«, verkündete Zoé und setzte sich mit erheblich zu viel Schwung auf Lysanns Bett. Im zweiten Bett rührte sich eine Vierzehnjährige, die sich aufsetzte und verwirrt die nächtlichen Besucher im Raum anblinzelte.

»Das sind meine Schwester Zoé und ihre verrückten Freunde, Flo und Martin«, erklärte Lysann ausgelassen. »Das ist Lilou«, fügte sie hinzu und deutete mit einer erschreckend langsam ausfallenden Bewegung auf ihre Zimmerkollegin.

Der Teenager mit einem wilden kupferfarbenen Lockenkopf und so vielen Sommersprossen, dass diese im Halbdunkeln wie ein Gemälde wirkten, stellte das Kopfteil ihres Krankenhausbettes höher und meinte: »Ihr seht zwar eher wie drei Gestalten aus *Bandidas* aus, aber dennoch: herzlich willkommen in der Gruft der vor Langeweile sterbenden Langeweile.«

»Ich sehe schon, da haben sich zwei gefunden«, brummte Martin. Er fühlte sich noch immer unbehaglich und ließ die Türklinke nicht eine Sekunde aus den Augen.

»Zoé will schon seit Jahren eine Mitternachtsparty veranstalten. Dreimal haben wir einen Versuch gestartet. Zweimal ist sie vor Mitternacht eingeschlafen, beim dritten Mal hat Mama schon am Abend drei Ananasdosen für ihren Kuchen und zwei Dosen Thunfisch für die Pizza am nächsten Tag vermisst und sie zielsicher unter Zoés Bett hervorgeholt. Und ohne Ananas und Thunfisch ist eine Mitternachtsparty einfach sinnlos – meint Zoé!« Lysann strich ihrer Schwester über den Rücken, die wie eine Katze genießerisch die Augen schloss.

»Aber offenbar hat sie in Flo die perfekte Verbündete gefunden.« Lysann grinste Florence bewundernd und dankbar zugleich an, ehe sie in Martins Richtung schoss: »Nur dir hätte ich ein bisschen mehr Vernunft zugetraut.«

»Herzlichen Dank«, gab er sarkastisch zurück, was den rothaarigen Lockenkopf Lilou zum Kichern brachte, ehe sie sagte: »Ich war auch noch nie bei einer Mitternachtsparty, außer natürlich beim Jahreswechsel.«

»Das hier ist viel cooler!«, sagte Zoé im Brustton der Überzeugung.

»Na, dann legen wir mal los!« Florence rieb sich die Hände und strahlte dabei hinter der Maske hervor, als habe ihr jemand mitgeteilt, dass sie für einen *Oscar* nominiert sei. Sie wühlte in der Kiste und holte zuerst zwei Tischdecken heraus. Die rote mit den weißen Tupfen breitete sie über Lysanns Bettdecke aus, die grün-grau Gestreifte legte sie auf Lilous Bett. Das Mädchen war hocherfreut, bereits bei der Planung des nächtlichen Überfalls mit einbezogen worden zu sein.

Gleich darauf zauberte Florence weiße Pappteller sowie Becher und Plastikgabeln zum Vorschein, dazu eine Ananasdose, eine Dose Thunfisch und eine 500-Milliliter-Sahneflasche.

Martin drohte es den Magen umzudrehen. Es folgten – zu seiner Erleichterung – ein Baguette, zwei Flaschen Wasser und ein großes Stück Cheddarkäse. Claires Beitrag zu dem Unsinn, selbst wenn sie nichts davon wusste und, so hoffte er jedenfalls, auch nie etwas erfahren würde. Im Augenblick lag sie wohl in einem der von der Klinik gestellten Elternzimmer und versuchte, ein bisschen zur Ruhe zu kommen. Erst da wurde Martin bewusst, dass die Sache mit den Atemschutzmasken ihren Zweck verfehlen würde. Er erkundigte sich bei Lilou, weshalb sie in der Klinik lag, und konnte sie als eine Patientin einstufen, die keinen speziellen Schutz benötigte. Vermutlich war die Kinderabteilung einmal mehr völlig überbelegt, sodass Lysann zu ihrer eher ungewöhnlichen Zimmernachbarin gekommen war.

»Was feiern wir?«, fragte Lilou, als Florence Thunfisch und Ananas auf den Teller legte und mit einem Schwung Sahne übergoss. Offenbar war die eigentümliche Nahrungskomposition nichts, was bei ihr auf Widerwillen oder Aufregung stieß.

»Endlich eine Mitternachtsparty!«, sagte Zoé, deren Stimme sich vor Entzücken überschlug.

»Den Untergang meiner Vernunft?«, schlug Martin vor, erhielt von Florence jedoch einen Rempler mit dem Ellenbogen.

Er registrierte die nonverbale Rüge mit einem Hochgefühl. Wieder eine von ihr ausgehende Berührung!

»Na gut«, räumte er ein und fügte hinzu: »Ich feiere, dass meine Eltern mich morgen besuchen kommen.« Er verriet nicht, dass es ihr erster Besuch war, seit er in die Romandie gezogen war, hoffte allerdings, dass man ihm seine Begeisterung darüber anmerkte.

»Ich habe heute mit einem Mann unterhalb der siebzig getanzt, ohne dabei immer an Flucht zu denken.« Die drei Mädchen sahen Florence erstaunt an, nicht ahnend, welch großer Grund zur Freude das war. Und ein klein wenig zur Eifersucht, stellte Martin fest.

»Ich feiere eine Minimaschine, die es möglich macht, dass ich noch viele Mitternachtspartys erleben darf.«

Auf Lysanns Worte hin schien sich das Licht im Raum zu verdunkeln, doch Lilou wollte das offensichtlich nicht zulassen.

Zügig fügte sie hinzu: »Hey, dann feiere ich, dass ich zu jeder eingeladen werde!«

Florence und Lilou klatschten sich ab, was Martin mit neuerlichem Erstaunen registrierte. Offenbar gewann Florence sehr schnell die Zuneigung anderer. Weil sie wandelbar war wie ein Chamäleon oder weil sie ihrem Gegenüber von vornherein eine gehörige Portion Vertrauen und Offenheit entgegenbrachte, da sie an das Gute im Menschen glaubte? Waren ihr genau diese eigentlich wunderbare Eigenschaft und ihre Sensibilität zum Verhängnis geworden? Wie tragisch, dass heutzutage ausgerechnet Menschen mit diesen Fähigkeiten auf der Strecke blieben, während die hartgesottenen Egomanen sich durchsetzten und die Welt eroberten. Und dabei nichts als verbrannte Erde hinterließen …

Zoé wollte ebenfalls mit Lilou einschlagen, wozu drei Versuche nötig waren, bis ihre Hände sich trafen, und weitere zwei, bis das Mädchen wieder neben ihrer Schwester auf dem hohen Krankenhausbett saß.

»Na, denn …«, meinte Florence und reichte Lilou und Lysann je einen Teller mit der eigentümlichen Speisenauswahl. Martin beobachtete das Geschehen mit Sorge, doch Lysann strahlte, also hielt er sich mit einer Warnung zurück. Lilou aß ihre Portion tatsächlich auf, Martin rührte seine nicht an. Florence verdrehte nach einem Bissen die Augen, als habe sie noch nie etwas Köstlicheres zu sich genommen, Sekunden später konnte Martin jedoch beobachten, wie es sie regelrecht schüttelte und sie die Reste heimlich in eine Mülltüte rutschen ließ. Zoé hatte das Gesicht vor Ekel verzogen, aß aber tapfer, weil in ihrer Vorstellung diese Zusammenstellung unweigerlich zu einer gelingenden Mitternachtsparty gehörte – woher auch immer sie ihr zweifelhaftes Wissen bezogen hatte. Lysann schob nach einem winzigen Bissen ihre seit Wochen anhaltende Appetitlosigkeit vor und reichte Florence den Teller zurück, die, so nahm Martin an, unendlich froh darüber war, dass sie eine Mülltüte mitgebracht hatte.

Als Florence alle Teller eingesammelt hatte, verteilte sie die Becher mit Wasser, dazu Baguette und Käse, wenig später erklärte sie, dass eine Party unmöglich ohne Musik und Tanz stattfinden könne.

Martin stieß sich von der Wand ab, an der er bis dahin gelehnt hatte, und wollte protestieren – hauptsächlich, weil er befürchtete, bei zu viel Unruhe und Lärm erwischt zu werden –, doch Florence bedeutete ihm, sich wieder zu entspannen. Sie summte eine Melodie und führte gemeinsam mit Zoé vor, was das Mädchen bis jetzt in ihrem Tuttingkurs gelernt hatte.

Lilou kicherte, einer Kinderrassel nicht unähnlich, über die teilweise grotesken Bewegungen und verschüttete ihr Getränk. Ob Florence derlei Unfälle schon vorausgesehen und deshalb lediglich Wasser anstatt irgendwelcher Süßgetränke mitgebracht hatte? Er wusste nicht, wie es am Ende dazu gekommen war, aber plötzlich stand die Forderung im Raum, dass er das, was er an Steppschritten bereits konnte, vorführen müsse.

»Auf gar keinen Fall!« Protestierend schüttelte er den Kopf, woraufhin die drei Mädchen ihn rhythmisch klatschend anfeuerten. Er warf einen Hilfe suchenden Blick zu Florence, doch die grinste nur, begann leise zu singen und gab ihm einen Schubs, sodass er die stützende Wand im Rücken verlor. Ergeben, da er den Spaß der Mädchen nicht schmälern wollte, befolgte er die Aufforderung, jedoch nur so lange, bis Lilou in schallendes Gelächter ausbrach. Er sah auf und bemerkte, dass Zoé eingerollt wie eine Katze an Lysanns Seite eingeschlafen war und die beiden Teenager ihn unübersehbar auslachten. Jetzt versagte auch Florence die Stimme. Offenbar war er noch weit davon entfernt, *der* neue Steppstar zu werden.

Plötzlich hörte Martin in seinem Rücken ein mechanisches

Klicken. Ein Bewegungsmelder hatte das Licht im Flur aktiviert. Jemand näherte sich ihnen.

»Da kommt jemand!«, stieß er hervor und hob hilflos die Hände. In den folgenden Sekunden musste er ein Schauspiel miterleben, das wie einstudiert wirkte. Florence kickte die Kiste hinter Lysanns Nachttisch und huschte ins angrenzende Bad, Lysann deckte Zoé zu, sodass niemand zwei Mädchen im Bett vermuten konnte. Lilou ließ ihr Kopfteil runter, gleichzeitig schaltete sie das Licht aus. So stand Martin völlig allein und überaus perplex in der nach friedlichem Schlaf wirkenden Stille und musste sich die Frage stellen, ob weiblichen Wesen derlei fixe Täuschungsmanöver in den Genen liegen.

Die Tür in seinem Rücken wurde geöffnet und ihm unsanft zwischen die Schulterblätter gerammt. Der hereinfallende Lichtschein beleuchtete ihn wie einen Darsteller auf einer Bühne. Nur, dass er sich im falschen Stück wähnte und, statt die Hauptrolle zu besetzen, lieber ein Zuschauer gewesen wäre.

Die Nachtschwester stieß einen erschrockenen Quietschlaut aus, und Martin vernahm ein unterdrücktes Kichern. Aber offenbar hörte nur er es, denn die rundliche Mittzwanzigerin herrschte ihn an, sobald sie ihren ersten Schock überwunden hatte: »Was tun Sie denn hier?«

»Entschuldigen Sie bitte …« Mittlerweile schweißgebadet, beugte er sich vor, um das Namensschild an ihrem Kittel zu entziffern. »Marie«, fügte er daraufhin schnell hinzu und setzte das charmanteste Lächeln auf, zu dem er in seiner misslichen Lage fähig war. Dennoch schien es seine Wirkung nicht zu verfehlen. Zumindest senkten sich die hochgezogenen Schultern der Krankenschwester.

»Ich bin Dr. Martin Neumann.« Ob es ein Fehler war, seinen Namen zu verraten? Die Überlegung kam jedenfalls zu spät. »Ich wollte nochmals kurz nach meiner Patientin sehen.« Er deutete auf Lysanns Bett und sah dort ein leichtes Zittern der

Bettdecke. Weniger vor Furcht, wie er vermutete, sondern vielmehr aus jugendlichem Übermut und pubertärer Albernheit. Und wem hatte er das zu verdanken? Florence! Vielleicht sollte er sich doch einmal ihren Ausweis mit ihren Geburtsdaten zeigen lassen.

»Zu so später Stunde?« Noch immer klang der Hauch eines berechtigten Misstrauens in der Stimme der Kinderkrankenschwester mit.

»Meine Patienten sind mir sehr wichtig«, erklärte er, froh darüber, dass auch das keine Lüge war.

Die Schwester strahlte ihn an, unübersehbar hingerissen von dem warmherzigen und einsatzfreudigen Arzt – oder von ihm als Person. Eigentlich sollte ihm das schmeicheln, doch dafür war ihm die ganze Angelegenheit schlicht zu unangenehm.

»Wie lange geht Ihre Schicht noch?«, versuchte er, von sich abzulenken.

»Leider bis 6.30 Uhr.« Ihr Augenaufschlag brachte ihn zu der Annahme, dass sie auf eine Einladung zum Frühstück hoffte. Offenbar hatte er das Geschick, sich von einer unmöglichen Situation in die nächste zu manövrieren. Er würde Florence später ordentlich den Kopf waschen müssen. Oder viel besser: sie endlich küssen!

Sein Seufzen sorgte für das nächste Missverständnis. Marie berührte ihn kurz am Arm. »Sie haben bestimmt einen anstrengenden, langen Tag hinter sich. Lysann geht es den Umständen entsprechend gut. Wir achten hier gut auf sie, Sie brauchen sich nicht um sie zu sorgen.«

Martin konnte gegen die in ihm aufsteigende Heiterkeit nichts tun. Natürlich ging es Lysann im Augenblick gut. Sie kuschelte mit Zoé, durfte erleben, zu was ihre Freunde ihretwegen fähig waren, und hatte zudem rechtzeitig bemerkt, dass sie Zoés eigentümliche Mitternachtsmahlzeit lieber verschmähen sollte.

»Wie wäre es, wenn wir uns im Schwesternzimmer einen Kaffee holen, ehe Sie sich Ihre wohlverdiente Nachtruhe gönnen?«

Martin wollte die Einladung bereits dankend ablehnen, als er eine schmale Hand zwischen Zarge und Blatt der Badtür sah, die ihm mit überaus elegantem Schwung winkte, dass er verschwinden sollte – mit Marie. Jetzt wurde er also auch noch als Fluchthelfer missbraucht.

»Das klingt gut«, hörte er sich mit schmeichelnder Stimme sagen, seine Worte wurden mit einem Strahlen auf dem hübschen runden Gesicht der Pflegekraft beantwortet. Er öffnete die Tür für sie, was ihr Lächeln zusätzlich vertiefte. Gleich darauf hüpfte sie mit übermütigen Schritten neben ihm her, da er sich beeilte, so schnell wie möglich von dem Zimmer wegzukommen, aus dem er demnächst schallendes Gelächter zu hören befürchtete.

Eine halbe Stunde und zwei Espressos später betrat er die Tiefgarage und fand Florence an seinen Wagen gelehnt vor. Zoé hing in ihren Armen, schon wieder schlafend, wie er feststellte. Gemeinsam verfrachteten sie das Mädchen auf den Rücksitz, und erst als sie die Stadt hinter sich gelassen hatten, fiel ihm die zurückgelassene Klappkiste ein.

»Claire wird herausfinden, was wir getan haben.«

»Wegen der Kiste?« Florence wusste sofort, worauf er anspielte.

»Genau.«

»Sie wird es verstehen.«

»Dass wir ihre schwerkranke Tochter vom Schlafen abhalten, sie aufregen –?«

»Dass wir ihr eine Freude bereiten wollten«, korrigierte Florence ihn.

Nur mäßig beruhigt wiegte er den Kopf und konzentrierte sich dann auf die stetig ansteigende Straße, die zwischen den immer größer werdenden Hügeln, Wäldern und an den Hängen klebenden Ortschaften hindurch in die Berge hinaufführte.

»Marie war doch nett, oder?«

Ihre Frage, die auf ein ausgedehntes Schweigen folgte, entlockte ihm ein Schmunzeln. War sie womöglich ein wenig eifersüchtig?

»Natürlich«, gab er zurück. »Ich bewundere die Pflegekräfte, die diesem körperlich wie psychisch anstrengenden Job mit viel Hingabe und Liebe nachgehen.«

»Ja, sie sind toll«, stimmte Florence zu und fügte hinzu: »Ich weiß nicht, ob ich das könnte. Jeden Tag von verletzten, kranken oder gar sterbenden Menschen umgeben zu sein. Und dann auch noch Kinder …«

»Du wärst eine Wohltat für sie.«

Florence lachte über seine Wortwahl. »Weil ich ihnen Ananas, Thunfisch und Sahne zum Essen anbieten und ihre Ärzte zwingen würde, Fred Astaire zu imitieren?«

»Genau deshalb!«, sagte er aus tiefster Überzeugung. Florence hatte eine besondere Art, mit den kranken oder wartenden Kindern in der Klinik umzugehen. Ihre Lebendigkeit wirkte ansteckend, und da sie keine Scheu kannte, sich in der Öffentlichkeit zu präsentieren, sorgte sie für wohltuende Abwechslung und Kurzweil. Und ganz nebenbei lehrte sie die Kinder und ihre Begleiter auch noch die Grundzüge von Tanz und Schauspiel. Vielleicht sah sie die positive Wirkung ihres unbekümmerten Tuns wirklich nicht, weil er Teil ihres Charakters und ihres Lebens war, er jedoch fand diesen Aspekt ihrer Begabung großartig.

»Deine Eltern kommen dich also morgen besuchen?« Ihre Frage klang ehrlich interessiert, was ihn freute. Eigentlich, so kam es ihm in den Sinn, würde er ihnen Florence gern vorstellen. Doch als was? Als eine Freundin? Als seine Nachbarin? Als … seine zukünftige Ehefrau? Der Schwebezustand ihrer

Beziehung machte seinen Wunsch schlicht unmöglich. Womöglich war es besser, wenn sie einander nicht trafen. Noch nicht.

»Ich hole sie morgen früh am Bahnhof ab.«

»Am Busbahnhof oder unten in der Stadt?«

»In der Stadt.«

»Könnte ich vielleicht mitfahren? Oder fährst du, bevor Zoé von ihrem Schulbus abgeholt wird?«

»Nein, später. Wo willst du denn hin?« Er schwankte zwischen der Vorfreude auf ihre Begleitung und seiner vorherigen Überlegung, seine Eltern, die sich schon lange eine Schwiegertochter wünschten, und Florence, die in seinen Augen perfekt, aber nicht bereit dafür war, nicht miteinander bekannt zu machen.

»Ich muss Lysann und Claire noch ein paar Sachen ins Krankenhaus bringen.«

»Das hättest du –«

»Ich habe die Tasche vergessen. Oder so etwas in der Art.«

»Ananas, Thunfisch und Sahne waren wichtiger?«

»Richtig!« Sie lachte über ihren mangelnden Organisationssinn hinweg. Oder darüber, dass die zurückgelassene Kiste ihr nächtliches Tun ohnehin verraten würde, weshalb sie die Tasche nicht hätte vergessen müssen? Vielleicht fürchtete Florence sich doch ein klein wenig vor Claires Reaktion?

»Außerdem muss ich in der Stadt einen Kanister kaufen und mit Benzin füllen. Ich fürchte, ich habe den Tank meines Autos restlos leer gefahren. Wieder mal.«

Martin warf ihr einen Seitenblick zu, sah, wie sie die Hände vors Gesicht schlug und den Kopf schüttelte. Mit ihrem Organisationstalent war es demnach nicht zum Besten bestellt? Das war eine Eigenheit an ihr, die ihm bisher verborgen geblieben war.

»Ich bin manchmal etwas …«

»Kopflos?«, schlug er vor, während sie noch auf der Suche nach dem passenden Wort war.

»Nein!«, widersprach sie gut gelaunt. »Ich denke, das Gegenteil trifft es eher. Meine Gedanken drehen sich immer um so viele Dinge gleichzeitig, dass ich unwichtige Details auch mal vergesse.«

»Ich glaube nicht, dass Lysann und Claire ihre Kleidung und ihre Kosmetikartikel als unwichtig ansehen.«

»*Für mich* unwichtige Details?«, schränkte sie prompt ein.

»Damit kann ich leben, sofern ich nicht zu den unwichtigen Details gehöre.«

»Niemals!«

Martin umgriff das Lenkrad fester und schaute stur geradeaus auf den Lichtkegel der Scheinwerfer, um nicht in lauten Jubel auszubrechen. Allein, um dieses beinahe enthusiastisch ausgesprochene Wort aus ihrem Mund zu hören, hatten sich ihr unmöglicher nächtlicher Ausflug und die zwei Espressos, die ihn vermutlich stundenlang wachhalten würden, gelohnt.

17. Kapitel

23. Mai

Florence hatte kaum die Kinderstation betreten, als Claire ihr entgegengestürmt kam. Hastig stellte sie die Reisetasche ab, um die erwartete Standpauke über sich ergehen zu lassen, wurde stattdessen jedoch überschwänglich umarmt, soweit das mit ihrem Babybauch noch möglich war.

»Du absolut verrücktes Mädchen!«, flüsterte Claire unter Tränen und küsste sie schließlich auf die Wange.

Überrumpelt, aber frech grinsend, wartete Florence auf eine Erklärung.

»Lysann geht es heute so viel besser. Sie sprüht förmlich vor Freude über ihr nächtliches Abenteuer und vor Zuversicht. Das ist genau die Medizin, die sie braucht, um weiterzukämpfen. Sogar die Schwestern und Ärzte sind ganz erstaunt.«

Claire sprühte ebenfalls, was Florence mit Zufriedenheit erfüllte. Vielleicht waren die Prognosen der Ärzte ja zu pessimistisch ausgefallen. In Lysann wohnte ein starker Ehrgeiz, ein Siegergen. Ihr Körper war es gewohnt, Höchstleistung zu erbringen. Bedeutete diese Kombination womöglich ihre Chance auf Heilung und Rettung? Außerdem betete Harald für

Lysann, wobei er, das hatte Florence inzwischen gelernt, Heilung und Rettung völlig anders gewichtete als die meisten Menschen. Er dachte dabei weniger an ihren geschwächten Körper als vielmehr an eine unsterbliche Seele.

»Das ganze Zimmer hat übrigens nach Thunfisch gestunken, auch noch, als ich die Beweisstücke eurer Mitternachtsparty heimlich entsorgt hatte. Das Personal rätselt immer noch, woher der seltsame Geruch stammt.« Claire kicherte und zwinkerte ihr verschwörerisch zu, was in Florence den Verdacht aufkommen ließ, dass die Frau bei der nächsten Mitternachtsparty unbedingt mit von der Partie sein wollte.

»Ob ich wohl einen Anruf von Zoés Schule erwarten muss, weil das Mädchen heute im Unterricht eingeschlafen ist?« Claire lachte, eine Antwort erwartete sie nicht. Sie war so glücklich über Lysanns zurückgekehrte Zuversicht. Vermutlich konnte sie heute nichts empören. Und Florence hoffte so sehr, dass dies so blieb. Nichts wünschte sie sich mehr, als dass Claire ihre Lysann bald schon wieder mit nach Hause nehmen durfte. Mit einem neuen und starken Herzen, das in ihrem Körper einen gleichmäßigen Takt schlug, zu dem Lysann noch lange durch ihr Leben tanzen konnte.

~ ~ ~

Linda betrachtete ihren Sohn, wie er mit großen Schritten den Bahnsteig entlangeilte, schließlich die Arme ausbreitete und sie in eine kräftige Umarmung zog. Sie lächelte, kämpfte zugleich jedoch ein paar sentimentale Tränen nieder. Wann hatte ihr Sohn sie das letzte Mal umarmt? Als er von zu Hause ausgezogen und zum Studium gegangen war? Bevor aus einem manchmal übermütigen und zumeist fröhlichen, aber strebsamen Jugendlichen ein vom Ehrgeiz zerfressener, selbstverliebter und auf die eigenen Bedürfnisse konzentrierter, ja überheblicher Mann geworden war, der gelegentlich sogar die Ellenbogen eingesetzt hatte, um voranzukommen?

Energisch schob sie ihn von sich und sah in sein gebräuntes Gesicht auf. Mit dem dunklen Bartschatten, den etwas zu langen Haaren und Fältchen um die Augen glich er mehr denn je seinem Vater. Sie strahlte ihn an, zufrieden mit dem, was sie sah. Martin war zur Ruhe gekommen. Der einst berechnende, oft kalte Blick war wieder einem warmen, verständnisvollen Ausdruck gewichen, wobei er sie in diesem Moment eher entschuldigend anblickte.

Es war sein Wunsch gewesen, für wenigstens ein Jahr völlig unterzutauchen. Und im Gegensatz zu vielen seiner Studienkollegen und Freunde hatte sie diesen Schritt verstanden, ja die Kehrtwende im Grunde herbeigesehnt. Martin hatte trotz seiner jungen Jahre kurz davor gestanden, ein erfolgreicher, jedoch griesgrämiger und unglücklicher Mann zu werden. Die Gewichtung hatte ihr nicht gefallen, also hatte sie wohlwollend und deshalb auch schweigend zugesehen, wie er alle Brücken hinter sich abgebrochen hatte und in die Schweizer Berge verschwunden war. Weg von seinem alten Leben, dem Himmel viel näher … wenn man es so sehen wollte.

»Verzeih bitte, dass ich –«

Sie legte den Zeigefinger auf seine Lippen und brachte ihn damit sofort zum Schweigen.

»Du hast die Auszeit dringend gebraucht. Zum Wohle ihrer Kinder müssen sich Eltern manchmal damit zufriedengeben, dass sie nur alle paar Wochen einen Anruf bekommen.«

Er öffnete den Mund, schloss ihn aber wieder und schaute über die Schulter in Richtung Ausgang. Sie folgte seinem Blick, konnte jedoch bis auf die vorüberhastenden Passanten mit ihren Taschen und Koffern, das farblose alte Gemäuer und einen langsam einfahrenden Zug nichts Interessantes ausmachen. Dennoch ahnte sie, was er ihr hatte gestehen wollen. Irgendetwas war geschehen, das ihn endlich zu dem Schritt bewogen hatte, seine Eltern einzuladen. Sein Leben hatte eine zusätzliche Veränderung durchlaufen, sonst hätte ihre Trennung mit den zwar regelmäßigen, zumeist allerdings oberflächlichen Telefongesprächen womöglich noch lange weiter bestanden.

Während der Zug quietschend und pfeifend zum Stehen kam, französische wie deutsche Wortfetzen mit dem Lärm konkurrierten und einige Tauben vor eilenden Füßen flüchteten, sah Linda zu, wie sich Vater und Sohn mit einem festen Handschlag begrüßten, Martin sich dann nach unten beugte und seinen Kopf auf Manfreds Schulter legte. Der klopfte seinem Sohn daraufhin kräftig den Rücken. Seit Manfred im Rollstuhl saß, hatte er an Gewicht zugenommen, dennoch sahen sich die beiden ähnlicher denn je. Das Leben hatte bei jedem von ihnen seine Spuren hinterlassen.

Martin nahm ihr die kleine Reisetasche ab, und sie schob den Rollstuhl auf die Eingangstür zu. Draußen erwarteten sie trockene, mit Staub und Abgasen gefüllte Stadtluft, mehrstöckige graue Gebäude, hupende Autos und eine große Anzahl von Menschen, die zielstrebig irgendwohin eilten. Dabei sahen sie weder nach links noch nach rechts und verhielten sich, als seien sie allein auf der Straße. Unwillkürlich fragte sich Linda, ob sie wirklich alle wussten, wohin sie unterwegs waren. Wie viele der Passanten führten wohl ein Leben, das so ganz anders war als das, das für sie vorgesehen war? Sah sie deshalb in so viele gehetzte Gesichter, in traurige Augen, auf verbissene Münder? Es herrschte Frieden, ein Wohlstand, der vielleicht ungerecht verteilt war, aber doch für diejenigen, die sie hier antraf, genügend Annehmlichkeiten und mehr als eine Grundsicherung der existenziellen Bedürfnisse bereithielt. Und dennoch hing die Unzufriedenheit wie eine stinkende graue Smogwolke in der Straße. Woher kam das nur? Vom wie ein Krebsgeschwür um sich greifenden Neid und seiner kleinen Schwester, der Missgunst? Von falschen Vorbildern und verkehrten Lebenszielen? Weil der Mensch verlernt hatte, auf das wirklich Wichtige zu achten? Auf die Nächstenliebe. Darauf, seine Mitmenschen zu schätzen, ihnen Zeit und Aufmerksamkeit zu schenken, ihnen zu danken. Gab es stattdessen nicht viel zu viel Streit und Übervorteilung? Wurde nicht viel zu viel gelästert und immer mehr für sich selbst eingefordert, anstatt mit offenen Händen und Herzen zu geben? Übersah man seine Mitmenschen in Gänze?

Linda schob ihre Überlegungen mit einem unterdrückten Seufzer beiseite. Derlei Gedanken gab sie sich erst hin, seit sie hatte mit ansehen müssen, wie ihr Mann nach dem Unfall zu verfallen drohte. Linda hätte ihn wohl an den Trübsinn und den Alkohol verloren, wenn da nicht plötzlich alte Bekannte aus jugendlichen CVJM-Zeiten aufgetaucht wären, die ihn vor dem Dahinsiechen bewahrten. Sie hatten ihn an die Hand genommen und ihm gezeigt, dass er noch so viel tun und erreichen konnte – vor allem für diejenigen, die in eine ähnliche Situation wie er geraten waren. Und dann hatte Martin auch noch einen derart gefährlichen Weg eingeschlagen …

Lächelnd sah sie auf den breiten Rücken ihres Sohnes, als er vor ihr und Manfred durch die Reihen geparkter Autos ging. Dabei entdeckte sie neben Martins Wagen eine Frau.

Ein Flattern in ihrem Herzen machte sich bemerkbar, nicht mehr als der erste zaghafte Flügelschlag eines Falters, der soeben aus seiner Puppe geschlüpft war. Warum war ihr nicht sofort der Gedanke gekommen, dass Martins neuerliche Veränderung mit einer Frau in Zusammenhang stehen könnte?

Linda behielt die groß gewachsene Gestalt in dem luftigen bunten Sommerkleid aufmerksam im Blick, während sie den Rollstuhl durch die teilweise eng stehenden Autos manövrierte. Die junge Frau lehnte nicht wie so viele andere Wartende am Wagen, sondern war ständig in Bewegung. Mal wippte sie auf und ab, dann tänzelte sie nach links und nach rechts. Ob sie nervös war, weil sie gleich Martins Eltern vorgestellt werden sollte? Als Linda endlich in ihr Gesicht sehen konnte, runzelte sie die Stirn. War das Mädchen denn überhaupt schon achtzehn? Vielleicht lag sie mit ihrer Annahme falsch, und Martin hatte – weshalb auch immer – eine seiner Patientinnen mitgenommen. Als sie nur noch wenige Schritte von ihr entfernt waren, sog Linda überrascht die viel zu warme, trockene Luft in ihre Lungen. Das Mädchen war unübersehbar schwanger!

Martin stellte die Reisetasche neben den Kofferraum und zog seinen Autoschlüssel aus der Hosentasche. Er hatte es offensichtlich nicht eilig, sie miteinander bekannt zu machen.

Linda senkte den Kopf und wechselte einen irritierten Blick mit Manfred, der ihr jedoch beruhigend zulächelte. Sah er etwas anderes als sie? War ihr irgendetwas entgangen?

Jedenfalls fand Martin seine Manieren wieder, denn er winkte nun die zappelnde Gestalt zu sich, bevor er den Kofferraum öffnete.

»Das ist Florence«, stellte er sie vor. Mehr nicht. »Flo, das sind meine Eltern.«

»Es freut mich sehr«, sagte das Mädchen mit voller Stimme und einem Akzent, der bei Linda unwillkürlich ein Lächeln auslöste. Mit einer fließenden, anmutigen Bewegung streckte Florence ihr die Hand entgegen und drückte die ihre überraschend fest. Lindas Blick ruhte prüfend auf dem hübschen Gesicht, und sie revidierte ihren ersten Eindruck. Florence war kein Mädchen mehr, sondern eine Frau, wenngleich ihr Alter nur schwer zu schätzen war. Völlig ungezwungen begrüßte sie auch Manfred, dessen Blick erst lange auf ihrem Gesicht, dann auf ihrem runden Bauch verweilte. Seine Überlegungen behielt er jedoch für sich.

Florence schien seine Zurückhaltung zu spüren, denn sie entspannte sich sichtlich, und das nervöse Trippeln ihrer Füße fand ein Ende.

Martin verstaute das Gepäck im Kofferraum und, sobald Manfred auf dem Beifahrersitz saß, auch den Rollstuhl. Er stieg erst ein, nachdem die beiden Frauen auf der Rückbank Platz genommen hatten. Zügig parkte er aus und lenkte den Wagen sicher durch die Straßen, für Linda ein deutliches Indiz, dass er sich hier halbwegs auskannte. Anschließend fuhren sie durch sanft geschwungene grüne Hügel und kleine Ortschaften in Richtung Berge, die, in einen bläulichen Dunst gehüllt, erhaben dem Himmel entgegenwuchsen.

»Sie leben hier in der Romandie?«, wandte sich Linda schließlich an Florence.

Diese zuckte auf die Frage hin zusammen, als sei sie mit ihren Gedanken in einer Traumwelt versunken gewesen. »Derzeit, ja. Ursprünglich stamme ich aus Paris.«

»Sag es ihr, Flo«, erklang Martins fröhliche Stimme von vorn.

Gebannt beobachtete Linda, wie Florence ihm über den Rückspiegel eine Grimasse schnitt, und kam zu dem Schluss, dass da doch etwas mehr zwischen ihrem Sohn und dieser Frau sein musste, als die beiden zeigen wollten. Ob das ungeborene Kind womöglich ihr Enkel war? Wieder spürte sie ein aufgeregt-freudiges Flattern in sich.

»Martin meint, es würde Sie interessieren, dass ich Musicaldarstellerin bin.«

Das Wort »bin« kam nur zögernd über ihre Lippen und war begleitet von einem kurzen Handauflegen auf ihren vorgewölbten Leib.

»Da hat mein Sohn vollkommen recht – was ich nicht immer von ihm sagen würde.« Linda drehte sich begeistert in Richtung Florence und musterte sie nun mit neuem Interesse. Eine Frau, die professionell tanzte, hatte ihre ganze Bewunderung. »Erzählen Sie! Und bitte, keine falsche Bescheidenheit. Wo und was haben Sie schon gespielt?«

Linda hörte Florence hingerissen zu. Vor allem auch deshalb, weil die junge Frau vor Lebendigkeit förmlich übersprudelte. Dass sie ihren Beruf mit Leidenschaft lebte, war kaum zu übersehen und zu überhören. Ihre große Gestik war anmutig, ihr Akzent vertiefte sich, wenn sie von ihren Auftritten sprach. Dann schob sich gelegentlich ein französisches Wort in ihren Satz, ebenso frech wie ihr Lächeln. Für Lindas Geschmack erreichten sie den Bergsee viel zu schnell, denn in ihr stauten sich eine Menge Fragen auf. Sie wollte so viel mehr darüber erfahren, wie es hinter den Kulissen zuging, in denen Traumwelten erschaffen wurden. Da es ihr unmöglich war, Florence jetzt einfach gehen zu lassen, lud sie die Tänzerin ein, den Tag mit ihnen zu verbringen. Die Einladung trug ihr einen erstaunten Blick von Manfred ein – er wusste genau, wie sehr sie sich auf die Gespräche mit ihrem Sohn gefreut hatte – und einen amüsierten vonseiten Martins. Er hatte durchschaut, wie hingerissen sie von dem Energiebündel war, das bereits aus dem Wagen gestiegen war und sich genüsslich dem blauen Himmel entgegenreckte.

~~~

Nach einem reichlichen und gemütlichen Barbecue hatte Florence Zoé abgeholt. Wie viele andere Schüler in den umliegenden Dörfern wurde sie von einem Minibus zu ihrer Schule und wieder nach Hause gefahren. Das Mädchen begrüßte Martins Eltern zuerst zurückhaltend, taute aber gewohnt schnell auf. Florence, die Martin noch beim Abspülen des Geschirrs geholfen hatte, betrat gerade den Platz vor dem Chalet mit dem herrlichen Blick über den See und die Bergwelt, als sie hörte, wie Zoé zu Manfred sagte: »Martin mag Flo. Und Flo mag Martin.«

»So, denkst du?«, hakte Manfred nach. Martins Vater hatte
~~~

sich eher selten am Gespräch beteiligt, war jedoch ein aufmerksamer Zuhörer.

Zoé kicherte und hüpfte von einem Bein auf das andere, eine Gleichgewichtsübung, die sie vor Wochen noch nicht bestanden hätte. Florence sah es mit Begeisterung, weniger froh war sie darüber, der Gesprächsinhalt der beiden zu sein. Zoé war erfrischend ehrlich – allerdings verschwamm die Grenze dahin gehend, zu offen zu sein, bei ihr leicht.

»Das sieht man doch!«, beteuerte Zoé ernst, fast vorwurfsvoll. »Babys kommen, wenn zwei Menschen sich mögen. Das hat Claire gesagt.«

Florence öffnete den Mund, klappte ihn aber schnell wieder zu. Heiße Feuerwellen liefen durch sie hindurch. Vor Scham, vor Entsetzen und erneut in schreckliche Erinnerungen getaucht. Diese klebten wie Teer an ihr. Eklig stinkend, schwarz und kaum loszuwerden.

»Wer ist Claire?«, lautete Manfreds Frage, und Florence hätte dem Mann am liebsten einen Orden verliehen, denn Zoé verlor ihr voriges Thema sofort aus dem Sinn. Sie erzählte all das, was ihr spontan über ihre Mutter einfiel, dann schwenkte sie zu Lysann über. Rückwärtsgehend wich Florence in Martins Wohnung zurück, wohl ahnend, dass Linda sie unter ihrer dunklen Sonnenbrille hervor beobachtete. Martins Mutter tat zwar, als bekäme sie die Unterhaltung zwischen ihrem Mann und Zoé nicht mit, doch Florence ließ sich dahin gehend nicht täuschen. Sobald sie den deutlich kühleren Raum betreten hatte, wirbelte sie herum und prallte gegen Martin.

»He«, begehrte er auf, nahm sich aber sehr viel Zeit damit, seine Hände, mit denen er vorsichtshalber ihre Oberarme ergriffen hatte, von ihr zu nehmen.

»Du siehst aus, als hättest du –«

»Martin, bitte sag deinen Eltern, dass das Kind nicht von dir ist.«

»Wie bitte?«

»Zoé hat das gerade deinem Vater gegenüber behauptet.«

Seine Hände lagen wieder auf ihren Armen. Florence, die aufgeregt war und sich seltsam gedemütigt fühlte, schüttelte sie ab und wich ihm aus. Auf seiner Stirn entstanden kleine Furchen, und wie so oft schob er die Hände tief in die Hosentaschen. Als müsste er sie aufräumen. Der heitere Glanz in seinen schönen braunen Augen verblasste und machte Traurigkeit Platz. Angesichts seiner angespannten Haltung vermutete Florence, dass er die in ihm aufkeimende Wut zu unterdrücken versuchte. Auf sie? Auf Zoé? Oder auf den Mann, der ihr das angetan hatte – und somit auch ihm?

Er sah sie einfach nur an, schmerzlich, wie sie fand. Seine Pein floss in ihr Herz. Dieses zog sich wie unter einem Krampf zusammen. Sie würde ihn verlieren! Seine Geduld mit ihr, sein unbeirrtes Abwarten und zurückhaltendes Werben um sie, ihr Tanz, zwei Schritte nach vorn, einer zurück, wurden ihm zu anstrengend, dauerten ihm zu lange.

Flehend hob sie die Hände, unterdrückte ein Aufschluchzen, konnte jedoch nicht verhindern, dass Tränen in ihre Augen stiegen.

»Sag ihnen bitte, was passiert ist.«

Nun zeichnete sich Erstaunen auf seinem Gesicht ab. »Ich soll meinen Eltern erzählen, was dir angetan wurde? Dieses Geheimnis hast du bislang gut gehütet.«

»Ich will nur … deine Eltern … sie lieben einander so sehr, sind sich immer so treu geblieben. Sie dürfen nicht denken, dass du der Vater des Kindes bist und dich vor der Verantwortung drücken willst.« Sie geriet ins Stottern, wusste nicht, wie sie ausdrücken sollte, was sie bewegte.

»Du meinst, falls du eines Tages hier abhaust?« Seine Stimme klang erschreckend kalt. Wie die Eiszapfen, die im Winter die Dächer verziert hatten. Sie bohrten sich in ihr Inneres, wollten sie zerfetzen. Es war, als sei Martin plötzlich kilometerweit von ihr entfernt. Jenseits der Berge, während sie erneut ins Eis eingebrochen war und zu versinken drohte.

»Sie werden mich fragen, ob man den Kerl gefasst hat. Ob er bestraft wird.« Jetzt, da er seine Zurückhaltung ohnehin aufgegeben hatte, sprach er gnadenlos die Themen an, die ihn sicher schon über einen längeren Zeitraum hinweg beschäftigten.

Florence krümmte sich zusammen. Sie stützte die Hände auf ihre Oberschenkel und zwang sich, weiter zu atmen. Ein und aus. Ein und aus.

»Das ist eine völlig normale Frage, Flo. Eine, die ich mir schon lange stelle. Was ist mit dem Kerl? Wer ist er? Warum habe ich das Gefühl, dass du ihn –«

»Was?«, zischte sie ihn an und richtete sich auf. Die Arme vor der Brust verschränkt, rückwärts taumelnd, bis sie die Wand im Rücken spürte.

»Dass ich mich nicht genug gewehrt habe?«

»Nein!«, widersprach er harsch, fuhr aber ruhiger fort: »Dass du ihn einfach so davonkommen lässt.«

»Ist das nicht meine ganz persönliche Angelegenheit?«

»Nicht, wenn er es wieder und wieder tut! Denkst du denn nur an dich? Nur an deinen Schmerz?«

»Wie bitte?«

»Du kannst andere Frauen vor dem gleichen Schicksal bewahren. Du hast eine Verantwortung wahrzunehmen. Und vielleicht würde eine Verurteilung ein klein wenig dazu beitragen, dass auch du damit abschließen könntest.« Er hob in einer hilflosen Geste beide Arme und ließ sie kraftlos fallen.

Florence fühlte sich wie Jagdbeute in die Enge getrieben. Die Weite, die Freiheit, die Martin ihr schon so oft gewährt hatte, war zu einem winzigen Kasten zusammengeschrumpft, in dem sie gefangen saß. Ihr Inneres schrie nach mehr Licht, Luft und Bewegung. Und nach Liebe. Einer Liebe, die nicht forderte.

»Ich muss gehen«, brachte sie krächzend hervor. »Ich habe Unterricht.«

»Ja, lauf nur weiter davon«, hörte sie ihn murmeln, ehe er noch vor ihr die Wohnung verließ. Resigniert und traurig. Aufgebracht. Wütend?

Reglos verharrte sie, lauschte dem Lachen einiger Wanderer auf dem Weg oberhalb des Chalets und wie der Wind durch die Bäume brauste. Grillenzirpen, Vogelgesang, dann Martins Stimme. Er teilte seinen Eltern mit, dass Florence sich verabschieden müsse, da sie zu arbeiten habe.

Zoé kam herein und erklärte auf ihre fröhliche Art, dass sie Florence begleiten werde. Das Mädchen war sich keiner Schuld bewusst. Zu Recht, wie Florence fand. Zoé hatte lediglich das weitergegeben, was für sie richtig und normal war. So, wie es eigentlich sein sollte. Nur sie, Florence, war nicht so, wie sie hätte sein sollen …

~~~

Mit einem Lächeln, das nur gespielt war, verabschiedete sie ihre Tanzschüler, von denen die meisten am folgenden Tag abreisen würden. Am heutigen Tag hatten sie zumindest genügend Paarungen bilden können, da Linda es sich nicht hatte nehmen lassen, am Unterricht teilzunehmen. Zwar hatten zwei Frauen miteinander tanzen müssen, doch Martins Mutter war das ja ohnehin gerade recht. Es war ihr spielend gelungen, den Tanzpart eines Mannes zu übernehmen.

»Martin hat recht. Sie sind eine ausgezeichnete Tänzerin«, lobte Florence die Frau, während sie ihre CDs wegpackte und Zoé daran hinderte, nach den Touristen ihre Wohnung zu verlassen.

»Ich will zu Martin und Manfred!«, begehrte diese empört auf.
~~~

»Na gut. Sieh nach, ob die beiden unten sind. Falls nicht, kommst du bitte sofort wieder hoch. Das ist ein Befehl!«

»O Captain! Mein Captain!«

Florence spülte an ihrem provisorischen Spültisch die benutzten Gläser und winkte unbehaglich ab, als Linda zum Geschirrtuch griff, aber diese begann sofort ein Gespräch: »Ich möchte klarstellen, dass Martin uns erklärt hat, dass er nicht der Vater des Kindes ist.«

»Ich hatte ihn darum gebeten, da Zoés Version anders verstanden werden konnte«, entgegnete Florence, zuerst von Lindas Direktheit überrumpelt, dann dankbar, dass die Frau gern mit offenen Karten spielte. Irgendwie war es erleichternd zu wissen, was ihr Gegenüber von ihr wusste und dachte, anstatt darüber zu grübeln, welche Spekulationen sie wohl anstellte. Deshalb fügte sie hinzu, die Augen stur auf das Spülwasser gerichtet: »Ich bin vergewaltigt worden.«

Ein kurzes, scharfes Einatmen war für einige Zeit die einzige Reaktion. Dieser folgte ein sanfter Druck mit der Hand auf Florence' Schulter, ehe die Frau zum nächsten tropfnassen Glas griff.

»Es ist sehr … mutig von Ihnen, das Kind zu behalten.«

»Vielleicht hatte ich einfach nur zu viel Angst vor einer Abtreibung.«

»Wenn ich mir das so überlege, halte ich persönlich eine Abtreibung für die feigere Lösung.«

»Aber ich kann nachvollziehen –«

»Sicher können Sie das, wenngleich die Statistiken sagen, dass die kriminologische Induktion, also ein Schwangerschaftsabbruch nach Vergewaltigung, im 0,0-prozentigen Bereich liegt. Sie kommen verschwindend selten vor.«

»Mag sein.«

»Ich verstehe, was Sie mir mit Ihrer knappen Antwort sagen

wollen.« Linda lächelte sanft. »Ihre Entscheidung hatte nichts mit Statistiken zu tun, nicht wahr?«

»Es war mein Herz, das entschieden hat. So wie Ihres, als Sie beschlossen haben, nie mit einem anderen Mann als Ihrem Ehepartner zu tanzen.«

»Wir führen jetzt aber keinen Wettstreit darüber aus, welche Entscheidung schwerer wiegt?«

Florence hob den Kopf, sah das Zwinkern in ihren Augen und lachte leise auf.

»Ich habe eine bessere Idee!« Unternehmungslustig warf sie das Spültuch über die noch schmutzigen Gläser. Sie trocknete sich die Hände ab, nahm Linda das Geschirrtuch weg, das dem Spültuch folgte, und zog sie zurück in den großen Wohnbereich.

»Sie haben so viele andere Möglichkeiten zu tanzen.«

»Sie meinen hoffentlich die modernen Tänze, denn für Ballett bin ich entschieden zu alt.«

Florence kramte nach einer CD, legte sie ein und wirbelte dann über den freien Platz auf die wartende Frau zu, ehe sie ihr eine einfache Hip-Hop-Schrittfolge und die entsprechende Körperhaltung und Armbewegungen vorführte. Linda versuchte, es ihr gleichzutun, und wie Florence vermutet hatte, war die Frau zwar schnell außer Atem, jedoch begabt. Sie arbeiteten eine halbe Stunde zusammen, bis Linda keuchend und schwitzend abwinkte und nach ihren Schuhen suchte, die sie längst von den Füßen gekickt hatte.

»Das macht tatsächlich Spaß. Ich werde also wieder eine Tanzschule besuchen.«

Florence zeigte ihr Lausbubengrinsen. Sie war bei Weitem noch nicht ausgepowert, fühlte sich aber deutlich besser. Harald hatte gesagt, dass ihr Tanz eine gewaltige Palette an Emotionen auszudrücken verstand. Für andere, für ihren Schöpfer. Ob ihr dadurch nicht auch vieles geschenkt wurde?

Linda trat auf sie zu und streckte ihr die rechte Hand entgegen, in die Florence einschlug.

»Du darfst mich gern Linda nennen.«

»Flo.«

»Und du wirst diejenige sein, die meinem Sohn erklärt, weshalb seine Mutter in einem Jahr auf einem Streetbattle-Festival zu finden sein wird.«

Florence lachte, doch als Linda ihre Wohnung verlassen hatte, sackten ihre Schultern nach unten, als habe ein Marionettenspieler einen Faden durchtrennt. Martin … Nach dem heutigen Vorfall und ihrem unglücklichen Wortwechsel bezweifelte sie, dass es noch viele Gespräche zwischen ihnen geben würde. Und dieser Gedanke tat entsetzlich weh.

Florence

Es waren seltsame Dinge, die in diesen Wochen in der kleinen Ortschaft am See geschahen. Ein enttäuschter, die Einsamkeit suchender Mann änderte seine Alltagsroutine und blühte auf. Eine ältere Dame, bislang Teil einer Gruppe von Frauen, die sich gern über andere erhoben und Gerüchte streuten wie Giftpfeile, wandelte sich zu einer fröhlichen, fürsorglichen Frau. Sie nahm insbesondere Claires Familie und mich in Schutz. Das tat sie sehr leise und sanft, doch gerade deshalb vielleicht mit nachhaltigem Erfolg. Claires neuer Arbeitgeber gewährte ihr großherzig so viele freie Tage, wie sie benötigte, und Martins Beziehung zu seinen Eltern war neu von Vertrauen und Nähe geprägt.

Nur zwei durften an jenen erstaunlichen, ja wunderbaren Verwandlungen offenbar nicht teilhaben: Lysann und ich. Claires Tochter litt an körperlichen Wunden, ich an seelischen.

Weshalb bekamen sie ein Wunder in die Hände gelegt, während wir daran vorbeigriffen, als hätte ihr Geber diese immer genau so weit unserer Reichweite entzogen, dass wir das Geschenk zwar sehen, aber nicht ergreifen konnten?

War es unverdient? Oder schlicht ungerecht verteilt?

Zwei Lektionen lernten Lysann und ich: zum einen, dass Zeit ein relativer Faktor ist. Harald und Zoé hatten das vor uns durchschaut, weshalb sie so gern rezitierten: Alles hat seine Zeit. Die Zeit zu lachen und zu weinen, zu tanzen … und zu sterben.

So ist auch die Zeit, Wunder zu erleben, in keine Regel zu pressen, nicht einzufordern oder zu erzwingen; denn sonst dürfte man ein Wunder ja nicht ein Wunder nennen! Wunder sind Geschenke. Und sie passieren dann, wenn es eine höhere Macht als sinnvoll erachtet; oder wenn ein Geschehen, eine Veränderung … als Wunder erkannt wird.

Und das war unsere zweite, nicht eben leichtere Lektion. Eine Veränderung, die wir sehen und verstehen, uns herbeisehnen und erleben möchten, nennen wir ein Wunder. Die, die wir nicht sehen und verstehen, nicht herbeisehnen oder erleben möchten, nennen wir nicht so. Weil wir die wunderbare Begebenheit darin zu oft übersehen? Oder als unwichtig erachten? Sie einfach nicht erkennen, da sie unseren begrenzten, diesseitigen Horizont übersteigen? Haben sie überhaupt einen Namen?

Als was bezeichnen wir geschenkte Zeit? Nicht nur Stunden, die uns mit einem todkranken Menschen bleiben, sondern Tage, ja Wochen? Wie nennen wir es, wenn ein Mensch allmählich dahinwelkt, dabei aber nicht verzweifelt, sondern Hoffnung erfährt und verschenkt? Hoffnung auf ein Leben über dieses endliche Dasein hinaus.

Sehen wir denn noch, dass so ein Mensch seine Mitmenschen trösten und aufmuntern kann, ihnen einen Weg zum Weiterleben weisen darf, sie teilhaben lässt an der Weisheit, die er gesammelt hat? Ist das nicht auch ein Wunder!?

Was jedoch sehen wir? Ein zum Sterben verurteilter, verblassender Körper. Ein kraftloses, ja gar nutzloses Leben? Zu alt und zu verbraucht? Zu klein und noch nicht lebensfähig? Zu geschwächt und zu krank? Mit einer in unseren Augen begrenzten geistigen Fähigkeit?

Jedes Leben hat Sinn und braucht Sinn, selbst dann, wenn dieser lediglich für einen kurzen Augenblick aufblitzen sollte, nur für einen einzigen Menschen zum Gewinn wird. Dann ist ein Wunder geschehen.

Und wenn ich ein wenig aufmerksamer hingeschaut hätte, wäre mir eines schon viel früher und deutlicher vor Augen gestanden: Ich hatte mein Wunder bereits geschenkt bekommen. Und es hatte einen Namen: Martin.

18. Kapitel

2. Juni

»Hallo, Dornröschen.« Martin zog eine Grimasse. Das war ihm einfach so herausgerutscht, wenngleich »Dornröschen« genau das wiedergab, was er in Florence sah. Das Erste, was einem bei ihrem Anblick auffiel, war ihre blühende, temperamentvolle Schönheit, darunter jedoch wucherten Dornen. Diese hielten andere davon ab, ihr zu nahe zu kommen, und schützten zugleich ihr sensibles Ich vor weiteren Angriffen. Grub man tiefer, stieß man auf ihren Kern. Die Prinzessin. Eine fröhliche, liebenswerte, hilfsbereite und großherzige Frau.

Florence stand vor Lysanns Zimmertür. Das Mädchen war in eine kleinere Klinik in der Nähe verlegt worden. Langsam drehte sich Florence zu Martin um, ihr Lächeln fiel schüchtern aus. Verletzlich. Er wusste nicht, ob sie ihm oder er ihr aus dem Weg gegangen war, vermutlich traf beides zu. Über eine Woche lang hatten sie sich nicht gesehen, und obwohl er am Dienstagabend die Musik und die Schritte der Tänzer über sich gehört und sich sehnlichst gewünscht hatte, Teil der kleinen Gesellschaft zu sein, war er nicht hinaufgegangen.

Inzwischen regte sich ein Ahnen in ihm, weshalb er den

zermürbenden Umweg zu seinem jetzigen Leben hatte gehen müssen. Während seines verbissen durchgezogenen Studiums, seines Strebens nach Erfolg und Anerkennung, hatte er eines gelernt: Durchhaltevermögen. Und genau das kam ihm jetzt zugute. Er war noch lange nicht bereit, Florence aufzugeben.

»Hallo, M… Martin.« Hatte sie Märchenprinz sagen wollen? Er schenkte ihr ebenfalls ein Lächeln, spürte Wärme und Freude durch seinen ganzen Körper rieseln. Er hatte sie unsagbar vermisst. Ihr Gesicht war ein wenig aufgedunsen, und als sie auf ihn zuging, bemerkte er, dass aus ihrem schwebenden Tänzeln ein fester Schritt geworden war.

»Geht es dir gut?«, fragte er besorgt, was ihr freches Grinsen hervorlockte.

»Mir geht es gut. Bis auf die Tatsache, dass ich mich seit mehr als einer Woche davor drücke, ein Gespräch zu Ende zu führen.«

»Dann gibt es also noch mehr zu sagen als nur ein nicht ausgesprochenes ›das geht dich alles nichts an‹?«

»Viel mehr.« Fragend hob sie die Augenbrauen. Wie es aussah, wollte sie das Gespräch auf der Stelle hinter sich bringen. Also nickte er und deutete in den Flur, durch den er gerade gekommen war. Da der graue Himmel an diesem Junitag offenbar einen Grund zum Weinen hatte, suchten sie sich in der Klinikcafeteria einen Tisch in der hintersten Ecke, an dem sie sich halbwegs ungestört unterhalten konnten. Martin holte für sich einen Kaffee und für Florence einen frisch gepressten Orangensaft. Er hatte den Eindruck, sie könne ein paar Vitamine gut gebrauchen.

»Es ist … wegen dieses Mannes.« Sie sprach leise und stockend, widerwillig, wie ihm schien, gleichzeitig hörte er, wie sie mit ihren Füßen einen schnellen Rhythmus auf den Linoleumboden tippte, sah das Zittern ihrer Finger. Zweimal atmete sie tief ein und aus, mied dabei seinen Blick und schien – seinem Empfinden nach – zu vehement nach einem Fluchtweg zu suchen. Doch sie blieb auf dem futuristisch geformten Metallstuhl sitzen, wenngleich das, was sie da tat, nicht unbedingt als Sitzen bezeichnet werden konnte.

»Flo, ich muss keine Details wissen …«

»Bitte!« Sie hob beide Hände und stieß beinahe ihr noch unberührtes Glas um. »Es ist egal, ob ich dir Details erzähle oder nicht. Sie sind immer präsent. Jedes Mal, wenn ich daran denke, wenn du danach fragst, wenn jemand eine Andeutung fallen lässt, sobald … du mich berührst.«

Abseits zischte die Espressomaschine. In seinen Ohren klang es wie das bedrohliche Fauchen eines Drachen, der verhindern wollte, dass man über ihn sprach, weil er dadurch womöglich seine Macht verlieren könnte.

Plötzlich fand Martin das Licht der quadratischen weißen Deckenlampe über ihrem Tisch viel zu hell. Sein Bedürfnis, sich und Florence verstecken zu müssen, war irrelevant, doch er kam kaum dagegen an.

Betreten senkte er den Kopf. Sie litt so sehr. Dieser Kerl quälte sie! Heute noch. Eilig ließ er die Tasse los, aus Angst, er könnte sie in seinen Händen zerdrücken. Seine geballten Fäuste versteckte er vorsichtshalber unter dem Tisch. War er es jetzt, der sie quälte? Weil er eine Erklärung einforderte, sie in die Enge getrieben hatte? So wie dieser Kerl damals?

»Ich hatte eine Einladung nach New York. Davon hatte ich dir erzählt, nicht?«

Er nickte lediglich.

»Allerdings war das Ensemble in Paris durch eine extrem ansteckende und hartnäckige Viruserkrankung ohnehin stark dezimiert. Man hatte mir gesagt, dass ich keine Chance hätte freizubekommen. Der Zeitrahmen für die Castings stand jedoch fest und war nicht verhandelbar. Ich musste unbedingt wenigstens eine freie Woche herausschlagen.« Sie begleitete ihre

Worte weder durch eine Änderung des Tonfalls noch durch die kleinste körperliche Reaktion. Es war, als spielte sie eine einstudierte Rolle. Martin ließ sie gewähren, ahnte er doch, dass sie ihm nichts vorspielte, sondern sich dadurch Sicherheit verschaffte. Es war ihr Weg, überhaupt in Worte zu fassen, was damals geschehen war, ohne dass Schmerz und Verzweiflung, Angst und Demütigung wie ein Raubtier über sie herfielen.

»Er war für die Besetzungsplanungen der einzelnen Aufführungen zuständig.«

Martin nickte, obwohl sie das nicht sehen konnte, da sie den Blick gesenkt hielt. Der Kerl hatte es in der Hand gehabt, Florence' großem Traum eine Chance zu geben oder ihn für lange Zeit, vielleicht sogar für immer, zu zerstören. Der reine Hohn, wenn man bedachte, dass er genau das dann doch noch getan hatte – wenngleich auf andere Weise.

»Ich bat ihn um eine Urlaubswoche. Mehrmals. Ich wollte unbedingt nach New York.« Ein kurzes Aufblicken, Schuld in ihrem Blick. Plötzlich war sich Martin unsicher, ob er wirklich den ganzen Hintergrund erfahren wollte. Was, wenn der ihm noch mehr zusetzen würde? Was, wenn es einen guten Grund für Florence' bisheriges Stillschweigen über die »Vergewaltigung« gab? Würde sich Dornröschen vor seinen Augen in Aschenputtel verwandeln? Aber die war zuletzt auch eine Prinzessin. Hatte Florence nicht schon die Cinderella gespielt und getanzt? Seine Gedanken wollten davonwandern, weg von einer womöglich unangenehmen Wahrheit.

»Ich habe ihn ein wenig … *coquet* … kokettiert, umgarnt.« Ihr Akzent vertiefte sich vor Aufregung, entweder kannte sie manche Ausdrücke nicht auf Deutsch, oder sie verfiel, ohne es zu merken, gelegentlich in ihre Muttersprache.

»Eine Kollegin warnte mich vor ihm. Sie sagte, dass ich mit ihm vorsichtig sein müsse, dass er kein netter Mensch sei.«

Martin biss die Zähne zusammen, bis sie knirschten. Er

hatte also recht behalten. Florence war kein Einzelfall. Das hieß aber auch, dass sie durch ihr Schweigen andere Frauen in Gefahr brachte!

»Ich habe die Warnung in den Wind geschlagen.« Ein Schulterzucken folgte, danach ein kurzes Aufblicken, um Vergebung bittend. »Ich wollte unbedingt an den Broadway, und ich handle oft ziemlich impulsiv, unüberlegt. Viel zu sehr aus dem Bauch heraus.«

Jetzt hob Martin die Augenbrauen. Der Wirbelwind, die Frau, die vor Emotionen wie ein Glas Champagner überquoll und selten überlegt, sondern meist spontan handelte, hatte durch eine schreckliche Lektion die Konsequenzen kennenlernen müssen, die ihr Charakterzug als Gefahr im Gepäck trug. Dennoch liebte er genau diese quirlige, unvorhersehbare, ja geheimnisvolle Eigenheit an ihr.

»Wir hatten eine gelungene Vorstellung hinter uns, die Begeisterung des Publikums war berauschend. Alle waren in Hochstimmung. Also dachte ich, ich könnte erneut mein Glück versuchen, einige freie Tage herauszuschlagen. Ich umschmeichelte ihn ein wenig, und als er mich bat, doch eine ruhigere Ecke für ein Gespräch zu suchen, war ich so naiv …«

Sie vergrub ihr Gesicht in den auf dem Tisch liegenden Armen. Zuckende Schultern, das Feuerwerk eines schnellen Paso doble unter dem Tisch. Stechende Schmerzen in seiner Brust.

»Ich meldete mich zwei Tage krank, war bei der Polizei. Dann flog ich nach New York. Niemand wusste, dass ich eigentlich keinen Urlaub erhalten hatte. Die Theaterleitung entließ ihn, ohne dass die Mitarbeiter den Grund für die Entlassung erfuhren. Man wollte einen Skandal vermeiden. Somit war mein ›Urlaub‹ ganz gern gesehen.« Jetzt hob sie den Kopf, taxierte Martin. Wütend, herausfordernd, ungebrochen.

»Womit ich nicht gerechnet hatte, war die Erkrankung

zweier Männer, die für das Casting der Musicaldarsteller zuständig waren. Aus einer Woche in New York wurden zwei. Ich … ich machte vier daraus. Mir war die Gefahr eines Rauswurfs gleichgültig. Ich wollte mein Engagement dort ohnehin nicht mehr verlängern. Du kannst dir nicht vorstellen, wie glücklich ich über die Zusage in New York war. Das war meine große Chance. Sie minderte sogar den Schmerz und die furchtbaren Erinnerungen. Ich wollte so schnell wie möglich in die Staaten umziehen und damit auch eine größtmögliche räumliche Distanz zwischen mich und … das Erlebnis bringen.«

Martin wartete schweigend ab, ob sie weitersprechen würde, fragte sich dabei jedoch, ob sie womöglich die Anzeige gegen den Kerl zurückgezogen hatte. Weil diese sie an ihrem Vorhaben, so schnell wie möglich in die USA zu ziehen, gehindert haben könnte?

»Ich flog also nach Paris zurück, um alles in die Wege zu leiten. Bei einer Routineuntersuchung sagte der Arzt, dass ich schwanger sei.« Zwei Tische weiter stieß jemand eine Tasse vom Tisch. Lautstark klirrend zerbarst sie in mehrere Scherben. Wie Florence' Leben an jenem Tag?

Martin schrak hoch, als sie plötzlich seine Hände ergriff. Über den Tisch hinweg, der als Bollwerk zwischen ihnen stand. Oder hätte sie selbst das heute nicht mehr nötig gehabt? Sie drückte fest seine Finger, zog ihre Hände aber gleich darauf wieder fort.

»Ich habe die Anzeige zurückgezogen.«

»Flo–«

»Versuch mich bitte zu verstehen. Die Frage, was aus dem Kind werden sollte, war für mich schon aufwühlend genug. Die Entscheidung, ob ich meinen Traum für ein Menschenleben aufzugeben bereit war, war schwerer zu fällen, als man sich das vielleicht vorstellen kann. Womöglich würden andere sich über meine Zweifel die Mäuler zerreißen, doch vermutlich nur diejenigen, die noch nie in meiner Lage waren. Und das sind ziemlich sicher nicht viele. Ich musste herausfinden, ob ich das Kind zur Welt bringen und dann weggeben wollte oder ob ich es vielleicht doch würde lieben können. Auf diese Frage habe ich bis heute noch keine Antwort.«

Sie war laut geworden, ihre Armbewegungen so ausschweifend, dass er das Glas mit Orangensaft auf seine Seite des Tisches gezogen hatte. Fast so, als habe er es sich anders überlegt und wolle es ihr nicht mehr spendieren, sondern lieber selbst trinken.

»Nicht einmal die Tatsache, dass die von mir angestoßene Ermittlung weitere Frauen auf den Plan rief, die endlich ebenfalls Anzeige gegen ihn erstatteten, ich also nicht mehr unbedingt in Erscheinung zu treten brauchte, gab den Ausschlag, mich aus der Sache herauszuziehen und unterzutauchen.«

»Sondern?«

Wieder hob sie den Kopf und blickte ihn direkt an. Er sah in die Augen einer Kämpferin, erkannte darin einen unglaublich starken Willen, Leidensfähigkeit und zugleich doch unendlich viel Liebe.

»Er darf niemals erfahren, dass es dieses Kind gibt!«

Und plötzlich verstand er. Deshalb hatte sie nicht ein einziges Mal seinen Namen genannt. Auch er, Martin, durfte nicht herausfinden, wer der Kerl war. Weil sie befürchtete, dass er ihn womöglich zur Rechenschaft zog. Sie beschützte ihr ungeborenes Kind vor den Nachforschungen und – egal, wie verquer das im Augenblick auch immer klingen mochte – vor einer Begegnung mit dem rücksichtslosen Vergewaltiger.

Die zwei Seiten einer Medaille. Er hatte ihr Feigheit vorgeworfen und mangelndes Verantwortungsgefühl anderen Frauen gegenüber. Sie hatte Mut bewiesen und Verantwortung für ihr Kind übernommen. Und dabei zweifelte sie noch immer daran, ob sie es würde lieben können. Das tat sie doch jetzt schon.

»Willst du vielleicht etwas dazu sagen?«, fragte sie ihn, ungewohnt in sich gekehrt. Als fürchte sie ein hartes Urteil.

»Ja«, erwiderte er und lehnte sich das erste Mal an die Rückenlehne, seit sie in der Cafeteria Platz genommen hatten.

Große, runde Augen schauten ihn abwartend an. Rehaugen; überaus vorsichtig, bereit zur Flucht.

»Ich liebe dich.«

19. Kapitel

20. Juli

Obwohl sämtliche Fenster zum See hin weit offen standen, sammelte sich die Hitze in Florence' Wohnung wie dickflüssiger Brei. Sie hatte die Matratze aus dem Gestell gezogen und vor die Fensterfront geschleppt, dort lag sie schlaflos, aber mit einem grandiosen Blick auf eine vom Vollmond beschienene Bergwelt. In einiger Entfernung entlud sich ein Gewitter mit gewaltiger Macht, die Blitze waren als tanzende Lichter eines Wetterleuchtens über den Bergspitzen zu sehen. Kleine Wellen kräuselten den See und entlockten diesem ein Glitzern wie von Millionen Pailletten am Kleid eines Musical-Premierengastes.

Florence litt unter Rückenschmerzen, die inzwischen reichlich unangenehm in ihre Beine ausstrahlten, das Kind jedoch verhielt sich auffallend ruhig. Dabei hatte sie in den vergangenen Tagen mehrmals nach ungewöhnlichen Ausbuchtungen an ihrem Bauch gegriffen und einen winzigen Fuß ertastet. Zum wiederholten Male stopfte sie sich ein zusätzliches Kissen unter die Knie, zog es Sekunden später wieder hervor. Sie drehte sich auf den Rücken, dabei wurde ihr allerdings schwindelig. Also wuchtete sie sich zurück auf die Seite.

»Ist dir klar, dass ich mich wie ein Fass fühle?«, murmelte sie in Richtung ihres gewölbten Leibes und legte beide Hände darauf. Nichts. Keine rollende Bewegung, kein Druck gegen die Bauchdecke, auf ihre Blase, oder eine Wölbung. Nichts, das verriet, dass das Kind mehr Platz suchte. Eine dumpfe Furcht überkam Florence. War etwas mit dem Kind nicht in Ordnung? Ging es ihm nicht gut? War es womöglich …

Ein reißender Schmerz wallte durch sie hindurch. So plötzlich, so unvorbereitet, dass Florence laut aufstöhnte. Sie krümmte sich, versuchte, tief in den Bauch zu atmen, wie die Hebamme es ihr gezeigt hatte, in deren Vorbereitungskurs sie in den vergangenen fünf Wochen gegangen war.

»Tolle Vorbereitung!«, keuchte Florence. Man hatte von Vorwehen gesprochen, bevor die eigentliche Geburt losgehen würde. Von beginnenden, sanften Wehen, die im Laufe der Stunden in immer kürzeren Abständen kommen und kräftiger werden würden. Noch kräftiger? Die nächste Wehe überfiel sie keine zwanzig Minuten später. Die Hebamme hatte ihr geraten, bereits bei einer Wehentätigkeit im Abstand von etwa zwanzig Minuten in die Klinik zu fahren, da sie die lange Fahrtzeit von ihrem Berg herunter einkalkulieren musste.

Florence wälzte sich von ihrer Matratze auf den Boden, wo, während sie noch auf den Knien kauerte, ihre Fruchtblase platzte. Das Kind hatte es offenbar extrem eilig auf seinem Weg in die Welt.

Mehr wankend als gehend erreichte sie das Bad, wusch sich, zog sich an, ergriff auf dem Weg in Richtung Haustür ihre gepackte Reisetasche und nahm die Treppe in Angriff. Sie kam bis zur drittuntersten Stufe, ehe eine neue Schmerzwelle sie förmlich in die Knie zwang. Keuchend wartete sie, bis sie wieder aufrecht stehen konnte, danach beeilte sie sich, die Stufen hinter sich zu bringen. Instinktiv machte sie sich nicht auf den Weg zu Claire, wie sie es eigentlich abgesprochen hatten, sondern klopfte fordernd an Martins blaue Tür. Es dauerte nicht lange, bis er zerzaust, lediglich mit Boxershorts bekleidet und reichlich verschlafen im Türrahmen erschien.

»Was ist denn?«, fragte er und rieb sich mit beiden Händen so fest über das Gesicht, dass die Bartstoppeln knisterten.

»Wehen. Ich muss ins Krankenhaus.«

»Das sind sicher nur Vorwehen, Flo«, versuchte er, sie zu beruhigen. »Kein Grund zur Hektik oder Besorgnis.«

»Vorwehen, bei denen die Fruchtblase platzt?«, gab sie zurück, irgendwie belustigt über die Situation. Ob sich so Galgenhumor anfühlte?

»Ah.« Er blinzelte und fuhr sich durch die Haare, die daraufhin noch wilder von seinem Kopf abstanden. »Ganz ruhig, Dornröschen. Ich fahre dich in die Klinik. Das Auto ist offen. Setz dich einfach schon mal rein.«

Florence nickte. Er klang gelassen und routiniert, ganz der Arzt, der Vertrauen auszustrahlen verstand. Und sie vertraute ihm, seit er in der Cafeteria gesagt hatte, dass er sie liebte.

Sie hatte noch nicht einmal die halbe Wegstrecke bis zum Auto zurückgelegt, als ein lautes Geräusch sie zurückblicken ließ. Martin hatte einen Stuhl umgerissen. Er ließ ihn einfach liegen und raufte sich nun richtiggehend die Haare, ehe er nach rechts aus Florence' Blickfeld verschwand, darin aber sofort wieder auftauchte und in die entgegengesetzte Richtung eilte. Kurz darauf drehte er sich um die eigene Achse und durchschritt reichlich kopflos erneut die Wohnung. *So viel zu gelassen und routiniert!*

Florence kicherte, kramte ein Handtuch aus ihrer Tasche, breitete es auf der Sitzfläche aus und setzte sich genau in dem Moment, als eine neue Wehe wie eine gewaltige Woge über ihr zusammenschlug. Leise jammernd krümmte sie sich zusammen. Sie konnte Schmerzen ignorieren und wegtanzen, in der Euphorie des Augenblicks vergessen und diesen später als Auszeichnung ihrer Leistung hinnehmen. Aber das, was jetzt mit ihr geschah, war etwas völlig anderes. Unbekanntes Land; fremd und ein bisschen bedrohlich. Die Welle verebbte, schien am Strand aufgelaufen zu sein, um sich von dort wieder ins Meer zurückzuziehen. Zurück blieb jene Frage, gleich einer angeschwemmten Muschel auf dem Sand, die sie noch immer nicht beantworten konnte: Wollte sie das Kind wirklich? Würde sie es lieben können, so wie ein Kind geliebt werden sollte?

Martin rannte förmlich um das Auto herum, doch als er sich neben sie setzte, schenkte er ihr erneut sein beruhigendes Lächeln und agierte, als sei es für ihn das Normalste auf der Welt, eine in den Wehen liegende Frau zu mitternächtlicher Stunde ins Krankenhaus zu chauffieren.

»Hast du alles dabei, was du brauchst?«, erkundigte er sich, als er den Wagen startete. Die Lichter flammten auf, erhellten die Holzfassade und die blaue Tür.

»Ich bin da, der dicke Bauch ist da. Alles perfekt.«

»In welchem Abstand kommen die Wehen?«

»Sie nähern sich bedenklich der Zehn-Minuten-Marke. Du darfst also getrost losfahren, Herr Doktor, ohne von irgendeiner Hebamme Vorwürfe wegen verfrühten Auftauchens zu befürchten.«

»Dann bin ich ja beruhigt«, brummte Martin und gab Gas. Steinchen spritzten hervor, als das Auto in den unbefestigten Weg schoss. In der ersten asphaltierten Kurve gaben die Räder ein launiges Quietschen von sich.

»Ich wollte zum Krankenhaus, nicht zur Formel-1-Strecke.«

»Dein Baby ist der Ferrari«, konterte Martin.

»Blödsinn. Sie ist eine temperamentvolle Tänzerin.«

»Noch eine?«, stöhnte Martin gespielt gequält und grinste sie von der Seite an. »Bist du dir sicher?«

»Nein.«

»Es könnte also doch ein Formel-1-Pilot sein? Oder besser noch: ein Eishockeyass?«

Florence versank in Schweigen. Zum einen, weil sich rauschend und brodelnd bereits eine neue Welle des Schmerzes ankündigte, zum anderen, weil sie sich fragte, ob Martin damit sagen wollte, dass er es gern sehen würde, wenn ihr Kind in seine Fußstapfen trat. Was aber nur dann geschehen konnte, wenn sie mit dem Kind in Martins Nähe blieb.

Weitere Überlegungen verschob Florence auf unbestimmte Zeit. Die Wehen überrollten sie in immer kürzeren Abständen und mit zunehmender Vehemenz. Florence bekam noch mit, wie Martin direkt vor der Notaufnahme hielt und mit jemandem lautstark diskutierte, während sie das Gefühl überkam, ihr Körper zerreiße in zwei Teile. Sie wurde von starken Händen auf eine fahrbare Liege gezerrt. Über ihr huschten helle Lichter vorbei, Flurwände, Türen. Danach umgaben sie ein gekachelter Raum, leise Musik und eine resolute Frauenstimme, die ihr sagte, dass sie jetzt mal ordentlich pressen solle, um das Kind zu bekommen und Mutter zu werden.

Ich habe schon seit neun Monaten ein Kind. Und ebenso lange bin ich eine Mutter, kam es ihr in den Sinn. Dann reagierte sie nur noch auf Anweisung.

Eine Stimme sprach von einem Turbokind, und dieses bekräftigte die Worte der Frau, da es gleich darauf den ersten Schrei seines Lebens ausstieß. Es dauerte einen Moment, den Florence damit verbrachte, sich einfach nur erleichtert zu fühlen, bevor sie das Kind, in ein weißes, weiches Tuch gewickelt, in ihre Arme gelegt bekam. Sie sah einen zerzausten, wenn auch verklebten schwarzen Haarflaum, ein rundes Gesicht, das verkniffen wirkte, aber perfekt geformt war. Eine winzige Nase, einen fein geschwungenen Mund, zusammengekniffene Augen, Wimpern, Augenbrauen. Ihr Kind! Das, was mit Gewalt und Pein entstanden und mit Wellen aus Schmerzen an den Strand gespült worden war, war eine Perle. Wie konnte eine so schrecklich egoistische und lieblose Handlung nur etwas so meisterhaft Schönes entstehen lassen? Nicht immer brachte Böses auch Böses hervor, manchmal wandelte sich Schmerz in Schönheit, wurde aus einem Trauma Traumhaftes.

Ihre ungeklärte Frage nach genug Liebe für dieses zauberhafte und schutzbedürftige Wesen war hinfällig, wurde hinweggespült mit der letzten Wehe, die die Nachgeburt hervorbrachte. Die Arme des neuen Erdenbürgers ruderten unbeholfen. Kleine Finger mit glänzenden Fingernägeln streckten sich kurz, ehe sie wieder zu Fäusten geballt wurden, als ob ihr Sohn gleich der ganzen Welt den Kampf ansagen wollte – oder seinen zukünftigen Eishockeygegnern.

Suchend sah sie sich um. Wo war Martin?

»Suchen Sie den Vater des Kindes?«, erkundigte sich eine junge Frau, vermutlich eine Hebammenschülerin, gleichzeitig strich sie Florence' Kind verliebt über die leicht gerunzelte Stirn. Noch jemand, der ihren Sohn jetzt schon liebte, stellte sie fest.

»Martin … ja.« Er war nicht der Vater. Doch die Vorstellung gefiel ihr.

»Ich gehe ihn gern für Sie holen. Denken Sie sich bitte nichts dabei, dass er die Geburt nicht miterleben wollte. Manche Männer vertragen das einfach nicht. Und es ist uns lieber, wenn sie sich das eingestehen und draußen warten, als dass wir sie vom Boden wegkratzen müssen. So können wir unsere ungeteilte Aufmerksamkeit Mutter und Kind schenken, so, wie wir das ja tun sollten!«

Florence lächelte nur. Martin war Arzt. Er hatte keine Probleme damit, eine Geburt mitzuerleben, vielmehr hatte er bereits Kindern auf die Welt geholfen. Der Grund für seine Abwesenheit war ein völlig anderer. Rücksichtsvoller, liebenswerter Martin!

Gleich darauf erschien er in der Tür. Sein Blick suchte den ihren und sie las darin Unruhe und Besorgnis. Sicher hatte die junge Hebammenschülerin ihm versichert, dass es Mutter und Kind gut ging. Seine Sorge hatte mit der Vergangenheit zu tun, die sowohl Florence als auch ihr Sohn immer mit sich herumtragen würden. Aber musste diese eine dauerhafte Last auf ihren Schultern sein? Konnte sie letztendlich, irgendwann, die schrecklichen Minuten in der Requisitenkammer nicht als den Beginn eines neuen Lebens sehen? Eines Tages, wenn die Wunden verheilt, Ängste überwunden, Vertrauen wieder aufgebaut waren?

Zögernd trat Martin näher, bedankte sich mit einem Nicken für den Hocker, den man ihm hinschob, dann waren sie allein. Stille breitete sich aus, nur das Kind gab ein leises Schmatzen von sich.

»Du hattest recht«, brach Florence schließlich das unangenehm zwischen ihnen lastende Schweigen und sorgte dafür, dass er endlich den Blick von dem Bettgestell hob und sie ansah.

»Mit was?« Er blinzelte verwirrt.

»Eishockey!«

Sein Grinsen fiel schief aus, weiterhin verunsichert, was Florence ihm nicht verdenken konnte. Sie hatte ihn seit Monaten auf Abstand gehalten, wohl wissend, dass er sie liebte. Nun hatte sie ein Kind. Würde das alles nicht noch komplizierter machen?

»Nimm ihn doch mal«, bot sie ihm an.

»Darf ich?«

»Unter einer Bedingung.«

»Und die wäre?«

»Du untersuchst ihn nicht, Herr Doktor. Er ist bereits als perfekt eingestuft worden. Nimm ihn einfach so, in Ordnung?«

Geschickt schälte er ihr den Jungen aus den Armen, legte ihn in seine linke Armbeuge, bot ihm seinen kleinen Finger zum Umklammern an und begrüßte mit leisen Worten den neuen Erdenbürger.

»Wie heißt er denn?«, fragte Martin, als er sich wieder von dem Anblick des Kindes trennen konnte, das ihm tatsächlich sogar einen kurzen Blick in seine Augen gegönnt hatte.

»Das frage ich dich.«

»Wie bitte?«

»Ich möchte, dass du ihm einen Namen gibst.«

Florence hielt Martins forschendem Blick stand. Ja, sie wusste, was sie ihm da anbot. Für gewöhnlich suchten die Eltern gemeinsam einen Namen für ihre Kinder aus. Vielleicht der Vater für den Sohn, die Mutter für die Tochter? Sie wusste es nicht, hatten Paare mit Kindern doch nie zu ihrem Freundeskreis gehört. Ihre ungewöhnliche Bitte war ein Geschenk an Martin. Ihr Dank für all die Monate der Fürsorge und Zurückhaltung. Des Wartens und Umwerbens, der Geduld und Ausdauer. Und es war ein klitzekleines Versprechen ihrerseits.

Martin löste vorsichtig seinen Finger aus der Hand des Jungen, was diesem nicht zu gefallen schien, denn er verzog das Gesicht und begann missbilligend zu greinen.

»Da musst du jetzt durch«, sagte Martin mit rauer Stimme, strich ihr die verschwitzten Haare zurück, beugte sich über sie und küsste sie unendlich sanft auf die Stirn.

Florence hielt still. Angespannt, jedoch ohne den Impuls, den Mann von sich zu stoßen oder ihm zumindest auszuweichen. Martin registrierte es, beugte sich erneut vor, überlegte es sich aber anders – worüber Florence unsagbar glücklich war – und wandte seine Konzentration wieder dem sich in seinem Arm windenden Kind zu.

»Wie wäre es mit Heinrich?«, schlug er vor, wobei er ein Lachen kaum unterdrücken konnte.

Florence boxte nach ihm. Sie, die Französin, würde den Namen nicht mal annähernd richtig aussprechen können.

»Wie wäre es mit Mats?«, fragte er nach einer kurzen Pause. »Es gibt einige tolle schwedische Eishockeyspieler mit diesem Vornamen.«

Florence wiederholte den Namen und betrachtete dabei das Gesicht ihres Sohnes, fühlte, wie Liebe sanft ihr Herz flutete und die Tiefe eines Ozeans einnahm. Sie hatte die richtige Entscheidung getroffen. Dieses Kind musste einfach leben! Und Mats war ein wundervoller Name für ihren Sohn. Die Kurzform von Matthias, was so viel bedeutete wie: eine Gabe, ein Geschenk des Herrn.

»Ein guter Name«, sagte sie und schloss müde die Augen. Aber Mats würde ihr wohl noch keinen Schlaf gönnen, denn er weinte jetzt vehementer und rief die Hebammenschülerin auf den Plan.

»Ich zeige Ihnen, wie Sie Ihren Sohn anlegen müssen«, meinte sie und nahm Martin das Kind ab. Der erhob sich, drückte kurz Florence' Hand und ging mit der Begründung, dass er ja in einigen Stunden die Praxis öffnen müsse. In der Tür drehte er sich noch einmal um. In seinem Blick lag so viel Zuneigung, dass in Florence' Innerem irgendetwas zu tanzen begann. Ihr Herz?

~~~

Ein erster heller Schimmer vor den hohen Fenstern des Klinikgebäudes verwies auf den beginnenden Tag. Florence drückte Mats fest an sich. Er schlief zufrieden, als sei es sein höchstes Lebensziel, so wie jetzt in ihren Armen zu liegen. Die junge Frau huschte im Licht der aufgehenden Sonne den verwaisten Flur entlang, passierte zwei Verbindungstüren und dazwischen ein Treppenhaus, ehe sie Lysanns Zimmer betrat.

Bestürzt hielt sie in der Tür inne. Lysanns Gesicht war eingefallener als vor einigen Tagen, als sie ihre achte Mitter-
~~~

nachtsparty gefeiert hatten, ohne ein einziges Mal vom Pflegepersonal erwischt worden zu sein, was maßgeblich daran lag, dass Claire inzwischen alle Routineabläufe im Haus kannte.

Die Haut des Teenagers wirkte grau, fast durchscheinend, ihr Atem ging schwer und leise rasselnd, obwohl ihr Kopfteil bereits aufgerichtet war, um ihr das Atmen zu erleichtern. Lysanns Herz arbeitete dank maschineller Unterstützung noch, doch es war lediglich eine Frage der Zeit, wann selbst der Impuls von außen nicht mehr genug sein würde. Beim Anblick der fahlen, feuchten Haut, der bläulichen Fingernägel, des stumpfen Haars und eines Gesichts, das kaum mehr Ähnlichkeit mit dem blühenden Leben aufwies, das Lysann einmal ausgestrahlt hatte, musste Florence sich eingestehen, dass dies eher früher als später geschehen würde. Lysanns Lebenszeit schmolz mit jedem weiteren stolpernden Herzschlag zusammen.

»Was machst du denn hier?« Lysanns Frage, kaum mehr als das Flüstern des Grases an einem nahezu windstillen Tag, riss Florence aus ihren Überlegungen und dem brennenden Schmerz, der mit diesen einherging.

»Ich habe dir jemanden mitgebracht.«

»Wow! Er ist schon da?« Nun klang ihre Stimme eine Spur kräftiger.

»Woher weißt du, dass es ein Junge ist?«

»Ich weiß nicht.« Lysann schloss die Augen, als müsse sie in sich hineinhorchen. Offenbar fand sie auf die Frage keine Antwort und reagierte mit einem Schulterzucken.

»Zeig ihn mir. Bitte.« Jetzt hörte sie sich drängend an, als fürchte sie, ihr könne sonst der Anblick von Florence' Sohn vorenthalten bleiben.

Florence setzte sich auf den Besucherstuhl, auf dem Claire in den vergangenen Wochen unzählige Stunden ausgeharrt, gehofft, gebetet und geweint hatte, um, sobald Lysann wach war, gemeinsam mit ihr zu scherzen, Zitate zu rezitieren und zu lachen. Lysann hatte nach Phasen des Aufbegehrens und des Trotzes irgendwann den Widerstand gegen das aufgegeben, was sie nicht bekämpfen konnte. Sie war geduldig geworden, umgab ihre kleine Familie mit Liebe, spendete Freude und Trost, Eigenschaften, die Florence bewunderte und von denen sie annahm, dass sie tief aus Lysanns Herzen stammten. Offensichtlich hatte sie eine Sprache gelernt, die den anderen, die nicht dem Tod ins Auge sahen, verborgen blieb. Die Vermutung, dass Harald als Mentor diente, als eine Art Übersetzer zwischen dieser himmlischen Sprache und der irdischen, war nicht von der Hand zu weisen. Er besuchte Lysann fast täglich, und wenn Florence nach ihm zu Besuch gekommen war, war ihr das Mädchen jedes Mal ausgeglichen und ruhig erschienen. Florence hatte lange nach einem Wort für das gesucht, was Lysann ausstrahlte, und war schließlich bei einem hängen geblieben, das es ihrem Empfinden nach am besten traf, für sie jedoch immer noch zu schwach klang: Frieden.

Florence wartete, bis Lysann ihr Kopfteil noch etwas höher gestellt und eine Kuhle in ihre Bettdecke gegraben hatte. Dort hinein bettete sie Mats. Der streckte alle viere von sich, gähnte mit Hingabe, schmatzte zweimal, schlief aber weiter.

»Ist der knuffelig.« Lysanns Augen strahlten. Sie hob langsam wie eine altersschwache Frau die Hand und legte sie erst auf den weichen, dunklen Haarflaum, danach auf den sich hebenden und senkenden Brustkorb. Sie wollte seinen Herzschlag spüren, als könnte sich ihrer dem schnellen, kräftigen des Jungen angleichen.

»Martin hat ihm den Namen Mats gegeben.«

»Das ist gut«, flüsterte Lysann und schenkte Florence ein verstehendes Lächeln. Das Mädchen fühlte tiefer, als manche lebenserfahrenere Person das konnte. Florence war sich sicher: Lysann hatte mit ihren drei Worten nicht den Namen an sich gemeint, sondern die Tatsache, dass sie Martin erlaubt hatte, ihrem Sohn einen Namen zu geben. Sie und Zoé waren ohne einen Vater aufgewachsen. Vielleicht hoffte sie für Mats, dass es ihm anders ergehen werde.

Das Mädchen dachte jedoch noch viel weiter, wie Lysanns nächste Worte verrieten: »Martin ist gut für dich, Flo. Er wird deine Geste richtig verstanden haben und seine Bemühungen um dich nicht aufgeben.«

Nach diesen Worten sank sie zurück und fiel in einen erschöpften Schlaf. Ihre Schwäche raubte ihr Zeit, doch selbst das focht sie nicht mehr an. Es schien, als sei Lysann dieser Zeitrechnung bereits enthoben, als habe sie unendlich viel mehr davon.

Florence wachte über ihre junge Freundin und ihren Sohn, wobei sie zu spüren glaubte, dass über ihnen eine weitaus größere Macht ihre schützende Hand hielt.

Schließlich rührte sich Mats, und auch Lysann schlug die Augen auf.

»Er wird mir ein bisschen schwer.«

Florence sah zu, wie Lysann dem Baby nochmals über den Kopf streichelte, in einer Weise, als wollte sie es segnen, bevor sie ihren Sohn wieder zu sich nahm.

»Danke, dass du dich von der Wöchnerinnenstation davongeschlichen und ihn mir gleich gezeigt hast.« Lysanns Blick flackerte, huschte zwischen ihr und dem Bündel in ihrem Arm hin und her. Dann ging ein kleiner Ruck durch ihren Körper. Sie überwand sich, das zu sagen, was ihr auf dem Herzen lag: »Ich nehme an, dass ich morgen nicht mehr da bin.«

»Lysann!« Es war nur ein heiseres Krächzen, das jedoch laut in Florence' Seele widerhallte.

»Das ist in Ordnung, Flo. Weißt du, ich denke, dass mein Herzschlag hier so schwach ist, weil er schon ein bisschen jenseits dieser Mauer zwischen dem Hier und Jetzt und dem

Zukünftigen schlägt. Er wird dort immer kräftiger und schneller, und bald wird er auch wieder vollkommen sein.«

Florence unterdrückte ein Aufschluchzen, doch die Tränen, die ihr bei dem Gedanken, Lysann bald zu verlieren, in die Augen stiegen, ließen sich nicht aufhalten. Langsam und schwer, weil sie all ihren Kummer um den baldigen Verlust ihrer jungen Freundin in sich trugen, rollten sie über ihre Wangen und verfingen sich wie wertvolle Perlen in Mats' Haaren.

Florence glaubte, Vorfreude in Lysanns flackerndem Blick zu erkennen. Sah sie sich bereits auf Skiern über endlose weiße Hänge flitzen, in einem Schnee, weitaus schöner als der auf der Erde? Gewahrte sie das warme Licht der Ewigkeit, eine Atmosphäre der Perfektion, Reinheit und Vollkommenheit, losgelöst von Schmerz, Angst und Pein, stolpernden Herzschlägen, Atemlosigkeit und Schwäche? Ohne die tägliche Anstrengung, dieses endliche Leben noch ein klein wenig länger auszukosten – womöglich nur aus Liebe zu Claire und Zoé? Wunderschöne, sportliche, ehrgeizige Lysann. Liebende Lysann. Liebe Lysann.

Florence wischte sich mit dem Arm über das Gesicht, konnte den Tränen jedoch keinen Einhalt gebieten. Lysann sah sie an, sanft lächelnd, als freute sie sich über jede einzelne glitzernde Perle auf Florence' Wange. Einfach deshalb, weil die ihr signalisierten, dass sie wertvoll war und geliebt wurde und bei Florence niemals in Vergessenheit geraten würde. Ob sie mehr gar nicht benötigte, um glücklich zu sein?

»Liebe deinen Sohn und Martin, Flo. Liebe das, was du tust, auch wenn es nicht immer die Erfüllung deiner allergrößten Träume ist. Miss allem, was du tust, eine gute Bedeutung bei. Mach andere Menschen glücklich. Dann wirst du glücklich sein.«

Florence war sich unsicher, ob Lysann diese Worte tatsächlich ausgesprochen hatte, denn als sie aufsah, waren die Augen des Mädchens geschlossen und sie schien tief zu schlafen. Es war, als seien ihre Ratschläge, in Lysanns Herzen gewachsen, von Herz zu Herz weitergegeben worden.

Die Zimmertür wurde ruckartig geöffnet. Zwei Krankenschwestern kamen herein. Zügig, mit angespanntem Gesicht. Sie musterten Florence erschrocken, wohl, weil sie keine Besucherin erwartet hatten, wandten sich aber unverzüglich ihrer Patientin zu. Florence erhob sich, Mats fest und beschützend an sich gedrückt, und wich zur Tür aus. Im Gehen hörte sie, wie eine Frauenstimme die andere Person anwies: »Benachrichtige lieber mal die Familie. Ich fürchte, unsere Kämpferin …«

Florence ging wie in Trance den Flur hinab. Ja, Lysann hatte das Herz eines Kämpfers. Aber sie kämpfte nicht mehr gegen das Sterben an. Sie war bereit, dorthin zu gehen, wo ihr Herz jetzt schon in einem kräftigen und dennoch leichten, einem besseren Rhythmus schlug als hier.

~ ~ ~

Ihr Exehemann meldete sich mit verschlafener Stimme. Claire kannte sie gut, hatte das tiefe Timbre darin geliebt. Dies zu hören, nach all den Jahren, in denen sie kaum Kontakt unterhalten hatten, raubte ihr den Atem.

»Hallo?« Jetzt klang Etienne ungeduldig. Auch das war etwas, an das sie sich erinnerte: seine schnellen Entscheidungen, mit denen sie nicht hatte mithalten können.

»Etienne?«

»Claire, bist du das? Zu dieser unmöglichen Zeit? Was gibt es denn?«

»Lysann liegt im Sterben.«

»Ah–« Mehr brachte er nicht heraus. Sie hörte das Rascheln, als er sich mit der Hand über das unrasierte Gesicht strich. Auch dies war ihr nur allzu vertraut. All die Jahre über war das eines der Geräusche gewesen, die sie vermisst hatte.

»Wie kann das sein? Sie ist vierzehn?«

»Sechzehn.«

»Meinetwegen. Was ist los?«

»Sie stirbt.« Claire liefen die Tränen über die Wangen, ihre Stimme drohte zu versagen. Die Wahrheit zu akzeptieren, war grausam, nach dem Anruf aus der Klinik nicht sofort dorthin zu rasen, eine Tortur. Doch Lysanns und Zoés Vater sollte es wissen. Sowohl Lysann als auch er sollten die Chance haben, sich noch einmal zu sehen, Vergangenes zu klären.

»Das sagtest du schon.« Ungeduld. Gepaart mit Müdigkeit und Überfordertsein? Claire war sich im Unklaren darüber. Sie wusste nur eines: Ihr Herz drohte unter dem Schmerz zu zerspringen. Sie wollte ihre Tochter nicht verlieren. Nicht noch einen Menschen loslassen, den sie liebte. Ein Schluchzen brach sich Bahn, das sie nicht unterdrücken konnte.

»Nun reiß dich mal zusammen und sag mir, was passiert ist.«

»Sie hatte eine Herzmuskelentzündung, und von der hat sie sich nicht erholt. Sie stand auf der Warteliste für ein Spenderherz, aber dann ging es ihr plötzlich viel schlechter. Eben hat das Krankenhaus angerufen …«

»Warum bist du dann nicht bei ihr?« Jetzt verbündete sich seine Ungeduld mit Vorwürfen.

»Weil du es wissen solltest!« Wut flackerte in ihr auf. »Ich wollte dir die Adresse geben, wo –«

»Ich komme nicht.«

»Wie bitte?« Claires Herz wollte implodieren. Noch mehr Schmerz. Es litt für Lysann mit.

»Das hat doch keinen Sinn. Wann hat sie mich das letzte Mal gesehen? Vor acht Jahren?«

Claire rang nach Atem. Lysanns Herz mochte im Begriff sein zu versagen; Etienne schien gar keines zu besitzen.

»Jetzt ist die Zeit, sie das letzte Mal zu sehen. Ihr deine Liebe zuzusagen, sie um Vergebung zu bitten!«

Das Nächste, was sie hörte, war Stille. Etienne hatte einfach aufgelegt.

Claire starrte das Telefon in ihrer Hand an und warf es dann von sich. Sie musste los. Sie wollte zu Lysann. Ihre Hand halten, sie in die Arme schließen, jeden kostbaren Atemzug dieses großartigen Mädchens genießen. Lysann beim Sterben zuzusehen, würde sie an den Rand dessen bringen, was zu ertragen sie imstande war. Aber sie brauchte die Zeit mit ihr, um weiterleben zu können.

Sie ließ einen weiteren Gedanken an Etienne zu, als sie zu der bereits angekleideten, jedoch wieder schlafenden Zoé ging.

Wie innig hatte sie diesen Mann geliebt. Wie traumhaft hatte ihr gemeinsames Lebensziel ausgesehen. Seit eben wusste sie: Es wäre nicht gut gegangen. Auch nicht ohne Zoé – wenn sie ihre Tochter, so wie er es gefordert hatte, abgetrieben hätte. Denn nicht Zoé hatte ihrer beider Traum zerstört, sondern er.

~~~

Ich liebe dich, Mama.

Lysanns Worte, ehe sie eingeschlafen war, an Zoé gekuschelt und deren Hand haltend, flossen mal heiß wie Lavaströme, dann wiederum wohltuend wie ein leichter Sommerregen nach einem viel zu warmen Tag durch Claires Gedanken, füllten ihr Denken und ihr Sein. Gab es etwas Schöneres, als diese Worte von seinem Kind geschenkt zu bekommen? Doch wie oft blieben sie ungesagt? Claire rutschte auf dem Stuhl ein Stück nach vorn, wollte näher bei ihren schlafenden Töchtern sein.

Florence' Sohn würde die Worte eines Tages zu seiner Mutter sagen. Gleichgültig, welche Fehler Florence bei seiner Erziehung machen und wie viele Fehlentscheidungen sie für ihn treffen würde. Er würde es ihr sagen, das stand für Claire fest. Weil er leben durfte und sich geliebt fühlte. Das allein zählte.
~~~

Zoé rührte sich, drehte sich auf den Rücken, wobei sie ein Stück von ihrer älteren Schwester wegrückte. Aber ihre Hand ließ sie nicht los. Als wüsste sie sogar im Schlaf, dass Lysann ihr zu entgleiten drohte. Zoé wollte Lysann festhalten, doch Claire wusste, dass sie sie bald würde loslassen müssen. Für immer. So wie sie selbst auch.

Claire vergrub ihr Gesicht in den Händen. Heiße Tränen rollten ihr über die Wangen, schienen aus einer tiefen Quelle des Schmerzes entnommen, die nicht mehr versiegen wollte. Es tat so schrecklich weh, Lysann loszulassen, war sie doch ein Teil ihrer selbst. Sie hatte sich bei Zoé für das Leben entschieden. Dafür, dieses Kind zu behalten, es mit Liebe durch sein Leben zu begleiten, Liebe von ihm zu erfahren. Dennoch musste sie nun eine Tochter dorthin gehen lassen, wo, so sagte Harald, es ihr endlich wieder besser gehen würde, wo das Leben keine Anstrengung, kein Kampf mehr war, sondern Freude und Leichtigkeit. Pures Leben!

»Ich liebe dich, Lysann«, flüsterte sie dem Mädchen ins Ohr, indem sie sich weit nach vorn beugte. Sanft und liebevoll strich sie einige verschwitzte Strähnen aus Lysanns Gesicht, spürte die Wärme ihrer Haut, die Zartheit der Jugend. »Ich hätte mir keine bessere Tochter wünschen können.« Claire schluchzte, fühlte die heißen Perlen der Trauer auf ihren Arm tropfen. Verzweiflung brach sich Bahn, war ein erstickter, nur als Seufzer wahrnehmbarer Schrei ihrer Seele. Ob er im Himmel gehört wurde?

»Du bist die perfekte große Schwester für Zoé«, fügte sie leise hinzu und strich auch dem jüngeren Mädchen die Haare aus dem Gesicht. Das Leben der beiden war so grundverschieden, wie sie aussahen, und dennoch schlugen ihre Herzen im Gleichklang. Selbst jetzt noch, als Lysanns aufgeben wollte. Der Teil ihres Herzens, der Liebe verströmte, war ungebrochen stark.

»Du hast immer Zoés Stärken gesehen. Das, was sie gut kann, was sie ist, nicht das, was sie hätte sein können oder sollen, wenn es nach den von uns Menschen entworfenen Normen geht. Du hast Zoé in ihrer Einzigartigkeit gesehen. Genau, wie auch du einzigartig bist.« Claire versagte die Stimme. Schmerz rollte wie eine Lawine durch sie hindurch. Unter Schmerzen hatte sie Lysann geboren, unter Schmerzen musste sie sie ziehen lassen …

»Dein Ehrgeiz hat viele inspiriert, deine frechen Sprüche haben sie zum Lachen gebracht, deine Liebe zum Staunen und zum Nachahmen angeregt. Du warst nicht umsonst auf dieser Welt. Du hast Spuren im Herzen anderer hinterlassen. Du wirst immer in Zoés und meinem Herzen wohnen …« Claire weinte bitterlich. Sie musste ehrlich sein. »Aber ich verstehe nicht, warum du so früh gehen musst!«

»Unsere Gedanken und Seelen sind zu klein, um alles zu verstehen«, kam es gemurmelt von Lysann.

»Du bist ja wach.«

»Nur ein bisschen. Ich bin so müde, Mama.«

»Dann ruh dich aus.«

»Darf ich, ja?«

Claire schluchzte auf, die Tränen liefen noch vehementer, der Schmerz tobte noch heißer in ihr. Wenn sie jetzt Ja sagte …

Claire schluckte zweimal leer. Dann erwies sie Lysann den letzten Liebesdienst: »Ja, meine liebe Lysann, du darfst.«

Wenige Augenblicke später betrat die Nachtschwester den Raum. Leise und so unauffällig, wie es ihr möglich war, schaltete sie den Monitor aus. Sie blieb einen kurzen Moment, die Augen, vor Tränen schwimmend, auf Lysanns friedliches Gesicht gerichtet, bevor sie die kleine Familie wieder alleinließ.

Warme Sonnenstrahlen, die ersten des neuen Tages, fielen durch das Fenster herein, malten einen hellen Streifen auf das Bett, als wollten sie Lysann willkommen heißen. In einer anderen Welt. Dort, wo jetzt ihr Herz in einem völlig neuen Rhythmus schlug.

Florence

Geboren werden und sterben. Beides sind nicht nur Aufgaben des Lebens, sondern auch ein Recht. Aber ist es eines, das in Menschenhand gehört? Gibt es vielleicht einen guten Grund, weshalb wir beides selbst nicht beeinflussen können? Weil der Mensch zu fehlerhaft in seinen Entscheidungen ist, weil er zu voreingenommen denkt und handelt und bei Weitem zu wenig von dem versteht, aus was die ganze große Wirklichkeit besteht? Deshalb treffen wir doch viel zu oft falsche Entscheidungen – die in Bezug auf das Leben und das Sterben dann ja nicht mehr korrigiert werden können.

Diese und ähnliche Gedanken beschäftigten mich, als Martin mir erzählte, dass Lysann gestorben war. Einen Tag, nachdem Mats das oftmals grelle Licht der Welt erblickt hatte, durfte sie den sanften Schein der Ewigkeit sehen.

Welch einen widersprüchlichen Tanz meine Gefühle daraufhin aufführten! Ich war froh für Lysann, dass für sie endlich der Vorhang gefallen war, denn ihre letzten Tage waren schwer für sie gewesen. Leidvoll, ein Kampf zwischen zwei Welten. Andererseits konnte ich die Tiefe der Trauer von Claire und Zoé nur erahnen, fühlte ich meinen eigenen Verlustschmerz doch schon heftig genug. Es war, als hätte ich Tage durchgetanzt. Bis mein Körper streikte, meine Füße nicht mehr aufhören wollten zu bluten, meine Gelenke knirschten und meine Tränen nicht mehr salzig, sondern bitter schmeckten.

Gleichzeitig erlebte ich große Freude. Die, Mutter zu sein, ein Kind umsorgen und lieben zu dürfen, das mir anvertraut worden war und das mir vorbehaltlos vertraute. Martin umsorgte uns beide auf seine unnachahmlich verschenkende und unaufdringliche Art. Harald und Michelle versorgten mich, Claire und Zoé mit Mahlzeiten und tröstenden Worten vom Himmel. Wir saugten sie förmlich in uns auf. Mit Lysanns Tod durchlitten wir alle einen schrecklichen Verlust, bekamen aber auch etwas Neues geschenkt: das Zusammengehörigkeitsgefühl einer Handvoll Menschen, die unterschiedlicher kaum sein konnten, die das Leben – oder Gott – bunt zusammengewürfelt an dem Bergsee hatte aufeinandertreffen lassen.

Zufall? Fügung? Ein Wunder? Ich denke, wenn wir die Augen für das Gute um uns herum öffnen, anstatt uns ausschließlich auf das Schwere und Negative zu konzentrieren, werden wir erstaunt sein, wie viele Wunder der Liebe auf dieser Erde geschehen!

20. Kapitel

30. August

Ausgepowert beugte sich Florence vornüber, ohne Jannik aus den Augen zu lassen. Der Junge hatte seinen Vater tatsächlich dazu überreden können, nochmals eine Woche in die Berge zu reisen, und nun zeigte er Florence, was er seit seinem Abschied im Frühjahr alles gelernt hatte.

»Du bist richtig gut!«, kommentierte sie schließlich und ließ sich auf den Boden fallen. Der Schweiß lief ihr in Strömen am Körper hinunter. In diesen letzten Augusttagen meinte die Sonne, die Bergwelt für den nahenden Herbst und Winter ordentlich mit Licht und Wärme versorgen zu müssen.

»Und du bist ziemlich schnell außer Puste«, erwiderte Jannik lachend, wobei sein Blick zu dem Kinderbett glitt, das jetzt am Kopfteil von Florence' Bett stand.

»Komm du mal nächstes Frühjahr wieder. Dann wollen wir sehen, wer eher schlappmacht!«, forderte Florence ihn gutmütig heraus. Ja, sie hatte viel von ihrer Kondition eingebüßt, und da sie ein Kind geboren hatte und stillte, war auch ihre Figur leicht aus der Form geraten. Vieles würde sich zurückbilden, jedoch wohl nicht alles. Doch wen sollte das stören? Sie?

Nein. Dafür liebte sie Mats viel zu sehr. Martin? Sicher nicht. Er umgab sie noch immer mit seiner bewundernswert zurückhaltenden Zuneigung. Inzwischen durfte er sie zur Begrüßung auf die Stirn küssen, an vielen Abenden hielten sie sich an den Händen, während sie sich gegenseitig von ihren Erlebnissen des langsam verstreichenden Tages berichteten. Kleine Schritte aufeinander zu. In Geduld geboren, von Liebe getragen, ein Ziel vor Augen.

Florence zuckte zusammen, als ihr Telefon klingelte. Sie wurde so selten angerufen, dass sie erstaunt die Augenbrauen hochzog, ansonsten aber auf das Läuten nicht reagierte.

»Ich glaube, da will jemand mit dir sprechen«, versuchte Jannik sich darin, ihr zu erklären, was der penetrante Klingelton zu bedeuten hatte. Der Schalk sprach ihm aus allen Knopflöchern, sodass Florence ihm einen Klaps auf den Hinterkopf gab. Der Junge, einst unsicher und verschüchtert, lachte darüber bloß. Er verließ ihr Zimmer durch die weit geöffnete Tür, da Florence bemüht war, jeden noch so schüchternen Windhauch zur Abkühlung in ihre Wohnung einzuladen.

Bis sie das Telefon gefunden hatte, war das Klingeln verstummt, doch das Display zeigte die Nummer ihrer Mutter in Paris an. Florence setzte sich in den Sessel, lehnte den Kopf zurück und schloss die Augen. Sie hatte mit ihrer Mutter nicht mehr gesprochen, seit sie ihr im letzten Winter unter verzweifelt heißen Tränen erzählt hatte, dass sie schwanger sei und weshalb. Florence hatte auf Unterstützung und auf einen weisen Ratschlag gehofft, war jedoch auf eine Mauer aus Ablehnung und Vorwürfen gestoßen, die sie erst verwirrt, dann verärgert hatte. Louise verhielt sich bereits ihr ganzes Leben lang so, als sei sie Florence' ältere Schwester statt ihre Mutter. Aber selbst bei einer Schwester konnte man doch Mitgefühl und Hilfe erwarten, oder etwa nicht?

Ein leises Sehnen erfüllte Florence' Herz. Louise war die Wegbegleiterin ihrer Kindheit und Jugend. Ihre Mutter. Es war an der Zeit, endlich einmal wieder ihre Stimme zu hören, sie an ihrem Leben teilhaben zu lassen, zu versuchen, sich auszusöhnen. Denn eine Mutter liebt …

Sie wählte und hatte kurz darauf Louise am Telefon.

»Hallo, Louise.«

»Florence!« Freude klang unüberhörbar in Louises weichem Singsang mit, gepaart mit einer Spur Unsicherheit.

»Du hast versucht, mich anzurufen.« Hölzerne Worte, wie einer Fremden gegenüber. Wie hatte es so weit kommen können? »Gestern hat mich jemand mit deinem Handy angerufen. Die Stimme konnte ich nicht einordnen. Ich habe auch nicht so ganz verstanden, was die Person mir sagen wollte. Sie klang … seltsam.«

»Zoé!«, entfuhr es Florence, der einfiel, dass Claires Tochter am Vortag bei einer Tanzstunde zugesehen und dabei in ihren Sachen gewühlt hatte, was sie gelegentlich wie selbstverständlich tat.

»Sie hat ihren Namen nicht gesagt, klang aber so, als würden wir uns gut kennen. Ich war verwirrt …«

»Zoé hat Trisomie 21, das Down-Syndrom«, erklärte Florence.

»Ah.«

»Neben den Tanzstunden, die ich gebe, bin ich auch ihre Nanny.«

»So?« Louise atmete hörbar aus, ehe sie hinzufügte: »Sie sagte etwas von einem Sohn. Mats.«

»Richtig.«

»Du hast das Kind also nicht … du hast es demnach behalten?«

»Er lebt, er ist gesund und ein Sonnenschein. Mein Sonnenschein.«

»Das … ist gut.«

»Was genau?«

»Ach, Florence!«

»Maman?«

»Maman. Das hast du lange nicht mehr zu mir gesagt.«

»Ja, weil du wolltest, dass ich dich Louise nenne.«

»Ich war so töricht.«

Florence schwieg. Was sollte sie darauf auch sagen? Sie liebte ihre Mutter, aber verstanden hatte sie diese mit zunehmendem Alter immer weniger.

»Ich war dir keine Hilfe, nicht wahr?«

»Nein.«

»Das tut mir leid. Verzeih mir bitte, Florence. Die Tatsache, dass du schwanger bist, hat mich völlig aus der Bahn geworfen.«

»Ach ja?«

»Und diese … diese Vergewaltigung? Meine Güte. Es … es tut mir so leid.« Es klang, als weinte Louise.

Florence hüllte sich erneut in Schweigen. Die gewalttätigen Erinnerungen kamen, verblassten jedoch sofort wieder. Sie waren nicht mehr so präsent wie anfangs. Längst nicht mehr so düster und schmerzlich, sondern vielmehr wie ein Blatt, das, vom Sturmwind abgerissen, zwar noch umhertrudelte, sich gelegentlich hierhin und dorthin legte, dabei allerdings zunehmend verwelkte und hoffentlich bald verfiel.

»Florence, ich bin so froh, dass dein Mats leben darf. Ich kann mir nicht im Entferntesten vorstellen, wie schwer die Entscheidung für dich gewesen sein muss. Allein zu wissen, dass ein Kind deine Karriere beeinträchtigen wird, ist schon schwierig genug. Aber unter diesen Voraussetzungen …«

»Du erstaunst mich«, gab Florence offen zu. Niemals hätte sie gedacht, dass ihre Mutter … ja was? So tief fühlen konnte? So viel Verständnis aufzubringen verstand? Überhaupt nachvollziehen konnte, was sie durchgemacht hatte? Ihre Mutter war nicht herzlos. Vielmehr sie selbst, weil sie ihrer Mutter genau das unterstellt hatte!

»Wirklich, Florence? Dann habe ich restlos versagt.«

»An dem Tag, als ich zu dir nach Hause geflohen bin, da hätte ich eine Mutter gebrauchen können.« Florence wusste, wie hart sie klang. Doch sie musste dieses Telefonat sinnvoll nutzen. Falsche Zurückhaltung würde längerfristig weder ihr noch Louise helfen. Und sie hatten schon so viel Zeit verloren.

»Du hast ja recht. Aber ich war von der Situation überfordert.«

»Überfordert? Du hörtest dich eher … genervt an. Ich habe Trost und Rat gesucht. Eine Umarmung. Jemanden, der mit mir weint. Nichts davon hattest du für mich. Nur Schweigen. Und dann die Frage, ob ich es wegmachen lassen werde. Als ob du keinesfalls auf die kleine Schwester und ihren kommenden Ruhm verzichten wolltest, um dich darin zu sonnen.«

»Guter Gott, vergib mir!«, keuchte Louise.

Schweigen breitete sich zwischen ihnen aus. Für Florence fühlte es sich leer und kalt an. Ein Hohlraum, den sie beide nicht füllen konnten? Weder mit Vorwürfen und Hass noch mit Vergebung und Liebe. Plötzlich wünschte sie sich Harald an ihre Seite. Seine besonnene Art, seine Weisheit, auch im Umgang mit Situationen, die herausfordernd und nur schwer zu durchschreiten waren; wie ein dunkles, zerklüftetes Tal, aus dem es anscheinend keinen Ausweg gab.

Sah sie so inzwischen die Beziehung zu ihrer Mutter? Hatte diese nicht auch – wie Florence selbst – einmal hohe Ideale gehabt, wie sie ihr Kind lieben und großziehen wollte? Würde auch sie, Florence, versagen und sich eines Tages die Anschuldigungen ihres Sohnes anhören müssen?

»Wie du weißt, war ich sehr jung, als du zur Welt kamst …«

Florence sog hörbar die Luft ein. Wollte sich Louise jetzt mit ihrer Unerfahrenheit als Frau und Mutter herausreden?

Damit punkten, dass sie sich nie hatte entwickeln können, weil sie in jungen Jahren bereits Mutter geworden war und deshalb niemals die Chance erhalten hatte, ihre Jugend abzuschließen und den Schritt zum Erwachsenwerden zu vollziehen?

»Deinen Vater habe ich an einem wunderschönen Bergsee in der Romandie kennengelernt. Ich habe dir früher davon erzählt, erinnerst du dich?«

»Sicher.« Florence schaute zur Fensterfront hinaus auf die blauen Berge, den schwarzen See, die grünen Bäume und die geschwungenen Hänge mit ihrer Wildblumenpracht. Auch sie hatte sich hier in einen Mann verliebt.

»Unsere Liebe war wie wir. Stürmisch, aber unreif. Er heiratete nur einige Monate später, ich erwartete dich.«

»Das weiß ich alles!«

»Was du nicht weißt, ist, dass meine Eltern mich vehement bedrängten, dich abzutreiben. Ich hatte meine erste Rolle beim Film ergattert, nachdem ich beim Theater schon recht erfolgreich gewesen war. Von überallher riet man mir, dass ich mir die einmalige Chance nicht verbauen sollte. Ich war schon dort, saß in diesem Raum mit zwei anderen Schwangeren … und bin einfach abgehauen.«

Florence hörte nicht mehr richtig zu. Das Blut rauschte in ihren Ohren. Dass sie durch ihr Leben tanzen konnte, war nicht selbstverständlich. Es war ein Akt der Gnade. Ein Akt der Liebe. Ihre Mutter hatte ihr das Leben gleich zweimal geschenkt. Einmal an jenem Tag, der für sie den Tod eingeläutet hätte, dann wieder, als sie geboren wurde. Sie atmete nur, tanzte nur, liebte nur, lachte nur … weil ihre Mutter sich für sie statt gegen sie entschieden hatte. Die Geschichte wiederholte sich. Zweimal? Hundertmal? Tausendmal? Hunderttausendmal; Jahr für Jahr?

Jetzt offenbarte sich Florence auch der Grund, weshalb sie ihre Großeltern nie kennengelernt hatte. Das Zerwürfnis zwischen ihnen und Louise war niemals beigelegt worden. Bis zu ihrem Tod nicht, bei dem Louise zumindest noch geerbt hatte, wodurch sie Florence das Studium hatte finanzieren können. Selbst ihr Erbe hatte Louise ihrer Tochter überlassen.

»Ich war nie eine gute Mutter. Ich fühlte mich oft überfordert. Ich sehnte mich viel zu innig nach meinem eigenen Leben, nach einem Traum, der ausgeträumt war. Doch eines musst du mir glauben: Ich habe meine Entscheidung nie bereut. Das zumindest habe ich richtig gemacht. Ich konnte dir vielleicht nicht so viel geben wie andere Mütter, weder an Zuneigung noch an Ratschlägen und Unterstützung, auch was die finanzielle Sicherheit anbelangt. Aber ich habe dich immer geliebt.«

»Maman!« Florence weinte haltlos. Tränen der Reue und der Freude. Heilsame Ströme salziger Flüssigkeit, die eisige Fronten auftauten. Gleichgültig, welche Wunden über die Jahre geschlagen und zuletzt aufgerissen worden waren, nun war es an ihr, sehr bewusst eine Entscheidung zu treffen. Sie konnte vergeben, lieben und Liebe annehmen – in einer von unendlich vielen Varianten, in denen Liebe anzutreffen ist. Wie oft wirkte diese durch die Fehlerhaftigkeit des Verschenkenden kümmerlich, da der seine Liebe nicht großartig auszudrücken wusste; weil er dabei an Grenzen stieß, die in seiner eigenen Lebensgeschichte gewachsen waren …?

Florence' Tränen mischten sich mit dem Schweiß auf ihrer Haut, Glück und Schmerz vereinten sich zu einem brennenden Gefühl in ihrem Innern, das es jedoch verstand, Wunden zu reinigen. Heilung benötigt Vergebung.

»Du hast meinetwegen deinen Lebenstraum aufgegeben?« Wer konnte besser erfassen als Florence, welches Opfer Louise nicht nur aus Verantwortungsbewusstsein und dem Wunsch heraus, das Richtige zu tun, erbracht hatte, sondern aus Liebe. Sie wäre sonst heute nicht hier. Würde nicht ihren Sohn und Martin lieben, nicht mit Claire und Zoé um Lysann trauern, nicht zusehen, wie die Sonne als goldene Kugel tiefer sank und Millionen von orange schimmernden Bernsteinen auf das dunkle Gewässer streute … Sie hätte nicht einen Tanz getanzt, nicht ein einziges Mal ein Lächeln auf das Gesicht eines Zuschauers gezaubert, niemanden je verzaubert und in ein Fantasieland entführt … Sie wäre nicht Florence, sie wäre gar nicht da.

»Ich denke, wir haben uns gegenseitig viel zu vergeben.«

»Dann tun wir das doch, Tochter.«

»Ja.« Florence weinte erneut. Tränen der Erleichterung und der Freude. Ein einziges ehrliches Gespräch konnte Mauern sprengen, Vorbehalte in Luft auflösen, Verletzungen heilen. Warum nur schwiegen sich die Menschen so oft an? Gab es denn nichts mehr zu sagen? Kein Lob, keinen Dank, kein aufmunterndes Wort, keine liebevolle Zurechtweisung, keine Fragen nach den Hintergründen …? Wann nur war das Gute in den Seelen der Menschen erkaltet?

Unwillkürlich wanderten Florence' Gedanken zu Martin. Ob die Antwort in dem verborgen lag, was er zurückgelassen hatte? Dem Streben nach der Erfüllung seiner Wünsche, die alles andere zu verdrängen verstanden? Hatten die Menschen verlernt, ihre Ziele auch einmal zum Wohl eines anderen zurückzustellen, ihrem Nächsten Gutes zu tun, ohne gleich eine Gegenleistung zu erwarten, darin den eigenen Gewinn zu suchen? Und Lysann hatte das erkannt und ihr deshalb bei ihrem letzten Gespräch geraten, andere glücklich zu machen. Weil sie dadurch selbst Glück erleben durfte?!

»Bist du noch da, Florence?«

»Ja, Maman. Ich kann dir gar nicht genug danken, dass du meinetwegen deinen Lebenstraum aufgegeben hast.«

»Ich habe ihn nur abgeändert.«

»Du wolltest immer, dass ich auf der Bühne stehe, nicht wahr?«

»Ja.«

Florence zögerte, lächelte und sprach schließlich aus, was sie dachte: »Du wirst eine grandiose Großmutter für Mats sein! Er wird dich bewundern und lieben!«

Ihre Mutter schniefte, dann folgte mit erstickter Stimme: »Darauf kannst du wetten!«

Sie lachten beide; unter Tränen.

~ ~ ~

Die Sonne, erstaunlich groß und noch immer in einen ungewöhnlichen Goldton gekleidet, sank langsam Richtung Bergspitzen. Florence hielt auf den Stufen inne und betrachtete das Gold am Himmel und auf dem See, die warme Färbung der Hausfassaden, die spiegelnden Fenster und die in einen lichtdurchfluteten Dunst gehüllten Wälder. Auf dem See dümpelten noch eine kleine Anzahl von Booten, Wanderer kehrten von ihren Tagesausflügen zurück. Sie wirkten müde, aber glücklich und bewunderten ebenfalls das grandiose, jedoch vergängliche Schauspiel der Natur.

Drei Motorradfahrer knatterten davon, bogen auf die Bergstraße ein, und das laute Geräusch verklang, sodass wieder die Grillen, die Singvögel und der Pfiff eines Raubvogels zu hören waren, ebenso das Lachen einiger Kinder und die nur als Gemurmel wahrnehmbaren Unterhaltungen der Touristen auf dem Uferweg. Beschwingt setzte Florence ihren Weg nach unten fort in Vorfreude auf Mats. Und auf Martin, der sich während des Tanzkurses und ihres langen Gesprächs mit ihrer Mutter um ihren Sohn gekümmert hatte.

Auf der Terrasse, ein wenig versteckt hinter wuchernden, rot blühenden Heckenrosen, fand sie die beiden, und ihr Anblick ließ sie den Atem anhalten. Martin hatte es sich mit aufgestelltem Kopfteil auf seinem großen Anglerfeldbett bequem gemacht. Er trug Jeansbermudas, sein unbekleideter Oberkörper glänzte, da auch an ihm die Hitze des Spätsommertags nicht spurlos vorüberging. Mit überkreuzten Füßen, die Beine leicht angewinkelt, saß er da, das Kind, wegen der Hitze lediglich mit einer Windel bekleidet, lag auf seinem Schoß, an seinen Bauch gelehnt. Mats' helle Haut hob sich von Martins braun gebranntem Körper ab, und die Zartheit des Babys stand in deutlichem Kontrast zu den kräftigen Muskeln des Mannes. Mit einem Arm hielt Martin ihren Sohn fest, die langen, schlanken Finger der anderen Hand lagen schützend und liebkosend zugleich auf Mats' Bauch. Martin hatte sie offenkundig noch nicht bemerkt, denn sein Kopf war gesenkt. Er beobachtete den schlafenden Jungen, wobei ihm die dunklen Haare frech in die Stirn fielen. Diese Mischung aus Zerbrechlichkeit und Kraft, Geborgenheit und Schutz bietender Haltung entfachte in Florence' Herzen ein Feuer. Es gründete auf mehr als Dankbarkeit, Rührung und Zuneigung. Auf weitaus mehr. Es war Liebe mit einer aufflackernden Flamme der Sehnsucht, die eine neue Glut der Leidenschaft in ihr anfachte. Barfuß, wie sie war, tapste sie leise über die Holzdielen und näherte sich von schräg hinten dem in sich versunkenen Mann. Sie streckte die Hand nach Martin aus, zog sie jedoch wieder zurück, erstaunt über ihren vehementen Wunsch, ihn zu berühren.

Florence betrachtete seinen dem Kind zugeneigten Kopf, die golden schimmernde Haut seiner Schultern, unter der die Muskeln spielten, als Martin Mats behutsam etwas höher nahm, sich bequemer hinsetzte und dabei spielerisch mit den Fingern über den weißen Bauch des Babys streichelte. Ihr Herz stand kurz vor dem Zerspringen, so wild schlug es in ihrer Brust. Süßer Schmerz, gefangene Herzenswünsche.

Widerborstig straffte Florence die Schultern. Erneut hob sie die Hand und legte sie in Martins Nacken. Wärme ging auf ihre Haut über, gefolgt von einem Prickeln, das durch ihren ganzen Körper raste. Betörend schön, aufregend und doch noch immer mit einer kleinen Warnung im Schlepptau.

Martin hielt still, als bemerke er ihre Berührung nicht. So viel Geduld; sein Geschenk an sie. Wieder nahm sie all ihren Mut zusammen, tat das, was sie sich in den schlaflosen Nächten vor der Geburt ihres Sohnes vorgestellt hatte. Sie strich ihm mit gespreizten Fingern durch das kräftige Haar, spürte die gespeicherte Wärme darin. Während sie genoss, diese Freiheit zu besitzen, diesen Sieg errungen zu haben, bemerkte sie, wie seine Schultern und sein Brustkorb sich vehementer als zuvor hoben und senkten. Mats rührte sich, greinte leise, als spüre auch er die plötzlich in der Luft sirrende Elektrizität.

»Pssst, mein Junge. Es ist alles in bester Ordnung«, sagte er sanft, jedoch mit ungewohnt aufgewühlter Stimme zu ihm – und zu ihr. Mats kuschelte sich tiefer in die Umarmung des Mannes. In die seiner Arme, in die seiner Stimme. Eingehüllt von Liebe, beruhigte er sich wieder.

Florence zog ihre Hand langsam zurück, legte dabei aber ihre andere auf seine Schulter, spürte Hitze und Schweiß, leicht zuckende Muskeln. Mutig und zugleich atemlos ließ sie ihre Finger über seinen Oberarm gleiten, hinunter zu seinem Ellenbogen, in dessen Beuge der Kopf ihres Sohnes ruhte. Sie strich über die dunklen Härchen auf seinem Unterarm, über seinen Handrücken, die Finger, bis ihre Hand auf seiner zur Ruhe kam und beide auf dem Bauch des Kindes verweilten.

Jetzt erst hob Martin den Kopf und sah sie an. Augen wie Muskat; feurig-süß, voller Zuneigung, stark aromatisch, mit einem lange zurückgehaltenen Feuer. Ihr Blickkontakt dauerte an, dann lächelte er, zwinkerte ihr schließlich zu und löste damit eine zunehmend explosivere Stimmung auf, von der Florence fürchtete, sie könne in einer Flucht ihrerseits enden. Ob er das gespürt hatte?

Wortlos rutschte er auf der breiten grünen Liegefläche nach

links, und sie folgte seiner Einladung. Minutenlang saß sie angespannt neben ihm, darum bemüht, ihn weder mit den Armen noch mit den Beinen zu berühren. Sie hielt lediglich einen Fuß ihres Sohnes in der Hand. Beide schauten sie abwechselnd auf das friedlich schlafende Kind oder zwischen den Rosensträuchern hindurch auf den See, der allmählich das Glitzern einbüßte, da die Sonne sich hinter den Bergen versteckte. Dafür erwachte der Himmel zu einem farbenfrohen Leben, als habe jemand eine Palette Farbeimer umgeworfen.

Sie wachte auf, weil Mats zunehmend vehementer seine nächste Mahlzeit einforderte. Erstaunt schlug Florence die Augen auf. Über ihr verdrängte ein tiefes Blauschwarz gerade das letzte Violett, das Zirpen der Grillen schwoll an und ab, als betrauerten die Tiere den Abschied der Farben. Sie lag auf der Seite, ihr Kopf ruhte auf Martins Brust. Wie war sie dorthin gekommen? Wann war sie eingeschlafen? Wie konnte sie so nahe bei ihm einfach einschlafen? Florence lächelte. Sie hatte es nicht eilig, ihren Kopf zu heben und von dem wärmespendenden Körper wegzurutschen. Wie entspannt musste sie gewesen sein, wie geborgen musste sie sich gefühlt haben, wenn ihr dieses Kunststück, diese Pirouette, dieser schwierige Sprung gelungen war?

»Hallo, Dornröschen.«

Florence lachte leise und wandte ihm ihr Gesicht zu. Nie war dieser Kosename passender für sie gewesen. Die Dornenhecke, die sie umgeben hatte, war zurückgedrängt. Der lange Schlaf war zu Ende. Es fehlte nur noch … Martin beugte sich über sie, ließ keine Zweifel daran, was er zu tun gedachte, gestattete ihr keine Sekunde, sich irgendwelche Gedanken darüber zu machen. Seine Lippen berührten die ihren. Erst den einen Mundwinkel, dann den anderen. Schließlich den gesamten Schwung ihres Mundes. Sanft und doch fest. In dem Wissen, das Richtige zu tun, den perfekten Moment gefunden zu haben. Lange genug, um nicht flüchtig oder oberflächlich zu sein, kurz genug, um sie nicht zu überfordern.

»Was hältst du davon, wenn du unseren Jungen stillst und ihm und dir etwas Wärmeres anziehst. Ich bereite uns in der Zeit eine kleine Mahlzeit vor?« Er deutete mit dem Kopf auf den winzigen Tisch mit den zwei Stühlen, die er sich vor einigen Wochen angeschafft, aber – soweit sie wusste – nie genutzt hatte. Weil er auf einen Augenblick wie diesen gewartet hatte?

»Klingt gut.«

»Und vernünftig, ehe er das halbe Dorf zusammengeschrien hat!« Martin drückte ihr Mats in den Arm und erhob sich schwungvoll.

Florence richtete sich eher gemächlich auf, war sie doch noch benommen vom Schlaf und von dem Kuss, den sie genossen hatte.

»Dass ich das mal erleben darf«, zog Martin sie prompt auf. »Ein Vulkan, der nur ganz sanft brodelt.«

»Weck ihn lieber nicht auf.«

»Oh doch, das werde ich. Bald schon!«

21. Kapitel

2. November

Während am See ein paar vereinzelte Touristen den goldenen Herbstabend genossen, versammelten sich vor Claires kleiner Wohnung Zoés Geburtstagsgäste. Darunter befanden sich auch zwei Kinder aus ihrer Schule, beide mit Down-Syndrom, Freddy, der Snowboarder-Kellner, Harald und Michelle und natürlich Florence mit Mats. Bunte Luftballons und Wimpelgirlanden schaukelten entlang der Hauswand und an den Zweigen von Flieder und Jasmin. Sie faszinierten Mats, der auf einer Decke im Gras lag, mit Armen und Beinen strampelte und die Windtänzer nicht aus den Augen ließ. Nur Martin fehlte, da er übers Wochenende zu seinen Eltern gefahren war. Sein Vater feierte ebenfalls Geburtstag.

Gläser, gefüllt mit Rotwein, Wasser oder Saft, schimmerten im Abendlicht, der Duft von frischem Baguette und würzigen Käsesorten lag über der plaudernden Runde. Zoé und ihre Freundinnen kicherten unentwegt, was Florence mit Freude sah. Dennoch war Zoés Trauer um den Verlust ihrer großen Schwester noch immer spürbar. Sie zitierte nicht mehr. Es war, als habe Zoé ihre Begabung und die Begeisterung daran, viele ihrer Unterhaltungen mit einem Film- oder Buchzitat zu würzen, Lysann mit ins Grab gelegt. Weil diese sie entdeckt und gefördert hatte?

Claire bat darum, kurz etwas sagen zu dürfen, und stieß dabei mit ihrer Messerspitze an das Weinglas. Das leise Klirren fügte sich harmonisch in die abendlichen Geräusche ein, die parallel laufenden Gespräche verstummten, und Florence nutzte die Pause, um eine Fleecejacke über ihren Pullover zu ziehen. Sie warf einen Blick auf ihren Sohn, doch der hatte es in seiner gefütterten Hose sicher noch warm genug. Sobald jedoch die Sonne hinter den Bergen verschwände, würde sie ihn vom Boden hochnehmen müssen.

»Herzlichen Glückwunsch, liebe Zoé!«, begann Claire, und alle hoben die Gläser. Das Mädchen lachte auf, ebenso fröhlich wie rund drei Wochen zuvor, als sie Lysanns Geburtstag mit einer Mitternachtsparty gedacht hatten, die Florence heimlich geplant hatte.

Claire lächelte ihrer Tochter sanft zu. Sie brachte das Kunststück zuwege, diesem besonderen Mädchen noch mehr Liebe entgegenzubringen – einen Teil der Aufmerksamkeit und Zuneigung, die sie zuvor auf ihre beiden Töchter aufgeteilt hatte –, ohne Zoé dabei zu sehr zu behüten oder sie mit ihrer Konzentration auf sie zu ersticken. Ein paar neue graue Strähnen zierten Claires Haare, sie war noch ruhiger, als sie es ohnehin gewesen war, aber sie verzweifelte nicht. Vermutlich, weil sowohl Lysann und Zoé als auch Harald ihr die Hoffnung auf ein Wiedersehen mit Lysann ins Herz gepflanzt hatten. Ein kleiner Samen, der allmählich aufgehen durfte und mit seinen Blüten, der Vorfreude, Frieden schenkte. Sie arbeitete wieder mehr und schien endlich in ihrer Tätigkeit, die sie ursprünglich in ein eigenes Restaurant und Hotel hatte investieren wollen, angekommen zu sein.

»Und herzlichen Glückwunsch ebenso an unsere Flo, die in Zoés Schule und zwei weiteren Einrichtungen desselben Trägers eine Anstellung als Theater- und Tanzlehrerin bekommen hat. Wann wirst du anfangen?«

»Nach den nächsten Sommerferien«, verriet Florence den anderen Gästen und erhielt begeisterten Applaus. Freddy schlug ihr kameradschaftlich auf die Schulter.

Seit den Probestunden in den drei Einrichtungen war Florence vollkommen überzeugt, dass sie dort am richtigen Platz sein würde. Sie liebte es, wenn die Schüler ihr mit funkelnden Augen zuschauten und versuchten, es ihr gleichzutun. Wieder sah sie in den Gesichtern ihrer Zuschauer das verträumte Entzücken, wenn sie diese an einen geheimnisvollen Ort entführte. Sie freute sich jetzt schon darauf, die Stärken der Einzelnen im Schauspiel, in einer Sprecherrolle, im Tanz herauszufiltern, sie zu einer Gruppe zusammenzuschweißen und mit ihnen ein Musical einzustudieren, das an Schulfesten aufgeführt werden sollte. Dabei würde sie eng mit den Pädagogen und Sportlehrern an den Schulen zusammenarbeiten, und diese Vorstellung fand sie bereichernd.

»Und schließlich: herzlichen Glückwunsch, Freddy. Er wird in den Gastronomiebetrieb wechseln, in dem auch ich arbeite.« Sie deutete auf den breit lächelnden jungen Mann und fügte hinzu: »Ich werde dich sehr genau im Auge behalten!«

Alle lachten, sogar Claire. Nur Zoé öffnete den Mund und schloss ihn wieder, ohne etwas gesagt zu haben, wobei sie ihre Augen auf die weißen Wolken richtete, die träge über den blauen Herbsthimmel zogen. Florence folgte ihrem Blick. Ob Zoé gerade ihr einstudiertes »Ohne Fleiß kein Preis« hatte anbringen wollen?

Freddy beugte sich zu Florence hinüber und riss sie damit aus ihren Überlegungen. »Harald ist einfach klasse.«

»Harald?« Irritiert schaute Florence zu dem älteren Herrn, der jetzt von den drei Mädchen vereinnahmt wurde. »Was hat Harald mit deinem neuen Job zu tun?«

»Äh?« Der junge Mann runzelte die Stirn, zumindest nahm Florence das an, denn unter den wilden Locken war das nur zu erahnen.

»Du weißt aber schon, dass Harald das Hotel gehört. Wie einige weitere in der Schweiz und in Frankreich?«

»Wie bitte?«

Freddy lachte kopfschüttelnd. »Das wisst ihr nicht? Er hat es dir und Claire nie gesagt? Die kleine Hotelkette ist seit vielen Jahrzehnten in Familienbesitz. Ich hatte eines meiner beiden Vorstellungsgespräche mit Harald.«

»Das … gibt es doch nicht!«, stotterte Florence, fügte aber gleich darauf hinzu: »Das erklärt natürlich so einiges! Die schnelle Zusage für meinen Tanzunterricht für die Hotelgäste, Claires geniales Jobangebot sofort nach ihrer Kündigung und die große Rücksichtnahme ihr gegenüber, als sie so viel Zeit bei Lysann im Krankenhaus verbracht hat …« Aufgeregt unterstrich sie jedes Wort mit den Händen.

Freddy grinste und schüttelte erneut den Kopf. Offenbar verstand er nicht, wie Florence und Claire das nicht wissen oder zumindest hatten ahnen können.

»So ein Filou!« Florence lehnte sich zurück und kicherte leise vor sich hin.

Freddy wurde von Michelle in ein Gespräch verwickelt, Claire unterhielt sich mit Harald, wohl noch immer ahnungslos, dass er eigentlich ihr Arbeitgeber war, und die Mädchen saßen abseits für sich. Also erhob sich Florence und holte ihren Sohn zu sich auf den Schoß. Er spielte mit dem Kapuzenband ihres Pullovers, suchte mit den Augen diejenigen, die laut lachten, oder beobachtete weiterhin die farbigen Wimpel über ihnen. Florence genoss die fröhliche und harmonische Atmosphäre, spürte jedoch, dass ihr etwas fehlte. Jemand. Martin. Sie vermisste ihn so sehr, dass es sogar ein bisschen wehtat.

Es war nicht bei diesem einen Kuss geblieben. In den vergangenen Wochen hatte es mehrere weitere gegeben, immer nach einem fragenden Blick von Martin und ihrem zustimmenden Nicken. Sie aßen fast jeden Abend gemeinsam, schauten zusammen Filme, wanderten durch die Berge und tanzten jeden Dienstag miteinander, während Harald und Michelle das zweite Paar bildeten. Ihr Vertrauen zu Martin war gewachsen, die Schreckgespenster ihrer Vergangenheit beinahe fort. Geholfen hatte ihr dabei auch, dass sie auf Haralds Rat gehört und jenem Mann vergeben hatte. Sie würde ihn nicht verklagen – das taten andere –, aber sie hatte auch nicht über ihn zu richten. Also ließ sie die Gedanken und Erinnerungen an ihn los.

Zwei Stunden später verabschiedete sich Florence von Harald, Michelle, Claire und Zoé – deren Freundinnen waren von ihren Eltern vor einiger Zeit abgeholt worden – und machte sich mit Mats in einem gebraucht erstandenen Kinderwagen auf den Heimweg. Die Sonne war mittlerweile untergegangen, es hatte merklich abgekühlt, und entsprechend waren die Straßen und das Ufer menschenleer. Irgendwo im Schilf schnatterte träge eine Ente, schien jedoch erschrocken darüber zu sein, wie geräuschvoll sie die glasklare Stille mit ihrem Gezeter zerbrach, denn sie verstummte rasch. Es war mühsam, den Kinderwagen über den geschotterten Weg den Hügel hinaufzuschieben, doch Florence nahm es als eine sportliche Betätigung. Vor den Stufen zu ihrer Wohnung ließ sie das Gefährt stehen, hob Mats heraus und brachte ihn nach oben, wo sie ihn wusch, stillte und schließlich in sein Bett legte. Wie meistens war er zwar noch eine Weile wach, lauschte aber friedlich auf das, was Florence ihm erzählte und vorsang, ehe er einschlief.

Ohne sich die Jacke wieder überzuziehen, verließ sie ihr spartanisch eingerichtetes Zuhause und eilte die Treppe hinunter, fand den Kinderwagen allerdings nicht vor, den sie in den Schuppen hatte räumen wollen. Dafür stand Martins Auto auf dem Vorplatz. Schneller noch, als sich ihre Augenbrauen erstaunt hoben, hüpfte auch ihr Herz – völlig aus dem Takt. Hatte Martin nicht erst am Abend des folgenden Tages zurückkehren wollen? Ein Hauch von Besorgnis regte sich in ihr, wurde aber von Freude verdrängt, als sie ihn am Geländer lehnen sah, kaum dass der halbrunde Mond hinter einer dicken grauen Wolke hervorschaute.

Sie hatte es eilig, die Holzdielen der Veranda zu betreten, und da er sie gehört hatte, kam er ihr einige Schritte entgegen. Ehe sie reagieren konnte, umschloss er sie mit seinen kräftigen Armen und drückte sie an sich, so fest, wie er das niemals zuvor beim Tanzen gewagt hatte. Florence atmete mehrmals flach ein und aus und rief sich zur Ruhe. Es war Martin. Bei ihm war sie sicher.

»Was tust du hier? Ist etwas passiert?«, wagte sie zu fragen, bog dabei ihren Oberkörper zurück, um ihn im Mondschein betrachten zu können.

»Ich halte die Frau im Arm, die ich liebe«, erwiderte er sehr ernst und mit heiserer Stimme. »Was passiert ist? Meine Mutter hat mich rausgeworfen.«

»Aber …?«

»Sie sagte, dass mein Herumrutschen dem Polster ihrer Couch schade und ich gefälligst zu der Frau gehen solle, derentwegen ich mich genau wie diese aufführe.«

Florence war sprachlos, was selten vorkam, dann breitete sich ein Schmunzeln auf ihrem Gesicht aus. Sie hatte Linda vom ersten Augenblick an gemocht.

»Meine Schwester hat mich ebenfalls ausgelacht.« Er fuhr sich mit einer Hand durch die Haare, ergriff Florence jedoch schnell wieder an der Taille. »Aber das ist eine ernste Sache, Flo.«

»Ja, ich weiß«, murmelte Florence; dennoch gelang es ihr nicht, die in ihr aufsteigende perlende Heiterkeit zu unterdrücken.

Martin ließ sie los, und zu ihrem eigenen Erstaunen wünschte sie sich, er hätte das nicht getan. Sie wollte weiter in seinen Armen liegen, seinen Herzschlag spüren, ebenso wie das Heben und Senken seines Brustkorbes, wenn er atmete. Sie liebte diesen Duft männlicher Herbheit, den er verströmte und dem ein Hauch von Rasierwasser beigemischt war.

»Florence, bitte!« Er trat an die Brüstung, stützte beide Hände auf das obere Holz und stand dort, gebeugt und mit gesenktem Kopf. Ein schwarzer Schattenriss vor einer in dunkles Blau getauchten erhabenen Landschaft, sanft beschienen vom silbernen Mondlicht, damit Florence ihn ja nicht übersehen konnte.

Sie stellte sich neben ihn, bestürzt über seine heftige Reaktion. War heute der Tag, den sie seit Monaten gefürchtet hatte? Wollte er eine endgültige Entscheidung von ihr einfordern. Für oder gegen ihn? Mit allen Konsequenzen. Eine Stimme in ihr schrie um Hilfe. Sie fühlte sich restlos überfordert. Was sollte sie jetzt nur tun?

Florence' Blick verlor sich in den leuchtenden weißen Flecken an den Berghängen, wo vor einigen Tagen der erste Schnee gefallen und liegen geblieben war. So viel Reinheit und Schönheit und zugleich lebensfeindliche Kälte. Widersprüche in sich. Wie oft waren Menschen, Dinge und Situationen nicht so, wie sie zuerst zu sein schienen? Sie betete auf der Suche nach den richtigen Worten.

»Ich weiß nicht, wann ich bereit bin, dir mehr zu geben als eine Umarmung und einen Kuss, einen gemeinsamen Tanz und mein Vertrauen«, begann sie leise. Sie wollte Martin nicht verlieren. Aber so gern sie auch tanzte und dabei höher sprang als so viele andere Menschen – sie konnte nicht über alle Mauern springen. Oder etwa doch? Weil sie dabei nicht allein war?

Sie fror und umschlang Schutz suchend mit den Armen ihren Leib. Wie sehr wünschte sie sich, Martin würde sie wärmen. Doch er stand noch immer reglos, nach vorn gebeugt an der Brüstung, wenngleich er den Kopf leicht gedreht hatte, sodass er sie an seinem aufgestützten gestreckten Arm vorbei ansehen konnte.

»Ich weiß nur, dass ich dir vertraue und dass ich dich nicht verlieren möchte. Ich habe schon lange Angst, dass deine Geduld mit mir eines Tages aufgebraucht sein könnte …« Sie wich seinem Blick unter den zusammengezogenen Augenbrauen aus, indem sie zum Mond hinaufschaute. Wie gern würde sie jetzt zu diesem hinaufschweben und dort oben schwerelos tanzen. Den Tanz von ihrem großen Traum und seiner Erfüllung: geliebt zu werden und zu lieben.

Aber … sie wurde doch geliebt. Und sie liebte!

Ihre Schultern strafften sich, sie löste die Arme von ihrem Körper, verschränkte sie erst hinter ihrem Rücken, überlegte es sich dann jedoch anders und legte ihre Rechte sanft auf Martins Linke, die verkrampft die Brüstung umgriff.

»Ich liebe dich, Martin.«

Er stieß ruckartig den Atem aus und richtete sich auf. Sie konnte sein Gesicht nicht sehen, da es völlig im Schatten lag, während ihres vom Mond wie von einem Scheinwerfer beleuchtet wurde. Ob er ihr ansah, wie sehr sie eine Reaktion herbeisehnte und zugleich fürchtete? Ähnlich wie am Ende einer Vorstellung, wenn das Publikum sekundenlang reglos und still dasaß und die Akteure in fiebernder Anspannung abwarten mussten, ob es mit rauschendem Beifall oder zurückhaltender Höflichkeit reagieren würde.

Martin ergriff sie an den Schultern und schob sie vor sich an die Brüstung. Hinter ihr stehend, schlang er seinen Mantel auch um sie, presste sie fest an sich, umhüllte sie mit Wärme und Liebe.

»Mehr brauche ich im Moment nicht, Florence«, murmelte er ihr ins Ohr. »Ich musste nur das wissen, um mir sicher zu sein, dass es Sinn macht, dir weiterhin meine Liebe zu schenken.«

Florence nickte beschämt. Sie hätte ihm schon viel früher sagen sollen, wie sehr sie ihn liebte. Ihre Angst, dass er Liebe nicht von körperlichem Begehren trennen konnte, hatte sie davon abgehalten. Wie dumm war sie doch gewesen. Hatte er ihr nicht bei jeder ihrer Begegnungen bewiesen, dass er das eine vom anderen zu unterscheiden verstand, weil er genau wusste, dass beides letztendlich erst wunderschön sein würde, wenn es behutsam und in der perfekten Gewichtung zusammengeführt wurde? Wie zwei Solotänzer, die sich auf der Bühne während des gesamten Musikstücks annäherten, um erst bei den Schlussakkorden tatsächlich ein Paar zu werden.

Überglücklich lehnte Florence ihren Kopf an Martins Schulter, genoss seinen warmen Atem in ihrem Haar. Sie unterhielten sich flüsternd über ihre Gefühle, Wünsche und Ängste, bis Mats' Stimme durch das gekippte Fenster deutlich machte, dass er dabei auch noch mitreden wollte.

Kälte, so scharf wie Glas, lag in der Luft. Martin warf einen letzten Blick auf Mats, ehe er die Tür leise hinter sich zuzog und dieser den Rücken zukehrte.

Fast auf den Tag genau ein Jahr war es her, als er im Schein der untergehenden Januarsonne eine zerbrechlich wirkende und doch ungeheuer energiegeladene Silhouette auf dem zugefrorenen See hatte tanzen sehen. Heute tanzte sie wieder.

Emotionsgeladen wie selten zuvor trat er an die Verandabrüstung und lehnte sich gegen das mit einer Eisschicht überzogene Holz. Schnee und Eis, wohin er nur blickte. Auf den Bergen, die im Licht der verblassenden Sonne karstig und feindlich wirkten, auf den Hängen, eine weiße, dichte Daunendecke, ausgebreitet über dem, was in den Sommermonaten in bunten Farben lebte. An den Dachrinnen reihten sich gewaltige Eiszapfen auf wie Perlen an einer Kette, im Augenblick glänzten sie sogar in milchigem Weiß und zartem Rosé. Frostige Kappen bedeckten Bäume und Sträucher, Miniaturberge waren entlang der notdürftig geräumten Straßen in die Höhe gewachsen. Himmel und See zeigten sich in einem eisblauen Kleid, es herrschte eine wohltuende Stille, und klare Luft schien den kleinen Flecken Erde wie eine schützende Glashaube zu umgeben. Der Winter war zurückgekehrt, und wie schon vor einem Jahr hatte er die alpine Landschaft fest im Griff, unerbittlich und doch wunderschön.

Das Faszinierendste daran war jedoch: Die Tänzerin war noch immer hier. Sie war nicht, wie sie es eigentlich vorgehabt hatte, lediglich für einige wenige Stunden geblieben, sondern für ein ganzes Jahr.

Schon als er sie das erste Mal beobachtet hatte, hatte sie sich in seine Träume getanzt. Erst des Nachts, dann auch bei Tag. Schließlich hatte sie mit ihm getanzt; vorsichtig, zurückhaltend, auf Abstand bedacht. Dabei hatte sie die richtigen Schritte in sein Herz gefunden. Und heute?

Im Augenblick tanzte sie nur für sich. Und er ließ sie gewähren. Weil sie die Weite und die Freiheit brauchte. Raum und Zeit. Platz, um sich zu entfalten, um zu danken, nachzudenken, zu fühlen, zu entscheiden, sich vorzubereiten.

Ihre Bewegungen zeugten von Unsicherheit und Furcht, wobei sie niemals eckig oder unschön waren, vielmehr drückten sie einfach nur das aus, was sie empfand. Und Florence empfand tief.

Martin verschränkte die Arme vor der Brust und trat auf der Stelle. Nur so konnte er gegen die Kälte angehen, die in seine Schuhe kroch. Die Konturen begannen zu verschwimmen, die Dämmerung legte sich mit einem blauen Mantel über das kleine Bergtal. Wie lange er die Frau in dem wirbelnden weißen Rock wohl noch tanzen sehen konnte? Wann würde die Nacht ihm den Blick auf sie verwehren?

Ein Windstoß bewegte die kahlen Zweige des Flieders; filigrane Eisglöckchen erklangen.

Wenn er in den vergangenen Monaten eines gelernt hatte, dann war es Geduld. Also wartete er auch jetzt geduldig, wurde Zeuge, wie die Tänzerin sich gegen das sträubte, was sie gefangen halten wollte. Ihre Bewegungen wurden temperamentvoller, weil sie kämpfte, aufbegehrte. Ein letztes Mal?

Obwohl es eiskalt war, zog Martin den rechten Handschuh aus. Der Ring, den Florence ihm heute an den Finger gesteckt hatte, schimmerte trotz unzureichender Lichtquelle golden auf. Er hatte weder Anfang noch Ende, eine Tatsache, die Martin gefiel. Denn er wusste nicht zu sagen, wann der Anfang ihrer Liebe im Himmel niedergeschrieben worden war, zu welchem Zeitpunkt ihr Herzschlag denselben Rhythmus angenommen hatte. Umso sicherer war er sich darüber, dass diese Liebe niemals enden würde. Er hatte nicht umsonst seine Lektion Geduld gelernt. Ein Schmunzeln erhellte sein Gesicht. Mit seiner Geduld und Gelassenheit würde er der perfekte Gegenpart zu Florence' Überschwang sein. Wenn er da an ihre Trauung dachte …

Sie hatten vor dem Altar gestanden und sich ihr Eheversprechen gegeben. Erst er, dann sie. Doch Florence hatte ihn dabei nicht angesehen. Ihr Blick hatte auf ihren ineinandergelegten Händen geruht. Das letzte Aufbegehren eines Zweifels? Zoé jedenfalls hatte das nicht gefallen, sodass sie, in der ersten Reihe sitzend, ihrer großen Freundin zugerufen hatte: »Schau mir in die Augen, Kleines!« Vielleicht hatte Claire leise vor sich hingemurmelt, dass Florence doch den Kopf heben solle.

Ein Prusten war durch die Reihen gegangen, angefangen bei Martins Mutter bis hin zu Florence' Mutter.

Florence allerdings hatte ihn am Altar stehen gelassen, war in ihrem fließenden weißen Kleid, das an Schlichtheit kaum zu überbieten war, jedoch ihre Eleganz hervorhob, zu Zoé geeilt und hatte sie lachend und weinend zugleich umarmt. Es hatte sich Martin sofort erschlossen, weshalb. Es war Zoés erstes Zitat seit Lysanns Tod.

Vielleicht war es die Zeit, die Wunden heilte, vielleicht nur die Liebe, die Menschen einander entgegenbrachten – so wie Florence, Claire, Harald, Michelle, er und auch Mats sie für die unvergleichliche Zoé empfanden.

Nach dem kleinen Zwischenspiel, einem Akt, der nicht in Claires perfekt durchorganisiertem Skript gestanden hatte, war Florence zu ihm zurückgekehrt und hatte ihr Eheversprechen wiederholt. Dabei hatte sie ihm tief in die Augen geblickt.

Und nun tanzte sie. Für sich, aber auch für ihn, übersprang Mauern und Gräben, erklomm Berge, durchwanderte Täler … um auf lichte Höhen zu gelangen. Hinein ins Glück. Er wartete geduldig, bis sie ihre Unsicherheit weggetanzt hatte, was bereits geschehen war, denn inzwischen wirkten ihre Bewegungen erfüllt von Freude, Eleganz und Kraft, sogar ein wenig ungezügelt. Er hielt den Atem an, als sie den Sprung vom Vorjahr wiederholte. Damals war sie eingebrochen, jetzt landete sie sicher, wirbelte herum und drehte Pirouetten voller Leidenschaft. Dabei kam sie auf ihn zu.

Dieser Tag markierte den Wendepunkt. Er hatte ihre Bühne betreten, um mit ihr gemeinsam durchs Leben zu tanzen.

Florence

Es werden außerordentlich viele Geschichten erzählt. Die meisten von ihnen sind gespickt mit Spannung und Dramatik, angefüllt mit großen Gefühlen und heroischen Taten. Meine Geschichte kommt eher leise daher. Sie spielt auf keinem besonderen Schauplatz, sondern ein bisschen im Verborgenen, im Alltag, was jedoch bedeutet, dass sie überall geschehen kann. Menschen verletzen einander. Durch Worte, Gesten und Taten. Bewusst oder unbewusst. Und nicht selten zerbrechen dabei Träume. Die Seelen und Träume der Menschen sind wie Eis. Empfindsam und leicht zu zerstören. Sie wieder heilen zu lassen, ist dagegen unendlich schwer.

Heute weiß ich, dass der Wunsch in meinem Herzen, den Ort aufzusuchen, an dem ich entstanden bin, kein Zufall gewesen ist. Ich musste den See inmitten der Berge sehen, weil ich dort kennenlernen sollte, was ich jedem Menschen wünsche: das Gefühl, geliebt zu sein, wertgeschätzt und gebraucht zu werden.

Claire vertraute mir ihre ganz besondere Tochter an. Ich lehrte sie, dass sie in ihrem Beruf – den sie als eine Notlösung, als das letzte Überbleibsel ihres zerstörten Traums ansah – anderen Menschen Freude schenkte, und das Gefühl, etwas Besonderes zu sein. Dieser Gedanke machte sie glücklich.

Martin lehrte mich neues Vertrauen, ich holte ihn aus seiner Abgeschiedenheit, in die er sich zurückgezogen hatte, aus der Furcht heraus, zurück in alte, abgelegte Verhaltensmuster zu fallen. Im Gegenzug brachte meine Bewunderung für seine Eltern das Eis zum Schmelzen, das zwischen ihm und Linda und Manfred gewachsen war. Gleichzeitig hielt Martin Harald einen Spiegel vor Augen, dass er zwar richtig lag mit seiner Einschätzung der Menschen, sich aber nichts änderte, wenn er nicht den ersten Schritt unternahm. Harald lud Martin nach seinem ersten Auftauchen in unseren Tanzstunden ein zu bleiben. Damit öffnete er den Weg zwischen mir und Martin. Martin war es auch, der Lysanns Erkrankung so rechtzeitig erkannte, dass sie noch wertvolle Wochen mit uns erleben und wir so unendlich viel von ihr lernen durften, auch, was es heißt, das Leben vom Ende her zu betrachten, die eigene Lebensaufgabe zu suchen und sie anzupacken. Was wir ihr zurückgaben, war unsere ungeteilte Liebe und viel von unserer Zeit.

Mats wurde zu einem neuen Traum. Für mich, weil ich einfach nur eine gute Mutter für ihn sein wollte, für Louise, die eine perfekte Großmutter werden durfte. Außerdem heilte er unsere gestörte Mutter-Tochter-Beziehung.

Und Zoé? Zoé war das Bindeglied zwischen uns allen. Sie steckte uns alle mit ihrer Heiterkeit an und schubste uns durch ihre Ehrlichkeit oft genug wieder in die richtige Richtung. Dafür liebten wir sie. Zudem war sie diejenige, die mir den Weg zu meinen Schülern, meinem neuen beruflichen Traum eröffnete. Ich liebte es, wenn diese Kinder und Jugendlichen mir voller Begeisterung und mit leuchtenden Augen beim Tanzen zusahen und ihr Bestes gaben, weil sie ihre Tanz-, Sing- oder Sprechrolle in jedem Musical bestmöglich ausfüllen wollten. Glücklich machten mich weder Geld noch Ruhm oder das Erreichen hochgesteckter Ziele, sondern das Wissen, an dem für mich perfekten Platz zu sein, das Richtige zu tun, das Lächeln anderer zu sehen, verantwortlich dafür zu sein, meinen Mitmenschen Glück zu bescheren und sie bei der Verwirklichung ihrer Träume zu unterstützen …

Wir konnten das alles nur erleben, weil wir uns selbst verschenkten. Unsere Zeit und Aufmerksamkeit, gegenseitige Rücksichtnahme, ein lobendes Wort, eine helfende Hand. Und ist das nicht womöglich die größte, wichtigste und schönste Aufgabe, die uns auf unserem Lebensweg mitgegeben wird? Wir müssen keine herausragenden Gaben besitzen, mit denen wir in der ersten Reihe stehen oder sogar auf einer Bühne, im Rampenlicht, inmitten der Aufmerksamkeit vieler. Wir brauchen nur eines: Liebe, die wir verschenken. Denn dann kommt sie auch zu uns zurück.

Die Liebe ist geduldig und freundlich.
Sie ist nicht neidisch oder überheblich,
stolz oder anstößig.
Die Liebe ist nicht selbstsüchtig.
Sie lässt sich nicht reizen,
und wenn man ihr Böses tut,
trägt sie es nicht nach.

Sie freut sich niemals über Ungerechtigkeit,
sondern sie freut sich immer an der Wahrheit.
Die Liebe erträgt alles,
verliert nie den Glauben,
bewahrt stets die Hoffnung
und bleibt bestehen, was auch geschieht.
1. Korinther 13. 4–7

Danksagung

Ich danke Ihnen, liebe Leserinnen und Leser, dass Sie sich auf meine kleine Geschichte über verlorene und neu gewonnene Träume und über die vielfältigen Facetten der Liebe eingelassen haben. Ich hoffe, sie hat Ihnen gefallen. Ebenso hoffe ich, dass Sie etwas von dem, was Florence, Zoé, Martin und all die anderen Protagonisten erleben und lernen durften, mit in Ihren Alltag – in Ihre Träume – nehmen können. Ich schreibe aus Leidenschaft, aber auch, um etwas von meinen Gedanken zu verschenken – an Sie. Falls mir das gelungen sein sollte, bin ich glücklich.

Ein besonderes Dankeschön geht an Sarah Winter, für Deine fleißige und wertvolle Hilfe, was die medizinischen Details im Buch anbelangt, und an Michal Büchle. Ich liebe Deinen intelligenten und tiefsinnigen Humor. Danke, dass Du Zoé diese wunderbaren Zitate in den Mund gelegt hast. Meiner Autorenkollegin Rebecca Michéle danke ich herzlich für die Tipps rund um das Thema Tanz.

Meiner ganzen Familie möchte ich für die vielfältige Unterstützung danken. Für Eure ermutigenden Worte, Eure Anregungen und Kritiken, aber auch für die Zeit, die Ihr mir zum Entwickeln meiner Geschichten gebt. Ohne dieses Geschenk von Euch könnte ich das nicht tun, was ich liebe und was mein »neuer« Traum geworden ist: das Schreiben. Ich liebe Euch!

Mein ganz besonderer Dank gilt meinem Ehemann Christoph. Das C. in meinem Pseudonym zeigt, wie ausschlaggebend Du am Schreibprozess und allem, was damit zusammenhängt, beteiligt bist. Ich liebe Dich!

Des Weiteren bedanke ich mich bei meiner Testleserin Karen Hauck für Dein aufmerksames Lesen und Deine kleinen Anmerkungen und bei Birte und Nele Heesch für Eure Tipps und Anregungen (und deutliche Kritik!) rund um das Leben mit einem Down-Syndrom-Kind. Ein herzliches Dankeschön schenke ich auch Antonia. Du hast Deine Mutter und Deine große Schwester all das gelehrt, was sie nun an mich weitergegeben haben.

Danke an die fleißige und immer freundliche und geduldige Lena Woitkowiak, stellvertretend für das gesamte engagierte Team von Tinte & Feder, an die Lektorin Nadine Mutz, die mit Kleinem Großes bewirkt, und an meine rührige Agentin Diana Itterheim mit ihrem großartigen Team von litmedia.agency.

Ein kleiner Hinweis noch an diejenigen, die sich vielleicht auf die Suche nach dem See in der Romandie machen wollen: Als Vorbild dienten gleich drei Seen: der Forggensee und der Hopfensee im Allgäu und der Lac Noir in der französischen Schweiz.

Alle Zitate, deren Herkunft nicht direkt im Romantext benannt ist:

»Er wird deinen Fuß nicht gleiten lassen, und der dich behütet, schläft nicht.«
Psalm 121, 3

»Ich bin zu alt für diesen Scheiß.«
Filmzitat: Bruce Willis in den Spielfilmen der *Stirb langsam*-Reihe.

»Ach kommen Sie, Sie haben mich schon bei viel Schlimmerem erwischt.«
Filmzitat: *Iron Man.*

»Der Weg ist das Ziel.«
Konfuzius.

»Jeder Topf findet seinen Deckel.«
Volksmund.

»Möge das Chaos beginnen.«
Filmzitat: *James Bond 007 – Der Morgen stirbt nie.*

»Möge die Macht mit dir sein.«
Filmzitat: *Star Wars.*

»Wo sind all die Indianer hin, wann verlor das große Ziel den Sinn …«
Liedtext der deutschen Popband Pur.

»Deshalb sorgt euch nicht um morgen. Die Sorgen von heute sind für heute genug.«
Matthäus 6, 34

»Ein Bild ist besser als tausend Worte.«
Sprichwort: Herkunft aus England, möglicherweise auch aus China. (1927 Werbeanzeige in England.) In Deutschland verbreitet: »Ein Bild sagt mehr als tausend Worte«.

»Alles Gute kommt von oben.«
Redensart, stammt ursprünglich aus der Bibel.

»Kleiner, hier läuft so einiges, was du nicht verstehst.«
Filmzitat: *Captain America, Civil War.*

»Er heilt, die zerbrochenen Herzens sind, und verbindet ihre Wunden.«
Psalm 147, 3

»Reden ist Silber, Schweigen ist Gold.«
Sprichwort, dessen Ursprung wohl aus der Bibel stammt.

»Ich will ihnen ein anderes Herz geben und einen neuen Geist in sie geben und will das steinerne Herz wegnehmen aus ihrem Leibe und ihnen ein fleischernes Herz geben.«
Hesekiel 11, 19

»Weinen hat seine Zeit. Und das Lachen. Klagen hat seine Zeit. Und auch das Tanzen.«
Prediger Salomo 3, 4

Die Zutaten für eine »gelungene« Mitternachtsparty stammen aus den Romanen von Enid Blyton *(Hanni und Nanni).*

»O Captain! Mein Captain!«
Gedicht von Walt Whitman. Im Spielfilm *Der Club der toten Dichter* mehrmals erwähnt.

»Schau mir in die Augen, Kleines.«
Filmzitat: *Casablanca* mit Humphrey Bogart.

22255071R00237

Printed in Poland
by Amazon Fulfillment
Poland Sp. z o.o., Wrocław